법으로 사랑하다

법으로 사랑하다

글쓴이 권오승
펴낸이 정애주

편집 송승호 이현주 한미영 김기민 김준표 오은숙 유진실
미술 김진성 문정인 송하현 최혜영
제작 홍순흥 윤태웅
영업 오민택 차길환 국효숙 이진영 오형탁
관리 이남진 안기현
총무 정희자 마명진 김은오

펴낸날 2010. 3. 29. 초판 1쇄 인쇄
      2010. 4. 5. 초판 1쇄 발행

펴낸곳 주식회사 홍성사
1977. 8. 1. 등록 / 제 1-499호
121-883 서울시 마포구 합정동 196-1
TEL. 02) 333-5161 FAX. 02) 333-5165
http://www.hsbooks.com E-mail : hsbooks@hsbooks.com

ISBN 978-89-365-0821-0
값 13,000원 ※잘못된 책은 바꿔 드립니다.

법으로 사랑하다

권오승 지음

차례

3부 삶의 현장에서

법을 통해 하나님의 뜻을 구현하는 성직자

베드로 사도는 그리스도인을 가리켜 '제사장'이라 불렀습니다. 요즈음 말로 성직자라는 의미입니다. 개신교에서 성직과 성직자는 특수한 직업이나 특정인을 가리키지 않습니다. 그리스도인은 삶의 현장에서 자신의 일과 직업을 통해 하나님의 뜻을 구현하는 사람입니다. 따라서 그리스도인의 모든 직업이 성직이요, 그 성직을 수행하는 그리스도인은 다 성직자입니다.

이런 의미에서 권오승 교수님은 성직자 중의 성직자입니다. 서울법대 3학년 때 '10월유신'으로 헌법 자체가 무너져 내리는 것을 보고 법학을 포기하려다가, 율곡 선생의 〈만언봉사萬言封事〉를 읽고 오히려 법학자가 된 뒤 주님을 인격적으로 만난 권 교수님은, 그 이후 강단에서나 공직에서나 법을 통해 하나님의 뜻을 구현하는 성직으로 자신의 직업을 일구어온 존경스러운 성직자입니다.

그 성직자의 자전적 에세이 《법으로 사랑하다》는, 자신의 직업을 성직으로 일구어 성직자로 살아야 할 이 땅의 그리스도인들에게 소중한 지침서 겸 정다운 벗이 되어 줄 것입니다.

100주년기념교회 목사

이재철

1부 꿈과 비전의 형성

가난을 이기다

안동 출신

나는 경북 안동에서 태어났다. 중학교를 졸업할 때까지 고향 농촌에서 자랐다. 우리 집은 농사를 짓는 전형적인 가난한 가정이었다. 아버지는 소규모의 농사를 지으시며 장터에 나가 옹기를 파는 장사도 하셨다. 안동과 풍산, 길안 등에서 장사를 하셨기 때문에 5일 중에 3일은 집을 비우셨다. 그래서 우리 집안은 늘 일손이 딸렸고 나는 매일 집안일을 도와야 했다. 내가 중학교를 졸업하고 서울로 올라올 때까지 이러한 가난한 살림은 변화가 없었다.

나는 어릴 때 부모님으로부터 공부하라는 소리를 한 번도 들어보지 못했다. 부모님은 늘 나에게 부족한 일손을 돕기 위하여 집안일을 도우라고 재촉하셨다. 내가 해야 할 일은 논밭에 나가서 김을 매거나 소를 몰고 들에 나가서 꼴을 먹이는 일 그리고 지게를 지고 산에 가서 땔나무를 해오는 일 등이었다. 나는 어릴 때부터 일하는 것보다 공부하는 것을 더 좋아했지만 공부에 전념할 수 있는 시간이 늘 부족했다.

초등학교를 졸업할 때 학교에서 많은 상을 받았다. 아버지는 매우 기뻐하셨지만 나는 아버지께 불만이 적지 않았다. "지난 6년 동안 제가 다닌 학교에 와보신 적이 있습니까?"라고 여쭈었더니 아버지는 미안한 표정으로 "없다"고 대답하셨다.

나는 "지난 6년 동안 저에게 공부하라는 말을 단 한 번이라도 해보신 적이 있습니까?"라고 재차 여쭈었다. 아버지는 "없다"고 하시면서 이렇게 말씀하시는 것이었다. "공부는 하라고 하지 않아도 곧잘 하니까 더 이상 하라고 할 필요가 없었고, 일은 하라고 하지 않으면 안 하니까 하라고 할 수밖에 없지 않니?"

나는 학교에서 돌아오자마자 다시 일하러 나가야 하는 것이 너무나 싫었다. 그래서 중학교 3학년 때는 방과 후 바로 귀가하지 않고 낙동강 강변 포플러 숲속에서 해가 질 때까지 책을 꺼내놓고 공부하다가, 날이 어두워진 뒤에야 비로소 집에 들어가곤 했다.

안동 권 씨 집안의 35세손인 나는 8남매 중에서 셋째이지만 아들로는 둘째였다. 친어머니는 내 위로 형과 누나를 두고, 내가 네 살 때 신장염으로 돌아가셨다. 나는 너무 어릴 때 어머니를 여의어서 어머니의 얼굴도 제대로 기억하지 못한다. 더욱 안타까운 것은 어머니의 사진이 한 장도 남아 있지 않다는 점이다. 내가 간직하고 있는 어머니에 대한 기억은 숨을 거두시기 전에 나를 안방으로 불러서 꼭 안아 주시던 모습, 그 한 장면뿐이다. 그때 나는 무슨 영문인지도 모른 채, 어머니 품 안에서 빠져 나오려고 발버둥쳤던 기억이 난다. 아버지는 어머니가 돌아가신 뒤 새어머니를 맞이하셨다. 새어머니는 내 밑으로 3남 2녀를 두셨다.

시골 교회의 기억

우리 집안은 전통적인 유교 집안이었다. 하지만 나는 여섯 살 때부터 집 앞에 있는 '이천교회'에 다니기 시작했다.

나는 그 교회에서 성경말씀도 배우고 찬양도 부르고, 크리스마스 때는 성극에도 참여하고 새벽송도 돌면서 즐겁게 지냈다. 그렇게 어린 시절을 농촌에서 보낸 것을 다행스럽게 생각한다. 시골에서 자란 유년 시절의 즐거운 추억을 많이 간직하고 있는데, 그중에 특별히 소중한 기억은 대부분 주일학교 생활과 관련되어 있다. 여섯 살 때였다. 주일학교에서 전도사님으로부터 성경말씀을 배우는데 갑자기 하나님이 남자인지 여자인지 궁금해졌다. 전도사님께 여

처음 예배를 드린 안동 이천교회

쭈어 보았다. 전도사님은 어린 나의 의외의 질문에 잠시 당황하는 기색을 보이더니 솔직하게 "잘 모르겠다"고 하면서, 다음 주일에 가르쳐 주겠다고 약속했다. 전도사님의 답변에 의하면, 하나님은 남자도 아니고 여자도 아닌 초월적인 존재인데 굳이 따지자면 남성 쪽에 더 가깝다고 했다. 그 이유는 우리가 하나님을 부를 때 '하나님 아버지'라고 부르지, '하나님 어머니'라고 부르지 않기 때문이라는 것이었다.

내가 다니던 이천교회는 아주 작은 시골 교회였다. 전교인이 30~40명밖에 안 되었다. 교인들 대부분은 송 씨 집안 사람들이었고, 성이 다른 교인들은 몇 사람밖에 없었다. 하루는 송 씨 성인 친구의 어머님이 주일 예배시간에 어린이들을 위해 다음과 같이 기도하셨던 기억이 난다.

"하나님 아버지, 여기 모여 있는 어린아이들이 무럭무럭 자라나서, 하나님과 사람들로부터 칭찬받는 사람들이 되게 해주세요. 그리고 이들 중에서 장차 목사도 나오고, 장관도 나오게 해주세요."

나는 그분의 기도를 들으면서, '기도를 저렇게 해도 될까? 하나님께서 과연 저런 기도를 들어주실까?' 하는 의문이 들었다. 그러나 50여년의 세월이 지난 지금 돌아보면, 놀랍게도 그 자리에 앉아 있던 몇 안 되는 어린아이들 중에 실제로 목사도 나오고 장관도 나왔다. 결국 하나님께서 그분의 기도를 모두 들어주신 것이다. 나의 신앙생활은 고등학교를 졸업하고 대학에 진학할 때까지는 순조롭게 지속되었다.

나는 중학교 3학년 때 교회에서 학습을 받았다. 그때 앞자리에서 세례를 받던 1년 선배들이 하나님께 선서하는 모습을 지켜보면서, 나는 그들처럼 선서할 자신이 없었다. 그래서 세례는 나중에 하나님 앞에서 정직하게 선서할 수 있을 때 받기로 했다. 그렇게 미룬 세례는 1980년에 부산 오산교회에서 받았다. 그때도 하나님을 인격적으로 만나지 못한 상태에서 형식적인 세례를 받았기 때문에, '이렇게 받을 것이라면 진작 받았을 것을' 하는 아쉬움이 남았다.

자전거 통학

중학교 시절에는 안동 시내에 있는 안동중학교를 다녔다. 집에서 학교까지는 12킬로미터 정도였다. 나는 그 길을 매일 자전거를 타고 통학했다. 편도 1시간, 왕복 2시간 정도 걸렸는데, 여름에 홍수가 나면 훨씬 많은 시간이 걸렸다. 집에서 안동 시내로 들어가려면 먼저 집 앞에 있는 낙동강을 건너야 했다. 그런데 당시에는 교량이 없었기 때문에, 매일 아침 나룻배로 강을 건너야 했다. 그나마 여름철에 홍수가 나서 강이 범람하게 되면, 나룻배로는 도저히 건널 수 없었고 20킬로미터가 훨씬 넘는 험한 산길을 돌아서 가야 겨우 학교에 도착할 수 있었다. 따라서 학교에 지각하지 않으려면 늦어도 새벽 6시에는 집을 나서야 했다. 그럼에도 나는 3년간 하루도 결석하지 않고 개근했다.

하루는 산길로 돌아서 가다가 개울물이 넘치고 도로가 끊겨서, 수업이 시작된 지 30분 정도가 지난 9시 30분경 학교에 도착한 적도 있었다. 그런데 마침 그날 첫 수업을 맡은 담임선생님이 출석을 부르시다가 내가 보이지 않자, "오늘 비가 많이 와서 오승이가 먼 길을 돌아오느라고 좀 늦는가 보다"고 하며 출석부에 지각 표시도 하지 않고 기다려 주신 적도 있었다.

생애 최초의 도전

1963년 중학교 2학년 때 생애 최초의 도전을 받았다. 그해 여름, 며칠간 계속된 폭우로 낙동강이 범람하여 나룻배로는 강을 건널 수 없었다. 나는 험한 산길로 돌아가야 했고, 학교에 지각하지 않으려면 아침 일찍 서둘러 집을 나서야 했다.

그런데 하루는 이웃집에 가서 그 집 친구들과 아침식사를 하고 등교하게 되었다. 친구의 어머니가 새벽에 일어나서 아침식사 준비를 해놓고 담장 너머 우리 집 쪽을 보니, 우리 집에는 아직 내 방을 제외한 부엌이나 안방에 불빛이 보이지 않았다고 한다. 그분은 내가 학교에 지각하지 않을까 걱정이 되어 우리 집으로 조용히 와서 내게 자신의 집으로 건너와 아침식사를 하고 당신의 아이들과 서둘러 등교하라고 권유하셨던 것이다.

나는 감사한 마음으로 책가방을 챙겨 가지고 이웃집으로 갔다. 내가 그 집에 갔을 때, 친구

1963년 중학교 때 친구와 함께. 왼쪽이 필자

들은 아직 일어나지 않은 상태였다. 나는 그들이 일어날 때까지 기다렸다가 함께 아침식사를 하기 시작했다. 그런데 친구 어머님이 갑자기 아이들을 꾸짖으시는 것이었다.

"내가 보니까, 오승이는 벌써 일어나서 공부하고 있던데 너희들은 몇 번씩이나 깨워도 일어나지 않으니, 그렇게 해서 좋은 학교에 들어갈 수 있겠냐?"

친구 형제들은 괜히 나 때문에 이른 아침부터 어머니께 야단을 맞게 되었다. 나는 민망하여 쥐구멍이라도 있으면 찾아 들어가고 싶은 심정이었다. 그 순간 친구의 아버지가 껄껄 웃으시면서 이렇게 말씀하셨다.

"그렇게 열심히 공부하는 오승이나 늦잠 자는 우리 아이들이나 모두 안동고등학교에 진학하게 될 텐데, 다를 게 뭐가 있는가?"

짐작컨대 그분은 무심코 그런 말씀을 하셨을 것이다. 그러나 나에게는 큰 충격으로 다가왔다.

그분의 말씀을 듣는 순간, '아, 그렇구나. 그것이 현실이구나'하는 생각이 들었다. 나는 결심했다. '만약 그것이 현실이라면, 나는 결코 굴복하지 않겠다. 반드시 이 현실을 극복하고 말겠다'고.

이 일은 내가 중학교를 졸업한 뒤 고등학교 진학을 위해 서울로 오는 계기가 되었다. 그날 아침에 내가 친구 아버님의 말씀을 듣지 않았더라면, 당시 우리 집안 형편상 나는 서울에 있는 고등학교에 진학할 엄두도 내지 못하고 안동에 머물렀을 것이다. 그날부터 나는 고등학교는 반드시 서울이나 대구에 있는 학교에 가기로 결심했고, 이를 실현하기 위해 더 열심히 공부했다.

고교생 가정교사

안동에서는 성적이 우수한 학생들이 중학교를 졸업하고 고등학교를 서울이나 대구로 진학하는 경향이 있었다. 나도 일단 안동을 떠나기로 결심했기 때문에 서울과 대구 중에서 어느 곳으로 가는 것이 좋을지 생각해 보았다. 그런데 대구에는 아무런 연고가 없었지만 서울에는 형님이 살고 있었다. 따라서 나는 서울로 올라가기로 결심하고, 중학교 3학년 겨울방학 때 상경하여 형님의 주선으로 용산구 후암동 해방촌에 있는 형님의 인척 집에 기거하면서 용산고등학교에 응시하여 합격하였다.

하지만 집안 형편은 나를 서울로 유학 보낼 수 있을 정도로 넉넉하지 않았다. 고등학교를 굳이 서울로 오게 된 것이 앞에서 언급한 바와 같은 연유에서 비롯했기에 나의 서울 생활은 그리 순탄하지 않았다. 고등학교 입학시험에 합격한 뒤 아버지께 이 소식을 전했을 때, 아버지는 한마디로 '일희일비一喜一悲', 즉 한편으로는 기쁘지만 다른 한편으로는 슬프다고 하셨다. 나는 지금도 그때 그 말씀을 하시던 아버지의 착잡한 표정을 생생하게 기억한다. 아버지는 아들이 좋은 고등학교에 합격한 것은 매우 기쁘지만, 학비를 마련할 생각을 하니 걱정이 태산 같으셨던 게다.

1965년 초, 고등학교에 진학하기 위해 서울에 왔을 때 하숙 생활을 할 만한 여유가 없었다. 당시 나는 영락없는 경상도 촌놈으로 서울에 살면서 강한 경상도 사투리 때문에 놀림도 많이 받았고 문화적 충격도 컸다. 그 충격 가운데 대표적인 것은 '훼스탈'이라는 소화제 광고였다. 라디오나 TV에서 자주 나온 광고였는데, 장모가 처갓집에 놀러온 사위에게 상다리가 부러질 정도로 음식을 많이 차려놓고 "훼스탈이 있으니 마음 놓고 드세요"라고 하는 것이다. 나는 그 광고를 지켜보며 이렇게 생각했다.

'시골에서는 먹을 것이 부족하여 늘 허기져서 걱정인데, 서울 사람들은 실컷 먹고 소화가 안 될까봐 걱정을 하는구나.'

같은 나라에 살면서 서울과 지방의 차이가 이렇게 크다는 현실이 도저히 믿기지 않았다. 나는 여러모로 어리둥절한 상태로 한 학기를 보냈다.

그해 여름부터는 해방촌(1945년 8·15 해방 후 북쪽에서 내려온 실향민들이 자리 잡으면서 형성된 마을, 용산2가동)에 작은 방을 하나 얻어서 자취 생활을 시작했다. 그러던 어느 날 연탄가스 중독으로 죽을 고비를 넘긴 뒤로는 자취 생활을 계속하기가 어려웠다. 할 수 없이 그 다음 학기부터는 담임선생님의 소개로 용산중학교 1학년 학생의 집에 가정교사로 들어가 입주과외 생활을 시작했다. 그렇게 시작된 가정교사 생활은 고등학교를 졸업하고 대학에 진학할 때까지 계속되었다. 심지어 고등학교 2학년 때는 같은 반 학생의 집에서 한동안 그 학생의 친구 겸 과외선생으로 지낸 적도 있었다. 내가 그 친구와 함께 지낸 지 두 달 만에, 반에서 58등으로 꼴찌이던 그 친구의 성적이 놀랍게도 30등 내로 껑충 뛰어 오르기도 했다.

그런 여건과 환경에서도 나는 공부를 게을리 하지 않았다. 고등학교

2학년 때까지 전교에서 1, 2등을 다툴 정도로 성적이 좋은 편이었다. 줄곧 반장을 맡았으며 학생회 활동에도 적극적으로 참여했다. 그래서 고등학교 동창생들 중에는 내가 안동 갑부집 아들인 줄 알고 있던 이들도 많았다.

하지만 어려운 점이 전혀 없었던 것은 아니었다. 1학년을 마치고 2학년으로 올라가던 날, 단지 덩치가 좀 크다는 이유로 한 해 터울인 선배들에게 불려가서 무지막지하게 맞은 적이 있었다. 그런데 엄청난 구타를 당하면서도 그 선배들이 두렵게 생각되지 않았고, 오히려 매우 안쓰럽게 여겨졌다. 그때 나는 폭력은 상대를 억누를 수는 있지만 승복시킬 수는 없다는 것을 깨달았다.

내가 반장을 맡고 있던 고등학교 2학년 때였다. 어느 날 방과 후 학급회의를 마친 뒤 교무실에 불려가서 담임선생님으로부터 엄청난 구타를 당했다. 담임선생님은 여러 선생님들이 지켜보는 가운데 나를 주먹으로 때리고 발로 차는 등 가혹한 체벌을 했다. 나는 졸지에 영문도 모른 채 선생님의 체벌을 묵묵히 받아야 했다. 나중에 알고 보니, 담임선생님은 내가 학급회의에서 아침 자습시간에 실시하는 과외수업을 하지 말자고 학생들을 선동했다고 생각하신 모양이었다. 그 후 선생님의 오해였던 것이 드러나자, 나에게 사과를 하셨다. 그러나 그 일에 대한 안 좋은 기억 때문이었는지 나는 그 선생님을 더 이상 존경할 수 없었다. 나는 꽤 자존심이 강한 편이었고, 부당한 것을 참지 못했다.

고등학교 3학년에 진급하면서 뜻하지 않게 성적이 계속 떨어졌다. 다른 학생들은 모두 대학입시 준비에 총력을 기울이고 있었는데, 나는 늘 공부할 수 있는 시간이 부족했다.
학교에서는 매달 모의고사를 실시
하여 결과를 공개했다. 내 성적은 발
표될 때마다 석차가 급격히 떨어졌
다. 담임선생님은 물론 가까운 친구
들까지 내 성적을 걱정할 지경이 되
었다. 나는 매월 추락하는 석차를 바
라보면서, 대학입시를 눈앞에 두고
공부에만 열중할 수 없는 처지가 너

용산고 재학 시절

무나 안타깝고 괴로웠다. 고등학교 3학년인데도 입주 과외를 계속하고
있었기 때문에, 방과 후 집에 돌아가면 적어도 저녁 9시까지는 내가 지
도하던 학생을 가르쳐야 했다. 그러고 난 후에야 비로소 내 공부를 시
작할 수 있었다. 나는 가르치던 학생과 같은 방을 쓰고 있었기 때문에
9시 이후 그 학생이 옆에서 장난을 치거나 다른 일을 하게 되면 여간
신경이 쓰이는 게 아니었다. 몇 달 동안 안절부절못하다가 궁여지책으
로 밤 10시쯤 그 학생에게 혼자 공부를 좀더 하다가 11시쯤 잠자리에
들라고 당부해 놓고, 조용히 집을 나와서 24시간 운영하는 독서실에
가서 밤새워 공부했다. 새벽에 집으로 돌아와서는 과외 제자인 학생과
아침식사를 하고 등교했다.

그런데 며칠 지나지 않아서 그 학생의 어머니가 나를 불러 앉혀놓고,
"밤에 어린애를 혼자 집에 놔두고 저만 공부하러 나가는 그런 철없는
선생이 어디 있느냐?"며 심하게 꾸짖으셨다. 나는 조용히 꾸지람을 들

고만 있었지만 속으로 매우 야속하다는 생각이 들었다. 그분은 자식을 걱정하는 마음에서 야단치신 것일 테지만, 대학입시를 눈앞에 두고 성적이 계속 떨어지는 것을 심각하게 고민하던 내 입장에서는 너무도 마음 상하는 질책과 비난이었다. 나는 도무지 수긍할 수 없었다. 내가 그 학생을 가르치는 일을 소홀히 한 것도 아니고, 밤늦게 혼자 독서실에 간 것도 공부하기 위한 것임을 잘 아시면서, 자식을 키우는 부모로서 자기 자식만 귀하고 남의 자식 입장은 조금도 헤아려 주지 못하는 그분이 몹시 원망스러웠다.

나는 다음날 아침에 짐을 싸서 그 집을 나왔다. 학교 근처 하숙집에 짐을 옮겨놓고, 한동안 입시 준비에만 전념했다. 그 결과, 석차는 두 달 만에 회복되었지만 안타깝게도 하숙생 생활을 계속할 수 없었다. 그동안 모아놓은 돈이 두 달치 하숙비밖에 되지 않았기 때문이다. 돈이 떨어질 무렵 나는 하숙비로 근심하지 않을 수 없었다. 부족한 하숙비를 조달하기 위해 백방으로 노력해 보았지만 속수무책이었다. 당시 강원도 속초에서 사업을 하시던 형님께 도움을 청하는 편지를 보냈다. 하지만 아무런 응답이 없었다.

그러던 어느 날, 나는 우연히 학교 정문 앞에서 그 학생의 어머니를 만났다. 그분은 나를 보자마자 반색하며 다시 자기 집으로 들어와 달라고 요청했다. 어리둥절하여 이유를 물어보았더니, 내가 그 집을 나온 뒤에 다른 사람을 가정교사로 들였는데, 아이가 어찌된 영문인지 내가 다시 오지 않으면 공부를 하지 않겠다며 집을 나가버렸다는 것이다. 그래서 어쩔 수 없이 나를 다시 찾아오게 되었다고 설명해 주었다. 앞으로 가정교사를 한 사람 더 둘 터이니, 나는 집에 들어와서 아들과 지내면서 생활지도만 해달라고 부탁했다. 마침 하숙비 문제로 고민하고 있던 터라 나는 못이기는 척하고 다시 그 집으로 들어가 대학 입학할 때까지 지냈다.

친구 아버님의 방문

고등학교 2학년 때였다. 어느 날 교무실에서 누군가 나를 찾는다고 하여 급히 달려가 보았다. 그곳에는 앞에서 말한 고향의 이웃집 친구 아버님이 나를 기다리고 계셨다. 나는 우리 아버님을 만난 것처럼 반갑고 기뻤다. 인사를 드리고 나서 어떻게 오셨는지 여쭤어 보았다. 집안 일로 서울에 오실 일이 있었는데, 우리 아버지가 그 소식을 듣고서 서울에 가거든 나를 한번 만나보고 오라고 부탁하셔서 학교로 찾아오게 되었다는 것이다. 나는 그분께 부모님 안부도 여쭤보며 이런저런 이야기를 나눈 뒤 아쉬운 작별을 하고 교실로 돌아왔다.

그 후 내가 고향에 내려가서 들은 이야기로는, 그분이 나를 만나기 위해 교무실에서 기다리는 동안 여러 선생님들로부터 나에 대한 칭찬을 많이 들었다고 하며 무척 부러워하였다는 것이다. 그리고 우리 아버지에게 자신의 재산을 다 줄 터이니 나와 바꾸자는 제안까지 하셨다고 한다.

내가 여기서 이 이야기를 장황하게 늘어놓은 까닭은 그분이 바로 내가 중학교 때 "그렇게 열심히 공부하는 오승이나 늦잠 자는 우리 애들이나 다를 게 뭐가 있냐?"고 하셨던 분이기 때문이다. 나에게 안동을 떠나 유학을 결심하게 한 옆집 친구 아버지는 내게 서울 유학의 꿈을 주셨고, 우리 아버지를 남들이 부러워하는 사람으로 만든 분이기도 했다.

첫 번째 실패

고등학교를 졸업하던 해, 서울대 법대에 응시했다가 아쉽게도 낙방하고 말았다. 나름대로 최선을 다했지만 역부족이었던 것 같다. 당시에는 합격자 명단을 대학 게시판에 공고했다. 나는 합격자 발표를 보려고 아침 일찍 동숭동의 법대 캠퍼스에 갔다. 명단에서 내 이름을 찾아보았지만 이름이 보이지 않았다. 불합격이라는 사실을 확인한 순간 눈앞이 깜깜해졌다. 장차 무엇을 어떻게 해나가야 할지, 도무지 종잡을 수 없었다. 나는 밤새워 고민하다가 이튿날 아침에 안동으로 내려가서 아버지께 실망시켜 드려서 대단히 죄송하다며 사죄의 말씀을 드렸다. 아버지는 간밤에 내가 좌절한 나머지 혹시 다른 마음을 먹으면 어쩌나 하고 걱정했다고 하시면서, 내가 건강하게 돌아와서 고맙다고 위로해 주셨다.

나는 며칠 동안 집에 있으면서 실패의 원인이 무엇인지 그리고 어떻게 하면 극복할 수 있을지 곰곰이 생각해 보았다. 아무리 생각해 봐도, 실패의 주된 원인은 내가 입시준비에 전념할 수 있는 시간을 확보하지 못했기 때문이었다. 따라서 그 문제를 해결하지 않으면 재수를 하더라도 합격할 가망이 없었다. 나는 며칠 동안 밤잠을 설치며 고민을 거듭하다가 대학 진학을 포기하고, 일단 취직해서 돈을 벌어 가면서 야간대학에 진학하는 게 낫겠다고 생각했다. 때마침 안동 시내에 내려와 머물던 형님께 찾아가서 내 결정을 말씀 드린 뒤 양해를 구하였다.

내 얘기를 들은 형님은 무척 실망스럽다는 표정으로, "네가 그 정도밖에 안 되는 줄은 몰랐다"고 하셨다. 그러고는 "아무 말도 하지 말고 1년만 더 해보고 그 다음에 다시 이야기하자"고 권면하셨다. 나는 1년만 더 도전해 보라는 말까지 거부할 수 없어서, 일단 재수를 하기로 결심하고 다음날 서울에 올라와 종로에 있던 입시학원에 등록하고 입시 공부를 시작했다.

재수를 한 1년은 그야말로 인고의 시간이었다. 경제적인 여건이 나아진 것은 전혀 없는 데다 실패자라는 열등감을 극복하기가 쉽지 않았다. 나는 친구들도 만나지 않고 가능한 혼자서 조용히 지내려고 노력하였다. 그러한 상태로 몇 달을 버티다가, 현실에서 탈출하고 싶어서 5급 공무원시험(지금의 7급 공무원시험에 해당) 통계직에 응시하여 합격하였다. 합격자 발표를 보고서도 어떻게 해야 할지를 몰라 이런저런 고민을 거듭했다. 아무리 생각해 보아도 그 길은 내가 갈 길이 아닌 것 같아서 합격자들을 위한 신체검사장에 나가지 않았다.

서울대 법대 입학

재수 후 서울대 법대에 합격하여 1969년 3월 신입생이 되었다. 그런데 막상 서울대에 입학하고 보니, 대학 생활이 기대와는 상당히 달랐다. 당시 우리 대학교에서는 1학년 학생들이 모두 교양과정부에 편입되어 전공과 상관없이 교양교육을 받도록 되어 있었다. 그러나 교양과정부가 새로 설립되어 아직 커리큘럼이 제대로 정비되지 않은 데다가 상계동의 공대 캠퍼스에서 교육이 이루어졌기 때문에 1년 동안 매일 상계동까지 통학하는 불편을 겪어야 했다. 당시에는 교통 사정이 매우 열악했다. 매일 콩나물시루 같은 버스에 시달려야 했다.

교양과정부에서 실시한 교육은 내용과 방법에서 별로 매력적이지 않았다. 고등학교에서 배운 것과 별 차이가 없는 것이 많았고, 전공과목에 대한 교육은 거의 없었다. 몇 과목밖에 안 되는 사회과학에 관한 교과목들은 개론적이거나 지나치게 전문적이어서 이해하기 어려운 경우가 많았다. 게다가 캠퍼스 환경은 아직 정비되지 않고 썰렁해서 도무지 정이 들지 않았다. 당시 대학 분위기는 군사독재 체제 하에서 민주주의를 위협하는 여러 가지 요인들, 예컨대 부정선거나 교련 등을 반대하는 데모로 하루도 평온한 날이 없었다.

농촌 봉사활동과 학생운동

그 와중에 나를 따뜻하게 맞이해 준 사람은 학회 선배들이었다. 당시 서울대에는 다양한 종류의 학회가 있었는데, 나는 선배의 권유로 '농촌법학회'에 가입했다. 그 학회의 활동은 학기 중과 방학 기간으로 나뉘어 있었다. 학기 중에는 주로 사회과학에 대한 학습과 토론을 하면서

사회를 보는 안목을 키우고, 방학 중에는 농촌 봉사활동을 했다.

1학년 학생들은 매주 한 번씩 모여 경제사와 정치사에 관한 교재를 읽고 토론했다. 상급생들은 매주 토요일에 모여 우리 농촌 및 농업 문제의 현황과 해결책에 대해 발표하고 토론하는 세미나를 열었다. 농촌 봉사활동은 여름방학과 겨울방학에 각각 1주일씩 다녀왔다. 나는 매주 열리는 학회 모임에 큰 흥미가 있었고, 2학년 때부터는 학회장을 맡아 후배들을 지도하고 농촌 봉사활동에도 적극적으로 참여했다.

농촌법학회의 선배들의 분위기는 심훈의 소설 《상록수》를 연상케 할 정도로 순수했지만 다소 이상적이거나 낭만적인 측면도 있었다. 그러한 분위기는 법대의 특성과 맞지 않았다. 그 결과, 회원들 중에 사법고시나 행정고시를 거쳐 법률가나 행정가가 되려는 꿈을 가지고 있던 학생들은 고학년으로 올라가면서 슬슬 뒤로 빠졌다. 반면에 졸업 후 농촌 현장에 들어가서 그들과 함께 농촌 문제를 해결하기 위해 헌신하 겠다는 숭고한 뜻을 가진 소수의 학생들이 후배들의 존경을 받으며 학 회를 이끌고 있었다. 그러한 선배들 중에는 졸업 후 실제로 중고등학 교 교사 자격을 취득하여 농촌에 들어가서 농촌운동에 참여한 이들도 있고, 대졸 신분을 숨기고 노동현장에 뛰어들어 노동운동에 헌신한 이 들도 있다.

대학 시절에는 1학년 때부터 부정선거 반대 투쟁으로 시작된 학생들 의 시위가 전태일 사건, 교련 반대, 위수령 발동, 10월유신 등으로 이어 지면서 캠퍼스가 하루도 평온한 날이 없었다. 나는 대학 1학년 때부터 각종 학생운동에 적극적으로 참여하였다. 그런데 대학 3학년 때는 무장 군인이 학내에 들어와 감시하는 위수령이 내려져 대학이 문을 닫게 되 었고, 학생운동에 참여했던 친구들은 학교에서 제적되어 군대에 끌려 갔다. 그리고 3학년 때는 이른바 '10월유신'으로 인하여 법질서의 근본 이라 할 수 있는 헌법이 하루아침에 와르르 무너지는 것을 경험했다. 이러한 일련의 사태로 나는 법학에 대한 깊은 회의를 느끼고 법학 공부 를 아예 그만두고 싶은 생각까지 들었다.

아내와의 만남

대학교 1학년 때, 같은 반 친구의 소개로 '우일강禹一江'이라는 여학 생을 만났다. 당시 이화여대 법대 1학년에 재학 중이던 그녀는 3대째

기독교 집안에서 자라왔다. 외조부는 북한에서 기독교인이란 이유로 순교하셨다. 어머니는 군수 집에 양녀로 들어가셨는데, 대학교 때까지 그녀는 자신의 외조모가 군수 집 할머니인 줄 알았다고 한다. 그러나 고학을 한 나와 달리 유복한 환경에서 사랑을 많이 받고 자랐다.

아내와 만난 지 2년이 된 1971년. 이화여대 메이데이에서

우리는 광화문에 있던 '귀거래'라는 다방에서 처음 만났다. 나는 그녀를 본 순간, 이렇게 예쁘고 순수한 사람이 다 있나 싶었다. 그녀도 내가 싫지 않았던 모양이다. 우리는 그 후 한 달에 한 번 정도 만나서 서로의 대학 생활과 취미나 관심사에 대한 대화를 나누며 조금씩 친해졌다. 당시에는 지금의 핸드폰이나 이메일과 같은 의사소통의 역할을 해주던 것이 편지였다. 우리는 주로 편지로 소식을 주고받았는데, 편지는 수신인에게 바로 전달되지 않거나 프라이버시가 보장되지 않을 우려가 있었다. 그녀가 집에 없는 시간에 편지가 배달되면 그녀의 부모님이 받아 보시고, 남자에게서 온 편지라는 이유만으로 딸에게 전하지 않거나 뜯어보실 수도 있었다. 그래서 나름대로 여러 가지 궁리를 했다. 발신인의 이름을 '권오

승'이라고 제대로 적지 않고, 한 글자씩 바꾸어 '권오숙'이나 '권오순'으로 쓰기도 했고, 심지어 '오승희'라고 쓰기도 했다.

우리의 교제는 그 후 4년간 꾸준히 지속되었다. 학기 중에는 방과 후와 주말에 데이트를 즐겼다. 주중에는 주로 시내 다방에서 만나 커피도 마시고 식사도 하면서 교제했고 극장에 가서 영화를 보기도 했다. 주말에는 도봉산이나 북한산 같은 가까운 산에 등산을 갔다. 버스를 타고 인천 앞바다에 가서 바닷바람을 쐬면서 즐거운 시간도 가졌다. 만나서 이런저런 이야기를 나누다 보면 시간이 얼마나 빨리 가는지 모를 정도였다. 당시에는 밤 12시부터 새벽 4시까지 통행금지가 있어서 밤 10시에는 헤어져야 했다. 그런데 언제부터인지는 모르지만, 데이트를 마치고 집까지 바래다 준 뒤 하숙집에 돌아오는 것이 매우 쓸쓸하게 느껴졌다. 돌이켜 보면, 그 무렵부터 그녀를 향한 사랑이 싹트기 시작했던 것으로 짐작된다.

어느덧 졸업반이 되자 진로에 대해 깊이 고민하지 않을 수 없었다. 당시 나는 사회운동에 깊은 관심이 있었기 때문에, 개인적인 진로에 대하여는 구체적인 계획이 없었다. 따라서 결혼 문제는 생각할 여유가 전혀 없었다. 하지만 그녀에게는 이미 중매가 들어오기 시작했을 정도로 이 문제가 현안으로 떠오르고 있었다. 나는 그 사실을 눈치채고는 한동안 깊이 고민했다.

'이 사람을 잡을 것인가, 보낼 것인가?'

단념하고 보내기에는 너무 깊이 정이 들었다. 그렇다고 붙잡자니 아무런 대책이 없었다. 내가 결혼 준비가 될 때까지 기다리라고 하자니,

언제까지 기다려 달라고 해야 할지 기약할 수 없었다. 나는 농촌 운동 가로서 농촌 개혁에 헌신하려는 꿈이 있었는데, 그 길은 멀고도 험한 고난의 길이 될 게 훤히 보였다. 그런데 그녀는 서울에서 태어나 농촌 실정을 전혀 모를 뿐 아니라 고생을 모르고 자랐기 때문에 농촌에서의 삶을 감당해낼 것 같지 않았다. 나는 이러한 문제를 놓고 며칠 동안 고민을 거듭하다가, 학회 활동을 통해 알게 된 2년 선배인 여학생을 만나서 사정을 솔직히 털어놓고 조언을 구하기로 했다. 그런데 그 선배가 내 이야기를 다 듣고 나서 뜻밖의 제언을 했다.

"내가 네 입장을 깊이 이해하고 너를 적극적으로 도와 줄 터이니, 나와 결혼할 생각이 있니?"

나는 그 제안에 얼마나 당황했는지 모른다. 혹을 떼러 왔다가 혹을 하나 더 붙인 듯한 느낌이었다. 그러나 그 일을 계기로 지금 내 아내가 된 우일강이라는 여인을 얼마나 깊이 사랑하고 있는지 확인할 수 있었다.

그녀를 꼭 잡아야겠다고 결심으로 결혼 문제에 대해 의견을 나눈 뒤, 나는 단도직입적으로 다음과 같이 제안했다.

"내가 당신을 이 세상에서 가장 행복하게 해줄 터이니, 아무 걱정 말고 내게 오길 바라오."

그러고는 사족을 달았다. "당신이 나와 결혼하면 당신도 행복하고 나도 행복하겠지만, 만약 당신이 다른 사람과 결혼하면 당신도 불행하고 그러한 당신과 사는 사람도 불행하게 될 것이며 그 사이에서 태어나는 아이들로 불행하게 될 것이오. 따라서 그것은 불행을 확산시키는 일이 될 것이니, 결코 그렇게 해서는 안 되오."

내가 이렇게 큰소리를 친 이유는 따로 있었다. 사람은 누구나 행복하게 살기를 원하지만, 과연 어떠한 삶이 '행복한 삶'인지, 그런 삶을 살려면 어떻게 해야 하는지 제대로 아는 사람은 그다지 많지 않다. 그리고 인생의 행복과 불행을 결정하는 요소로서 객관적인 조건도 중요하지만 더 중요한 것은 인생관과 가치관 등 주관적인 요소이다. 당시 내가 꿈꾸고 있던 농촌 운동가는 객관적으로는 매우 험난한 길이지만, 그러한 삶의 의미와 가치를 높이 평가하는 사람에게는 큰 보람과 행복을 느낄 수 있는 것이었다. 당시 나는 농촌을 일으키는 삶에 큰 의미와 가치를 부여하고 있었지만, 그녀의 생각은 많이 달랐음을 잘 알고 있었다. 그럼에도 내가 그녀에게 결혼을 제안한 이유는, 둘이서 함께 살아

영락교회에서 올린 결혼식

가다 보면 그녀도 차츰 내가 추구하는 삶의 의미와 가치를 이해할 수 있게 될 것이고, 큰 보람과 행복을 느낄 것이라는 기대와 희망을 가지고 있었기 때문이다.

결국 아내는 내 뜻에 따라 주었다. 우리는 결혼하기로 약속하고, 1973년 2월 26일 졸업식 날(그해는 서울대와 이화

여대의 졸업식이 같은 날이었다) 저녁에 양가 부모님들을 모신 자리에서 약혼식을 올렸다. 그리고 그해 10월 3일, 아내가 다니던 영락교회에서 결혼예배를 드리고 신접살림을 시작했다.

우리 부부는 새로운 환경과 서로에게 적응하기 위해 열심히 노력했지만, 신혼생활은 순탄하지 않았다. 유복한 가정에서 자란 아내는 결혼 초기에 힘들 수밖에 없었다. 아내를 사랑한다는 확신을 가지고 결혼했지만 내 눈에는 아내의 세계관과 인생관이 옳지 않게 보였다. 내가 아내보다 높은 차원의 관점으로 세상을 이해하고 있다고 여기면서 이런 나와 사는 게 행복할 것이라는 일방적인 교만함이 내 속에 있었다. 아내는 왜 남편이 생각하는 방식만이 옳고, 또 그렇게 살아야 하는지 늘 불만이었다.

나는 아내에게 신사임당과 같은 모습을 요구하면서 스스로는 이순신 장군이라도 되는 양 군림하곤 했다. 게다가 술을 좋아하여 밤늦게까지 술자리에 있다가 12시 조금 전에 귀가하는 날도 많았다. 아내가 보기에 자신에게는 완전할 것을 강요하면서 말과는 달리 불완전해 보이는 내 행동이 우스워 보였을 것이다. 게다가 아내는 기독교적인 분위기에서 자라왔지만, 우리 집은 나만 교회에 나갔고 유교적인 전통이 강해서 제사 문제 등에서 오는 문화적인 충격도 컸다.

그런 가운데 결혼한 지 얼마 안 되어 아내가 임신을 하였고, 1년 만에 첫 아이를 낳았다. 나는 만 25세의 젊은 나이에 아빠가 되었다. 아내는 첫 아이 출산 과정에서 순산하지 못하고 제왕절개 수술을 했다. 우리는 갑자기 경제적인 어려움에 부딪히게 되었다. 만삭인 아내가 정

맏아들 혁태와 함께

기검진을 받기 위하여 세브란스 병원에 갔다가, 주치의로부터 임신중
독이라는 말을 듣고 그 자리에 쓰러져서 갑자기 입원을 한 것이다. 진
단 결과 그대로 두면 산모가 위험하다고 하여 제왕절개 수술로 예정일
보다 빨리 출산하게 되었는데, 아이가 미숙아로 태어나 2주 동안 인큐
베이터에 들어가 있어야 했다. 당시에는 의료보험제도가 없었다. 입원
비와 치료비가 엄청나게 청구되었다. 단독주택 전세가 50만 원, 15평
형 아파트 분양가가 70만 원 정도 할 때였는데 병원비가 50만 원 가량
이나 나왔다. 우리 부부가 살던 집의 전세 보증금을 빼어도 모자랄 판
이었다. 집안에서는 도움을 요청할 만한 인척이 없었다. 대학원 석사논
문준비 중이던 나는 병원비를 마련하기 위해 노력하다가 어쩔 수 없이
포항제철을 찾아가 입사원서를 사서 주머니에 넣고 돌아왔다. 당장의

돈을 마련하기 위해 인생의 방향을 바꾸어야 하는지……. 감사하게도 대학 선배 가운데 직장이 있는 이들을 통해 5만 원, 10만 원씩 빌려서 해결할 수 있었다. 그 돈을 모두 갚기까지는 10년의 세월이 걸렸다.

그때 내가 얻은 유익이 있었다. 내 주머니 사정이 훤히 보이는데도 병원에서는 늘 편안한 얼굴로 아내와 장모님을 대하고, 병원 밖에서는 돈을 구하기 위해 동분서주했던 것이 처가로부터 내가 책임감이 강하다는 전폭적인 신뢰를 얻게 해주었다.

둘째는 그 후 4년 만에 낳았다. 내가 장교로 군 복무를 마치기 직전이었다. 보통 첫째가 제왕절개하면 둘째도 제왕절개로 낳는 것이 일반적이었다. 그런데 감사하게도 둘째는 국어학자 이희승 선생님의 자제인 이교웅 산부인과 선생님의 도움으로 자연분만으로 낳을 수 있었다. 이교웅 선생님은 내가 농촌법학회 활동을 통해 알게 된 존경하는 교수님이 추천해 주셨다.

두 아들을 키우면서 아내는 어려움을 잘 이겨 나갔다. 막상 힘든 현실에 부딪히니 부족한 줄 알았던 생활력이 극대화되어 힘든 현실을 극복하면서 내조를 잘 해주었다. 너무 힘이 들면 가끔씩 "세상에서 가장 행복하게 해주겠다고 하더니, 이게 뭐냐?"고 불평하면서 자신을 속였다고 내게 투정을 하기도 했다. 나는 그럴 때마다 아내를 위로하면서 몇 년만 더 기다려 달라고 부탁했다. 앞으로 7년 후에는 적어도 당신 친구들 중에 가장 행복하게 해주겠다고 약속하면서, 이를 증명하는 약속어음까지 써주기도 했다. 때로는 아내의 불평을 잠재우기 위하여 억지 논리를 펴기도 했다.

"내가 탁월한 능력을 가지고 있는 사람은 아니지만, 최소한 평균 수준 이상의 능력은 있다고 생각하는데, 거기에 동의하지?"

아내는 그 말에는 동의한다고 했다. 나는 다시 물었다.

"내가 게으름 피우지 않고 일을 열심히 하는 거, 당신도 인정하지?"

아내는 역시 그렇다고 대답했다. 마지막으로 물었다.

"내가 언제 돈을 낭비하는 거 본 적 있어?"

아내는 고개를 설레설레 흔든다. 그러고 나서 나는 억지 논리를 펴기 시작했다.

"자, 우리 조용히 한번 생각해 보자고. 평균인의 수준을 넘는 능력을 가지고 있는 사람이 일을 열심히 하고 있을 뿐만 아니라 돈을 낭비하지도 않는데, 그럼에도 불구하고 생활이 궁핍하다면 그것은 그 사람의 잘못이 아니라 현실이 받쳐 주지 않기 때문이지."

그렇게 순간적인 기지를 펴는 논리로 대응하고 나서, 아내에게 조금만 더 참아 달라고 부탁하고 따뜻하게 위로해 주었다. 나는 아내에게 내가 열심히 노력하는 것은 우리나라를 그러한 모순이나 부조리가 없는 나라로 만들기 위한 것이니까, 비록 개인적인 어려움이 있더라도 나의 그러한 심정을 이해하고 인내해 달라고 당부했다.

법학자의 꿈

어린 날의 맹랑한 꿈

초등학교 6학년 때 담임선생님이 졸업을 앞둔 우리에게 장래 희망을 조사한 적이 있다. 당시에는 장차 대통령이 되겠다는 꿈을 가진 아이들이 많았고, 나도 그런 꿈을 가지고 있었다. 그러나 나는 장래 희망을 솔직하게 써내지 않았다. 많은 학생들이 장차 대통령이 되겠다고 써낼 것 같았다. 그런데 나마저 그렇게 써내면 담임선생님이 매우 실망하실 것 같은 생각이 들었다. 그래서 담임선생님이 섭섭해 하시지 않도록 "먼저 교사가 되어서 학생들을 가르치는 일을 하다가 나중에 대통령이 되겠다"고 써내었다. 지금 돌아보면, 내가 그 어린 나이에 장래 희망을 쓰는 숙제를 하면서 담임선생님이 실망하실 것을 고려하여 그렇게 써냈다는 것이 대견스럽기도 하지만, 오히려 맹랑했다는 생각이 든다.

농촌 운동가의 꿈

법과대학에 입학할 무렵의 내 꿈은 다른 학생들과 마찬가지로 사법 시험에 합격하여 법조인이 되거나, 아니면 행정고시에 합격하여 고급 공무원이 되고자 하는, 매우 통상적인 것이었다. 장차 대법관이 되어서 우리나라의 법질서를 바로잡거나, 장관이 되어 훌륭한 정책을 세워 국가 발전에 이바지하고자 하는 포부를 갖고 있었다.

그러나 대학시절 나는 법학에 흥미를 느끼지 못하였다. 당시의 법학 교육은 나의 관심을 끌 정도로 매력적이지 않았다. 더욱이 농촌 문제와 사회 문제에 깊은 관심이 있었던 나는, 법학보다는 경제학이나 사회학 분야에 더 흥미를 느끼게 되었다. 수강 신청을 할 때에도 경제학이나 사회정책 등과 같은 과목을 법학보다 더 많이 선택했다. 그리고 정규 강의 외에 학회 활동에 많은 시간을 할애하였다. 그러던 중 대학 2학년 후반에는 아예 경제학과로 전과하여 본격적으로 경제학 공부를 해보는 게 어떨까 하는 생각까지 하기에 이르렀다.

1, 2학년 때에는 농촌 봉사활동과 민주화를 위한 학생운동에 적극적으로 참여했다. 이런 활동을 통해 나는 한국 사회가 안고 있는 정치, 경제, 사회 전반의 문제점을 깊이 인식할 수 있게 되었다. 내가 접한 사회 문제들을 해결하는 데 기여할 수 있는 방법을 깊이 모색했다. 나는 판사나 고급 공무원이 되어 개인의 발전과 아울러 국가, 사회에 대한 기여를 동시에 실현하고자 했던 꿈을 접었다. 대신 우리 경제와 사회의 구조적인 모순을 해결하고자 노력하는 사회운동가, 그중에서 특히 농

촌 문제 해결을 위해 헌신하는 농촌 운동가가 되고 싶다는 꿈을 갖게 되었다.

대학 3학년 때 군사정부의 독재는 절정에 이르렀다. 이에 반대하는 학생들의 시위도 점차 열기를 더해갔다. 군사정부는 박정희 대통령의 장기집권을 제도적으로 보장하기 위하여, 걸림돌이 되고 있던 학생들의 시위를 원천 봉쇄하려고 대학에 휴교령을 내렸다. 학생운동에 적극 가담했던 학생들을 강제로 제적시키고 군대에 보내 버렸다. 나와 함께 학생운동과 농촌운동에 적극적으로 참여했던 친구들이 모두 군대로 끌려갔고, 나도 쫓기는 신세가 되었다. 나는 헌법이 무너지는 이러한 혼란의 시기를 겪으면서 법학에 대한 관심과 흥미를 완전히 잃어 버렸다.

젊은 시절에 나는 농민과 노동자 등 약자의 편에서 구조적인 모순을 해결하는 일에 적극적으로 참여하고 싶었다. 그런데 하나님을 만나고 난 뒤에는 좌파도 우파도 아닌, 초월적인 하나님의 관점에서 사회를 바라보게 되었다. 정치적으로는 어느 편에도 서지 않는 입장을 견지해 왔다.

하나님을 만나기 전에는 좌파적 경향을 가지고 바람직한 제도와 사회 시스템이 제공하는 질서에 대해 깊이 고심했다. 도대체 어떤 질서가 바람직한 걸까? 독일식, 스웨덴식 등 유럽식이 옳을까? 아니면 미국식이 옳을까? 어떤 선진국의 방식이 우리 사회를 아름답게 만드는 데 도움이 될까? 내 나름의 이런 고민에서 하나님 보시기에 아름다운 질서는 무엇인가에 대한 생각으로 넘어왔다. 현재는 전혀 다른 차원에서 사회 약자에 대한 관심이 이어지고 있다. 그러나 그 적용 방법은 예전과 같지 않다.

우리 사회는 매우 복잡한 변화를 겪었고 지금도 겪고 있다. 좋은 제도도 필요하고 사람도 필요하지만 둘 중에 더 중요한 것은 사람이다. 하나님이 주신 지혜와 사랑을 품고 삶의 현장에서 참된 가치를 실현해 낼 수 있는 파워풀한 리더십이 절실하다. 특히 대통령의 위치는 엄청난 스트레스를 감내해야 하고 순간순간 중요한 결정을 해야 하는 매우 고단한 자리이다. 인품이 상당한 수준에 이르렀거나 깊은 신앙의 사람이 아니면 감당할 수 없는 자리가 대통령의 자리이다.

대학자의 꿈

10월유신의 혼란에 좌절감을 느낀 나는 한동안 충남 부여군 은산면에 있는 곡부서당에 내려가 있었다. 그 서당은 내가 농촌 봉사활동을 하며 알게 된 성동영成東英 형이 공부하고 있는 곳이었다. 그곳에서 율곡 선생의 후예인 서암瑞巖 김희진金熙鎭 선생님을 만났다. 선생님의 지도로 《대학大學》과 《중용中庸》을 비롯한 사서四書와 《성학집요聖學輯要》 등 한문 서적을 읽기 시작했다. 서당에서는 그야말로 주경야독의 생활을 했다.

어느 날 저녁에 율곡전서를 읽다가 우연히 〈만언봉사萬言封事〉라는 상소문을 접하게 되었다. '밀봉한 장문의 상소'란 뜻의 이 상소문을 읽고서 엄청난 감동을 받았다. 그때까지 사회 현실을 비판하는 지식인의 말이나 글을 많이 접했지만, 그들의 비판에는 늘 깊은 아쉬움이 있었다. 그들은 비판은 하지만 대안을 제시하지 못하는 경우가 많았고, 또 대안을 제시하더라도 단편적이거나 어느 한쪽으로 치우쳐서 종합적인 대안이 되지 못했다. 그런데 율곡 선생은 자신의 상소문에서 만약 그 글에 잘못이 있으면 자신의 목을 베라고 전제하고, 당시 우리나라가 안고 있던 여러 가지 문제점들을 낱낱이 지적한 뒤 이를 근본적으로 해결할 수 있는 종합적인 해결책을 제시하고 있었다.

나는 그 상소문을 읽고 벅찬 감동으로 밤새 잠을 이루지 못하고 있다가, 내가 지향해야 할 삶은 판사나 변호사와 같은 법률가나 고급 공무원이 아닌 것은 물론이거니와, 그렇다고 농촌 운동가와 같은 사회운동가도 아니라는 생각이 들었다. 나는 율곡 선생과 같은 대학자가 되어, 우리나라가 안고 있는 제반 문제점을 정확하게 진단한 뒤, 이를 근본적으로 해결할 수 있는 종합적인 대책을 제시해야겠다는 결심을 했다. 이것이 내가 학자의 길로 들어선 계기가 되었다.

법학자의 꿈

학자의 길을 걷기로 한 뒤에도 전공 분야의 선택을 놓고 한동안 고민을 거듭했다. 나는 농촌법학회에 적극적으로 참여해 왔기 때문에, 농업경제학을 전공하는 교수님들을 만날 수 있는 기회가 많았다. 존경하던 어느 사립대학의 교수님은 나에게 자신의 연구실에 와서 농업경제학을 전공해 볼 생각이 없냐고 묻기도 하셨다. 하지만 사립대학의 등록금

1973년 서울대 졸업식, 왼쪽부터 김상갑 사장, 김기현 교수, 필자

을 감당할 능력이 없어서 그분의 제안을 거절하고 말았다. 일단 등록금이 싼 서울대학교 대학원에 진학하기로 하고, 전공도 법학의 다양한 분야들 중에서 내가 전공할 수 있는 분야를 찾아보기로 했다.

나는 대학원 석사과정에 진학할 때 사회경제법 분야를 선택했지만, 연구는 주로 민법 분야에 집중했다. 그리고 민법 중에서도 특히 소유권과 계약에 관한 법리에 깊은 관심을 가지고 연구하기 시작했다. 먼저 소유권에 관해서는 소유권의 기본 원리와 아울러 토지소유권 문제를 집중적으로 연구했다. 그리고 이를 농업 문제와 연결시키기 위해 농지소유권에 관한 이론과 판례를 정리하여 〈농지소유권에 관한 연구〉라는 주제로 석사학위 논문을 썼다.

석사과정을 수료한 뒤 곧바로 박사과정에 진학했다. 그러나 당시 나는 아직 병역 의무를 마치지 않은 상태였다. 1975년 2월 말 법학석사 학위를 취득한 뒤 병역 의무를 위해 같은 해 3월 초에 육군에 입대했다. 나는 이미 결혼하고 아이까지 둔 가장의 신분이었다. 사병으로 입대하여 군 복무를 하기는 매우 어려운 처지였다. 마침 육군 제3사관학교에서 석사학위 소지자를 교관으로 모집한다는 공고가 났다. 나는 시험에 응시하여 합격한 뒤 16주간(6주간의 신병훈련과 10주간의 사관훈련)의 훈련을 받고 육군 중위로 임관하여 경북 영천에 있는 육군 제3사관학교에서 3년간 법학교관으로 근무했다. 그곳에서 사관생도들에게 법학개론과 군법 등을 가르쳤다. 대구에 있는 계명대학교를 비롯한 몇몇 대학에 나가 민법과 상법을 강의하기도 했다. 돌이켜 보면 그 기간이 하나님께서 나를 법학교수로 훈련시킨 과정이었던 것 같다. 내가 의식적으로 하나님을 향하고 있지 않던 시간을 포함하여 어느 한 순간도 나는 하나님의 섭리에서 떨어져 지낸 적이 없었다.

젊은 민법교수

1973년 대학원에 진학하여 법학 공부를 계속하면서, 과연 법학으로 우리나라가 안고 있는 제반 사회·경제 문제를 근본적으로 해결할 수 있을지 의문을 품게 되었다. 법을 연구함으로써 국가와 사회 발전에 기여할 수 있을지에 대해 근본적인 의문을 가지고 있던 나는 일본 교수의 책에서 그 해답을 찾았다.

대학원에서 우연히 일본 민법학계의 태두인 와가츠마 사카에我妻榮 도쿄대 교수의 자서전 《민법과 50년》이라는 책을 접하게 되었다. 그 책을 읽으면서 나는 와가츠마 교수도 젊은 시절에 나와 비슷한 고민을 했다는 사실을 알고 큰 위로를 받았다. 그리고 그가 법학도로서 젊은 날 경제학과 사회학을 깊이 연구한 뒤 사회과학에 대한 해박한 지식을 가지고, 이를 바탕으로 '자본주의와 민법의 관계'를 해명하고자 노력했을 뿐만 아니라, 민법학 교과서를 시리즈로 출판하여 일본 민법학의 토대를 마련했다는 점에 큰 감명을 받았다.

그는 《근대법에 있어서 채권의 우월적 지위》라는 책에 실린 '사법의 방법론에 관한 일 고찰'에서 법학자의 연구 자세에 대해 다음과 같이 갈파한 바 있다.

"법률학은,

실현해야 할 이상을 따르지 않는 법률의 탐구는 맹목적이며,

실제를 중심으로 하지 않는 법률의 탐구는 공허하며,

법률적 구성을 수반하지 않으면 그것은 무력하다."

法律學,

不伴隨探究法律應實現之理想, 是盲目的;

不伴隨探究法律中心之實際, 是空虛的;

不伴隨法律之構成, 是無力的.

그때부터 나는 법학 연구를 통해서도 국가와 사회 발전에 기여할 수 있다는 확신을 가지고 연구에만 매진했다.

1978년 6월 육군대위로 전역한 후 대학원 박사과정에 복학했다. 그해 9월부터 조교로 근무하기 시작했다. 당시 법과대학에는 조교가 두

명밖에 없었다. 따라서 나는 근무시간에는 조교실에서 대기하면서 여러 교수님들의 심부름을 도맡아 했다. 그러나 방과 후에는 누구의 간섭이나 방해도 받지 않고 책을 읽고 논문도 쓰면서 연구에 전념할 수 있었다. 나는 박사과정을 수료하고 독일로 유학을 떠나거나 아니면 지방대학에 교수로 갈 수 있을 거라고 기대하고 있었다. 그러던 어느 날 경희대 법대에 근무하던 고 구연창 교수가 부산 동아대학교에서 민법 담당 교수를 찾고 있는데 내려갈 의향이 있느냐고 물었다. 나는 그 문제로 지도교수님께 상의를 드렸다. 지도교수님은 나에게 지금은 독일에 가서 박사학위를 받고 돌아와도 교수가 되기 어려운 형편이니, 그런 기회를 놓치면 안 된다며 어서 부산으로 내려가라고 하셨다.

나는 1979년 3월부터 부산 동아대학교 정법대학에서 법학교수로서 학생들을 가르치기 시작했다.

동아대학교에서는 민법총칙과 물권법 및 서양법제사를 가르쳤다. 그런데 이런 과목들은 모두 처음 맡는 과목들이었기 때문에 열심히 준비해서 부지런히 가르쳤다. 최선을 다해서 노력한 결과, 선배 교수들과 학생들로부터 매우 좋은 평가를 받았다. 나는 법학교수로서 전공 분야를 연구하고 학생들을 가르치는 일에 상당한 흥미를 느꼈다. 그러나 정치·사회적 혼란기에 대학의 개혁과 발전에 이바지하기 위하여 몇몇 교수들과 학내 민주화를 위한 프로그램을 작성하는 일에 참여했다가 정치 권력의 이동에 민감하게 대처하는 사립대학의 허약함에 큰 실망을 느꼈다. 나는 1979년 '서울의 봄'이라고 불리던 정치적 혼란기에 동아대학교에 있으면서, 부산과 마산에서 일어난 '부마사태釜馬事態'를 경험했다.

1979년 동아대학교로 내려갈 때, 최소한 5년은 근무하고 그 후에는 독일에 유학 가서 법학을 좀더 깊이 연구할 계획이었다. 하지만 정치적 혼란기에 우왕좌왕하는 대학의 리더십과 그에 따라 생사가 결정되는 지방 사립대학 교수의 처지에 크게 실망했다. 결국 1980년 8월에 경희 대학교 법과대학으로 자리를 옮겨, 주로 민법총칙과 채권법을 가르쳤 다. 경제법은 1년에 한 강좌를 개설하여 선택과목으로 가르쳤다. 채권 법은 경희대에서 처음으로 가르쳤기 때문에, 강의 준비에 최선을 다하 였다. 채권법 강의 전날이면 강의 준비가 부담이 되어 잠도 제대로 못 이룰 정도였다. 그러나 강의는 준비를 많이 한다고 해서 잘되는 것이 아니었다. 나는 여러 가지 시행착오를 거치면서 민법교수로 서서히 자 리를 잡아 가게 되었다.

강의 준비에 심혈을 기울이며 나는 학생들에게 알기 쉽고 재미있게 가르치려고 노력했다. 한편 학생들의 성적은 열심히 공부하지 않으면 졸업할 수 없도록 엄격하게 평가했다. 학생들 중에는 "권 교수님은 다 좋은데 우리를 사랑하지 않는 것 같다"고 불평하는 이들도 있었다. 나 중에 안 사실이지만, 나한테 민법총칙을 여섯 번이나 들었다는 학생도 있었다. 그 학생이 군대에 갔다가 복학하여 민법총칙을 재수강했다. 그 런데 학기말 시험에서 좋은 성적을 받고 싶은 욕심에 부정행위를 하다 가 발각되어 다시 낙제하게 되었다. 그 학생은 내 연구실로 찾아와 자 신은 졸업반인 데다가 민법총칙을 다섯 번째 수강한다고 고백하면서, 만약 이번 학기에도 학점을 취득하지 못하면 졸업을 할 수 없으니 용서

해 달라고 사정했다. 게다가 군 복무 중에 허리를 다쳐 건강도 좋지 않은 상태여서 이번 학기에 졸업하지 못하면 더 이상 살 수 없을 것 같다며 통곡하는 것이었다. 나는 사나이가 그렇게 나약해서 어디에 쓰겠냐고 다그치며, 그만한 일로 죽을 것 같으면 아예 죽어버리라고 호되게 야단을 쳐서 돌려보냈다.

그 후 바로 방학이 시작되어 나는 캠퍼스에서 그 학생을 다시 만날 수 없었다. 그런데 방학 내내 그 학생이 걱정되었다.

'어려운 처지에 있는 학생에게 내가 너무 심하게 야단을 친 것은 아닌지, 혹시 그 학생이 잘못되기라도 하면 어떻게 하지?'

이런저런 걱정으로 노심초사하던 중에 그 학생으로부터 편지를 받았다. 그는 고백하기를, 처음에는 나를 많이 원망했으나 시간을 두고 곰곰이 생각해 보니까, 내가 진정으로 무엇을 가르쳐 주고자 했는지 알 수 있었다고 했다. 내가 자기를 정직하고 성실하게 살아갈 수 있도록 바로 잡으려는 것이지, 자기를 미워해서 그런 것이 아니라는 것을 알게 되었다며, 장차 선생님의 기대에 부응하는 정직하고 성실한 제자가 되도록 노력하겠다는 다짐까지 하고 있었다. 나는 그 편지를 읽고 얼마나 기쁘고 감사했는지 모른다. 나는 즉시 답장을 써서 그 학생을 격려해 주었다. 그 학생은 다음 학기에 민법총칙을 다시 수강하여 우수한 학점을 받고 졸업했다.

경희대학교 법학과로 옮겨온 지 6개월 만에 학과장을 맡았다. 당시 법과대학은 법학과가 중심이었는데 학장님이 행정학과 교수였기 때문에, 나는 법과대학의 학사행정과 학생 지도를 총괄해야 했다. 그런데다

경희대 법대 교수들과 함께, 오른쪽 두 번째가 필자

군사정부가 학교 행정에 깊숙이 개입하는 등 불합리한 요소들이 많았다. 예컨대 학생회 대표를 대학 당국에서 지명하게 되어 있었고, 학생들은 자신들의 대표조차 선출할 수 없었다. 따라서 대학 당국이 지명한 학생회장은 민주적 정당성이 없기 때문에 학생들의 지지를 받지 못하였다. 그래서 학생회 임원들은 학생들의 지지를 받기 위하여 의도적으로 교수들에게 대들기도 하고, 불필요한 마찰을 빚기도 했다. 나는 이러한 문제점을 해결하기 위해 우선 학생회장을 학생들이 선출하도록 해야겠다고 생각하고, 1981년부터는 적어도 법과대학에서는 학생들이 그들의 대표를 선출하도록 하는 계획을 세워서 추진했다. 그러자 학내외 여러 기관에서 깊은 우려를 표하며 강하게 반대했다. 당시 경희대에서는 법과대학이 학원소요의 진원지였기 때문에 경희대가 평온해지려면 우선 법과대학이 평온해야 했다. 그렇게 되려면 학생회 대표가 학생들의 지지를 받도록 해야 한다는 명목으로 학교 측을 설득하여 학생 자율의 학생회장 선거를 강행했다. 그것을 계기로 법과대학 학생회는 민주적 정당성을 회복하게 되었고, 교수와 학생간의 신뢰도 회복되어 학내 소요도 점차 가라앉게 되었다.

나는 학과장이자 교수로서 학생들을 가르치고 지도하면서 그들이 사회의 지도자로 성장해 갈 수 있도록 하기 위하여 모든 일을 원칙과 신뢰에 따라 처리하고자 노력했다. 그런데 학생들에게는 나의 이런 태도가 피도 눈물도 없는 원칙주의자로 보인 모양이다.

1982년 가을에 학생들을 인솔하여 설악산으로 수학여행을 간 적이 있다. 설악산 등반을 마친 뒤 깊은 산 속에서 흐르는 물에 발을 담그고, 학생들과 시원한 막걸리를 마시면서 허심탄회하게 대화를 나누었다. 강의실에서의 분위기와는 사뭇 다른 편안하고 격의 없는 대화를 나누던 중에 한 학생이 갑자기 "선생님, 선생님, 석고상에 피가 흐르기 시작합니다"라고 소리치는 것이 아닌가. 나는 설악산에 있는 어느 석불에서 그런 일이 벌어졌다는 줄 알고, 이를 확인하기 위하여 "어디?"라고 하며 주위를 둘러보았다. 그러자 학생들은 일제히 박장대소했다. 그때 한 학생이 내 이마를 가리키며 "여기요!"라고 했다. 나는 그제야 학생들이 나를 피도 눈물도 없는 석고상과 같은 교수라고 생각했는데, 알고 보니 따뜻한 피가 흐르는 더운 가슴을 지닌 교수라는 것을 확인하고, 그것이 기뻐서 그렇게 소리쳤다는 것을 알게 되었다. 그때부터 학생들이 나를 부르는 호칭도 교수님에서 선생님으로 바뀌었다.

경제법과 나의 두 스승

나에게 경제법에 대한 관심을 갖게 해주신 분은 대학원 지도교수인 황적인黃迪仁 교수님이다. 1977년 초에 황 교수님께서 부르셔서 찾아

뵈었다. 교수님은 나에게 경제법 교과서를 함께 집필하자고 제안하셨다. 당시 나는 경제법에 대해 아는 것이 별로 없었기 때문에 선뜻 응하지 못하고 있다가, 황 교수님의 거듭된 권유에 경제법 교과서 저술 작업에 동참하기로 했다. 그 교과서를 준비하는 동안, 나는 서서히 경제법에 흥미를 갖게 되었다. 그 후 1년 이상의 준비를 거쳐서 1978년에 황 교수님과 공저로 경제법 교과서를 법문사에서 출간했다. 이 책은 국내 최초의 경제법 교과서로 자리매김되어 계속 수정 보완해 오다가, 1988년에는 전면개정판으로 엮어 내 단독 명의로 출간했다. 이 책은 오늘날까지 여러 차례 개정을 거쳐 경제법의 대표적인 교과서로 자리잡고 있다. 특히 2009년에는 중국에서 《한국경제법韓國經濟法》이라는 이름으로 번역 출간되기도 했다.

독일 유학과 리트너 교수와 월요대담

경제법을 체계적으로 연구하기 시작한 것은 1984년 독일에 유학 가서 프리츠 리트너Fritz Rittner 교수를 만난 뒤이다. 리트너 교수는 경제법 분야의 세계적인 대가이다. 내가 독일로 유학 갈 때만 해도 경제법과 같은 새로운 법 분야는 국내에서 제대로 연구하기가 매우 어려웠다. 나는 경제법을 체계적으로 연구하기 위해 유학을 떠나기로 결심하고, 미국과 독일 및 일본 중에 어느 나라로 가는 것이 좋을지 깊이 생각해 보았다. 결국 우리나라와 같이 대륙법계에 속하는 나라들 중에 경제법이 가장 발달한 나라인 독일로 정했다. 1983년 독일 훔볼트

Alexander von Humboldt 재단에 신청하여 장학금을 지원 받아 1984년 6월부터 1986년 7월까지 프라이부르크대학 경제법연구소에서 리트너 교수의 지도로 독일과 유럽의 경제법을 연구하였다. 그때 경제법에 대한 이론적인 기초를 쌓을 수 있었을 뿐만 아니라 독일과 유럽의 경쟁법을 체계적으로 이해하고 연구할 수 있었다.

1986년 8월에 귀국하여 독일에서 연구한 것을 정리하고 국내의 법을 비교 연구하여 '기업결합규제법에 관한 연구'라는 주제로 박사학위 논문을 제출했다. 그리고 이듬해 2월에 박사학위를 받았다. 같은 해 3월부터는 서울대학교 대학원에서 경제법 강의를 담당했다.

유학 첫해에는 리트너 교수가 개설한 모든 강의와 세미나에 빠짐없이 참석했다. 그분이 쓴 책과 논문들은 모두 찾아서 읽었다. 다른 교수들의 강의와 세미나 중에서도 관심 있는 것들을 찾아 수강했고, 관련 자료들을 조사하여 읽고 정리하는 등 경제법 연구에 몰두했다.

그러나 경제법에 대한 근본적인 의문들은 쉽게 해소되지 않았다. 유학 2년차에는 리트너 교수에게 부탁하여 매주 월요일 오전 10시부터 11시까지 면담 시간을 가졌다. 그 한 시간을 나는 공부하면서 느낀 의문점들을 정리하여 질문하고 토론하는 기회로 삼았다. 면담 시간은 그후 1년간 꾸준히 지속되었는데, 리트너 교수는 훗날 그 면담 시간을 가리켜 '월요대담Montagsgespräch'이라고 불렀다. 나는 질문할 것은 너무나 많은데 시간은 짧고 독일어 실력도 부족하여, 한 시간을 효율적으로 활용하기 위해 미리 질문을 문서로 작성해서 대담을 했다. 그런데 시간이 지날수록 이미 물어본 것을 다시 물어볼 수도 없고, 또 질문이

1985년 독일 프라이부르크대학 유학 시절, 슈바르트발트에서

계속 발전해야 한다는 부담을 느끼기 시작하여, 질문서를 작성하느라 며칠 동안 꼬박 책상 앞에 앉아 있기도 했다.

어느 정도 시간이 지나자 리트너 교수는 나에게 독일 사람들도 그 이상은 잘 모르니까, 질문을 그만 하고 논문을 쓰라고 했다. 그러나 나는 기본적인 의문들 중에 아직 풀리지 않은 것들이 남아 있었기 때문에 그의 제안을 받아들일 수 없었다. 리트너 교수는 그때부터 내 질문이 우리가 인간을 어떻게 이해하느냐 하는 것과 깊은 관련이 있는 것이라고 하면서, 칸트와 헤겔의 책을 읽으라고 조언했다.

시장경제로 모든 계층에게 유익을 줄 수 있는 선이 어디까지이고, 시장경제로는 불가능한 선은 어디까지일까? 리트너 교수에게 시장경제와 정부 개입에 관해 궁금한 점들을 거듭 여쭈었다. 나는 어느 선부터는 정부가 나서서 규제하는 것이 옳다고 생각했다. 내 질문에 리트너 교수는 이렇게 답했다.

"정부에서 개입한다면 누가 그 일을 담당하겠느냐? 사람이 하지 않겠느냐? 사람이 완전할 것이라 생각하는가? 결국 불완전한 사람이 올바르지 않은 판단을 하게 될 것이고, 자신의 이해관계를 바탕으로 결정할 수밖에 없을 것이다. 왜 그러한 한계가 있는 정부를 신뢰하느냐? 누가 개인과 기업에게 더 많은 자유를 줄 수 있을 것인지가 이 문제를 푸는 열쇠다. 정부가 깊이 개입하면 할수록 문제는 더욱 복잡해진다. 결국 인간을 어떻게 이해할 것인가의 문제다. 즉, 시장과 정부 중에 어느쪽을 더 신뢰할 수 있는가 하는 문제는 인간에 대한 이해의 문제이다. 이것은 자본주의든 사회주의든 어떤 체제에서도 마찬가지다. 법에 대한 고민 이전에 인간에 대한 고민이라 할 수 있다."

리트너 교수는 기독교인이지만 독일인의 다수가 그렇듯이 신앙에 대한 열정은 없었다. 기독교 문화에 동화되어 이웃사랑을 실천하는 삶을 살고 있을 뿐이었다. 리트너 교수의 제자이자 나의 절친한 친구인 드레어 교수도 마찬가지다. 자신은 크리스천이라고 하지만 교회에는 일 년에 네 번 정도만 간다. 그들은 내가 매주 교회에 가서 예배드리는 것을 대단히 이례적인 것으로 본다. 이것이 유럽의 일반적인 현상이다. 어쩌면 우리나라 크리스천들도 머지않아 자신은 기독교인이라고 생각하면서 교회에는 안 나가는 현상이 나타나지 않을까 우려된다.

만약 내가 외국인 제자로부터 독일 유학 당시 리트너 교수에게 했던 것과 동일한 질문을 받는다면 어떻게 대답할까? 제자 중에는 중국에서 유학 온 학생들이 많다. 이들은 매우 똑똑한 학생들로 대부분 공산당에 속해 있다. 중국은 고등학생들 중에 리더십이 있고 똑똑한 학생들을 데

리트너 교수님과 함께

려다 공산당원으로 키우기 때문이다. 중국에서 온 유학생들은 기독교에 반감이 있지만 내가 주재하는 바이블 스터디에 와서 인간과 하나님에 대해 새롭게 이해하고 있다. 만약 이 학생들이 리트너 교수에게 내가 여쭌 것과 같은 질문을 한다면 나는 기본적으로 인간이 자유롭게 활동할 수 있게 보장해 주되 그 자유를 행사함에 있어, 특정한 소수가 다수의 자유를 침해하지 않도록 정부가 적절한 배려를 해야 한다고 생각한다. 기본적으로 개인의 자유와 창의를 존중하는 시스템이 훨씬 우월한 시스템이다.

독일에서 귀국한 후에도 나는 한동안 방학 때마다 프라이부르크대학에 가서 리트너 교수를 뵈었다. 리트너 교수는 그때마다 월요대담을 다시 시작하자고 제안할 정도로 그 대담은 서로에게 매우 유익하고 소중한 추억으로 남아 있다. 나는 리트너 교수와 대담을 통해 경제법의 기본원리와 핵심적인 쟁점들은 물론, 사적 자치와 정부 규제, 시장과 정부의 관계 등과 같은 법학 및 사법의 기본 문제에 대해 보다 정확하게 인식할 수 있었다. 그뿐만 아니라, 학문하는 방법이나 자세에 대해서도 많은 가르침을 받았다.

신뢰하는 독일 친구, 드레어 교수

프라이부르크에 체재하는 동안, 나는 리트너 교수의 제자들과도 깊은 교제를 나눌 기회가 있었다. 그렇게 시작된 교제는 그 후에도 꾸준히 지속되고 있다. 특히 마인츠대학 법대 학장으로 있는 마인라드 드레어Meinrad Dreher 교수와 독일의 대형 로펌인 CMS의 베를린 사무소 대표 볼프 폰 레켄베르크Wolf von Rechenberg 변호사와는 지금까지 따뜻한 우정을 나누고 있다. 나는 독일에 갈 때마다 그들을 만났고, 그들도 한국을 여러 차례 방문하여 대학에서 강연도 하고 심포지엄에서 발표도 하며 활발한 교류를 나누었다. 그들은 서울과 경주에서 우리 유적들을 둘러보면서 한국의 과거와 현재에 깊이 이해할 수 있는 기회를 가졌다. 내 제자들 중에 여러 명이 드레어 교수의 지도로 법학 박사학위를 취득하거나 방문 학자로 연구한 뒤 귀국하여, 한국 경제법의 발전에 크게 기여하고 있다.

독일에 유학 가는 제자들을 위해 나는 드레어 교수를 연결시켜 주고 있다. 그는 나와 함께 리트너 교수에게 경제법을 배운 제자이며 내가 가장 신뢰하는 친구다. 독일에서는 박사학위를 마치고 교수 자격 논문을 써야만 교수가 된다. 드레어가 그 과정에 들어가는 것을 망설이고 있을 때 나는 "교수 자격 논문을 쓰고 교수가 되면 너는 아주 훌륭한 교수가 될 것"이라고 격려해 준 적이 있다. 그리고 그가 교수가 되면 내가 제자를 보내겠다고 했다. 드레어는 한국 학생들을 추천하면 자신이 꼭 열심히 지도해 주겠다고 약속했다.

그 후 나는 독일에 유학하려는 많은 제자들을 드레어 교수에게 보냈고 그들은 모두 좋은 성과를 거두고 왔다. 그런데 어느 날 리트너 교수가 나에게, 드레어 교수에게 학생들을 그만 보냈으면 좋겠다는 뜻밖의 말씀을 하셨다. 이유를 여쭈었더니, 드레어 교수가 너무 바빠서 부담이 된다는 것이었다. 외국인 학생을 지도하는 데는 많은 시간과 정성을 쏟아야 하는 것을 나도 잘 알고 있다. 나는 드레어가 미안하여 직접 말을 하지 못하고 스승을 통해 뜻을 전해왔으리라 추측했다. 후에 마인츠에 갔을 때 드레어 교수에게 물어보았다. 그런데 그는 그것은 전혀 자신의 뜻이 아니며, 내가 보낸 제자들은 모두 훌륭했고 열심히 공부해서 좋은

독일 친구들과 함께, 내 오른편이 절친한 드레어 교수다.

성과를 거두고 돌아갔다고 했다. 리트너 교수님이 지레짐작으로 그렇게 얘기한 것 같다고 말해 주었다. 하지만 나는 그 후 학생들을 드레어에게 추천하기가 매우 조심스러웠다. 마침 그때 한 제자를 추천하고 싶었는데 이미 그런 얘기를 듣고 난 뒤라, 추천을 해야 할지 말아야 할지 고민하고 있었다. 당시 나는 한 달 동안 마인츠에 머물러 있었는데, 독일을 떠나 한국으로 오기 전 환송 파티에서 드레어에게 물었다.

"추천하고 싶은 학생이 한 사람 있는데 혹시 부담스러울까 봐 한 달 동안 망설였어. 혹시 네게 추천해도 되겠니?"

드레어는 이렇게 말했다.

"그건 네가 결정해라. 나는 이미 20년 전에 너와 약속했기 때문에 네가 사정을 봐줘서 추천하지 않으면 고맙지만, 추천하면 나는 받을 수밖에 없어. 약속은 지켜야 하니까!"

이런 면이 독일인의 두드러진 특성이다. 나 같으면 얼마든지, 그때는 우리가 그렇게 약속했지만 지금은 내 사정이 많이 바뀌었으니 어쩔 수 없다며 정중히 거절해도 될 것 같은데 '약속은 약속'이란 것이었다. 나는 깜짝 놀랐다. 드레어에게 다시 물었다.

"그런데 독일에 너보다 나은 경제법 교수가 있냐? 네가 추천하면 내가 그쪽으로 보낼게."

그는 한참 생각하더니, "지금은 나보다 나은 교수가 없으니 어쩔 수 없다. 내게 보내라. 내가 받을게."라고 말했다.

나는 독일 친구의 약속과 신뢰에 깊은 감명을 받았다.

사실 처음 독일에 유학 갔을 때 나는 리트너 교수에게 많이 실망했다. 매주 그분의 학부 강의와 세미나를 빠짐없이 수강했는데 아는 척도 하지 않았다. 그때 나는 국내에서 이미 교수로 5년 이상 일한 뒤였다. 앞자리에서 열심히 강의를 들으면 짧은 인사라도 한 마디 건네줄 만한데도 어쩌면 이렇게 매정한 교수가 다 있나 싶었다. 그러다가 몇 개월이 지나 리트너 교수는 내게 베를린 학술대회에 같이 가자고 제안했다. 자신은 별 다섯 개짜리 호텔을 예약하면서 나에게는 별 세 개짜리 호텔을 추천해 주었다. 거기까진 무척 고마운 일이었다.

이튿날 아침, 교수님이 묵는 호텔 앞에서 만나 버스를 타고 학회 장소로 가기로 했다. 나는 먼저 버스에 올라타는 교수님이 당연히 버스 요금을 내줄 줄 알았는데 자기 표만 사서 빈자리에 앉는 것이었다. 나는 요금을 낼 준비가 되지 않은 상태에서 이미 버스가 출발하여 얼마나 당황스러웠는지 모른다. 그가 너무나 인색하게 보여서 옆자리에 앉기도 싫었다. 내가 이런 사람에게 뭘 배우나 싶었다. 그리고 회의장에서는 회의가 중간 브레이크 타임도 없이 진행되었는데, 중간에 어떤 사람이 무슨 음료를 들겠냐고 묻기에 차를 주문했더니, 차를 서빙해 주고는 한참 뒤 찻값을 모두 받아가는 것이었다. 대신 점심은 주최 측에서 제공해 주었다. 나는 찻값을 점심값에 포함해도 될 것을 따로 지불하게 하여 회의 진행을 방해하는 모습이 이해되지 않았다. 그런데 그날 저녁 리트너 교수가 자신이 묵는 호텔에서 식사 초대를 했다. 1인당 50마르크나 하는 고급 식당이었다. 나는 융숭한 대접을 받으면서 이렇게 비싼 만찬에 초대하지 말고 차라리 아침에 버스표나 사주었으면 그렇게 실망하지는 않았을 텐데, 하는 생각이 들었다. 독일인은 식사 초대는 호의를 베푸는 것이지만 커피와 버스 요금은 각자 부담하는 것을 당연하게 여겼다.

유학을 마치고 귀국한 후 리트너 교수가 한국을 방문한 적이 있었다. 나는 그분을 모시고 다니면서 가는 곳마다 교통비를 비롯한 모든 비용을 지불했다. 그러자 리트너 교수는 서울에서 이틀이 지나고 난 후 자신도 지불할 기회를 좀 달라고 했다. 나는 여기는 한국이고 당신은 손님이니 내가 부담하겠다고 했다. 리트너 교수는 자신은 독일에서 그렇게 한 적이 없으니까 자신에게도 기회를 달라고 거듭 요청했다. 나는 그 기회를 주지 않았다. 3일째 되던 날 우리는 부부 동반으로 경주에 갔다. 한 호텔에서 여장을 풀고 저녁 식사를 한 후 계산을 하려는데 이미 누가 계산했다는 것이다. 알고 보니 리트너 교수가 식사 도중 화장실에 다녀오는 것처럼 하고 계산한 것이었다. 며칠 만에 이 독일 교수가 한국식을 배웠구나, 라고 생각했다. 독일 사람은 어떻게 보면 정말 눈치가 없다. 한국 사람인 내가 볼 때 그들의 행동이 서운했을 것이란 점은 상상도 못하는 것 같았다. 그들은 친구들과 식사하러 가도 각자 지불하는 것이 보통이고, 초청한다고 했을 경우에만 초청자가 지불하는 식이다.

독일의 문화를 이해해야 독일의 법이 보인다

독일 교수에게 다음과 같은 이야기를 들은 적이 있다.

부부간에 생활비 분담에 관한 분쟁이 생겨 대법원까지 올라갔다고 한다. 결국 부인이 승소했다. 사건 내용은 이랬다. 남편은 한 달에 우리 돈으로 500만원을 벌고 부인은 200만원을 버는데, 생활비는 각각 100만원씩 부담하고 있었다. 그런데 부인이 200만원으로 생활하다 보니 생활비가 좀 부족하여 남편에게 매달 100만원을 더 내라고 했다. 남편은 주말에 외식할 때마다 자신이 음식 값을 지불했을 뿐만 아니라 다른 비용까지 부담하고 있으니, 실질 부담률은 결코 적지 않다고 주장하여 소송까지 간 것이다. 지방법원, 고등법원을 거쳐 대법원에서 결국 부인이 승소하는 판결이 내려졌다.

나는 그 이야기를 듣고는 어이가 없다는 표정으로 질문했다.

"그러고 나서 그 부부는 계속 같이 살았대?"

그러자 독일 교수는 깜짝 놀라면서 내가 왜 그런 질문을 하는지 모르겠다고 했다. 그것은 대단히 비논리적인 질문이라는 것이다. 그 부부는 생활비 분담에 관한 분쟁을 한 것이지, 이혼 소송을 한 것이 아니었다. 같이 사는 것을 전제로 생활비 분담에 관한 분쟁을 했는데, 그 문제가 대법원 판결로 해결되었으니 같이 사는 것은 당연한 것이다. 이 사안에서 어떻게 그 부부가 같이 살았느냐는 질문을 할 수 있는지 모르겠다며 의아해했다. 한국인의 정서로는 쉽게 받아들일 수 없는 일이지만, 그의 설명은 대단히 논리적이었다. 그는 법학교수인 내가 그런 질문을 하는 것은 도저히 이해할 수 없는 일이라고 했다. 그래서 나는, 한국 사람에게 그 이야기를 들려주면 열에 아홉은 나와 같은 질문을 할 거라고 했다.

이처럼 독일과 한국은 문화적으로 엄청난 차이가 있다. 그런 독일의 문화에 기초를 두고 형성된 법을 우리가 도입해서 쓰고 있기 때문에 법 적용 과정에서 예상치 못한 문제가 발생하는 경우가 자주 있다. 외국에서 들여온 법은 우리 정서와 문화에 안 맞는 경우가 많다. 독일에 가서 경험해 봐야 비로소 그 의미를 정확히 알 수 있는 법조항들이 가득하다. 우리와 문화적 배경이 다른 나라에서 형성된 법을 우리나라에 적용하기 위해서는 특별한 배려를 해야 한다.

나는 독일에 유학 가는 제자들에게 꼭 당부하는 말이 있다. 독일에 가면 독일의 역사와 문화 및 사회를 깊이 이해하고 그들이 법제도와 어떠한 관계가 있는지 정확하게 알려고 노력하라고 강조한다. 타문화권에 대한 이해를 바탕으로 법제도를 우리 정서와 문화에 맞게 수정 보완하여 해석하고 적용할 수 있도록 해야 한다. 이러한 외국의 경험은 대단히 중요하다.

독일 유학 시절의 두 가지 꿈

독일에서 유학하는 동안 두 가지 꿈을 꾸었다. 하나는 나도 언젠가 우리나라에서 외국인 유학생들에게 우리말로 우리 경제법을 가르칠 수 있는 날이 왔으면 하는 꿈이고, 다른 하나는 아시아에서도 장차 유럽경제공동체(EEC, European Economic Community)와 같은 하나의 경제공동체가 형성되었으면 하는 꿈이다.

그런 꿈을 꾸게 된 배경은 대체로 다음과 같다. 내가 독일에 유학 가서 배우고 경험한 것들 중에서 가장 부러웠던 것 두 가지가 있다. 하나는 세계 각국에서 독일로 유학 온 외국인 학생들이 독일 학생들과 어울려 독일어로 독일 법을 공부하는 모습이었다. 다른 하나는 유럽은 나라와 나라를 구별하는 국경의 장벽이 그다지 높지 않아서 독일에서 외국으로 여행하기도 쉽고 다른 나라 사람들이 독일에 와서 활동하는 것도 쉬웠다. 게다가 독일 청년들 중에는 자신이 독일인이라고 불리기보다는 유럽인이라고 불리기를 더 좋아하는 이들도 많았다. 나는 독일에서 이웃나라로 여행하는 것이 서울에서 경기도로 가는 것보다 더 쉽다는 느낌을 받았다. 특히 독일에서는 여러 나라의 상품을 자유롭게 구입할 수 있었다. 나는 이런 현상을 지켜보면서, 우리도 멀지 않은 장래에 가까운 이웃나라들과 어울려서 서로 협력하며 살 수 있는 날이 왔으면 하는 소망을 갖게 되었다.

이미 이루어진 꿈, 한국의 법을 배우는 유학생들

독일 유학을 마치고 귀국했던 1980년대 후반만 해도 이런 꿈들은 실현 가능성이 희박한 것으로 보였다. 당시 내가 만약 어느 자리에서 그런 꿈에 대해 공개적으로 이야기를 했더라면, 사람들은 나를 허황된 꿈을 꾸고 있는 사람이라며 비웃었을지도 모른다. 그러나 20여 년이 지난 지금 그 꿈은 결코 허황된 것이 아니라 실현 가능성이 충분히 있는 것으로서, 그중에는 이미 실현된 것들도 있다.

최근에는 외국에서 우리나라로 유학 오는 학생들이 점차 늘고 있다. 그들 중에는 법학을 공부하러 오는 학생들도 꽤 많다. 더욱 놀라운 것은 언제부터인가 내 강의실에도 중국, 일본, 베트남, 몽골 등 이웃나라에서 유학 온 학생들이 들어온다는 점이다. 그들은 우리나라에 유학 와서 한국 학생들과 함께 어울려 한국어로 한국의 법을 배우고 있다. 그렇다면 내가 오랫동안 가슴에 품고 있던 꿈들 중에 첫 번째 꿈은 실현된 것이라 할 수 있다. 실로 놀라운 변화이자 엄청난 발전이라 하지 않을 수 없다.

그런데 외국 학생들이 한국에 와서 한국의 법을 배우는 이유는 무엇일까? 우선, 한국 경제가 급속도로 성장하고 발전하는 과정에서 한국의 법도 많이 발전했기 때문이다. 그리고 외국인들이 보기에 한국의 법과 제도에는 다른 나라에서 찾을 수 없는 특별한 요소가 있기 때문이다. 하지만 국내에서는 아직 이러한 변화와 발전을 제대로 인식하지 못하고 있다. 대부분의 법률가들은 국내에서 제기되는 법률 문제를 해결하는데 도움이 될 만한 선진국의 법과 제도에만 관심을 두고, 이웃나라의 법과 제도를 살피고 그들과 협력하려는 생각은 하지 않고 있다.

우리 법학자와 법률가들은 그동안 국내에서 경제발전과 민주화를 추진해 오는 과정에서 제기되는 제반 법률 문제를 합리적으로 해결하기 위하여 열심히 노력해 왔다. 주로 선진국의 법과 제도를 면밀히 연구하여, 이를 우리나라 실정에 맞게 수정 보완하여 현실에 적용하려고 힘을 기울였다. 그 과정에서 우리 법학자와 법률가들은 우리 법과 제도의 문제점을 찾아내어 이를 해결하고, 선진국 수준으로 발전시키기는데 집중해 왔다. 이처럼 우리는 당면한 법률 문제를 해결하기 위하여 필요할 때마다 외국의 법과 제도 및 경험을 참고하면서 앞만 보고 달려온 것이다.

이 과정을 거치는 동안 우리 법과 제도는 상당한 수준으로 발전하였다. 이제 이웃나라에서 우리 법과 제도를 배우기 위하여 한국으로 유학오고 있다. 그러나 우리 법률가들은 여전히 선진국의 법과 제도를 수입하여 바로 국내에 적용하거나 그들의 경험을 통해 배우려고만 한다. 우리 법과 제도 및 그것을 운용한 경험을 이웃나라에 전해 주고, 또 그들과 협력하고자 노력하는 사람들을 찾아보기란 참으로 어렵다.

오늘날 한국의 법과 제도에 깊은 관심을 가지고 있는 나라는 대체로 체제전환국이거나 개발도상국들이다. 그들이 우리나라의 법과 제도에 특별한 관심을 두는 이유는 다음과 같다.

우리나라는 1960년대부터 정부주도형 경제성장정책을 통하여 고도 성장을 이룩한 뒤, 1980년대 이후에는 경제 운용 모델을 정부 주도에서 민간 주도의 시장경제로 전환했다. 단기간에 산업화를 성공적으로 이끌어 오는 과정에서 그것을 뒷받침해 온 법과 제도의 운용 경험이 상당한 수준으로 축적되었다. 다른 국가들이 우리나라의 법과 제도에 깊은 관심을 가지고 있지만, 관심의 대상과 초점은 나라에 따라 다양하다. 예컨대 개발도상국들은 주로 우리나라의 경제성장 과정과 그것을 뒷받침해 온 법과 제도에 관심이 있는 반면, 체제전환국들은 경제 운용 모델을 정부 주도에서 민간 주도로 바꾸는 과정에서 정부의 규제를 완화하고 시장 기능을 확대한 것과 이를 뒷받침해 온 법과 제도에 깊은 관심을 두고 있다.

1980년대 후반 이후 구소련이 붕괴되고 중국을 비롯한 사회주의 국가들이 개혁과 개방을 추진하기 시작함에 따라, 구 사회주의권에 속해 있던 나라들은 경제 체제를 계획경제에서 시장경제로 전환해 나가고 있다. 그런데 이러한 체제전환국들은 그 체제 전환을 성공적으로 추진하기 위하여, 우리나라가 경제 운용을 정부 주도에서 민간 주도의 시장경제로 전환한 것과 이를 뒷받침해 온 법과 제도의 변화 및 법률가의 역할에 깊은 관심을 두고 있다. 이런 현상은 중국이나 베트남, 몽골, 캄보디아 등과 같은 나라에서 두드러지게 나타난다. 우리의 법과 제도들 가운데 그들이 특별히 관심 있는 분야는 외국인투자법, 기업법, 토지법, 노동법, 경제법, 지적재산권법, 조세법, IT법 등이다. 그들은 이러한 법과 제도의 내용과 절차는 물론 실제 운용 경험에도 깊은 관심을 두고 있다.

하지만 우리 법학자와 법률가들 중에는 일본을 제외하고 아시아 여러 나라의 법과 제도에 두루 관심이 있는 분들을 찾기가 매우 어렵다. 이것은 어쩌면 당연한 현상인지도 모른다. 우리나라는 36년간 일제의 지배를 받았을 뿐만 아니라 1948년 정부를 수립하는 과정에서도 일본을 통하여 유럽의 대륙법, 특히 독일 법을 받아들였기 때문에, 우리 법학자나 법률가들은 1970년대까지 주로 일본 법과 독일 법에 깊은 관심이 있었다. 그러나 1980년대 이후에는 주로 경제적인 영향으로 그 관심이 미국을 중심으로 한 영미법 쪽으로 차츰 옮겨지고 있다.

아직 이루어지지 않은 꿈, 아시아경제공동체

우리 아시아에서도 유럽공동체와 같은 경제공동체가 형성되길 바라는 두 번째의 꿈은 아직 이루어지지 않고 있다. 현재로서는 그러한 꿈이 언제 이루어질 수 있을지 예측하기 어렵다. 그럼에도 불구하고, 내가 매우 기쁘게 생각하는 것은, 최근에 그 꿈이 실현될 수 있는 조짐이 서서히 나타나기 시작했다는 것이다.

나는 몇 년 전부터 국내외의 여러 모임에서 기회가 있을 때마다 아시아경제공동체를 설립할 필요가 있다는 주장을 펴고 있다. 반갑게도 이런 이야기를 듣는 사람들의 반응이 점차 좋아지고 있다. 최근에는 적어도 그러한 꿈에 대해 뜬구름 잡는 허황된 이야기라고 비웃거나 비난하는 사람들이 거의 없다. 오히려 큰 감동을 받았다고 하면서 공감하는 사람들이 점차 늘고 있다.

2009년 1월, 언론 매체에서 눈에 띄는 반가운 소식을 접했다. 전국경제인연합회 회장이 한일 정상회담을 위해 방한 중인 일본 총리를 초청하여 오찬 간담회를 열었다. 이 자리에서 전경련 회장은 최근 경제위기를 계기로 아시아 국가들 간의 금융협력시스템을 강화하고, 이제 아시아 지역에서도 EU나 NAFTA와 같은 경제공동체를 만들 때가 되었음을 강조했다고 한다. 20여 년 전의 사정과 비교해볼 때, 이는 실로 엄청난 변화이다.

이런 변화의 배경은 무엇인가? 1990년대 이후에는 세계 경제의 중심이 미국과 유럽에서 아시아대륙으로 서서히 넘어오고 있다. 그뿐만 아니라 아시아 역내의 거래 규모가 크게 확대되고 있으며, 우리나라와 아시아 여러 나라들의 무역 규모도 급격히 커지고 있다. 그 결과, 우리나라에서도 이웃나라 경제는 물론 그들의 역사와 전통 및 문화에 대한 관심이 점차 커지고 있다. 하지만 우리가 이웃나라의 법과 제도에 관심을 갖기 시작한 것은 비교적 최근의 일이다. 그러한 관심은 주로 중국법과 제도에 집중되어 왔으며, 그 밖의 나라에 대하여는 아직 초보적인 수준을 벗어나지 못하고 있다.

새로운 비전과 소명

우리나라에서 아시아 여러 나라의 법과 제도에 대한 관심이 생기기 시작한 계기는 2004년 6월 사단법인 **아시아법연구소**의 설립이다. 아시아법연구소는 내가 뜻있는 법률가들과 함께 설립한 단체다. 이 연구소는 아시아 여러 나라의 법과 제도를 비교 연구하여 그 결과를 현지에 진출해 있는 기업인들에게 제공하는 한편, 체제전환국과 개발도상국에 대하여 그들의 법제 정비나 법률가 양성에 필요한 지원과 협력을 제공하는 것이 목적이다. 이 연구소가 활동을 시작하면서 몇몇 로펌에서는 아시아 여러 나라에 지사를 설립하고 외국 법률가들을 채용하여 필요한 정보를 제공하는 등의 방법으로 활동 범위를 넓혀가고 있다. 아울러 법학자나 법률실무가들의 상호 교류와 협력도 점차 확대해 가고 있다.

성경에는 "우리의 연수가 칠십이요 강건하면 팔십"이라는 말씀이 있다. 최근의 보도에 따르면 우리나라 남자의 평균 연령은 78세라고 한다. 내가 하나님의 은혜로 강건하여 앞으로 20년 이상 더 살 수 있게 된다면, 나의 두 번째 꿈도 실현될 수 있으리라 기대한다. 만약 두 번째 꿈까지 실현된다면, 나는 평생 간직한 꿈을 모두 이루는 축복을 받게 될 것이다. 따라서 나는 이러한 기대를 가지고 첫 번째 꿈을 더욱 구체화하는 동시에, 두 번째 꿈의 실현에 이바지하기 위하여 마음과 뜻과 정성을 다하여 최선의 노력을 기울이려고 한다. 우선, 아시아 여러 나라에서 국경을 초월하는 교류와 협력이 활발하게 전개될 수 있도록 이를 가로막는 장애요인들, 그중에서도 특히 법과 제도적인 요인들을 찾아내어 이를 제거하기 위해 노력할 것이다. 그리고 체제전환국이나 개발도상국에 시장경제가 하루 빨리 연착륙할 수 있도록 돕기 위해 필요한 법과 제도의 정비와 법률가 양성을 지원하고, 법률가 상호 교류와 협력을 촉진하고자 최선의 노력을 다할 것이다.

이러한 노력을 통하여 단기적으로는 아시아 여러 나라의 경제발전과 민주화를 지원하고 상호 교류와 협력을 촉진하는 동시에, 장기적으로는 동아시아 경제공동체를 형성하기 위한 법적 토대를 마련하고자 한다. 나는 이러한 꿈과 비전을 실현하기 위하여 그동안 쌓은 학문적 지식과 경험, 경륜은 물론, 내 모든 인적 네트워크를 총동원하여, 뜻을 같이하는 동역자들을 모아 아시아경제공동체를 형성하는 데 이바지하고자 한다.

> 일어나라 빛을 발하라. 이는 네 빛이 이르렀고 여호와의 영광이 네 위에 임하였음이니라. (사 60:1)

하나님을 만남

영적인 방황

대학에 입학하기 전까지 나는 비교적 열심히 신앙생활을 해왔다. 그때까지 주일예배는 빠지지 않고 드렸다. 그러나 대학에 입학하여 사회과학에 눈뜨기 시작하면서 신앙생활이 흔들리기 시작했다. 학교 행사로 주일예배에 한두 번 빠지면서 급기야 주일마다 교회에 가서 예배드리는 것에 회의가 생기기 시작했다. 그리고 점차 한국 교회에 대하여 비판적인 태도를 갖게 되었다. 1960년대와 1970년대는 우리나라가 군부독재 치하에 있었기 때문에 대학에서는 민주주의를 수호하기 위한 학생들의 시위가 끊이지 않았다. 대학생들은 군사독재에 항거하고 민주화를 실현하기 위해 다양한 형태의 학생운동을 전개하고 있었고, 나도 적극 참여했다. 그러나 교회와 교계의 지도자들은 대체로 이러한 사회 문제에 별반 관심을 보이지 않았고, 영혼 구원만 강조하거나 개인적인 축복을 중시하는 경향이 있었다. 더욱이 기독교를 대표하는 지도자들이 군사정부를 위한 조찬기도회에 참석하여 그들을 위해 기도하는 모습이 자주 보도되었다. 의식 있는 대학생들은 그러한 한국 교회와 그 지도자들의 모습에 크게 실망하고 있었다.

나도 다른 학생들과 마찬가지로 교회에 대하여 매우 못마땅하게 생각하고 있었다. 그래도 주일에는 가능한 한 교회에 가서 예배를 드리려고 했다. 주일 예배를 드리지 않으면 어딘지 모르게 마음이 개운하지 않았기 때문이다. 그것은 내가 어릴 때부터 교회에 다니면서 성수주일(주일은 반드시 거룩하게 지킴)을 해야 한다고 배웠기 때문이다. 나는 머리로는 교회를 비판하면서도 가슴으로는 교회를 향한 마음이 변하지 않았다. 막상 교회에서 예배를 드리다 보면 기도와 찬송에는 감동 받고 은혜도 받아서 눈물을 흘린 적도 있지만, 설교 말씀에 대하여는 늘 비판적이었다. 목사님의 설교를 들으면서 은혜를 받는 것이 아니라 그 내용이나 표현 방법에 대하여 비판적인 생각이 발동하는 경우가 많았다. 논리적으로 설명되지 않는 내용에 부딪힐 때마다 납득하기 어려웠고, 내용을 전달하는 방법도 수긍하기 어려운 경우가 많았다. 당시만 하더라도 나는 설교와 강연의 차이를 제대로 인식하지 못했다. 따라서 설교 시간에 목사님이 하시는 말씀 중에서 이해할 수 없는 부분에 대하여 성도들이 질문할 수 있는 기회를 주지 않는 예배의 형식을 매우 못마땅해하고 있었다.

하지만 이런 것들은 모두 내 신앙이 부족해서 생긴 현상이라 할 수 있다. 나는 그것도 모르고 설교를 잘한다고 소문난 목사님들을 찾아서 주일마다 이 교회 저 교회를 찾아다니는 생활을 했다. 이렇게 시작된 교회 탐방은 한동안 지속되었지만 그 어느 교회에서도 만족을 얻지 못하였다. 교회마다 장점이 있으면 단점도 있고, 이것이 좋으면 저것이 나쁘다는 것을 알게 되었다. 당시 나는 좋은 설교와 나쁜 설교를 제대로 분별할 수 있는 능력도 없었다. 그저 쉽게 이해할 수 있고 수긍이 가는 설교는 좋은 설교이고, 그렇지 않은 설교는 나쁜 설교라고 생각하는 수준이었다.

주님의교회 출석

1990년, 나는 아내와 소망교회에 나가서 예배를 드리고 있었다. 그해 11월경, 예배를 드리고 나오다가 고등학교 선배 한 분을 만났다. 그 선배와 함께 근처 다방에서 차를 마시면서 대화를 나누던 중에, 선배가 '주님의교회'를 소개하면서 나에게 그 교회에 한번 가보라고 권유했다. 선배는 주님의교회가 다음과 같은 특징이 있다고 설명했다. 우선, 교회와 목사가 무소유를 실천한다는 것이다. 교회는 예배당 건물을 소유하지 않고, 목사는 집과 통장을 소유하지 않는다고 했다. 그리고 교회에서는 헌금의 반을 선교와 구제에 쓰고 나머지 반으로 교회의 살림을 이끌어 간다고 했다. 끝으로 그 교회에서는 예배당 입구에 헌금함을 두기 때문에 예배 시간에 헌금 주머니를 돌리지 않는다는 것이다. 이런 설명을 듣고 나는 아내와 함께 그 다음 주부터 주님의교회에 나가 보기로 했다. 주님의교회는 당시 강남 YMCA 4층 강당을 빌려서 예배를 드리고 있었고, 교인은 300~400명 정도였던 것으로 기억된다.

주님의교회에서 예배를 드리면서 나는 다른 교회에서 경험해 보지 못한 참신한 느낌을 받았다. 그 이유는 우선 내가 모처럼 교회 본당에서 예배 드릴 수 있었기 때문이다. 당시 나는 주일이면 즐거운 마음에서가 아니라 성수주일에 대한 부담감으로 억지로 교회에 나가고 있었기 때문에 예배 시작 전에 교회에 도착한 적이 거의 없었다. 나는 늘 조금 늦게 교회에 도착했기 때문에, 본당에서 예배드리는 것은 아예 엄두도 내지 못하고 지하실이나 교육관 등에 가서 TV 중계로 예배를 드리곤 했다. 그런데 주님의교회에서는 700여 명 이상 들어갈 수 있는 큰 강당에서 300~400명이 예배를 드리고 있었기 때문에 늘 빈자리가 있어서 교회에 조금 늦게 도착하더라도 본당에 들어갈 수 있었다. 나는 본당 강단에서 전하는 설교 말씀을 가까이서 들을 수 있다는 것이 마음에 들었고, 이제야 교회에서 제대로 예배를 드린다는 느낌이 들었다. 둘째로, 주님의교회에서는 새로 나온 사람들을 전혀 귀찮게 하지 않았다. 당시 나는 주일날 교회에 가서 조용히 예배만 드리고 돌아오는 정도였지, 성도들과의 교제에는 관심이 없었고, 그 의미도 제대로 이해하지 못하고 있었다. 그래서 교회에서 누가 내게 다가와 인사를 하거나 친절을 베푸는 것이 여간 부담스럽지 않았다. 다른 교회에 다닐 때에는 목사님의 축도가 끝나기 전에 나오는 경우도 많았다. 그런데 다른 교회에서는 새로운 얼굴이 보이면 여러 사람들이 다가와서 인사도 건네고 등록을 권유하는 것이 보통인데, 주님의교회에서는 그런 식으로 나를 귀찮게 하는 사람들이 없었다. 나는 조용히 예배만 드리고 돌아올 수 있었다. 셋째로, 목사님의 설교가 깔끔하고 군더더기가 없었다. 당시 주님의교회는 이재철 목사님이 담임으로 섬기고 있었는데, 그분은 설교 내용을 카드에 깨알같이 적어서 이를 한 자도 빼놓지 않고 몽땅 외워서 전하셨다. 따라서 그분의 설교 말씀은 중언부언하거나 군더더기가 없고 명료한 것이 특징이었다.

　나는 그때부터 몇 달 동안 아내와 주님의교회에 출석하였다. 그런데 1991년 4월 어느 주일날, 목사님은 설교 말씀에서 **"신앙은 내 힘으로 되는 것이 아니라 하나님의 터치를 받아야 된다"**고 하시면서, 사이클 경주를 예로 들어 선수들이 가파른 오르막길을 올라갈 때 코치가 뒤에서 전속력으로 달리면서 그들의 등을 터치해 주지 않으면 그들이 오르막길을 거뜬히 올라갈 수 없는 것처럼, 하나님이 우리를 터치해 주지 않으면 우리는 예수를 믿을 수 없다고 말씀하셨다. 그 말씀을 듣는 순간, '아! 그렇구나. 나는 아직 하나님의 터치를 받지 못하였구나'하는 생각이 들었다. 그래서 어떻게 하면 하나님의 터치를 받을 수 있을까, 하는 기대를 가지고 설교에 집중했다. 그런데 목사님은 하나님의 터치를 받는 방법에 대하여는 아무런 설명도 없이 설교를 끝내 버리시는 것이 아닌가.

　나는 그것이 매우 아쉬워서 예배가 끝난 뒤 바로 목양실로 찾아가 목사님께 어떻게 하면 하나님의 터치를 받을 수 있는지 질문했다. 그런데 목사님은 "권 교수님은 이미 하나님의 터치를 받았습니다"라고 말씀하셨다. 나는 그 말씀에 동의할 수 없었다. 당시 나는 하나님의 터치를 전혀 느끼지 못하고 있었기 때문이다. '목사들은 다 저렇게 이야기하는가 보다' 하고 생각하면서, '내가 소외감을 느끼지 않고 계속 교회에 나오게 하려면 저렇게 말해 두는 것이 좋겠지'라고 생각하고 집으로 돌아왔다.

서울법대 경제법 교수 지원

1991년 5월, 서울대학교 법과대학에서 내 전공인 '경제법' 분야의 전임교수를 채용한다는 공고가 나왔다. 나는 지난 10여 년간 사립대학에서 학생들을 가르치면서, 마음속으로는 늘 국내 최고의 대학이자 모교인 서울대 법대에서 연구하며 우수한 인재들을 가르쳐 보면 좋겠다는 소망을 가지고 있었다. 더욱이 경제법은 특별법으로서 새로운 법 분야에 해당하기 때문에, 경제법을 본격적으로 연구하기 위해서는 서울대로 자리를 옮기는 것이 나을 것으로 생각되었다. 나는 서울대 법대의 경제법 전임교수에 지원하기로 결심하고 준비를 시작했다. 그런데 서울대 법대 교수가 되기란 결코 쉬운 일이 아니었다. 워낙 지원자가 많아서 경쟁이 치열한 데다가 외국서 박사학위를 받고 온 우수한 인재들이 많았기 때문에 내가 지원하더라도 채용될 가능성은 그다지 높지 않았다. 이 일은 누구의 도움도 받지 않고 내 힘만으로 할 수 있는 일은 아닌 것 같았다.

나는 비로소 하나님께 기도해야겠다는 생각이 들었다. 내가 나 자신의 문제로 하나님께 나아가 진지하게 기도해 보기는 그것이 처음이었다. 그러나 어찌된 영문인지 기도가 잘 되지 않는다는 느낌이 들었다. 하나님께서는 내 기도를 잘 들어주실 것 같지 않다는 생각도 들었다. 그때까지 하나님께 칭찬받을 만한 일을 한 것이 거의 없었기 때문이다. 나는 기도가 잘 되지 않아서 고민하다가, 하나님께서는 내 기도보다는 목사님의 기도를 더 잘 들어주실 것 같다는 생각이 들었다. 목사님을 찾아가서 자초지종을 이야기하고 내 진로와 인사 문제를 위해 기도해 달라고 부탁했다. 나중에 안 사실이지만, 아내는 그런 내 모습을 지켜보면서 매우 놀랐다고 한다. 나는 그때까지 누구에게도 나 자신의 개인적인 문제에 대해 기도해 달라고 부탁해본 적이 없었기 때문이다.

전교인 수련회

당시 주님의교회에서는 매년 여름 전교인이 참가하는 수련회를 개최하고 있었다. 교회에서는 1991년 여름 수련회를 준비하는 과정에서 모든 교인들이 빠짐없이 참가하도록 독려하기 위해 이를 권유하는 광고를 여러 차례 하였다. 하지만 나는 그 광고에 귀를 기울이지 않았다. 그때까지만 해도 나는 수련회는 주로 어린이나 여자들을 대상으로 하는 것이지 나처럼 바쁜 사람을 대상으로 하는 것은 아니라고 생각했다. 더욱이 그해 여름에는 수련회가 열리는 기간에 지방에서 학회 심포지엄 일정이 잡혀 있어서 수련회 참가는 고려할 여지조차 없었다.

주님의교회에서는 금요일 저녁마다 구역별로 모여 성경공부를 하고 친교도 나누는 구역모임이 활발하게 진행되고 있었다. 나는 그 모임에도 한 달에 겨우 한두 번 참가하고 있었다. 그런데 6월 마지막 금요일에 아내의 권유로 구역모임을 마무리하는 종강파티에 참석하게 되었다. 모임이 거의 끝나갈 무렵, 구역장이 광고를 하면서 "오늘이 여름 수련회 참가 신청 마감일이니 아직 신청하지 않은 분은 지금이라도 신청을 하세요"라고 권유하였다. 나는 그 광고에도 귀를 기울이지 않았다. 그런데 구역장이 구역모임을 마무리하기 위해 잠시 눈을 감고 하나님께 감사하는 기도를 드리자고 제안하였다. 그 인도에 따라 나는 눈을 감고 기도하기 시작하였다. 그 순간, 뇌리를 스쳐가는 생각이 있었다.

"야, 이 녀석아, 네가 하나님이라면 네 기도를 들어주겠니?"

나는 눈을 감고서 차분히 상황을 점검해 보았다. 하나님께서는 지금 나에게 3박 4일간의 수련회에 참가하라고 초청하고 있는데, 나는 하나님의 초청에는 응할 생각을 않고, 나를 모교로 보내 달라고 기도하는 이기적인 모습이 뚜렷이 부각되었다. 그러자 내가 만약 하나님이라 하더라도 내 기도를 들어줄 것 같지 않다는 생각이 들었다. 생각이 여기에 이르자 기도의 응답을 받기 위해서는 먼저 하나님의 초청을 받아들이는 뜻으로 전교인 수련회에 꼭 참가해야 할 것 같았다. 그러고서 하나님께 내 소원도 들어 달라고 기도하는 것이 올바른 순서라 생각되었다. 나는 그 자리에서 전교인 수련회에 참가하기로 결심하고 구역장에게 그 뜻을 전했다. 매우 당황하여 어리둥절해 하는 아내에게는 귀가 길에 전후 사정을 자세히 설명하기로 하고, 일단 참가 신청서부터 내기로 했다.

그런데 다음날 새벽, 담임목사님이 전화로 나에게 부탁할 일이 있다고 하셨다. 전교인 수련회 일정 중에 팀별로 진행하는 다섯 번의 성경공부가 있는데, 내가 팀의 리더가 되어 성경공부를 인도해 달라는 것이다. 너무도 뜻밖의 제안에 나는 말도 안 된다며 일언지하에 거절하였다. 나는 고등학교를 졸업한 후 그때까지 성경을 완독해 본 적이 없었다. 그러나 목사님은 나에게 팀장들을 위한 교육 시간이 별도로 있으니 아무 걱정 말고 팀장을 맡아 달라고 간청하셨다. 나는 팀장들을 위한 교육을 따로 해준다는 말에 솔깃하여, 내가 그래도 교수를 10년 이상 해왔고 또 나름대로 가르치는 능력은 있다고 생각하는데, 배워서 가르치는 것 정도는 할 수 있다는 생각으로 목사님의 제안을 받아들였다.

그 다음 주부터 팀장을 위한 성경공부가 시작되었다. 월요일부터 금요일까지 5일간 새벽기도를 마친 뒤 6시부터 1시간 동안 함께했다. 당시 수련회의 주제는 '내가 너를 지명하여 불렀다'였다. 성경공부도 그 주제를 중심으로 다섯 번에 걸쳐 단계적으로 진행했다. 그런데 나는 수련회 주제 자체가 납득되지 않았다. 그 주제를 나 자신에게 적용해 보면, 내가 전교인 수련회에 참가하게 된 것은 물론 팀장을 맡게 된 것도 모두 하나님께서 나를 지명하여 부르신 결과라는 의미가 되는데, 그런 설명이 억지처럼 여겨졌고 도저히 이해되지 않았기 때문이다. 내가 그 수련회에 참가하기로 결심하기까지 얼마나 많은 생각과 고민을 거쳤는지 돌이켜 보면, 그것을 하나님이 지명해서 부르신 것이라고 설명하는 것은 견강부회라 하지 않을 수 없었다. 만약 하나님께서 나를 지명하여 부르셨다면, 나에게 조금 더 일찍 그리고 조금 더 친절하게 설명해서 거기에 참가하도록 하시지 않고, 내가 그렇게 많은 생각과 고민을 거친 끝에 어쩔 수 없이 참가하도록 하셨는지 그 까닭을 도저히 이해할 수 없었다.

설상가상으로 나는 목사님이 인도하는 성경공부 내용도 잘 이해되지 않았다. 팀장으로서 성경공부를 잘 이끌려면 나 자신이 먼저 내용을 정확하게 파악하고 있어야 할 텐데, 내가 그렇지 못하면서 어떻게 다른 사람들에게 설명해 줄 수 있을지를 생각하니 눈앞이 깜깜해졌다. 나는 부담을 덜기 위하여 시간이 허락하는 한 목사님께 질문하여 해답을 찾으려고 노력했다. 그러나 꼬리에 꼬리를 물고 일어나는 수많은 질문들에 대하여 짧은 시간에 납득할 만한 해답을 얻기란 애당초 불가능한 일이었다. 나는 내가 제대로 이해한 부분은 내 말로 가르치고, 그렇지 못한 부분은 "목사님이 이렇게 말씀하시더라"고 하는 전달자의 역할만 충실히 해야겠다고 결심했다.

하지만 마지막 시간에 다루어야 할 주제에 대해서는 어떻게 해야 할지 전혀 감을 잡을 수 없었다. 그 주제는 '여태까지 살아오면서 하나님께 은혜 받은 것이 있으면, 그것을 간증으로 나누어 보라'는 것이었다. 그리고 간증하는 순서는 팀장이 제일 먼저 하고, 그 다음에 팀원들이 돌아가면서 하도록 되어 있었다. 그 설명을 듣는 순간, 나는 현기증이 날 정도로 아찔했다. 나는 그때까지 살아오면서 하나님으로부터 은혜 받은 것이 하나도 없다고 생각했다. 무릇 은혜란 공짜로 받는 것을 의미하는데, 나는 아무리 생각해 봐도 내 인생에서 공짜로 받은 것은 하나도 없는 것 같았다. 공짜로 받기는커녕 내가 노력한 것에 대한 보상도 제대로 받지 못하고 있는 듯했다. 주위를 살펴보면, 나보다 열심히 노력하지 않은 사람들이 아버지를 잘 만났거나 그 밖의 여러 가지 여건으로 나보다 훨씬 잘되는 것처럼 보였다.

그렇다고 거짓말을 할 수는 없는 노릇이었다. 어쩔 수 없이 나는 그 순간부터 마지막 시간에 간증을 하기 위하여, 하나님께 내게도 은혜를 좀 달라고 간절히 기도하기 시작했다. 내가 그동안 해온 일들 중에서 하나님께 칭찬받을 만한 일이 별로 없으니까, 큰 은혜는 아예 바라지도 않으니 작은 은혜라도 좀 주시라고 간절히 기도드렸다. 그런데 아무리 열심히 기도해도 하나님은 아무런 응답이 없으셨다. 수련회는 점점 다가오고 있는데도 아무런 응답이 없자 나는 다급해지기 시작했다. 초조한 마음에 나는 하나님께 떼를 써보기도 했다.

"하나님, 제가 은혜를 좀 달라고 간청하는 것은 저 자신만을 위한 것이 아닙니다. 하나님께서 저에게 기어이 아무런 은혜도 주시지 않으면 저는 결국 간증을 하지 못할 것입니다. 그렇게 되면 우리 팀은 은혜를 받지 못하게 될 것이 분명한데, 다른 팀들은 팀장을 잘 만나서 모두 은혜를 받고 돌아가는데 우리 팀만 그렇지 못하게 되면, 제가 무능한 팀장이라는 평가를 받는 것은 고사하고, 그것이 하나님께 무슨 덕이 되겠습니까? 부족한 저를 보지 마시고 불쌍한 저의 팀원들을 위해 제발 제게 조그마한 은혜라도 주셔서, 저로 하여금 팀원들에게 간증할 수 있게 도와주시기 바랍니다."

나는 할 수 있는 모든 방법을 동원하여 간절히 기도해 보았지만, 하나님은 아무런 응답도 주시지 않았다.

하나님과 인격적인 만남

그런 가운데 시간이 흘러 드디어 전교인 수련회가 시작되었다. 나는 아무런 은혜도 받지 못한 상태에서 수련회에 참가하였기 때문에, 수련회가 진행되는 동안에도 늘 그것이 걱정되어 새벽부터 밤늦게 잠자리에 들 때까지 시간이 있을 때마다 계속 같은 기도를 반복하였다.

"하나님 아버지, 제발 저에게도 은혜를 좀 주십시오. 작은 은혜라도 좋으니 저도 은혜를 받았다고 간증할 수 있게 해주십시오."

그러나 나는 하나님께 아무런 응답도 받지 못하였다. 더욱 초조한 마음으로 3일째 되는 날, 새벽기도 시간에 똑같은 기도를 반복하고 있었다. 그런데 갑자기 다음과 같은 하나님의 음성이 들리기 시작했다.

"뭐, 은혜 받은 것이 없다고?"

하나님의 말씀은 계속되었다.

"네가 태어나서 지금까지 살아온 것이 모두 하나님의 은혜인데, 뭐, 은혜 받은 것이 전혀 없다고?"

그 순간, 나는 너무나 놀라서 어찌할 바를 모르고 있었다. 갑자기 지난 40여 년의 삶이 주마등처럼 뇌리를 스쳐가기 시작했다. 그 모습을 통하여 나는 지난날 삶의 고비마다 때로는 '운이 좋았다' 혹은 '정말 다행이었다'고 생각하고 지나쳤던 일들이 모두 하나님의 은혜였다는 사실을 깨닫게 되었다. 그것을 깨달은 후 얼마나 울었는지 모른다. 한참 동안 울면서 하나님께 회개 기도를 드리고 겨우 정신을 차려 보니, 눈물과 콧물이 범벅이 되어 마룻바닥에 엎어진 채로 큰 강당에 혼자 남

1991년 주님의교회 전교인 수련회. 나는 이 수련회에서 하나님을 인격적으로 만났다.

아 있는 것을 알게 되었다.

그것은 내 인생에서 실로 엄청난 의미를 갖는 사건이었다. 그 일을 계기로 내 인생은 극적인 변화를 맞게 되었다. 나는 수련회가 끝날 때까지 계속 울고 다녔다. 찬양 시간에는 찬양하면서 울고, 예배 시간에는 설교 말씀을 들으면서 울고, 기도 시간에는 기도하면서 또 울었다. 나는 시도 때도 없이 흘러내리는 눈물을 주체할 수 없었다. 이런 현상을 가리켜 '**고장 난 수도꼭지**'라고 하던 누군가의 말이 떠올랐다. 그전에는 교회에서 청년들이 부르는 복음성가를 따라 부르면서도, 그 노래를 그렇게 은혜롭다고 생각해 본 적이 없었다. 나는 복음성가를 교회에서 청년들이 즐겨 부르는 노래로, '가사가 반복되고 곡조가 단순한 노래'라는 정도로 생각하고 있었다. 그런데 그 후에는 그 복음성가의 가사가 내 마음을 어쩌면 그리도 정확하게 표현하고 있는지, 또 그 곡조가 얼마나 내 심령 깊은 곳까지 울려 퍼지고 있는지를 느낄 수 있었다. 나는 찬양할 때마다 두 눈에서 흘러내리는 눈물을 주체할 수 없었다. 그전에는 설교 시간에 목사님이 전하는 말씀을 삶에 도움이 되는 유익한 강연 정도로 생각하고 있었는데, 그때부터는 하나님이 목사님의 입을 통하여 나에게 직접 하시는 말씀으로 들려왔다. 나는 그 설교 말씀을 들으면서 뜨거운 회개의 눈물을 흘리지 않을 수 없었다. 또 기도시간에는 내가 하나님으로부터 엄청난 은혜를 받고도 그것도 모르고 은혜 받은 것이 전혀 없다고 생각해 온 과거의 교만했던 삶을 회개하면서 참회의 눈물과 함께 감사와 기쁨의 눈물을 흘렸다.

그런 가운데 팀별 성경공부의 마지막 시간, 즉 간증시간을 인도하게 되었다. 그 시간에 나는 먼저 팀원들에게 내가 받은 은혜를 간증하기 시작했다. 수련회에 참가하게 된 동기와 팀장을 맡게 된 연유와 과정 그리고 팀장을 위한 교육을 받으면서 느낀 점과 그동안 은혜 받은 것이 전혀 없어서 간증 시간을 제대로 인도하지 못할 것을 걱정하여 하나님께 조그마한 은혜라도 베풀어 달라고 간절히 기도하다가 새벽기도 시간에 하나님의 음성을 들은 사실과 그러한 사건이 있은 후 나에게 나타난 변화 등을 자세히 설명했다. 그 뒤 다른 팀원들이 차례로 돌아가며 그들이 받은 은혜를 간증하도록 했다. 그 결과, 우리 팀은 수련회 기간 중에 가장 뜨거운 은혜를 많이 받은 팀으로 꼽힐 정도로 팀원들이 모두 하나님의 은혜를 깊이 경험하고 하나님께 감사와 찬송을 드렸다.

신앙과 전공의 조화

대학에 진학할 때 우리는 전공 분야를 정하게 된다. 우리의 직업은 전공 분야에 좌우되는 경향이 있기 때문에, 전공 분야를 어떻게 선택하느냐 하는 것이 인생의 진로를 결정하는 데 매우 중요한 영향을 미치게 된다.

크리스천들이 선데이 크리스천의 단계를 넘어서 진정한 크리스천으로서 거듭난 삶을 살기 시작할 때, 제일 먼저 부딪히는 문제가 바로 신앙과 전공 및 직업 간의 갈등이라 할 수 있다. 바꾸어 말하면 그런 갈등이 시작되었다는 것은 우리가 진정한 크리스천의 삶을 살기 시작했다는 증거라 할 수 있기 때문에, '거룩한 갈등'이라고 부른다. 따라서 우리는 그런 갈등을 통해 인생의 의미를 다시 해석하고 새로운 경지를 체험할 수 있게 된다. 나는 개인적인 경험을 통해 이 문제에 접근해 보려고 한다.

우리는 먼저 내가 누구인지, 그 정체성부터 확인할 필요가 있다. 우선 우리는 크리스천이다. 크리스천이란 하나님의 은혜로 거듭난 사람, 즉 옛 사람은 예수님과 함께 십자가에 못 박혀 죽고 하나님의 말씀과 내 안에 있는 성령님의 인도에 따라 살아가려고 노력하는 사람들이다. 따라서 크리스천에게는 하나님의 말씀이 삶의 기준이 되며 성령님이 인도자가 된다. 다시 말하면 크리스천은 하나님 말씀을 진리로 믿고 거기에 따라 살아가려고 노력하면서 순간순간 성령님의 인도를 받고 있는 사람들이다. 그런데 하나님의 말씀인 성경은 내용이 방대하여 그 말씀을 모두 온전히 이해하기는 어렵지만, 크게 두 가지로 요약된다. 하나는 하나님을 사랑하라는 것이고, 다른 하나는 네 이웃을 네 몸처럼 사랑하라는 것이다. 따라서 크리스천들의 삶의 목표는 하나님을 사랑하고, 또 우리 이웃을 우리 몸처럼 사랑하는 것이다.

그런데 세상의 수많은 사람들을 살펴보면, 얼굴은 물론 소질과 능력이 똑같은 사람은 하나도 없다. 하나님께서 인간을 창조하실 때 각자에게 서로 다른 소질과 능력을 주셨기 때문이다. 따라서 전공이나 직업을 선택할 때에도 하나님께서 각자에게 부여하신 소질과 능력을 가장 잘 발휘할 수 있는 것을 선택하기 위하여 노력해야 한다. 그러나 실제로 그렇게 하기는 결코 쉽지 않다. 우리가 각자의 소질과 능력을 정확히 파악하기도 어렵지만, 설령 그 소질과 능력을 정확히 파악했다 하더라도 그것을 가장 잘 발휘할 수 있는 전공과 직업이 무엇인지 찾기가 어렵고, 또 그런 분야를 찾았다 하더라도 실제로 전공과 직업을 선택하기가 매우 어려운 경우도 많기 때문이다. 더욱이 우리 인생의 목표는 하나님을 인격적으로 만나기 전과 후가 전혀 다를 수 있기 때문에, 하나님을 만나기 전에 선택한 전공과 직업이 하나님을 만난 뒤에는 그 의미가 전혀 달라질 수 있다. 따라서 크리스천들 중에는 자기 전공과 직업에 만족하면서 그것을 통해 하나님께서 자기에게 부여하신 소질과 능력을 최고도로 발휘함으로써 하나님 나라를 확장하는 데 적극 이바지하는 사람들도 있지만, 반대로 그렇지 못한 상태에서 계속 고민하고 갈등하는 사람들도 많다.

전공을 선택하는 동기나 과정은 매우 다양하다. 오랫동안 기도하면서 충분한 정보를 가지고 신중하게 결정하는 사람들도 있지만, 그렇지 못한 사람들도 많은 것 같다. 세상을 살아가는 동안 어떤 전공과 직업을 선택하느냐에 따라 삶의 의미나 가치가 크게 달라질 수 있기 때문에 전공과 직업을 잘 선택하는 것은 매우 중요하다. 전공과 직업이 우리의 소질과 능력을 최대한 발휘하게 함으로써 삶을 풍부하고 보람 있게 하고 이웃에게 선한 영향을 미치게도 하지만, 소질이나 능력을 제대로 발휘하지 못함으로써 삶을 궁핍하고 무의미하게 만드는 동시에 이웃에게 나쁜 영향을 미칠 수도 있기 때문이다.

이런 현상은 신앙적인 측면에서도 마찬가지다. 우리의 신앙과 전공 또는 직업이 잘 조화될 수도 있지만, 서로 갈등을 빚을 수도 있다. 그런데 양자가 잘 조화되면 더 바랄 것이 없지만, 갈등을 빚을 경우에는 그것을 어떻게 해소하느냐가 중요하다. 왜냐하면 갈등을 잘 해소하면, 그 갈등이 삶을 더 높은 차원으로 성숙시키는 좋은 계기를 줄 수도 있기 때문이다.

나는 법과대학에 입학할 때 판사나 검사 또는 변호사 같은 법조인이 되거나 행정 관료가 되려는 꿈을 안고 법학을 전공으로 선택하였다. 그러나 대학을 졸업할 때에는 많은 고민과 갈등 끝에 훌륭한 법학자가 되려는 꿈을 가지고 대학원에 진학하였다. 나는 그 꿈을 실현하기 위해 모든 노력을 다해 왔다. 1979년에 비교적 젊은 나이에 법학교수가 되었으며, 그 후에는 법학을 통해 사회정의의 실현에 기여하고자 국내외에서 다양한 연구와 활동을 전개해 왔다. 그리고 1992년부터는 모교의 경제법 교수로 부임하여 경제법 연구와 교육을 담당해 오고 있다. 그 과정에 하나님을 인격적으로 만나는 체험을 했다. 나는 선데이 크리스천의 삶을 청산하고, 진정한 크리스천의 삶을 살고자 애쓰는 단계로 달라졌다. 그런데 그때부터 신앙과 전공 및 직업의 갈등이 생겨나기 시작했다.

하나님을 인격적으로 만나기 전까지 나는 경제법의 핵심주제인 바람직한 경제질서를 내 가치관에 따라 판단하였다. 내가 보기에 바람직한 경제질서의 모습을 찾아내기 위해 미국과 독일 및 일본 등을 중심으로 한 선진국의 경제질서를 비교 연구함으로써, 거기서 우리나라가 지향해야 할 모델을 찾아보려고 노력했다. 그러나 하나님을 인격적으로 만난 뒤에는 그런 기준에 만족하지 않고 하나님 보시기에 아름답고 바람직한 경제질서는 어떤 것인지, 그러한 경제질서를 갖추기 위해 현재의 법과 제도 및 관행 중에 고쳐야 할 것은 무엇인지 그리고 그것을 어떻게 수정 보완해야 할지를 위해 노력하고 있다. 그리고 그러한 연구의 성과를 학생들과 실무가들에게 가르칠 뿐만 아니라, 경제 현실에 적용할 수 있는 기회를 가져 보려고 노력하였다.

그러던 중에 나는 하나님의 은혜로 그동안 연구해 온 성과를 실제의 법 집행에 참여할 수 있는 기회를 얻게 되었다. 2006년 3월, 시장경제의 파수꾼인 공정거래위원회 위원장에 취임한 것이다. 공정위에서 나는 우리 경제질서의 기본인 시장경제가 정상적으로 작동하고 있는지 여부를 철저히 감시하고 법을 위반하는 사업자를 엄격히 규제함으로써 우리 경제질서를 하나님 보시기에 아름다운 경제질서로 발전시키기 위해 최선의 노력을 기울였다. 그리고 2008년 3월부터는 다시 대학으로 돌아와서, 우리 경제질서의 기본인 시장경제를 선진화하기 위해 무엇을 어떻게 고쳐나가야 할 것인지 그리고 우리의 경험을 이웃나라에 나누어 주기 위해 어떻게 해야 할 것인지를 연구하여 교육하고 있다. 나는 하나님의 말씀 안에서 내 전공과 직업의 의미와 가치를 실현하는 데 인생의 초점을 맞추어서 살고 있는 것이 얼마나 감사한지 모른다.

> 피차 사랑의 빚 외에는 아무에게든지 아무 빚도 지지 말라. 남을 사랑하는 자는 율법을 다 이루었느니라. 간음하지 말라, 살인하지 말라, 도둑질하지 말라, 탐내지 말라 한 것과 그 외에 다른 계명이 있을지라도 네 이웃을 네 자신과 같이 사랑하라 하신 그 말씀 가운데 다 들었느니라. 사랑은 이웃에게 악을 행하지 아니하나니 그러므로 사랑은 율법의 완성이니라. (롬 13:8-10)

아들을 통한 훈련과 연단

나는 이웃을 사랑하는 일에 늘 부족함을 느껴 왔다. 자신을 희생하여 누군가에게 끊임없이 사랑을 베푸는 사람들을 보면 한없이 존경스럽지만 스스로는 한계를 느끼곤 한다. 한번은 코스타(KOSTA, Korean Students All Nations의 약자로, 한인 유학생과 1.5세, 2세 이민자와 청소년들을 위한 수련회)에서 어떤 강사가 말씀의 은사가 없는 목회자를 비판하는 특강을 들은 적이 있다. 그러면서 자신은 말씀의 은사는 있지만 사랑과 섬김의 은사가 없어서 목회를 하지 못한다는 얘기를 했다. 나는 이 말에 깊이 공감했다. 아무리 생각과 언어가 탁월해도 영혼을 사랑하는 마음이 충분하지 않으면 목회를 할 수 없는 것이다. 나는 이웃 사랑에서 부족한 점이 많은 사람이라고 생각해 왔다.

하나님을 인격적으로 깊이 만난 후 아내와 교회 봉사를 시작했다. 주일학교에서는 교사와 부장으로 학생들을 섬겼고, 구역에서는 구역장으로 섬겼다. 가까운 사람들은 내가 사랑이 많아졌고, 한결 편안해 보인다고 얘기했다. 사실 나는 그동안 융통성이라고는 전혀 찾아볼 수 없는 원칙주의자로서 학생들의 성적을 엄정하게 평가해 온 것을 대단히 잘한 것으로 생각해 왔다. 그러나 내가 제자들을 위해 무엇을 해주었던가 자문해 볼 때 특별히 기억나는 사랑이 없다. 사랑에 관해 나는 늘 인색한 사람이었다. 법학자로서 이웃나라를 어떻게 도울 것인가 하는 생각은 고차원적인 것이고, 일상의 세세한 부분에서는 변화되어야 할 점이 아주 많은 냉정한 교수이며 엄격한 가장에 지나지 않았다.

교회 봉사를 통해 삶의 의욕이 넘치고 평화로웠던 그 무렵, 뜻밖에도 집안에서 새로운 문제가 발생하고 있었다. 중학교 때까지 공부도 잘하고 모범생으로 자란 큰아들 혁태가 고등학교에 진학한 후부터 흔들리기 시작한 것이다. 그는 어느 날 갑자기 자기는 '강남파'라며 놀기 좋아하는 친구들과 어울려 다녔다. 강남파가 무엇인지 물었더니, 공부할 때는 열심히 공부하고 놀 때는 화끈하게 노는 학생을 말한다고 했다. 그리고 앞으로 공부하는 시간과 노는 시간을 7:3의 비율로 조정할 계획이라고 했다. 그런데 공부보다 노는 것이 쉽고 즐거워서인지 그 비율이 점차 바뀌어 갔다. 성적이 계속 떨어지는 것이 당연했다. 혁태는 시험 기간만 되면 학교에 가지 않으려고 배가 아프다는 등 온갖 핑계를 대다가 급기야 "이제 공부는 하지 않겠다"고 선언하기에 이르렀다. 까닭을 물었더니, 친구 부모님들이 사는 모습을 보니까, 공부로 말하자면 아버지만큼 한 사람이 없는 것 같은데도 우리보다 그들이 훨씬 잘살더라는 것이었다. 그래서 이제 공부를 그만두고 일찌감치 돈을 벌기 위해 나서야겠다고 했다.

사실 나는 그동안 혁태를 한 번도 제대로 칭찬해 준 적이 없었다. 반에서 1등을 거의 놓친 적이 없는 모범생 아들인데도 내 기준에는 늘 못 미쳤다. 내가 학자가 되는 과정에서 가정의 지원을 거의 못 받은 것이 아쉬워서 혁태가 훌륭한 학자가 되는 데는 필요한 지원을 아낌없이 해 줄 생각이었다. 그래서 당연히 혁태는 서울대에 와야 한다고 생각했고, 반에서 1등 하는 정도는 성에 차지 않았다. 그것이 혁태의 마음을 헤아려 주기보다 상하고 분노하게 한 원인이 되었다.

처음에 아내와 나는 매일 아침 일찍 학교에 갔다가 밤늦게 돌아오는 혁태를 전혀 의심하지 않았다. 우리는 그가 공부를 하지 않고 친구들과 어울려 놀고 있는 것을 알지 못한 채, 공부를 열심히 하는데도 성적이 계속 떨어지는 것을 의아해 했다. 그런데 혁태가 공부를 하지 않았을 뿐 아니라 아예 공부를 포기하고 돈을 벌겠다고 하는 말을 듣고서 얼마나 당황했는지 모른다. 그때부터 우리 부부는 혁태가 제자리로 돌아와서 다시 공부를 열심히 할 수 있게 해달라고 하나님께 간절히 기도드렸다. 매일 아침 새벽기도와 철야기도는 물론, 기도원에 가서 며칠을 기도하고 내려오기도 했다. 그러나 혁태의 방황은 끝날 기미를 보이지 않더니, 결국 집을 나가서는 며칠 동안 돌아오지 않을 정도로 깊은 수렁으로 빠져들어 갔다. 혁태를 불러놓고 야단도 쳐보고, 때로는 회유와 애원도 해보았지만 그야말로 '백약이 무효'였다.

우리 부부는 간절히 기도해도 아무런 응답이 없을 뿐만 아니라 열심히 노력해도 변화의 조짐이 보이지 않는 혁태를 지켜보며 너무나 애가 타서 어찌할 바를 몰랐다. 아내와 불철주야 기도하면서 서로 끌어안고 울기도 많이 울었다. 교회에서는 담임목사님을 비롯한 여러 목사님들과 믿음의 선배들에게 혁태를 위해 중보기도를 해달라고 부탁을 드렸다. 그런데 그분들이 한동안 우리 집안과 아들을 위해 간절히 기도한 뒤 하는 말들이 대체로 한결같았다.

"기도해 보니까, 그 아들에게는 아무런 문제가 없고 오히려 당신 부부에게 문제가 있는 것 같으니, 더 열심히 기도해 보세요."

당시 우리 부부는 그분들의 말을 도저히 이해할 수 없었다. 우리 생각에는 혁태가 정신을 차리고 제자리로 돌아와서 다시 공부를 열심히 해주면 우리 집안에는 아무 문제가 없을 것 같았기 때문이다.

어느 날, 군 복무를 마치고 복학하여 열심히 공부하면서 내가 인도하는 성경공부에 참여하고 있던 제자가 "선생님, 너무 걱정하지 마세요. 혁태가 군대에 갔다 오면 달라질 거예요"라고 했다. 그는 나를 위로하기 위해 한 말이었지만, 나에게는 조금도 위로가 되지 않았다. 하루속히 혁태가 제자리로 돌아오기를 기다리고 있는데 군대에 갔다 오면 달라질 거라니, 어찌 위로가 되겠는가. 나는 거의 자포자기한 상태에서 하나님께 기도만 계속했다. 아니, 당시에는 기도밖에 아들을 위해 할 수 있는 일이 달리 없었다. 그러던 어느 날, 나도 모르는 사이에 다음과 같은 기도가 나오는 것이었다.

"하나님 아버지, 혁태가 끝내 정상으로 돌아오지 않고 저렇게 계속 말썽만 피우게 되면, 우리 가정은 물론 사회에도 폐만 끼치는 사람이 될 텐데 그렇게 되는 것보다는 차라리 일찍 데려가는 것이 낫지 않겠습니까?"

그 순간 나는 깜짝 놀라지 않을 수 없었다. 그만큼 우리는 속수무책인 채로 밤낮 하나님께 매달려 눈물로 기도하면서 혁태가 이전처럼 공부에 집중하는 모범적인 아들로 돌아오기만 간절히 바라고 있었다.

두 아들의 갈등

아내와 나는 큰아들의 방황과 그로 인한 고난과 좌절을 경험하면서, 점차 자식에 대한 우리 부부의 태도가 잘못되었다는 것을 깨닫게 되었다. 그리하여 혁태에게는 전교에서 1등을 해야지 반에서 1등하는 것으로는 부족하다고 늘 닦달해 왔지만 작은아들 혁주는 반에서 10등만 해도 칭찬해 주었다. 당시에는 내가 하나님을 깊이 만난 후여서 신앙의 눈으로 아들을 보게 되었고, 작은 일이든 큰일이든 무조건 칭찬해 주고 싶은 마음이 생겼다. 우리는 혁주의 눈높이에 맞추어서 친절하고 자상한 아빠와 엄마가 되려고 노력했다. 야단만 맞고 자란 혁태는 1등을 하면서도 자신은 늘 못하고 있다는 열등감에 시달렸지만, 칭찬을 많이 받고 자란 혁주는 성적에 상관없이 늘 자존감이 높았다. 내가 하나님을 인격적으로 만나지 못했다면 둘째도 치유하기 힘든 상처를 많이 받았을 것이다.

혁주는 중학교 때 취미가 무엇인지 물으면 "국·영·수"라고 대답할 정도로 모범생 중의 모범생이었다. 혁주는 늘 자신만만한 모습인 데다가 공부도 곧잘 했으며, 학교에서는 반장을 맡는 등 리더십이 있었고, 교회에서는 신앙생활을 열심히 했다. 우리 부부는 혁주가 말썽 부리지 않고 건강하고 씩씩하게 자라 준 것이 매우 기쁘고 감사했다. 왕자와 같은 자존감을 가진 혁주의 눈에는 우리 집은 다 좋은데 형이 문제라는 부정적인 시각이 자리를 잡게 되었다. 한쪽은 야단을 맞고 자라고 한쪽은 칭찬을 받고 자랐으니, 두 아들 사이에 깊은 골이 생기지 않을 수 없었다.

나중에 안 사실이지만, 혁주가 모범적인 생활을 하게 된 배경에는 자기 나름대로 형의 방황으로 우리 가족이 받은 고난과 좌절의 영향이 컸던 것 같다. 혁주가 어느 기회에 발표한 글에는 그로 인한 자신의 심정이 잘 표현되어 있다.

내겐 사춘기가 없었다

청소년 시절 나에겐 사춘기가 없었다. 덕분에 나는 유난히 어른스럽다는 말을 많이 들었다. 그럴 수밖에 없었던 데에는 아버지와 형의 영향이 컸다. 아버지는 안동의 유교적인 가풍에서 자랐고, 고등학교 때 상경하여 입주 과외를 하면서 그야말로 자수성가하신 분이다. 아버지는 언제나 완벽했고 자식들의 존경을 받아 마땅한 분이다. 네 살 위인 형은 어렸을 때 꽃과 인형을 좋아했고 심성이 착해 머리만 길면 꼭 소녀 같겠다는 말을 곧잘 들었다. 더구나 형은 아버지를 닮아 공부도 아주 잘했다. 그래서 형은 아버지의 기대를 한몸에 받았다. 나는 내가 생각해도 심술만 부리는 철없는 동생이었지만 형은 한 번도 나를 모질게 대한 적이 없었다.

그런데 그 모범적인 형이 고등학생이 되면서 조금씩 변하기 시작했다. 말로만 듣던 사춘기가 형에게도 찾아온 것이다. 형은 사춘기에 들어서면서 가족보다 친구들을 더 가까이 했다. 심약하고 말을 더듬던 형이 핏발 선 눈을 하며 격한 목소리로 아버지께 대들었을 때 나는 처음으로 형이 무섭다는 생각을 했다. 그럴 때면 나는 방문을 잠그고 거친 침묵으로 하나님을 원망했다. 형을 무서워하던 감정은 해가 지날수록 원망과 증오로 변하였다. 부모님이 집을 비우신 어느 깊은 밤, 형은 밤늦게 돌아와서 잠든 나를 깨우며 문을 열어 달라고 했지만 나는 문을 열어 주지 않고 나가서 다시는 돌아오지 말라고 소리쳤다. 그리고 아버지의 낯선 울음 소리가 안방에서 새어 나오던 어느 날 밤, 스스로 다짐했다. 내겐 사춘기 따윈 없다고.

형의 사춘기는 가출로 이어졌고, 이는 우리 집에 예상치 못한 많은 변화를 초래했다. 나로 하여금 성장기에 으레 겪기 마련인 사춘기를 혐오하게 했고, 아버지는 벼랑 끝에 선 기분으로 더욱 독실한 신앙을 갖게 되었다. 아버지의 회심은 나에게는 축복이었다. 평소 자식은 엄하게 키워야 한다는 지론을 갖고 계시던 아버지가 조금씩 태도를 바꾸기 시작하셨다. 아버지는 형의 방황이 당신 때문이라는 죄책감을 느끼신 것 같다. 문제아 뒤에는 결국 문제의 부모가 있기 마련이라면서. 그래서였는지 아버지는 형에게 대하던 것과는 달리 나에게는 친구처럼 다가오셨다. 비록 한 세대라는 적지 않은 간격이 있지만, 아버지는 어떤 친구들보다 내 말에 진심으로 관심을 보여 주셨고, 내 고민에 누구보다 진지하게 귀 기울여 주셨다. 아버지와 밤늦은 시간까지 대화를 한 날이면 나는 가슴 깊이 후련함을 느끼곤 했다. 그런 아버지께 나는 반항할 어떤 이유도 없었다. 덕분에 내 청소년 시절에는 사춘기가 없었고 나는 곧바로 '어른스런 아이' 가 되었다.

2003년 5월 혁주

아내와 나는 끊임없이 방황하고 있는 혁태 때문에 애를 태우면서도 혁주에 대해서는 늘 자랑스럽게 생각하고 있었다. 그런데 그것이 그들 사이에 분쟁을 일으키는 화근이 되었다.

어느 날, 나는 큰아들과 작은아들이 크게 다투는 것을 목격하였다. 혁주는 형이 오랫동안 방황하고 있는 동안 그 문제로 고민하고 있는 부모님의 모습을 지켜보면서 형이 지긋지긋하게 싫었던 모양이다. 반면, 혁태는 자기 잘못은 생각하지 않고 부모님의 사랑을 독차지하면서 형을 형으로 대접해 주지 않는 동생이 미웠던 것 같다. 둘은 사소한 일로 그동안 켜켜이 쌓인 갈등이 폭발하여 몸싸움으로까지 불거지게 되었다.

나는 현장을 목격하고, 간신히 싸움을 뜯어말리고 진정시킨 다음, 혁주에게는 엄마 아빠가 형에게 대한 태도와 자기에게 대하는 태도가 얼마나 다른 것인지 그리고 그러한 변화의 이유가 무엇인지 자세히 설명했다. 그리고 형이 방황하는 동안 그것 때문에 고민하고 기도하는 과정에서 우리가 완전히 변화되었고, 그 혜택을 가장 많이 받은 사람이 바로 혁주라는 사실을 일깨워 주었다. 혁태에게는 그가 방황하는 동안 동생이 얼마나 착하고 성실하게 지냈으며, 혁주가 아빠와 엄마에게 얼마나 큰 위로가 되었는지 자세히 설명했다. 그리고 형제라는 것이 얼마나 소중한 관계인지, 형제가 서로 사랑하고 우애 있게 지내는 것이 얼마나 귀하고 아름다운지 차근차근 설명해 주었다. 그들은 내 말을 듣고 머리로는 이해하는 것 같았지만, 서로의 관계는 쉽게 회복되지 않았다.

큰아들의 회심과 회복

당시 우리 부부의 믿음이 그다지 강하지 않았기 때문에, 혁주의 방황을 감당하기가 매우 힘겨웠다. 그런데 감사하게도 우리 집안을 위하여 늘 열심히 기도해 주시던 목사님이 계셨다. 고 최임봉 목사님이다. 그분은 하나님의 사랑을 몸소 실천하신 참으로 귀한 목사님이었다. 그분은 젊었을 때 넝마주이를 전도하기 위하여 그들과 지낸 적이 있는데, 처음에는 아무도 예수를 믿으려 하지 않았으나 세월이 지나서 당신이 넝마주이의 대장이 되니까, 그 부하들이 모두 예수를 믿게 되었다는 간증을 해주신 적이 있다. 그리고 나환자들을 전도하기 위하여 노력하신 이야기는 정말 눈물겨웠다. 최 목사님이 사모님과 나환자촌에 들어가 나환자들과 지내며 교회를 개척하여 정성껏 섬긴 결과, 교회가 착실하게 성장해 갔다. 그러던 어느 날, 서울에 있는 큰 교회에서 그 마을을 찾아와 구호품도 나누어 주고 교회 건물도 지어 주겠다고 약속하였다. 그러자 교인들이 최 목사님을 찾아와서 목사님은 다 좋은데 경제적인 능력이 없는 것 같다고 하여, 교회를 사임하고 떠나오셨다고 한다. 그 후 채 1년이 안 되어 교인들이 목사님을 찾아와서는 서울에 있는 교회에 실망했다고 하며 목사님께서 다시 와주실 수 없느냐고 간곡히 애원했다고 한다.

최 목사님은 이처럼 열심히 사역하시다가 연로하신 뒤에는 기도생활에만 몰두하고 계셨다. 주중에는 산에 들어가서 온종일 기도를 하시다가 주말에만 잠깐 서울에 와서 주일예배를 드리고 월요일에는 다시 산으로 들어가는 생활을 반복하셨다. 그런데 그 목사님이 1주일에 한 번씩 서울에 오실 때마다 우리 집을 방문하여 우리 집안을 위해 기도해 주셨다. 그분은 우리 손을 잡고 한참 동안 방언으로 간절히 기도하신 뒤 우리 부부에게 "괜찮아, 아무 걱정하지 마. 곧 좋아질 거야"라고 위로해 주셨다. 그리고 혼잣말처럼 "하나님, 감사합니다. 하나님, 감사합니다"를 반복하시면서, "그렇습니다. 이 집에는 이 방법밖에 없을 것 같습니다. 이 방법 말고는 권 교수의 고집을 꺾을 수 없을 것 같습니다"라고 말씀하셨다. 그리고 나에게는 "권 교수, 걱정하지 마. 혁태가 이 집의 보배야. 앞으로 혁태를 통하여 큰 영광을 보게 될 거야"라고 위로해 주셨다.

혁태는 그 후에도 한동안 방황을 거듭하다 고등학교를 졸업했다. 그 후 대학에 바로 진학하지 못하고 재수, 삼수를 거쳐 뒤늦게 대학에 입학하였다. 하지만 대학에 잘 적응하지 못하여, 한 학기를 겨우 마치고 육군에 입대했다. 그는 군 입대를 피해 보려고 엄마에게 아빠한테 부탁해서 현역으로 가지 않게끔 조치해 달라고 떼를 쓰기도 했다. 나는 혁태가 인생을 깊이 통찰해 보려면 현역으로 군 복무를 마치게 하는 것이 좋겠다고 생각했다. 그러나 입대하던 날, 그가 현실을 겸허히 받아들이지 못하고 억지로 끌려가다시피 했기 때문에, 우리 부부는 혁태가 아무 탈 없이 군대 생활을 하고 있는지, 아니면 혹시 군대에서 사고라도 치면 어떻게 할지 걱정하지 않을 수 없었다. 그리고 간혹 휴가 나왔다가 귀대할 때에도 제 시간에 들어가지 못하면 어떻게 하나 걱정되었다. 우리는 전방에 배치 받은 혁태가 군 복무를 무사히 마치고 건강한 모습으로 전역하게 해달라고 간절히 기도하면서, 면회도 자주 갔다.

감사하게도 혁태는 최전방에서 사병으로 근무하는 동안 호된 훈련을 통해 몸이 건강해졌을 뿐만 아니라 마음도 많이 순화되었다. 그가 입대한 지 1년 반쯤 지났을 무렵, 나는 소포를 하나 받았다. 풀어보니, 그 속에는 혁태의 편지와 김정현 씨의 소설 《아버지》가 있었다. 편지에는 아들이 군부대에서 그 책을 읽다가 아버지 생각이 나서 많이 울었다고 하면서, 내게도 한번 읽어보면 좋을 것 같다는 내용이 담겨 있었다. 나는 편지를 읽고 이제 혁태에게도 하나님의 터치가 시작되었고, 그가 드디어 변화하기 시작했다는 것을 직감하고 하나님께 감사의 기도를 드렸다.

당시 나는 모처럼 맞이하는 안식년에 하버드대학 로스쿨에 가서 미국 반독점법Antitrust Law을 연구하려던 참이었다. 그런데 1997년 말 우리나라가 갑자기 금융위기를 맞이하여 IMF의 관리를 받는 사태가 벌어져 정부에서 공무원의 해외 출장을 전면 규제하고 이를 보류하라는 지시가 내려왔다. 그리하여 나는 안식년을 1년 연기하여 1998년 여름에 비로소 미국으로 떠나게 되었다. 당초 일정상 혁태가 제대하기 전이어서 작은아들만 데리고 안식년을 다녀올 계획이었으나, 안식년이 늦춰져 큰아들도 데리고 갈 수 있었다. 그런데 혁태는 1997년 말에 전역하여 우리보다 5개월 먼저 1998년 2월에 어학연수차 미국으로 떠나고, 나머지 가족은 그해 7월에 미국으로 가게 되었다.

1998년 7월 온 가족이 미국 샌프란시스코에서 합류하여 3주간 미국 서부와 캐나다 로키산맥 일대를 여행한 뒤, 8월부터 보스턴에서 생활하게 되었다. 나는 하버드대학 로스쿨에서 미국의 반독점법에 대한 강의와 세미나를 들으면서 미국 독점금지법을 집중적으로 연구할 수 있었다. 그리고 우리 가족은 그곳에 머무는 동안 케임브리지 한인교회를 섬기면서 성도들과 친밀한 교제를 나누고 즐거운 시간을 보낼 수 있었다. 나는 그 교회에서 청년들과 활발한 영적인 교제를 나누면서 많은 사랑을 받았고, 두 아들은 청년부와 성가대에서 열심히 봉사하며 은혜로운 시간을 보냈다.

혁태는 1998년 가을부터 당시 보스턴대학교 음악대학에서 피아노를 전공하던 '이유미'라는 여학생과 사귀기 시작했다. 그해 겨울에 유미가 학교 강당에서 졸업연주회를 했다. 나는 아내와 함께 유미의 졸업연주회를 축하하기 위해 참석했다. 연주회는 감동적으로 잘 마쳤고, 곧

조촐한 축하 파티가 열렸다. 그런 자리에는 으레 주인공의 부모님이 참석하여 손님들을 접대하기 마련인데, 그날은 유미의 부모님이 참석하지 못하여 친구들이 교회 식구들과 손님들을 대접하고 있었다. 그래서 아내와 나는 유미 부모님의 빈자리를 채우기 위하여 보이지 않게 노력하기도 했다. 그런데 파티가 끝나고 마무리할 무렵 한 청년이 유미에게 다가가서 수고했다고 격려하며 앞으로 무엇을 하고 싶냐고 묻자 유미는 좀 쉬고 싶다고 대답했다. 나는 그런 유미가 안쓰럽게 여겨졌다.

그때 우리 가족은 연말 휴가를 당시 노스캐롤라이나 주 채플 힐에 살고 있던 제자의 가족과 플로리다 주 오클랜드에 가서 보낼 계획이었다. 나는 집에 돌아와서 아내에게 연말 휴가에 유미를 데리고 가는 게 어떻겠냐고 제안했다. 아내는 흔쾌히 동의하며 혁태에게 유미한테 우리와 연말 휴가를 오클랜드에서 보낼 의향이 있는지 물어보라고 했다. 유미는 한동안 아무런 대답이 없었다. 유미가 왜 대답이 없는지 혁태에게 물어보라고 했더니, 그녀가 한국에 계신 부모님께 연말 휴가에 우리와 함께 오클랜드로 가도 좋겠느냐고 여쭈어 보았으나 부모님이 아무 말씀을 하지 않으셔서 대답을 하지 못하고 있다는 것이었다. 나는 유미에게 이번 휴가는 우리 가족이 제자의 가족과도 함께 갈 뿐만 아니라 그 제자도 딸이 하나 있기 때문에, 같이 휴가를 떠나도 별 어려움 없이 지낼 수 있으며, 마침 임대해 놓은 숙소도 아주 넓어서 안심하고 즐거운 휴식을 취할 수 있다는 점을 자세히 설명해 주었다. 그러한 사정을 부모님께 말씀드리고 다시 한 번 여쭈어 보라고 권유했다. 그 후 유미는 부모님의 승낙을 받아 오클랜드에서 우리와 연말 휴가를 즐겁게 보내고 돌아왔다.

　내가 연말 휴가에 두 아들과 유미를 꼭 데리고 가고 싶었던 것은 특별한 이유가 있었기 때문이다. 오클랜드에서 연말 휴가를 마치고 돌아오는 길에 나는 워싱턴 주 메릴랜드 지구촌교회의 대학부와 청년부에서 주최하는 겨울수련회에서 특강을 하기로 되어 있었다. 나는 혁태와 혁주를 이 수련회에 꼭 데리고 가고 싶었다. 수련회는 애팔래치아 산맥에 있는 휴양소에서 2박 3일간 열릴 예정이었다. 그 수련회를 준비하는 전도사님으로부터 특강을 해달라는 부탁을 받았을 때, 나는 수련회에 두 아들과 함께 참가하고 싶다는 뜻을 전해 둔 상태였다. 두 아들이 수련회에 참가하여 하나님을 인격적으로 만나는 체험을 하기를 간절히 소망한 것이다. 이를 위해 오래 전부터 기도해오고 있었다. 하지만 두 아들에게는 우리가 그곳에 도착할 때까지 그런 사실을 말하지 않았기 때문에 그들은 내가 그곳에 들러 특강을 한 뒤 다음날 바로 보스턴으로 돌아올 것이라 생각하고 있었다.

　자동차로 수련회 장소를 향해 달려가면서 나는 하나님께 두 아들과 유미가 그 수련회에 끝까지 참가할 수 있게 해달라고 간절히 기도드렸다. 그리고 만약 사정이 여의치 않으면 우리가 그곳에 도착한 뒤 눈이라도 펑펑 쏟아져 길이 막히게 해서라도 2박 3일간의 수련회에 온전히 참가할 수 있게 해달라고 기도드렸다. 그런데 정말 놀랍게도 우리가 수련회 장소에 도착하던 날 저녁부터 눈이 펑펑 내리기 시작하여 다음날 아침에는 외부와 완전히 차단되는 현상이 벌어졌다. 우리 가족은 꼼짝 없이 수련회에 처음부터 끝까지 참가하게 되었다. 감사하게도 수련회가 진행되는 동안 혁태가 엄청난 은혜를 받았다. 그는 하나님께 뜨거운 눈물을 흘리면서 회개기도를 한 뒤 엄마에게 찾아가 끌어안고서 "엄마, 이제 엄마는 울지 마. 이제부터는 내가 울 차례야!"라며 대성통곡했다. 그는 동생 혁주와도 뜨겁게 포옹하면서 화해한 뒤 밤을 꼬박 새우며 지난날의 이야기를 나누고 형제의 사랑과 우애를 회복하는 은혜의 시간을 가졌다.

혁태는 현재 M&A 회사에 근무하고 있다. 제대 후 미국에 유학하여 친구들이 대학을 졸업할 무렵 다시 학부를 시작해서 MBA 과정까지 마쳤다. 혁태는 한국뿐만 아니라 아시아 경제에 새로운 획을 긋는 경영인이 되겠다는 포부를 갖고 있다. M&A 회사에서 경험을 쌓고 언젠가는 스스로 기업을 일구어 한국과 아시아를 아우르는 기업 문화와 창업 문화를 꽃피울 꿈을 향해 나아가고 있다.

둘째 혁주는 중앙대 철학과를 졸업하고 서울대 미학과에서 석사 학위를 받은 후 현재 네이버에서 웹툰 작가로 활동하고 있다. 혁주는 고3 때 자신의 진로를 두고 엄마에게 물었다.

"엄마, 내가 해야 될 것을 할까요? 하고 싶은 것을 할까요?"

엄마는 당연히 하고 싶은 것을 하라고 말해 주었다. 그때까지 혁주는 아빠가 자기 인생의 모델이어서 법학과에 지원하려 했지만, 진로를 바꾸어 철학과에 지원했다. 혁주는 석사 논문 주제를 '웃음'으로 정하여 우수한 논문을 발표했다. 나는 웃음이 어떻게 논문의 주제가 될까 의아했는데, 혁주는 포털사이트에서 〈그린스마일〉이란 만화로 사람들에게 환경 문제에 대한 경각심을 일깨우며 유쾌한 웃음을 선사하고 있다. 전문적인 만화 수업을 받지 않았지만, 그는 원래 그림 그리기를 좋아했다. 초등학교 때 사과나무를 그리는데 접시에 깎여 있는 사과가 나란히 담겨 있는 모습을 나무 위에 올려놓은 형태를 그려 놓았다. 혁주는 자신의 독창적인 시각으로 문화 영역에서 하나님의 선한 영향력을 끼치고자 하는 꿈을 가지고 이를 실현해 나가고 있다. 언젠가는 한류 열풍에 드라마와 노래, 음식뿐만 아니라 아시아 각국 어린이들이 한국 만화를 보면서 자라는 세대가 오리라고 기대하고 있다.

큰아들의 결혼

혁태가 유미를 사귄 지 2년쯤 지났을 무렵이었다. 유미는 대학원을 졸업한 뒤 한국으로 돌아와야 할지 미국에 계속 남아 있어야 할지 결정해야 했다. 미국에 남아 있으려면 비자를 연장해야 하는데, 그렇게 하려면 박사과정에 진학하여 학생비자를 연장하거나 다른 길을 모색해야 했다. 그런데 당시 그녀의 여건상 박사과정에 진학하기는 어려웠고, 혁태와 결혼하여 가족 동반 비자를 받는 방법이 있기는 하지만, 그것도 쉽게 해결될 문제는 아니었다. 왜냐하면 혁태는 군 복무를 마친 뒤 미국에 가서 학부 과정을 다시 시작하여 공부하고 있었기 때문이다. 유미가 보기에는 혁태가 자기를 좋아하는 것은 분명한데, 결혼 이야기만 나오면 미적지근한 태도를 보여 마음이 힘들었다. 유미가 이런 진퇴양난 속에서 혼자 고민하고 있다가 용기를 내어 나에게 자신의 심정을 솔직히 털어

놓는 편지를 보내왔다. 편지를 받은 나는 유미가 매우 안쓰러웠다. 나는 그녀를 위로하고 격려해 주고자 다음과 같은 답장을 보냈다.

사랑하는 유미에게

유미야, 보내 준 편지 잘 받아 보았다.

네 마음을 그렇게 솔직하게 표현해 줘서 정말 고맙다. 나는 그렇지 않아도 은근히 걱정하고 있었단다. 그런데 너의 편지를 받고 보니, 너는 내가 걱정했던 것보다 훨씬 많이 힘들었구나.

요즈음은 좀 어떠니? 많이 나아졌지? 모든 것이 정해진 때가 있고 또 순서가 있는 것 같다. 우리, 서두르지 말고 차분히 하나님께서 예비하신 때를 기다리면서 하나씩 차근차근 준비해 나가도록 하자.

유미야, 내가 너를 얼마나 좋아하는지 아니? 나는 요즘 네가 내 마음 속에 깊숙이 들어와서 넓은 자리를 차지하고 있는 것을 느끼고 있다. 내가 그렇게도 갖고 싶어 했던 딸을 하나 얻은 느낌이다. 네가 어린 나이에 여러 가지 어려움을 겪었음에도 흔들리지 않고 꿋꿋하게 자신을 지켜 가고 있는 모습을 나는 아주 높이 평가한다.

네가 말했듯이, 돈은 있다가도 없고 또 없다가도 있는 거란다. 더 중요한 것은 주어진 환경을 감사한 마음으로 받아들이고 조용히 하나님과 동행해 가는 것이 아니겠니? 네가 잘 알듯이, 혁태는 그런 면에서는 아직 너보다 미숙한 것 같구나. 너에게는 혁태가 다소 야속하게 느껴질 수도 있겠지만, 혁태는 자기가 남들보다 늦었다는 생각에 하루 빨리 뭔가 가시적인 성과를 거두어야 한다는 강박관념이 있는 것 같다.

우리, 혁태의 심정을 있는 그대로 인정해 주고, 그의 의사를 존중하면서 하나님의 평강이 그와 함께하여 하루속히 모든 상황을 감사하게 받아들이고 하나님 뜻에 순종할 수 있게 해달라고 같이 기도하자.

나는 이 편지를 유미에게 보내기 전에 아내에게 잠깐 보여 주었다. 편지를 읽고 난 뒤에 아내는 "당신 가슴속에는 어떻게 여자가 둘씩이나 들어가 있어요?"라고 넌지시 말하였다. 의외의 반응에 놀라면서 나는 "그런데 그 여인들 사이에 아무런 충돌이나 갈등도 없는 것 같은데"라고 응수했다.

그 후 나는 기도하면서 혁태가 결혼 문제에 관해 스스로 마음의 준비를 하고 청혼하기를 기다렸다. 결국 혁태는 2002년 12월 크리스마스를 앞두고 유미에게 프러포즈를 했고, 두 사람은 그해 겨울방학에 잠시 귀국하여 양가 부모님들을 모시고 약혼을 했다. 이듬해 여름방학 때 주님의교회에서 많은 분들의 축복 속에 은혜로운 결혼식을 올리고 미국 보스턴으로 돌아가서 신혼생활을 시작했다.

우리 집 맏며느리 유미는 전남 광주 출신이다. 그녀는 어릴 때부터 피아노에 특별한 재능이 있었다. 1993년 광주에서 고등학교를 졸업한 뒤 바로 세계적인 피아니스트인 한동일 교수의 지도를 받기 위해 미국 보스턴대학으로 유학을 떠났다. 그런데 그녀가 그곳에서 학부를 졸업하고 대학원 석사과정을 밟고 있을 무렵 아버님이 사업에 실패하여 부모님으로부터 경제적인 지원을 받을 수 없는 형편이 되었다. 그럼에도 그녀는 조금도 흔들리지 않았다. 하나님만 의지하면서 학비는 장학금으로 충당하고 생활비는 피아노 레슨으로 조달하여 학업을 마칠 만큼 의지가 굳고 자립심이 강했다. 나는 유미의 이런 점을 높이 평가하며 그녀를 며느리 감으로 생각하고 있었다. 그리고 혁태와 결혼 문제를 놓고 상의할 때 혼수 걱정을 하는 그녀에게 "우리는 너 하나만으로 만족하니까 혼수 걱정은 하지 말라"고 말해 주었다. 아내는 며느리를 보는 것이 아니라 마치 딸을 시집보내는 것과 같은 마음으로 결혼 준비를 해서 유미를 우리 집 가족으로 맞이했다.

혁태는 2003년 5월에야 비로소 대학을 졸업했다. 그 후에는 기업의 창업 분야에서 세계적으로 유명한 뱁슨대학Babson College의 MBA 과정에 들어가서 비즈니스의 길로 나아가기 위한 준비를 시작했다. 그해 여름 잠시 귀국해서 집에서 쉬고 있던 중, 내 생일을 맞이하여 혁태가 내게 준 축하 편지가 있다. 나는 혁태의 편지를 한동안 액자에 넣어 서재에 두고 가끔씩 읽어 보곤 한다.

사랑하고 존경하는 아버지께

미국에서 마침내 학부를 졸업하고 한국에 막 돌아왔을 때, 제가 얼마나 기뻤는지 모르실 겁니다. 제 자신에게 만족스럽기도 했지만, 이제야 아버지의 아들다운 모습에 좀더 가까워진 것 같아 마음이 뿌듯했습니다. 더욱이 올해는 아버지의 생신 때 제가 곁에 있을 수 있다는 것이 참으로 기쁘고 감사합니다. 지난 30년 동안 한시도 잊지 않고 저를 사랑해 주시고, 제가 힘들 때 위로해 주시고, 즐거울 때 같이 기뻐해 주시고, 저를 위해 눈물로 기도해 주신 아버지의 은혜에 깊이 감사드립니다.

저는 바닥까지 곤두박질치더라도, 아버지만 계시면 다시 힘을 얻어 일어설 수 있습니다. 저 또한 아버지께 그런 존재로 성장하고 싶습니다. 언제부터인가 아버지의 힘찬 열정을 제가 가로막고 있는 것이 아닌가 하는 생각이 들었습니다. 아직도 저는 아버지께 버거운 아들임을 저도 잘 압니다. 하지만 저도 이젠 성인으로서, 제 앞가림은 스스로 할 수 있도록 열심히 살아가겠습니다.

솔직히 저는 어제도 아버님의 얼굴에서 그늘을 보았습니다. 겉으로는 웃고 계셨지만 마음 한 구석에는 남모르는 걱정이 있었음을 저는 알고 있습니다. 저도 아버님을 위해 기도하겠습니다.

하나님은 제 기도도 무척 잘 들어주신답니다.

생신을 진심으로 축하드립니다. 오래 오래 건강하셔야 합니다.

2003년 7월 30일 혁태 올림

둘째 며느리를 맞이하다

둘째 며느리가 들어올 때도 에피소드가 많았다. 아내는 혁주의 결혼을 선뜻 찬성하지 않았다. 당시 혁주는 갓 서른 살로 인사동의 한 갤러리에서 큐레이터로 일하고 있었다. 아내는 혁주가 아직 준비도 안 됐고, 서둘러 결혼시키기보다는 옆에 두고 싶은 애착으로 좀더 있다가 결혼하기를 원했다.

혁주는 사귀고 있던 여자 친구와 만남과 헤어짐을 반복하기에 나는 한번 만나봐야겠다고 생각했다. 혁주에게 그 친구를 학교로 초대하여 같이 교제해 보자고 했다. 막상 혁주의 여자 친구인 조윤주 양을 만나보니 기대했던 대로 반듯하고 마음에 드는 규수였다. 나는 하나님의 자녀로서 확신이 있고 또 서로에 대하여 하나님이 예비하신 배필이라는 믿음이 있으면 그것으로 충분하니까 아무 신경 쓸 것 없다고 조언해 주었다. 그랬더니 둘이서 40일 새벽기도를 하고, 《목적이 이끄는 삶》이란 책을 함께 읽으면서 하나님의 분명한 뜻을 확인하는 시간을 가졌다. 나는 그런 혁주 커플에게 엄마의 축복을 받고 결혼하자고 제안한 후 하나님께서 아내의 마음을 열어 주시길 간구했다. 그런데 어느 날 갑자기 아내가 예수 믿는 며느리면 됐다고 하면서 둘째 며느리를 흔쾌히 받아들였다. 둘째 며느리는 시어머니가 결혼을 허락해 준 것에 크게 기뻐하며 진심으로 감사했다. 지금 아내와 둘째 며느리는 친 모녀처럼 가깝게 지내고 있다.

두 며느리는 주일마다 아이들을 데리고 우리 집에 와서 교제를 나누고 돌아간다. 내가 굳이 오라고 하지 않아도 자신들이 즐거운 마음으로 사랑스런 손자 손녀들을 데리고 와서 놀다가 돌아가는 것을 지켜보면서 부러울 게 전혀 없다는 생각이 든다.

아내에 대한 재발견

하나님을 인격적으로 만난 뒤, 나는 이전에는 결코 경험할 수 없었던 새로운 일들을 많이 접하게 되었다. 1992년 초에 우리 교회 담임목사님이 전화로 내게 부탁할 일이 있다고 하셨다. 조만간 〈주부편지〉라는 전도지의 편집장이 원고를 청탁할 것이니, 바쁘더라도 거절하지 말고 좋은 글을 써달라는 내용이었다. 그 편집장의 청탁인즉 '밖에서 온 편지'라는 난에 '아내를 자랑하는 글'을 써달라는 것이었다. 나는 몹시 난감해서 어찌할 바를 몰랐다. 그야말로 진퇴양난이었다. 이제 막 교회에서 열심히 봉사하기로 결심하고 있는 터인지라 담임목사님의 부탁을 거절할 수 없어서 원고 청탁을 받아들이긴 했지만, 막상 승낙해놓고 보니 정말 감당하기 어려운 일이었다. 나는, 지금도 양반과 상민을 구별할 정도로 전통적인 유교 문화가 깊이 뿌리내리고 있는 안동 출신인데다가, 나름대로 뼈대 있다고 자부하는 안동 권 씨의 후손이다. 그런 사람이 아내의 자랑을 하다니, 그것도 몇 사람에게 조용히 말로 하는 것도 아니고, 수만 명의 독자가 있는 전도지에 글로 써서 사진과 함께 공개해야 한다고 생각하니, 정말 아찔하고 기가 막혔다. 그 글을 쓰고 난 뒤 사람들로부터 '팔불출'이라고 비난받을 것을 생각하니, 얼굴을 들고 다닐 수 없을 것 같았다. 내가 어쩌다 이 지경까지 몰리게 되었는지 모르겠다는 생각이 들 정도였다.

그러나 일단 승낙해 놓았으니 원고를 쓰지 않을 수는 없는 노릇이었다. 그런데 막상 아내를 자랑하는 글을 써보려 하니까, 무엇을 어떻게 써야 할지 도무지 갈피를 잡을 수 없었다. 나는 그 문제로 한동안 고민하다가 어쩔 수 없이 하나님께 지혜를 구해보기로 했다.

"하나님 아버지, 제가 이 글을 통하여 하나님께 영광을 돌릴 수만 있다면, 체면 손상이나 비난 같은 것을 두려워하지 않고, 아내 자랑을 솔직하고 담대하게 표현할 수 있게 되기를 원합니다. 제발 그렇게 할 수 있도록 지혜와 용기를 주시기 바랍니다."

나는 그렇게 기도하면서 성경 말씀에서 실마리를 찾아보기로 했다. 그런데 창세기 2장에서, 하나님께서 아담에게 돕는 배필이 없는 것을 안타깝게 여기셔서 아담을 깊이 잠들게 한 뒤 그의 갈빗대로 여자를 만들어 아담에게로 이끌어 오셨을 때, 아담이 그 여자를 보고서 "이는 내 뼈 중의 뼈요 살 중의 살이라"고 고백한 부분을 읽으면서, 나는 비로소 그 고백이 아담의 고백에 그치는 것이 아니라 나 자신의 고백이기도 하다는 점을 깨달았다. 그것은 실로 놀라운 깨달음이었다. 나는 아내가 나에게 얼마나 소중한 존재인지 다시 확인할 수 있었다.

아내는 나와 반대로 유복한 환경에서 사랑을 많이 받고 자랐다. 대학 1학년 때 같은 또래 신입생이던 아내를 친구의 소개로 만나 4년간 친구로 지내다가, 졸업을 앞두고 내가 그녀를 사랑하고 있다는 사실을 확인하고서, 그것 하나만 믿고 결혼하여 함께 살아 왔다. 결혼 초기에 아내는 나와 성장 배경이나 가치관의 차이로 많이 힘들었을 것이다. 아내를 사랑한다는 확신이 있었지만, 내 눈에는 아내의 세계관과 인생관이 옳지 않게 보였다. 내가 아내보다 훨씬 높은 차원의 세계관으로 세상을 깊이 이해하고 있다고 여기며 이런 나와 사는 게 행복할 거라고 생각했다. 아내는 자기가 왜 남편이 생각하는 방식만을 좇아가야 하는지 늘 불만이었다. 나는 내 방식대로 아내를 사랑하다가 가만히 반추해 보면, 그것은 진정한 사랑이 아니라 내 욕심을 채우기 위한 이기심의 충족에 불과했다는 것을 부인할 수 없다.

왜냐하면 당시 나는 사랑이란 내가 좋아하는 사람에게 내가 보기에 좋다고 생각되는 대로 해주는 것이라 생각하고 있었기 때문이다. 그때까지만 해도 나는 신사임당申師任堂을 세상에서 가장 이상적인 여인으로 생각하고 있었다. 따라서 나는 내가 사랑하는 아내가 신사임당과 같은 여인이 되어 주기를 바랐다. 그 때문에 나는 아내가 신사임당과 같은 여인이 되도록 하기 위하여 열심히 노력하였으며, 아내와 신사임당을 비교하여 조금이라도 부족한 점이 있거나 실수가 보이면, 이를 가차 없이 지적하여 고쳐 주려고 했다. 나는 그것이 아내에 대한 사랑의 표현인 줄 알았다. 그러나 아내는 그것을 매우 고달프고 곤혹스럽게 생각하고 있었다. 나는 하나님의 사랑을 알기 전까지 아내가 그렇게 부담스럽게 반응하는 것을 조금도 이해할 수 없었다.

아내는 늘 나를 사랑하면서 지혜롭고 헌신적으로 내조했다. 내가 교수가 된 지 얼마 되지 않았을 때였다. 나는 아직 연구와 교육에 미숙하여 여러 가지로 어려운 일이 많았다. 평소 엉덩이가 비교적 무거운 편이어서, 연구가 잘 진행되면 몇 시간씩 꼼짝도 하지 않고 책상 앞에 앉아 집중하는 스타일이었다. 하지만 그렇지 않으면 자연히 거실로 나오는 빈도가 높아졌다. 당시 나는 연구가 제대로 진척되지 않아서 고민하던 중에, 나에게 학자적 자질과 능력이 부족한 것이 아닌지 의심이 들었다. 나는 아내에게 그러한 속마음을 털어 놓으면서 "이것이 나의 한계인 것 같다"는 하소연을 하기에 이르렀다. 그랬더니 아내는 나에게 "그것이 당신의 한계인지 인간의 한계인지 어떻게 아느냐?"고 하면서,

그동안 너무 무리한 것 같으니 이제 모든 것을 내려놓고 며칠 동안 푹 쉬어 보는 것이 좋겠다고 제안했다. 아내의 제안에 따라 며칠 동안 쉰 뒤 연구를 다시 시작하였다. 그런데 그토록 복잡하고 어려웠던 문제가 술술 풀리기 시작하는 것이 아닌가! 이처럼 아내는 늘 나를 깊이 신뢰하고 격려해 주었다. 나는 그러한 여인을 아내로 허락해 주신 하나님께 진심으로 감사드리며, 아내를 변함없이 깊이 사랑하고 있다.

나는 그러한 과정을 거쳐서 비로소 진정한 사랑이 무엇인지 깨닫게 되었다. 진정한 사랑이란 상대방을 있는 그대로 인정해 주면서 그의 장점은 칭찬해 주고 단점은 조용히 다가가 채워 주는 것이다. 그것을 알고 나서야 내가 그동안 아내에게 보인 행동이 얼마나 잘못된 것이었는지 알게 되었다. 그리하여 나는 아내에게 그동안 내가 한 행동을 진심으로 사과하였다. 그리고 아내를 있는 그대로 인정해 주면서 그의 장점은 칭찬하고 단점은 조용히 다가가 채워 주려고 노력하였다. 그러나 그런 사랑을 한결같이 실천하기는 결코 쉽지 않았다. 그렇게 노력하는 과정에서 나는 아내가 그동안 내가 발견하지 못했던 장점이 많다는 것을 알게 되었다. 그리고 아내가 나처럼 부족하고 흠이 많은 사람을 만나서 부부로 같이 사느라고 무척 괴로웠을 텐데, 아무런 내색이나 불평 없이 잘 참아 주었다는 것에 무척 감사한 마음이 들었다. 나는 아내의 이 모든 점에 깊이 감사하면서 아내를 더욱 깊이 사랑하게 되었다. 그때부터 나는 아내에게 사랑한다는 고백을 자주 하기 시작했다. 나는 원래 무뚝뚝한 경상도 사나이로서 아내에게 애정 표현을 할 줄 몰랐다. 그런데 그때부터 적극적으로 애정 표현을 할 수 있게 되었으며, 언제부터인가 내 입에서 사랑의 언어가 아주 자연스럽게 흘러나오는 것을 알게 되었다. 지금은 아내에게 하루 세 번 이상 사랑한다는 말을 하고, 자녀들이나 제자들에게도 사랑한다는 표현을 자주 한다.

결혼 초에는 내가 추구하는 가치관의 강요를 받았던 아내는 지금 내가 20년, 30년 후를 내다보는 계획을 세우고 추진하려 할 때, 왜 하필 내가 나서서 그것을 해야 하는지 의문을 갖곤 한다. 노후에는 우리 부부가 가정을 돌아보면서 좀더 편안한 여생을 맞이해도 좋지 않을까 하는 생각이다. 아내는 한편으로는 내가 가려는 길에 대해 하나님께서 기뻐하실 것임을 잘 알고 있고, 하나님이 내 기도를 잘 들어주신다고 믿고 있다. 그래서 간혹 불만스런 투로 말한다. 내가 아시아를 넘어 세계를 바라보는 기도는 하면서 가정을 위해서는 그만큼 열심히 기도하지 않는다고 말이다.

어렸을 때 고학하며 고생한 사람은 보통 어른이 되어 큰돈을 벌어서 편히 살려는 것이 인지상정이다. 그런데 내게는 그런 생각이 찾아오지 않았다. 사실 나는 공정거래위원회 위원장을 사임한 후 대형 로펌의 고문 제안을 받은 적이 있다. 아내에게는 미안했지만, 도저히 수락할 수 없었다. 공정거래위원회는 큰 기업을 상대로 열악한 조건에서 직원들이 며칠씩 밤을 새워가며 수고하는 반면, 대기업들은 대형 로펌을 대리인으로 내세워 자본의 논리로 대응하는 경우가 많다. 양쪽의 조건이 결코 평등하지 않다. 위원장으로 일하면서 나는 공정위 직원들을 무척 대

평생 동고동락해 온 아내와

견스럽게 생각해 왔다. 내가 대형 로펌에 들어가 좋은 대우를 받고 편안한 자리에 있으면서, 힘들게 일하는 공정위 직원들에게 결코 좌절감을 주고 싶지 않았다. 경쟁관계에 있는 다른 로펌에서 근무하는 제자들을 보는 것도 마음이 편치 않을 것 같았다. 제자들이 이런 상황을 알아주지도 않고 고마워하지도 않을 텐데 혼자서 유난을 떤다고 생각할지 모르지만, 마음이 내키지 않는 일을 할 수는 없는 것이다. 그런 내 뜻을 존중해 주는 아내가 있기에 지금의 내가 있을 수 있다. 그 고마움은 글로 다 표현할 수 없다.

아내의 참모습

나는 아내를 20대 초반에 대학생으로 만나서 20대 중반에 결혼했다. 우리가 벌써 40대 중반에 들어섰으니, 서로 4반세기를 알고 지낸 셈이다.

우리 부부는 인생에서 가장 중요한 시기를 함께하며 20여 년을 같이 살아왔다. 돌이켜 보면 우리의 삶은 글자 그대로 동고동락이었다. 우리는 학창시절도 같이 보냈고, 군대 생활도 같이 했으며, 유학 생활도 같이 경험했다. 우리 부부만큼 서로에 대해 명확히 알고 있는 부부도 많지 않을 것이다. 그런데 며칠 전에 〈주부편지〉로부터 아내를 자랑하는 글을 써달라는 원고 청탁을 받고서, 나는 아내를 자랑하기에 앞서 '아내는 나에게 어떠한 존재인지'에 대해 잠시 생각해 보았다.

나는 이 질문이 매우 생소했다. 그 이유를 곰곰이 생각해 보았더니, 아직 한 번도 스스로 이런 질문을 해본 적이 없었던 것이다. 그렇다면 그것은 또 무슨 의미일까? 그것은 우리 부부가 그동안 별다른 문제없이 순탄하게 잘 살아 왔기 때문이 아닌가 생각된다. 만약 우리 중에 어느 한 사람이 불치병이라도 걸렸거나, 부득이한 사정으로 상당 기간 떨어져서 살 수밖에 없었더라면, 아니 우리가 서로 미워한 나머지 이혼이라는 극단적인 방법을 택할 수밖에 없었다면, 나는 분명 아내가 나에게 어떠한 존재인지를 진지하게 생각해 보지 않을 수 없었을 것이다. 그렇다면 내가 아직 이런 질문을 제기하지 않은 것이 이상한 일이 아니라, 그 자체가 하나님의 축복이 아닌가 하는 생각이 들었다.

그런데 지금 나는 아내를 어떻게 생각하고 있는가? 나는 아내에 대해 그리고 아내를 만난 것에 대해 하나님께 감사하는가? 얼마 전까지만 해도 나는 아내에게 내심 '좀더 똑똑한 여자였더라면' '좀더 예쁜 여자였더라면' '좀더 상냥한 여자였더라면······' 하는 식의 불만을 가지고 아내를 정신적, 육체적으로 괴롭혀온 것이 사실이다. 그런데 최근에 나는 아내에게 만족하고 있을 뿐만 아니라, 이처럼 알뜰하고 사랑스러운 아내가 그동안 나와 함께 아무 불평 없이 잘 살아 준 것에 깊이 감사하고 있다. 무엇보다 이처럼 부드럽고 현명한 여인을 나처럼 거칠고 우둔한 사람의 아내로 허락해 주신 하나님의 은혜에 진심으로 감사드린다.

이러한 극적인 변화가 어디서 비롯한 것일까? 미련하던 아내가 갑자기 현명해진 것일까? 말이 없던 아내가 갑자기 상냥해진 것일까? 아니다.

변화된 것은 아내가 아니라 나 자신이다. 그러니까 아내에 대한 내 생각이 변화된 것이다. 비유하자면 장님이 눈을 뜬 것이며, 돼지가 진주를 알아보게 된 셈이다.

그리고 그것은 하나님의 은혜다. 하나님께서 내가 지혜롭고 현명한 아내와 같이 살면서도 그 아내의 참모습을 알아보지 못하고 불평과 불만을 일삼아 오던 모습에서 벗어나, 아내의 참모습을 알아볼 수 있을 뿐만 아니라 그를 진정으로 사랑할 수 있는 성숙한 인간으로 변화시켜 주신 것이다.

아내와 결혼하여 20년이 지난 뒤 하나님의 은혜로 아내의 참모습을 알아볼 수 있게 되고 또 아내를 진정으로 사랑할 수 있게 되었으니, 우리 부부는 다시 신혼을 맞이한 것이나 다름없다. 전에는 '이는 내 뼈 중에 뼈요 살 중에 살이라'고 한 아담의 고백이 나오는 아무 상관이 없는 말인 줄 알았는데, 이제 그것이 나 자신의 고백이 되고 있으니, 이 얼마나 놀라운 변화인가!

아직 아내의 참모습을 알아볼 수 있는 지혜나 능력이 없었던 어린 나이에 아내와 같이 사랑스러운 여인을 만나서 결혼하게 해주시고, 부부로서 20여 년이라는 긴 세월을 아무 탈 없이 살 수 있게 축복해 주신 뒤에, 불혹의 나이에 이르러 아내를 진정으로 사랑할 수 있게 해주시니, 이러한 하나님의 은혜에 내가 어찌 감사하지 않을 수 있겠는가? 이제 하나님의 은혜와 아내의 노고에 감사하는 마음으로, 바쁜 일상에서 벗어나 아내와 가벼운 여행이라도 떠나야겠다.

〈주부편지〉 1992년 2월호

행복한 결혼생활의 비결

진정한 사랑이 무엇인지에 대한 깨달음은 내 삶의 모든 영역에 엄청난 영향을 미치게 되었다. 대표적인 예가 결혼식 주례사라 할 수 있다. 우리나라에서는 대학 교수들이 결혼식에서 주례를 맡는 경우가 자주 있다. 나도 언제부터인가 제자들과 친지들 자녀의 결혼식에 주례를 맡는 일이 많아졌다. 그런데 내가 진정한 사랑이 무엇인지 깨닫기 전에는 결혼식 주례를 맡는 것이 매우 부담스러웠다. 그러나 그 후에는 그리 부담스럽지 않을 뿐만 아니라, 주례로서 신혼부부를 축복하며 그들에게 '행복하게 사는 비결'을 일러 주는 것을 매우 기쁘게 생각하고 있다.

신혼부부가 평생 행복하게 살아가기란 결코 쉽지 않다. 그들은 각각 서로 다른 환경에서 태어나 성장해 왔을 뿐만 아니라 서로 다른 개성을 지닌 청년들이기 때문이다. 특히 요즘 결혼식을 앞두고 주례를 부탁하려고 찾아오는 예비 부부들을 보면, 그들은 행복하게 살기를 간절히 바라면서도 어떻게 해야 행복하게 살 수 있는지, 그 비결은 전혀 모르는 데다가 아무 준비도 되어 있지 않은 경우가 많은 것을 알 수 있다. 그들은 그런 상태에서 결혼식을 올리고 신혼여행을 다녀온 후 함께 살아가면 자연스럽게 행복해질 수 있으리라 기대하지만, 막상 신혼생활을 시작하면 결혼생활이 그렇게 만만한 게 아니라는 것을 깨닫게 된다. 그제야 비로소 그들은 부부로 살아가는 데 필요한 지혜와 노하우가 무엇인지 깊이 생각해 보지 않았으며, 또 그것을 준비하려고 노력하지 않았다는 것을 알고 당황해 하는 경우가 자주 있다.

내가 결혼식 주례를 맡게 될 경우에는, 미리 예비 부부를 불러 그들에게 진정한 사랑이 무엇이며, 그것을 위해서는 어떻게 해야 하는지 자세히 설명해 준다. 결혼식 당일에는 주례사를 통하여 신혼부부가 행복하게 살기 위해 꼭 알아두어야 할 사항과 반드시 지켜야 할 준칙을 가르쳐 주고, 그것을 마음에 새겨 철저히 지키도록 노력하라고 당부한다. 그리고 하나님께 그들이 진정한 사랑을 할 수 있는 지혜와 능력을 갖게 해달라고 기도하면서 그들을 축복해 준다.

내가 이런 마음으로 주례사를 통하여 신혼부부에게 당부하는 내용은 다음과 같다. 우선, 부부가 행복하게 살기 위해 가장 중요한 것은 서로 진정으로 사랑해야 한다는 점을 강조한다. 그리고 진정한 사랑이란 과연 어떤 것이며, 그것을 실천하기 위해서는 어떻게 해야 하는지에 대하여 자세히 설명한다. 사랑에는 여러 종류가 있는데, 남녀 간의 사랑은 에로스Eros에서 출발하지만 부부가 된 뒤에는 그 사랑이 아가페Agape의 사랑으로 발전해야 한다. 여기에는 상당한 시간이 걸리고 시행착오도 따를 것이다. 그러나 에로스가 아가페로 승화되지 않으면 행복한 가정을 이루기 어렵다. 진정한 사랑은 바로 이 아가페의 사랑을 의미하는 것이다.

그것은 상대방을 있는 그대로 인정하고, 존중하며, 혹시 그에게 부족한 점이 있더라도 이를 지적하여 고치거나 가르치려 하지 않고, 조용히 다가가서 채워 주는 것이다. 그리고 그가 그리스도 안에서 온전한 사람으로 성숙할 수 있도록 기도해 주는 것이다. 그런데 이러한 사랑은 하나님께서 우리를 구원하기 위하여 베푸신 사랑을 의미하는 것이므로, 인간의 힘으로는 도저히 이룰 수 없는 사랑이다. 따라서 부부가 그런 사랑을 하려면 그들이 자신의 힘만으로는 도저히 할 수 없다는 것을 솔직하게 인정하고 하나님께 기도하면서 성령님의 도움으로 그런 사랑을 할 수 있는 지혜와 능력을 키워 나가야 한다.

결혼식에서 이런 내용의 주례사를 하고 나면, 많은 사람들로부터 감사의 인사를 듣곤 한다. 혼주와 친지들은 물론 하객들도 주례사에 깊은 감명을 받았다고 하거나, 주례사를 들으면서 자신들의 결혼생활을 다시 돌아볼 수 있었다고 하는 경우도 자주 있다. 그리고 신혼부부들은 신혼여행을 다녀온 뒤 인사차 찾아와서는 양가 부모님과 친척들이 덕담으로 "제발, 주례 선생님 말씀대로만 살아라"고 당부하시더라고 하며 감사의 인사를 전해오곤 한다.

진정한 사랑

세상에서 '사랑'이라는 말처럼 즐겨 쓰이는 단어는 달리 없을 것이다. 우리는 누구나 사랑받기를 원하고, 또 누군가를 사랑하고자 한다. 그러나 막상 사랑이 무엇이냐고 물으면 쉽게 대답할 수 있는 사람은 많지 않을 것이다.

나도 젊은 시절에는 사랑이란 내가 좋아하는 사람에게 내가 보기에 좋다고 생각되는 대로 대해 주는 것이라고 생각하였다. 그리하여 사랑하는 아내를 더욱 우아하고 현숙한 여인으로 만들기 위해, 예컨대 신사임당과 같은 사람을 닮으라고 종용하기도 하고 구박하기도 했었다. 그리고 자녀들을 훌륭한 사람으로 키우기 위해 자기 반에서 1등 하는 아이를 칭찬해 주기는커녕 전교에서 1등 하지 못한다고 꾸짖기도 했다. 당시 나는 그것을 사랑의 표현이라고 믿었다.

그러나 그들은 아무도 내게 사랑을 받고 있다고 느끼지 않은 것으로 기억된다. 이런 현상은 학생들에게서도 나타났다. 나는 학생들을 위해 밤새워 강의 준비를 해서 열심히 가르쳤으나, 그들은 내 기대에 부응하지 못했다. 나는 그들의 부족함을 일깨워 주기 위해 F학점도 과감히 주었다. 나는 그것을 사랑의 표현이라고 여겼다. 그러나 학생들은 나에게 "교수님은 다 좋은데 우리를 사랑하지 않는다"고 불평하곤 했다. 당시 나는 그들의 불평을 이해할 수 없었다.

그러던 내가 불혹不惑의 고비를 넘어서면서 인생에서 매우 중요한 체험을 하게 되었다. 이를 계기로 나는 인생에서 가장 중요한 것이 무엇인지 깨닫게 되었다.

진정한 사랑이란 내가 좋아하는 사람에게 내가 보기에 좋다고 생각되는 대로 대해 주는 것이 아니라, 상대방을 있는 그대로 인정하고, 그를 존중하며, 혹 그에게 부족한 점이 있으면 이를 꾸짖지 않고 조용히 다가가 채워 주는 것이라는 사실을 깨달은 것도 바로 그때였다. 그때부터 나는 그런 사랑을 실천해 보려고 노력하고 있다.

신기하게도 그 성과는 아주 가까운 데서부터 일어나기 시작했다. 아내를 있는 그대로 인정하고, 그를 존중하며, 그에게 부족한 것이 발견되더라도 꾸짖거나 가르치려 하지 않고 조용히 다가가 채워 주려고 노력하자, 아내의 표정이 밝아지기 시작했으며, 아내가 비로소 나와 함께 있는 것을 편안하게 여기게 되었다. 그 후 아내는 가는 곳마다 예뻐졌다거나 젊어졌다는 인사를 자주 듣는다고 한다.

자녀들도 마찬가지였다. 내가 그들을 훌륭한 사람으로 키우기 위해 그들의 부족한 점을 지적하고 그것을 고치도록 종용했을 때는, 그들이 내 말을 잘 듣지 않았을 뿐만 아니라 나의 존재 자체를 부담스럽게 여겼다. 그런데 내가 그들을 있는 그대로 받아들이고 그들의 의사를 존중하며 그들의 고민을 들어주기 시작하자, 그들은 아빠가 세상에서 가장 좋은 친구이자 정신적인 지주라고 말한다.

학생들도 예외는 아니었다. 예전에 내가 그들의 잘못을 가차 없이 지적하고, 그들의 불성실에 대해 엄격하게 응징하려 했을 때는 나를 세상에서 가장 무서운 교수라고 했다. 그러나 내가 그들의 형편과 처지를 깊이 이해하고 그들을 격려해 주기 시작하자, 그들은 나를 가장 친절한 선생이라고 말한다.

그런데 어느덧 천명天命을 알 나이가 되면서, 나는 구체적인 삶의 현장에서 이런 사랑을 몸소 실천하기가 얼마나 어려운지 뼈저리게 느끼고 있다. 어떤 사람들은 조국과 민족, 아니 우주와 인류를 사랑한다고 하는데, 나는 어찌하여 내 부모, 내 가족, 내 제자, 내 친구, 내 이웃을 제대로 사랑할 수 없는지? 특히 최근 공정위 위원장으로 부임한 뒤에는 우리 직원들을 포함하여 내가 사랑해야 할 이웃들이 많이 늘어났는데, 이들을 있는 그대로 받아들이고, 존중하며, 부족한 점을 조용히 다가가 채워 주기가 얼마나 어려운지 날이 갈수록 더욱 절실히 느끼고 있다.

그리고 그런 사랑은 내 힘만으로는 도저히 실천할 수 없는 것이라는 점도 깨닫게 되었다. 그리하여 나는 진정한 사랑이 무엇인지 깨닫게 해주신 하나님께, 당신께서 "네 이웃을 네 몸과 같이 사랑하라"고 명령하셨으니 그러한 사랑을 실천할 수 있는 능력도 부여해 달라고 간절히 기도하며 하루하루를 살아가고 있다.

1999년 11월 한국도로공사 사보 〈우리 길〉

술과 제사 문제

하나님을 깊이 신뢰하는 신앙을 갖기 전, 내 생활 패턴이 바뀌는 과정에서 적지 않은 고통이 있었다. 특히, 오랜 동안 좋아해 온 술이 문제였다. 나는 술이 아무리 들어가도 취하지 않는 주당이었다. 도대체 얼마를 마셔야 필름이 끊기는지 가늠하기 어려울 정도로 술이 셌고 술자리를 좋아했다. 함께 술을 마시던 사람들이 쓰러지면 모두 집에 데려다주고도 말짱한 채로 귀가하곤 했다. 그러다 보니 절주를 결심한 뒤에도 주변 분위기가 나를 쉽게 놓아 주지 않았다. 한번은 술을 입에 대지 않기로 단단히 마음먹고 대학 친구들 모임에 나갔는데, 그런 날은 더욱 집요하게 술을 강요하는 것이었다. 나는 시계 줄까지 끊어질 정도로 온몸으로 저항하며 안 먹겠다고 버텼지만, 결국 술을 마신 뒤 깊은 좌절감을 느꼈다. 한번 결심하면 꼭 하고야 마는 나로서는 스스로에게 크게 실망하지 않을 수 없었다.

그리고 곧 깨달았다. 내가 기도하지 않았다는 것을……. 술 끊는 일도 내 힘으로만 하려고 하면 결코 이룰 수 없다. 아무리 사소해 보이는 일이라도 그것은 영적인 싸움이기 때문에 승리하려면 반드시 성령님의 도움을 받아야 한다. 그렇지 않으면 참패할 수밖에 없다.

그토록 좋아하는 술을 안 마시려니 얼마나 큰 구속이겠는가. 한때는 차라리 술이 그다지 걸림돌이 되지 않는 천주교로 옮길까 하는 생각까지 들었다. 그런데 언제부터인가 술이 맛이 없어지고 술 마시는 분위기가 싫어졌다. 술에 취해서 헛소리하며 시간을 낭비하는 것이 무엇보다도 아까웠다. 술에 대한 욕망이 없어진 것이다. 그것이 바로 자유다. 내가 하고 싶은 것을 안 하면 구속이지만, 하고 싶은 욕심이 없어지니까 그야말로 자유를 만끽할 수 있게 된 것이다. 술에 대한 욕망이 없어지니까 술로부터 자유로워지고 고민이 없어졌다. 이처럼 하나님께 기도

할 때 하나님은 우리 욕망까지 다스려 주신다.

전통적인 유교 문화에서 기독교 문화로 바뀌는 과정에서 집안의 제사 문제가 제기되었다. 하나님을 인격적으로 만난 후 며칠 만에 첫 번째 부모님 제삿날이 돌아왔다. 그동안 나는 교회를 다니면서도 집안에서는 제사를 주도하는 역할을 해왔다. 기독교도 한국 문화와 조화되어야 한다고 생각했기 때문에 제사 지내는 것을 당당하고 떳떳하게 생각했다. 모태 신앙으로 자란 집사람은 생각이 달랐다. 아내는 그것이 싫어서 아이들을 일찍 잠들게 하려고 했지만, 나는 아이들을 모두 깨워서 절을 시킬 만큼 정통 유교 방식의 제사를 고수해 왔다.

그랬던 내가 하나님을 인격적으로 만난 뒤에는 더 이상 제사를 드릴 수 없다는 생각이 들었다. 형님이 돌아가신 뒤 모든 제사를 주도해야 할 위치에 있던 내가 제사를 드릴 수 없게 되었으니, 집안에서는 낭패가 아닐 수 없었다. 나는 큰집에 좀 일찍 가서 양해를 구하기로 했다. 형수님이 저녁상을 차려 주셨는데, 그 앞에서 나는 잠깐 식사 기도를 했다. 그랬더니 형수님이 반가운 시비를 걸어오셨다.

"삼촌은 예수를 믿으려면 제대로 믿고, 제사를 지내려면 제대로 지내야지, 왜 양다리를 걸치고 그래요?"

나는 걱정스러운 마음에 아무 대책 없이 기도만 하고 갔는데, 이렇게 말을 걸어 주니 고맙기 그지없었다. 나는 그 자리에서 형수님께 간증을 했다. 내가 하나님을 인격적으로 만난 뒤 변화를 받은 과정을 일일이 설명하며 제사에 대한 생각을 솔직하게 고백하고 양해를 구했다. 그런데 괄괄하게 나오며 야단칠 줄 알았던 형수님이 의외로 가족들이 모두 모이면 같이 상의해 보자고 하는 게 아닌가.

밤 10시쯤 동생들이 모두 도착했지만, 제사상은 준비되지 않았다. 나는 상을 차리지 않은 것에 어리둥절해 하는 동생들에게 자초지종을 설명했다. 오늘 이 자리에 오긴 했지만, 이전처럼 제사에는 참여하지 못한다고 설명하고, 앞으로 제사를 어떻게 할 것인지 그들의 의견을 물었다. 동생들은 큰형님이 돌아가신 뒤 그 빈자리를 대신하고 있는 내 의견에 모두 따르겠다고 했다. 나는 옆에 있던 집사람에게 차에 두고 온 성경과 찬송가를 가져오라고 하여 곧바로 추도예배를 드리자고 했다. 당시 내 믿음은 초신자와 다름이 없어서 찬송이 힘차게 나오지 않을 때였다. 나는 우리 부부만 찬송을 부를 줄 알았는데, 감사하게도 제수씨들 중에 두 사람이 찬송을 같이 부르는 게 아닌가. 그들은 우리 집안 분위기 때문에 말도 꺼내지 못하고 몰래 교회에 나가 예배드리면서 신앙생활을 해온 것이다. 그렇게 수십 년간 내려오던 우리 집안의 유교적 전통이 너무나 쉽게 무너져 버렸다. 나는 은근히 동생들이 걱정되었다. 그날은 얼떨결에 추도예배를 드렸지만, 그 다음부터는 동생들이 제삿날 우리 집에서 추도예배를 드리기로 한 약속을 어기고 아예 발길을 끊거나 점차 교류가 단절되는 게 아닌지 염려스러웠다.

몇 년 뒤 하버드대학에 안식년으로 가 있을 때였다. 나는 믿지 않는 가족들을 위해 매일 열심히 기도했다. 1년 후 돌아오니까 나에게 가장 비판적이었던 손아래 동생 부부가 교회 성가대에서 찬양을 하며 교회 학교 총무를 맡고 있는 것이었다. 나는 기도하면서도 동생이 그렇게 확연히 변화될 줄은 몰랐다. 그 동생은 지금 안동 두레교회에서 안수집사로, 그리고 그 아래 동생들은 용인 영락교회에서 장로로 교회를 섬기고 있다. 우리 집안은 완전히 믿음의 가정으로 변화되었다. 시간이 많이 걸렸고 노력도 많이 했지만 결과적으로 하나님이 우리 집안을 조금씩 변화시키셔서 은혜가 충만한 믿음의 가정으로 만들어 주셨다.

교회에서의 봉사

주일날 교회에 나가서 예배만 드리는 것으로 만족하고 다른 봉사와 교제는 전혀 하지 않는 선데이 크리스천이었던 내가, 하나님을 인격적으로 만난 뒤에는 교회에서 봉사하고 싶은 마음이 생겨서 자발적으로 다양한 봉사 활동에 참여하기 시작했다.

우선, 구역장을 맡게 되었다. 당시 우리 구역에는 신앙이 아주 좋은 분이 구역장으로 열심히 봉사하고 있었다. 그런데 그분이 갑자기 미국으로 떠나게 되어 구역장 자리가 공석이 되었다. 그래서 내가 구역장 대리로 임명되어 구역장 역할을 맡게 되었다. 당시 우리 교회에서는 매주 금요일마다 구역별로 성경공부를 같이 하고 성도들 간에 교제도 하면서 신앙생활을 함께하는 구역활동이 매우 활발했다. 구역장은 각 구역에서 성경공부를 인도하고 심방도 하면서 성도들의 신앙생활을 보살펴 주는 도우미 역할을 하고 있었다.

그런데 내가 구역장을 맡고 보니, 구역장이 해야 할 일이 너무나 많았다. 매주 금요일에는 새벽에 교회에 나가 새벽기도를 드린 후, 구역장들을 위한 성경공부에 참석해야 했으며, 저녁에는 구역 식구들과 성경공부를 하면서 그들과 교제하는 등 구역모임을 인도해야 했다. 그뿐만 아니라 주기적으로 구역 식구들의 가정을 방문하여 그들의 신앙생활을 보살펴 주고 신앙상담도 해주어야 했다. 그런데 이런 역할은 당시의 나에게는 매우 벅찬 것들이었다. 성경공부는 목사님께서 가르쳐 주는 것을 잘 배워서 전하기만 하면 되지만, 성도들의 신앙생활과 삶을 보살펴 주기 위해서는 시간을 많이 할애해야 하는데, 늘 전공 분야 연구와 교육에 쫓기는 교수로서 충분한 시간을 내기가 매우 어려웠다.

그리고 당시 내가 그 역할을 특별히 어렵게 느꼈던 이유는 우리 구역에 후두암 말기 환자가 있었기 때문이다. 전임 구역장은 신앙이 좋고 헌신적인 분이어서 금요일 저녁마다 구역예배를 마친 뒤, 그 환자가 입원해 있는 병원에 찾아가서 가족들과 철야기도를 했다고 한다. 그러나 나는 병문안을 하기가 곤혹스러웠다. 왜냐하면 당시 나는 '기적'이라는 것을 믿지 않았기 때문이다. 의학적으로 볼 때 후두암 말기이면 회복 불가능한 상태인데, 내가 그 환자를 문안하기 위해 병실을 방문하면 그를 위해 어떻게 기도해야 할지 몰랐다. 구역장으로서 마땅히 병실에 자주 찾아가서 병문안을 하고 위로도 해야 하지만, 그 환자를 위한 기도를 하기가 어려워서 병실에 찾아갈 수 없었다. 이와 같은 고민을 하고 있을 때, 마침 교회에서 목사님과 장로님을 비롯한 여러 성도들이 그 환자를 위한 심방을 간다기에 나도 그들을 따라 병실에 들어가 뒷자리에서 조용히 묵상기도를 하고 돌아왔다.

그러나 심방을 한 번만 하고 말 수는 없는 일이었다. 나는 그 다음

주에 용기를 내어 혼자 병실로 찾아갔다. 그런데 그날은 마침 환자 혼자 침대에 누워 있었다. 나는 침대 옆에 놓인 의자에 앉아서 묵상기도를 드린 뒤, 투병을 잘 하라는 말을 남기고 일어나서 병실을 나오려고 했다. 그런데 그가 갑자기 내 손목을 붙잡더니, "구역장님, 기도 좀 해 주세요"라고 애원을 하는 것이 아닌가. 순간 나는 눈앞이 깜깜해질 정도로 당황스러웠다. 그때까지 나는 남을 위하여 큰 소리로 기도해 본 적이 없었기 때문이다. 그러나 구역장으로서, 구역 식구인 환자가 기도해 달라는 간절한 요청을 뿌리칠 수는 없었다. 나는 그를 위해 생전 처음 소리내어 기도해 주고 나서, 뒤도 돌아보지 않고 병실을 뛰쳐나와 버렸다. 그때 내가 무슨 기도를 어떻게 했는지 전혀 기억이 나지 않는다.

그 사건을 계기로 나는 교회에서 봉사를 잘하기 위해서는 성경도 많이 읽어야 하고 기도도 잘 해야 한다는 것을 깨닫게 되었다. 그리고 다음해부터는 교회에서 좀더 열심히 봉사하기로 결심하고, 우선 교회학교에 들어가서 학생들에게 성경말씀을 가르치는 일을 시작해보기로 했다. 누군가 나에게 "성경공부를 열심히 해라. 만약 그럴 자신이 없으면 성경을 가르치라"고 한 말이 생각났기 때문이다.

1992년 여름, 주님의교회 전교인 수련회는 경기도 용인에 있는 숙명여자대학교 수련원에서 열렸다. 나는 구역장을 맡고 있었기 때문에 우리 구역 식구들과 함께 큰 은혜를 기대하며 수련회에 참가했다. 당시 우리 구역에는 여섯 살짜리 꼬마가 한 명 있었다. 그 아이는 부모님이 매우 버거워할 정도로 호기심이 많았다. 우리가 수련원에 도착하여 쉬고 있는 동안 아이는 수련회 장소를 다 돌아보고 어디에 무엇이 있는지 소상히 파악해 놓았을 정도였다. 그 아이가 나에게 다가오더니 "구역 장님, 우리 구역에 권 씨가 몇 명인지 아세요?"라고 묻는 것이었다. 우리 구역에는 권 씨가 그 아이의 엄마와 나밖에 없었기 때문에 나는 두 사람이라고 대답했다. 그랬더니 그 아이가 틀렸다고 하면서 "두 사람이 아니라 세 사람"이라고 하는 것이었다. 나는 의아하게 생각되어, 나와 네 엄마 말고 또 누가 있느냐고 물었더니 그 아이는 "권찰님이 있잖아요!"라고 대답하였다. 구역 식구들이 "권찰님, 권찰님"하고 부르는 분이 있으니까, 그 아이는 권찰이 그분의 이름인 줄 알았던 모양이다. 이처럼 그 아이는 사람들의 성씨에 관심을 가질 정도로 호기심이 많은 영리하고 귀여운 아이였다.

그런데 저녁식사 시간이 되었는데도 그 아이가 나타나지 않았다. 우리는 아이가 갈 만한 곳을 모두 찾아보았으나 어디에도 아이가 보이지 않았다. 그런데 어떤 집사님이 강당에 있는 빔프로젝트에 이상한 물체가 걸려 있는 것 같다고 하기에 달려가서 그 빔프로젝트를 내려 보았더니, 거기에 그 아이가 걸려 올라가 있었다. 우리는 아이를 황급히 내려서 응급처치를 하면서 가까운 병원으로 옮겨 치료하고자 했으나, 그 아이는 이미 숨을 거둔 뒤였다.

수련회로 모인 교인들은 술렁이기 시작했다. 교회에서는 수련회를 서둘러 마무리하고, 아이의 시신을 가까운 병원의 영안실로 옮겨놓고 장례식 준비에 들어갔다. 영안실에는 그 아이의 부모님은 물론 친가와

외가의 조부모님들을 비롯한 많은 가족과 친지들이 찾아와서 며칠 동안 함께 기도하며 슬픔을 나누었다. 그리고 우리 교인들은 불의의 사고를 당한 가족들을 위로하기 위하여 그분들과 영안실을 지키면서 하나님께 기도하며 예배도 드리고 슬픔을 함께 했다. 그러나 우리는 수련회 장소에서 어떻게 그런 사고가 일어날 수 있었는지, 그 속에 담긴 하나님의 뜻이 무엇인지를 도무지 이해하기 어려웠다. 그럼에도 우리는,

> 우리가 알거니와 하나님을 사랑하는 자 곧 그의 뜻대로 부르심을 입은 자들에게는 모든 것이 합력하여 선을 이루느니라. (롬 8:28)

이 로마서 말씀에 의지하여 한 마음으로 하나님께서 그 아이의 부모님과 가족들을 위로해 주시고, 이 사건을 계기로 그 가족과 우리 교회에 합력하여 선을 이루는 역사가 일어나게 해달라고 간절히 기도드렸다.

그 와중에도 나는 법학교수라는 직업의식이 발동하여, 그 사태로 야기될 수 있는 법적인 문제점들을 하나씩 짚어보았다. 민사적인 측면에서는 물론 형사적인 측면에서도 적지 않은 문제점을 야기할 수 있는 사안이었다. 그런데 매우 놀랍게도, 그 사건이 마무리될 때까지 법적인 문제를 제기한 사람은 아무도 없었다. 나는 만약 이 사건이 우리 교회의 수련회가 아닌 다른 곳에서 일어났다면 어떻게 되었을지 그리고 그 아이의 부모님과 가족들이 신앙이 없는 분들이었다면 어떻게 되었을지에 대해 생각해 보았다. 생각하면 할수록 내가 전공하는 법의 기능과 역할에 대한 깊은 회의를 느끼지 않을 수 없었다.

결국, 법은 사람들 간의 분쟁을 해결하는 중요한 기준과 수단이 되지만, 사랑과 은혜가 넘치는 곳에서는 아무 쓸모가 없다는 것을 깨닫게 되었다. 서로 믿고 사랑하는 사람들은 법의 도움 없이도 복잡하고 어려운 문제를 훨씬 은혜롭게 해결할 수 있기 때문이다. 이 사건은 내게 법학에 대한 의미를 재고해 볼 수 있는 계기를 주었을 뿐 아니라, 앞으로 법학교수라는 직업을 계속 유지해야 할 것인지에 대해서도 깊이 생각해 보는 계기가 되었다.

교회에서 나는 중등부 부장으로 시작하여 고등부, 대학부, 청년부 부장을 거쳐 1997년에는 장로가 되었다.

교사로 섬기고 싶어 중등부 교사로 봉사하겠다고 지원했을 때였다. 담임목사님은 무슨 생각에서인지 나를 중등부 부장에 임명했다. 당시 나는 부장 집사가 무슨 일을 하는지조차 몰랐다. 교육전도사와 교사들이 각자 위치에서 잘 섬기고 있는데, 부장은 별로 할 일이 없어 보였다. 부장이 해야 할 일이 무엇인지 가만히 지켜보았다. 교사들을 잘 보살펴주고 그들에게 문제가 생기면 대신 해주는 일 외에는 딱히 눈에 띄는 일이 없었다. 수련회에서는 아이들 이불을 개어 주거나 신발을 정리해주는 등 남들이 잘 하지 않는 허드렛일을 하는 것이 부장 집사의 역할인 것 같았다. 나는 부장 집사가 특별히 꼭 해야 할 일을 집요하게 찾아보았다. 가만 살펴보니 중등부와 같은 교육 부서에서 제일 중요한 것이 교사였다. 특히 자라나는 청소년들에게 훌륭한 교회학교 선생님은 무엇보다 중요한 역할이다. 성도들 가운데 좋은 교사의 자질이 있는 분들을 접촉하여 중등부 교사로 섬기게끔 권면했다. 그러자 중등부 교사진이 매우 탄탄해졌다. 교육 전도사들은 신대원에서 공부하며 주일에 교회에 나와 봉사하는 일종의 인턴과 같은 존재다. 그런 전도사에게 모든 일을 다 맡겨둔 채 어른들이 교육에 적극적인 관심을 두지 않고 멀뚱멀뚱 바라보고만 있는 것은 옳지 않다.

교회학교를 바로 세우려면 교사의 리더십이 제대로 세워져야 한다. 그런 원칙을 정하고 교사들이 교회학교 리더로서 제대로 역량을 다할 수 있도록 준비시켰다. 감사하게도 내가 대학에서 학생들을 가르치고 있기 때문에, 부장 집사가 교사와 학생들에게 밥을 사주는 것보다 더 중요한 일이 교회학교의 교육을 바로 세우는 것임을 잘 볼 수 있게 해주신 것 같다.

담임목사님은 늦은 나이에 변화되어 빠르게 성장하는 내 모습이 여러 성도들을 하나님께로 가까이 인도하는 데 도움이 된다고 여기셨다. 서리 집사도 아닌 나에게 구역장 대리를 맡겨서 훈련을 시키시더니, 안수집사가 된 뒤에는 가장 열악한 구역의 구역장을 맡기셨다. 그 구역에는 대학 교수, 의사, 대기업 임원 등 바빠서 구역예배에 못나오겠다는 구성원들이 많은 사고구역(?)이었다. 담임목사님은 내가 해결사 노릇을 해주길 원했던 것 같다. 그 후 바빠서 못 나오겠던 사람들이 얼마나 열심히 모이던지, 마칠 시간을 정해놓고 모임을 시작해도 자정이 넘도록 집에 안 돌아가고 서로를 오픈하면서 즐거운 교제를 나누곤 했다.

장로 안수를 받을 때, 가족들 중에 가장 기뻐한 분은 장모님이셨다. 장모님은 내가 아내와 결혼할 당시부터, 내가 장차 장로가 되기를 바라

1997년 장로 장립식 때

셨고 그를 위해 꾸준히 기도해 오셨다. 당시 나는 속으로 '장모님, 다른 소원은 다 들어드리겠지만, 그 소원만큼은 들어드리기 어려울 것 같습니다'라고 생각했다. 그랬던 내가 그 후 25년이 지나 드디어 장로가 되었으니, 장모님이 얼마나 기뻐하셨을지 충분히 짐작할 만하다.

장로가 된 뒤에는 교육위원회, 문화위원회, 해외선교위원회 및 청소년사역본부 등 다양한 사역에 참여했다. 교육위원회를 맡고 있을 때는 교회의 교육을 통하여 청소년들에게 크리스천의 꿈과 비전을 분명하게 제시해 주려고 했으며, 문화위원회를 맡고 있을 때는 연극도 하고 문화선교단을 조직하여 몽골에 단기선교를 다녀오기도 했다.

그리고 해외선교위원회를 맡고 있을 때는 가능한 한 해외 선교 현장을 방문해 보고자 의료선교팀과 문화선교팀을 이끌고 캄보디아에 가서 종합적인 선교 활동을 펴기도 했다. 그리고 해외 선교의 초점을 캄보디아에 맞추어서 캄보디아를 동남아 선교의 전진기지로 만드는 일

도 추진하였다.

한편 2004년에는 청소년사역본부를 설립하여 우리나라 청소년 사역의 비전과 전략을 세우기 위해 노력하는 한편, 전국에 흩어져 있는 청소년사역자들을 모아서 이들을 연결하고 지원하는 역할을 했다. 그리고 2006년에는 당회의 제반 업무를 총괄하는 서기장로직을 맡아 교회의 행정을 책임지는 직무도 담당했다. 그런데 그해 3월 공정거래위원회 위원장으로 부임하여 나는 정말 눈코 뜰 새 없이 바쁜 나날을 보내게 되었다. 게다가 그해 가을에는 담임목사님이 개척 초기의 뜻대로 사임하신 일이 발생했기 때문에 나는 담임목사가 공석인 상태에서 교회의 행정을 돌봐야 하는 어려운 역할을 맡게 되었다.

주님의교회는 새로운 담임목사를 청빙하기 위한 절차를 밟아 갔다. 청빙위원회를 조직하여 가동하기 시작했는데, 나는 그 위원회의 위원장으로서 담임목사를 청빙하는 업무를 주관했다. 청빙위원회는 목사와 장로들로 구성된 추천위원들로부터 담임목사 후보자의 추천을 받는 동시에 담임목사가 갖추어야 할 요건들을 정리하여, 그 요건을 충족하는 5명의 예비 후보자를 선정했다. 그리고 그분들에게 우리 교회에서 2주씩 주일예배 설교를 할 수 있도록 배려하였다. 그분들의 설교에 대한 교인들의 반응은 대체로 긍정적이었다. 한 분이 설교를 하고 나면 교인들은 그분이 좋다고 하고, 다른 분이 설교를 하면 교인들은 그분이 좋다고 할 정도였다. 그런데 예비 후보자들 중의 한 분은 미국 디트로이트 한인교회를 담임하시던 박원호 목사님이었는데, 그분은 그쪽 교회 사정으로 설교를 하러 오실 수 없는 형편이었다. 청빙위원회는 그 속에도 하나님의 뜻이 있을 것이라 생각하여, 그분을 제외한 나머지 네 분 중에서 가장 훌륭한 분을 선정하여 당회에 보고하여 승인을 얻었다. 그리고 장로, 권사 및 안수집사들로 구성된 중직자 모임을 소집하여 그러한 사실을 보고하고 동의를 구했다. 그러나 중직자들의 반응이 매우 싸늘하게 느껴졌다. 중직자들 중에 상당수가 나머지 한 분을 제외한 것을 아쉽게 생각하고 있었기 때문이다. 중직자들은 만약 그분이 우리 교회에 와서 설교하기가 어려운 형편이라면, 그분을 제외할 것이 아니라 청빙위원들이 직접 그 교회에 찾아가서 설교도 들어 보고, 그분과 직접 대화도 나누어 본 뒤 최종 결정을 내리는 것이 좋겠다는 제안을 했다. 이에 청빙위원회는 그 의견을 받아들여 청빙위원들 중에서 여건이 허락되는 세 분을 미국 디트로이트로 보내어 그 목사님의 설교도 들어 보고, 또 그 목사님과 여러 가지 대화도 나누어 보고 오도록 했다. 그 결과, 디트로이트 한인교회를 담임하고 있던 박원호 목사님을 새로운 담임목사로 청빙하게 되었다.

지난 17년간 주님의교회에서 나는 집사와 장로로서 교회를 섬겼다. 주님의교회는 담임목사를 비롯한 교역자뿐만 아니라 장로도 임기가 정해져 있기 때문에, 나는 장로로서 11년의 임기를 마치고 2008년 6월 마지막 주일에 은퇴했고, 지금은 평신도로서 교회를 섬기고 있다.

맏아들의 고백, 나는 아직도 아빠라고 부른다

마흔을 바라보는 나이임에도 나는 여전히 아버지를 '아빠'라고 부른다. 내 또래 남자들은 아버지라고 부르는 이들이 대부분이어서 차별화를 위한 것이냐고 묻기도 하지만, 나는 철이 들면서 평생 동안 아버지를 아빠라고 부르기로 결심했다.

어린 시절 아빠에 대한 기억들을 더듬어 보면, 아주 무서웠다는 생각이 지배적이었다. 늘 완벽을 추구하시는 아빠의 아들로 태어나 자라면서 칭찬을 받은 기억은 거의 없고, 헤아릴 수 없을 만큼 많은 꾸지람을 들었다. 아빠가 세워 놓은 절대적인 기준에는 융통성을 찾아볼 수 없었고, 내 능력은 그 변동의 폭이 너무 커서 당신의 기준에 못 미치기 일쑤였다.

지금은 온 가족이 함께 거실에 모여 드라마를 보면서 웃고 울기도 하지만, 예전에 아빠는 9시 뉴스 외에는 TV를 거의 보지 않으셨다. 그래서인지 아빠가 퇴근하여 귀가하시면, TV를 보고 있던 엄마, 나, 동생은 잠시 전원을 끄고 셋이서 나란히 현관 앞에 나가 아버지께 인사를 드린 후 그

날의 아빠 기분을 살피곤 했다. 기분이 좋으시면 조용히 다시 TV를 켜서 보고 있던 방송을 시청했고, 기분이 안 좋으신 것 같으면 인사만 하고 각자 자기 방으로 해산하곤 했다. 우리 식구들 중에서는 엄마가 아빠 기분을 가장 빠르고 정확하게 파악하신다. 아빠와 함께 사신 세월이 나보다 374일 더 많아서일까? 아빠의 기분을 파악하는 능력은 수준급이다. 나도 엄마보다는 못하지만 상당한 수준을 터득했다고 자부한다. 그런데 동생은 그 능력이 부족했다. 그래서인지 동생은 가끔 아빠가 기분이 안 좋으신 것을 눈치 채지 못하고 TV를 다시 켜는 실수를 범해서 심하게 야단을 맞기도 했다.

어릴 적에 나는 집안 형편이 넉넉하지 못한 것이 항상 불만스러웠다. 내가 늘 비싼 것들을 원했던 탓도 있지만, 원하는 장난감이나 선물을 받으려면 상당한 시간과 인내가 필요했다. 당시 우리 집에는 원하는 선물을 얻기 위해 1년 동안 다른 선물을 받을 수 있는 기회를 모두 포기해야 하는 이상한 시스템이 작동하고 있었기 때문이다. 대표적인 예로, 동생은 그런 인고의 세월을 견디며 비디오 플레이어를 선물로 받았고 나는 무선 조종 자동차를 받았다. 동생은 생일이 6월이어서 어린이날 선물을 포기하는 것이 마지막 인내였는데, 나는 생일이 10월이어서 크리스마스 선물까지 포기하는 고통을 감수해야 했다.

우리 가족에게 가장 소중한 추억을 꼽자면, 어릴 때 독일에서 보낸 2년과 동생과 내가 모두 성년이 된 뒤 온 가족이 미국에서 함께 보낸 1년이 아닐까 생각된다. 그 중에서도 1998년 여름 미국 샌프란시스코에서 캐나디안 록키를 거쳐 그랜드 캐년과 라스베이거스까지 온 가족이 함께했던 자동차 여행은 지금도 우리 가족이 한자리에 모일 때 즐거운 화젯거리가 되곤 한다. 자동차 여행이기 때문에 더 여유롭게 여행을 즐길 수 있었을 법도 한데, 아빠는 항상 빡빡한 일정을 짰고 그 계획에 맞추기 위하여 온 식구가 마치 행군을 하듯이 여행을 다녀야 했다. 하루에 이동해야 할 거리가 좀 먼 날은 새벽 4시에 출발하는 경우도 있었다. 이른 새벽 트렁크에 짐을 가득 싣고 떠나는 우리의 모습이 마치 빚쟁이를 피해서 야반도주하는 것 같다는 느낌이 들 정도였다.

어릴 적에 나는 솔직히 이런 아빠가 많이 원망스러웠다. 아빠가 우리에게 너무 높은 기준만 고집하시는 것 같았고, 내가 너무 눈치만 보고 사는 것 같았다. 원하는 것 하나 얻기 위해 참아야 하는 세월이 너무나 길었고, 늘 힘든 계획을 세우시는 아빠를 쫓아가는 것이 혹독하고 괴롭기만 했다. '조금 더 여유 있고 따뜻한 아버지를 만났더라면 내가 그렇게 방황하지 않았을 텐데' 하는 생각도 많이 했다.

그런데 나이가 들어 차츰 철이 들고 사회에 나와서 세상이 만만치 않다는 것을 경험하면서 나는 조금씩 깨닫게 되었다. 아버지께서 나를 엄하게 꾸짖으신 것이 나를 강하게 키우기 위한 훈육이었으며, 결국 나를 옳은 길로 인도하기 위한 사랑의 표현이었음을 느끼게 되었다.

나는 아버지의 흔들림 없는 모습에서 세상을 살아가기 위해서는 적당한 타협도 필요하지만 스스로 옳다고 믿는 절대적인 기준은 반드시 지켜야 한다는 것을 배웠다. 남을 설득하거나 내가 옳다고 믿는 방향으로만 이끄는 능력보다는 상대방의 처지를 깊이 이해하고 남의 생각을 먼저 읽을 수 있는 능력이 훨씬 중요하다는 점도 일찍 배울 수 있었다.

큰 목표를 세우면 그 목표를 위해 오랜 시간이 걸리더라도 끈기를 가지고 인내하며 기다릴 줄 알아야 한다는 것과, 목표 달성을 위해서는 철저한 준비와 치밀한 계획이 필요하고 또 그 계획을 실현하기 위해서는 절대로 게으르지 말아야 한다는 점을 배웠다.

그런 아빠는 어느덧 환갑을 넘기시며 머리는 백발이 성성한 모습으로 변하셨다. 어린 손자들과 어울려 노시는 모습을 지켜보면 그 엄격하던 모습은 어디로 사라졌는지, 얼토당토않은 무리한 요구까지 다 들어주시는 영락없는 할아버지가 되신 것 같다. 그럼에도 여전히 청년처럼 새로운 꿈과 비전을 가지고 열심히 일하고 계신다. 최근에는 우리나라는 물론 이웃나라들을 포함한 아시아를 보다 밝고 살기 좋은 세상으로 만들기 위하여, 우리나라가 이룩한 성장과 발전의 경험을 나누어 줌으로써 이웃에게 행복을 전염시키기 위해 최선을 다하고 계신다.

요즘은 나에게 세상을 좀더 넓게 봐야 한다는 것과 우리보다 못한 이웃들을 생각하고 그들을 어떻게 도울 수 있는지를 고민하고 실천해야 한다는 것을 가르치고 계신 것 같다.

아직도 가끔은 아빠가 무섭기도 하지만, 내가 앞으로 이런 아빠에게 또 무엇을 보고 느끼고 배우게 될지 궁금하다. 그런데 내 가슴 속 깊은 곳에 진정으로 남아있는 아빠의 가르침은 '따뜻함'이다. 아빠는 내가 오랜 방황에서 돌아오기를 기다려 주셨고, 내가 돌아왔을 때 나를 따뜻하게 안아 주셨다. 진짜로 꽉 안아 주셨다. 솔직히 나는 엄청 혼날 각오를 하고 돌아왔다.

그런 나를 너무도 따뜻하게 안아 주신 분이 아빠다. 나는 그때 처음으로 느낄 수 있었다. 이게 '아빠'의 진정한 마음이고 가장 큰 가르침이라는 것을.

2010년 2월 혁태

작은아들의 고백, 진리는 아빠의 빛

나도 형과 같이 아버지를 '아빠'라고 부른다. 친구들은 어느 순간부터 자연스럽게 '아버지'라고 부르게 되었다는데 나는 아직 철이 덜 든 까닭일까? '아버지'라는 호칭이 쉽게 입에 붙질 않는다. 물론 글을 쓸 때는 아버지라는 말을 사용하기도 하지만 평소에는 역시 '아빠'라는 호칭이 더 자연스럽다. 나에게 '아버지'는 편지 쓸 때의 호칭이고, '아빠'는 대화할 때 쓰는 호칭이라서 쉽게 섞이질 않는다. 한편으로 서른이 넘은 지금까지도 '아빠'라는 호칭이 더 자연스러운 까닭은 그만큼 내가 아버지와 가깝게 지내고 있기 때문이 아닐까 생각한다.

확실히 나는 또래 친구들에 비해 아버지와 대화를 많이 하는 편이다. 아버지와의 대화가 본격적으로 시작된 것은 고등학생 때이다. 그때는 아버지께서 하나님과 인격적인 관계가 깊어지던 시기였고, 나는 이제 막 정체성에 대한 고민을 시작하던 사춘기였다. 아버지는 형에게 대하던 것과 달리 나에게는 다정한 친구처럼 다가오셨다. 그래서 나는 사춘기 시절에 겪게 되는 많은 고민을 아버지께 쉽게 털어놓을 수 있었다. 좀처럼 오르지 않던 성적에 대해, 설익은 나의 꿈에 대해, 심지어 짝사랑하던 여학생에 대해서도 가감없이 모두 말하곤 했다. 그때마다 아버지는 나를 꾸중하시거나 틀에 박힌 충고를 하지 않고 먼저 내 입장에서 같이 고민해 주셨다. 당시 나는 아버지가 누구보다 내 이야기에 깊은 애정과 관심을 갖고 들어 주신다는 것을 느낄 수 있었다. 어쩌다 한번 아버지와 대화의 물꼬가 트인 날이면 우리는 새벽까지 이야기꽃을 피우곤 했다. 그런 다음 날이면 마치 영혼 깊은 곳까지 정화된 것처럼 개운한 기분으로 무엇이든 할 수 있을 것 같은 자신감이 나를 충만케 했다. 고백하건대, 당시 나는 아버지가 세상에서 가장 대화가 잘 통하는 '베스트 프렌드'라고 믿었다.

아버지를 가장 친한 친구라고 생각할 정도로 가까운 관계였기 때문에 나는 아버지에 대해 많은 것을 알고 있다. 이 책에 실린 내용도 내가 이미 들어서 알고 있던 것이 대부분이다. 아니, 오히려 책에서 언급한 것보다 훨씬 많은 것을 알고 있다. 아버지는 이 책을 집필하는 과정에서 나에게 몇차례 원고 교정을 부탁하신 적이 있다. 이미 다 알고 있는 내용을 글로 다시 읽는 것이 쉽지는 않았지만, 교정을 보면서 한 가지 새롭게 발견한 것이 있다. '열심히 노력하고 있다'는 표현이 너무 많이 사용되고 있다는 점이다. 문득 호기심이 들어 일일이 세어 보았더니 '열심히 노력하는 중이다' 혹은 '열심히 노력하고 있다'라는 표현이 무려 40회 정도 반복되고 있었다. '열심히 노력했다', '열심히 노력하고 있다', '열심히 노력할 것이다' 열심히, 열심히! 나는 아버지께 이 부분을 지적하면서 좀더 다양한 표현으로 고쳤으면 좋겠다고 주문했다. 그런데 돌이켜 생각해 보니 같은 표현이 반복되는 것은 사실이지만, 그것은 아버지의 삶에서 결코 틀린 말은 아니라고 생각되었다. 왜냐하면 솔직히 내가 보기에도 아버지는 육십 평생을 정말 열심히 그리고 또 열심히 노력하면서 살아오신 분임에 틀림없기 때문이다.

한 예로, 나는 지금껏 아버지께서 평일이고 주말이고 늦잠을 주무시는 모습을 본 적이 없다. 아무리 기억을 더듬어 보아도, 나는 아버지가 한가롭게 쉬는 모습을 본 적이 없다. 혹자는 대학교수라서 방학에는 쉴 수 있어 좋겠다고 하지만 천만의 말씀이다. 내가 본 아버지에게 방학은 쉬는 기간이 아니라, 해외 활동을 하는 기간이었다. 아버지는 언제나 교수는 교육과 연구 그리고 사회 봉사라는 세 가지 역할을 수행해야 한다고 말씀하셨다. 그랬기에 아버지는 학기 중에는 교육과 연구에 전념하시고, 방학 중에는 사회 봉사와 해외 연구에 여념이 없으셨다. 그러더니 몇 해 전에는 '무너진 데를 보수하는 자'의 마음으로 아시아법연구소를 창립하여 해외 출장이나 선교를 나가는 일이 더 빈번해지셨다. 그래서 아버지는 하루 24시간이 언제나 모자랄 정도로 열심히 그리고 또 열심히 노력하며 살고 계신다. 솔직히 나는 아버지가 왜 그렇게 열심히 사시는지 의문이 들 정도였다.

실제로 아버지에게 "왜 그렇게 열심히 사세요?"라고 물어본 적이 있다. 나는 그때 아버지의 대답을 지금도 잊을 수 없다. 아버지는 "하나님께서 내게 주신 재능과 에너지를 모두 소진하고 돌아가고 싶다"고 말씀하셨다. 당신의 모든 것을 불태우기 위해 살고 계신 분에게 왜 그렇게 열심히 사느냐는 물음은 너무나 유치한 것이었다.

잠시도 쉴 줄 모르고 일만 하시는 아버지는 참 재미없는 분이다. 따분한 법률서적을 읽으면서도 전혀 지루해 하지 않고, 취미생활로는 신앙서적을 읽으며 즐거워하고, 어쩌다가 교인들 앞에서 간증이라도 하고 나면 너무나 기뻐하신다. 그러면서 정작 친구분들을 만나고 돌아오신 날에는 너무 시시껄렁한 이야기만 주고받은 것 같아서 재미없었다며 심드렁한 반응을 보이신다. 혹시 아버지는 노는 방법을 모르시는 것이 아닐까? 실제로 아버지는 유희 그 자체를 목적으로 하는 놀이문화에 특별히 재미를 느끼지 못하시는 것 같다. 얼마 전에 아버지의 환갑을 기념하기 위해 가족끼리 휴양지를 다녀온 적이 있다. 일 년에도 몇 번씩 국제 심포지엄이나 해외 선교로 국외 여행을 다니셨던 아버지는 휴식만을 위해 떠난 해외여행은 그것이 처음이었다. 휴양지에서 우리는 하루 종일 숙소 주변의 바닷가와 수영장을 번갈아 다니며 즐겁게 놀았는데 정작 주인공인 아버지는 그 분위기를 매우 낯설어 하셨다. 아침마다 열리는 조찬회의가 없었고, 중식과 석식 사이를 빡빡하게 채우던 워크숍이나 세미나가 없었기 때문이리라. 그냥 편히 쉬면서 즐기기만 하면 되는 그런 분위기가 당신에게는 너무나 어색했던 것이다. 나중에 어머니를 통해 전해들은 바로는 아버지께서 "앞으로 다시는 휴양지에 가지 않겠다"고 하셨다고 한다. 그러니 노는 것을 얼마나 재미없어 하시는지 충분히 짐작하고도 남을 것이다.

그렇다면 아버지가 재미있어 하시는 것은 무엇일까? 언뜻 보기에는 그냥 교수로서의 일상적인 생활을 즐거워하시는 것 같다. 학교에서 강의하는 것이 재미있다고 하시고, 연구실에서 하루 종일 책을 읽고 원고를 쓰는 것이 재미있다고 하시고, 국제 학술회의나 선교 여행을 다녀오셔도 재미있다고 하신다. 통상 '재미'는 어떤 새로운 세계를 경험했을 때 느껴지는 감흥이나 즐거움이라고 정의한다. 흔히 우리가 영화를 보면서 '재미있

두 손자와 큰아들 혁태 가족(왼쪽), 손녀와 작은아들 혁주 가족

다'고 하는 것도 영화에서 펼쳐지는 낯선 세계 속에서 살아가는 주인공들
에게 감정이입을 하면서 대리만족을 느끼기 때문이라는 것이다. 그러나
아무리 재미있는 영화라도 계속 보다 보면 흥미는 떨어질 수밖에 없다.
따라서 어떤 일에 지속적으로 재미를 느끼려면 끊임없이 새로움을 추구
해야 한다. 결국 아버지가 당신의 직업에 지속적으로 재미를 느낄 수 있
었던 것은 그 속에서 새로운 세계를 경험하고 있기 때문이라고 생각한다.
안동에서 서울로, 서울에서 독일로, 미국으로, 일본으로, 중국으로, 중앙
아시아로, 캄보디아로, 베트남으로, 몽골 그리고 아시아로! 만약 하나님
께서 아버지의 지경을 넓혀 주시지 않았다면 아버지는 분명 교수라는 직
업에서 끊임없이 재미를 느끼지는 못하셨을 것이다.

아버지가 일하시면서 느끼는 재미의 영역이란, 여느 영화에서 느낄 수 있

는 그런 종류의 재미와는 차원이 다른 것이리라. 개인적으로 나는 이를 '진리를 좇는 즐거움'이라 부르고 싶다. 오늘날까지 아버지의 삶을 지켜보면서, 아버지는 사회과학에 눈 뜨고, 농촌 봉사활동을 하던 대학시절부터 법학자, 장로님, 위원장님이 되기까지 줄곧 진리를 좇으며 살아 오셨다고 믿어 의심치 않는다. 다만 하나님을 영접한 후에는 '진리'라는 철학적 개념이 '하나님'이란 인격적 실체와 만나면서 비로소 삶에 총체적인 변화가 나타나기 시작한 것이라 생각한다. 진리 안에서 자유와 정의를 추구하며 아버지는 육십 평생을 그렇게 열심히 그리고 또 열심히 살아오신 것이다. 진정으로 아버지께는 '진리가 나의 빛'이었던 것이리라.

2010년 2월 혁주

2부 법학교수의 꿈과 비전

개인적인 꿈

사람이 마음으로 자기의 길을 계획할지라도 그의 걸음을 인도하시는 이는 여호와시니라. (잠 16:9)

인생의 성패

사람은 태어나면서부터 죽을 때까지 수많은 선택을 하면서 살아간다. 이러한 의미에서 '인생은 B, C, D'라는 말(B는 출생[Birth]을, C는 선택[Choice] 그리고 D는 죽음[Death]을 가리킨다)도 일리가 있는 것 같다. 그런데 사람이 태어나고 죽는 것은 스스로 정할 수 없지만, 나머지는 모두 스스로 정해야 한다.

사람이 평생 동안 하게 되는 수많은 선택들 중에는 전공, 직업, 배우자의 선택과 같이 매우 중요한 것들도 있지만, 무엇을 먹을까 무엇을 입을까, 지하철을 탈까 버스를 탈까 하는 것처럼 일상적이거나 사소한 것들도 많다.

인생의 성패는 이와 같은 선택, 즉 크고 작은 선택을 어떻게 하느냐에 달려 있다. 따라서 우리가 매순간 선택을 잘하면 인생에 성공할 수 있지만 그렇지 않으면 실패하게 된다. 그러한 선택을 잘하기는 결코 쉽지 않다. 인생에서 중요한 의미를 갖는 선택을 잘하려면 어떻게 해야 할까? 우선, 선택에 필요한 정보를 충분히 확보하고, 그 정보를 분석하고 평가할 수 있는 올바른 기준이 있어야 한다.

그런데 국가와 사회에 관한 정보를 평가하는 기준은 주관적인 기준보다 객관적인 기준이 더 중요한 의미를 가린다. 그러나 개인적인 삶에 있어서 중요한 의미를 가지는 전공이나 직업 또는 결혼과 같은 사항들은 개인의 가치관에 따라 달리 평가되는 경향이 있다. 따라서 여기서는 주로 주관적인 기준에 초점을 맞추어서 살펴보고자 한다.

세상에는 얼굴이 똑같은 사람이 한 사람도 없듯이 소질이나 능력도 다양하며, 인생관이나 가치관도 각각 다르다. 인생의 성공과 실패를 가리는 기준도 각 사람의 관점에 따라 달라진다. 이 세상에는 돈과 권력, 명예와 같은 현실적인 가치를 추구하는 사람들이 많지만, 믿음이나 소망, 사랑 등과 같은 고차원적인 가치를 추구하는 사람들도 있다. 돈이나 권력, 명예를 추구하는 사람들은 재벌 총수나 막강한 권력을 행사하는 정치가나 노벨상 수상자들을 성공한 사람이라 생각할 것이다. 하지만 보다 높은 가치를 추구하는 사람들은 불변하는 진리를 추구하기 위하여 헌신하는 성직자나 이웃사랑을 몸소 실천하는 봉사자를 성공한 사람이라고 평가할 것이다. 인생을 살아가는 데는 돈도 필요하고 권력과 명예도 필요하다. 그러나 그것이 인생의 성패를 결정하는 궁극적인 기준이 될 수는 없다. 왜냐하면 돈이 많거나 막강한 권력을 행사하는 사람들 중에도 행복한 삶을 살지 못하거나 사회의 지탄을 받고, 불행한 최후를 맞이한 사람들도 적지 않기 때문이다.

사람들은 결국 자신의 영성에 따라 인생의 중요한 가치를 결정하고 그 가치를 실현하려고 노력하는 삶을 살아간다. 이 세상에는 중요한 가치가 아주 많고, 그것에 대한 평가도 다양하지만, 나는 그 중에 가장 중요한 것이 '사랑'이라고 생각한다.

> 그런즉 믿음, 소망, 사랑, 이 세 가지는 항상 있을 것인데 그 중의 제일은 사랑이라. (고전 13:13)

어떤 사람이 평생 동안 '얼마나 많은 사람들을 얼마나 깊이 사랑했는지' 그리고 '얼마나 많은 사람들로부터 얼마나 깊은 사랑을 받았는지'에 따라 그 인생의 성공 여부가 결정되는 것이다. 미국 국무부장관 힐러리 클린턴 여사가 2009년 한국을 방문하여 이화여대에서 강연했을 때 다음과 같은 말을 남겼다. "인생에서 중요한 것은 사랑하고 사랑받는 것뿐이고, 나머지는 배경음악에 지나지 않는다."

이러한 맥락에서 나는 슈바이처 박사나 테레사 수녀와 같은 분들이야말로 성공한 삶의 대표적인 예라고 생각한다.

다음은 테레사 수녀의 고백이다.

"선한 일을 하면 이기적인 동기에서 하는 거라고 비난받을 것이다.

그래도 선한 일을 하라.

정직하고 솔직하면 상처받을 것이다.

그래도 정직하고 솔직해라.

여러 해 동안 만든 것이 하룻밤에 무너질지 모른다.

그래도 만들라.

도움이 필요해 도와주면 되레 공격할지 모른다.

그래도 도와주라.

좋은 것을 주면 발길로 차일지 모른다.

그래도 좋은 것을 주라."

우리나라에서는 한경직 목사님이나 김수환 추기경과 같은 분들이 그러한 반열에 들 것이다. 이처럼 인생에 성공한 사람들은 가까운 이웃은 물론 멀리 해외의 이웃들까지 깊이 사랑하고, 또 그들로부터 많은 존경과 사랑을 받고 있다. 인생에 실패한 사람들은 가까운 이웃은 물론 가족이나 친지조차 사랑하지 못하고, 오히려 고통과 부담을 주고 있는 경우를 빈번하게 볼 수 있다.

인생의 목표와 계획

인생에 성공하려면 각자 삶의 목표와 계획을 잘 세워야 한다. 우선 무슨 목표를 가지고 어떻게 살아갈 것인지 나름대로 계획을 세워야 한다. 그리고 그 계획을 효과적으로 실현할 수 있는 방안을 모색하고 거기에 필요한 실력을 쌓아야 한다. 또 인생의 계획을 실현해 가는 과정에서 매순간 맞이하는 크고 작은 선택의 기회를 효과적으로 활용할 수 있는 지혜가 있어야 한다. 또한 인생의 고비마다 봉착하는 온갖 어려움과 난관을 슬기롭게 극복할 수 있는 용기와 끈기를 가져야 한다.

이와 같이 인생의 계획은 방향과 좌표를 가리키는 나침반과 같은 역할을 하기 때문에 매우 중요하다. 특히 젊은 청년들이 소명을 발견하는 것은 그 무엇보다 중요한 과정이다. 그러나 오늘날 젊은 청년들이 자신의 인생 설계를 잘 해나가는 것은 결코 쉽지 않다. 그것은 결국 선택의 문제이며, 선택의 잘잘못은 올바른 기준과 정확한 정보에 의해 좌우된다. 따라서 선택을 잘하려면 올바른 기준을 가지고 정확한 정보를 충분히 확보해야 한다. 그런데 젊은 청년들은 올바른 기준을 갖기도 어렵지만, 충분한 정보를 확보하기는 더욱 어렵다. 따라서 그들은 모든 것이 불확실한 상태에서 인생의 계획을 세우게 된다.

지난 수십 년간 대학과 교회에서 청년들을 지도하고 상담해 온 경험에 비추어 보면, 기독교인들 중에서도 인생의 계획을 세울 때 먼저 하나님께 기도하고 자신을 향한 하나님의 뜻을 확인한 뒤 그 뜻을 실현하는 데 가장 적합한 전공과 직업이 무엇인지 찾아가는 청년은 매우 드물었다. 아니, 거의 없다고 해도 과언이 아닐 것이다. 서울대학교 법과대학 학생 중 법기독학생회에서 활동했던 어느 청년의 고백을 들어 보자.

"나는 하나님의 살아 계심과 위대하심을 믿고 필요할 때마다 그분께 구했지만, 정작 내 삶의 중심에는 내가 자리 잡고 있었다. 내 삶이 어떻게 시작되었는지, 어떤 의미를 갖고 있는지도 모르는 연약한 내가 그 자리를 지키고 있었던 것이다."

나도 젊은 시절에 인생을 설계할 때 먼저 하나님께 나아가 기도하면서 하나님의 뜻을 확인하고, 그 뜻을 실현하는 데 가장 적합한 전공과 직업을 선택하려고 노력하지 못했다. 대학시절 나는 당시의 암울한 시대상황과 개혁적인 선배들의 영향으로 우리 사회의 구조적인 모순, 그 중에서도 특히 농업 문제의 심각성을 깊이 인식하고 이를 해결하기 위하여 헌신하는 농촌 운동가가 되고자 한 적이 있다. 그런데 그런 생각을 하면서도 그것이 나를 향한 하나님의 뜻에 부합하는지는 확인해 볼 생각이 전혀 없었다.

그럼에도 지난 60년의 삶을 돌이켜 보면, 내 삶의 여정에는 보이지 않는 하나님의 손길이 작용하고 있었음을 인정하지 않을 수 없다. 앞에서 설명했듯이, 대학 3학년 때 '10월유신'을 맞이하여 대학에 휴교령이 내려졌을 때, 나는 대학가의 혼란을 피해 충남 부여에 있는 곡부서당에 내려가서 한문공부를 하던 중에 율곡栗谷 선생의 상소문 〈만언봉사萬言封事〉를 접하였다. 이 상소문에서 받은 감명으로 나는 학자의 꿈을 꾸기 시작했고, 대학원에 진학했다.

그러나 법학으로 국가와 사회의 발전에 기여할 수 있을지는 의문이

었다. 그러던 중 일본 민법학의 태두이며 도쿄대학 교수인 와가츠마我
妻榮 교수의 자서전을 읽었다. 나는 이 책을 읽고 법학을 통해서도 국
가와 사회의 발전에 크게 기여할 수 있다는 것을 알게 되었다. 그때부
터 옆도 보지 않고 법학 연구에만 정진하여 29세의 젊은 나이에 교수
가 되었다.

교수가 된 뒤 법학을 연구하고 학생들을 가르치면서도, 나는 내 인생
관이나 가치관에 따라 시대적인 사명이나 요구에 적절히 부응하려고
열심히 노력했을 뿐, 나를 향한 하나님의 뜻을 확인하고, 그 뜻에 부합
하는 삶을 살기 위해 노력하지는 않았다. 그러한 삶의 태도는 하나님을
인격적으로 만나는 사건이 있기 전까지 그대로 유지되었다. 그런데 내
가 하나님을 인격적으로 만난 뒤에는 인생관과 가치관이 완전히 바뀌
었다. 인생의 성패를 가리는 기준은 물론 인생의 목표와 계획을 실현하
기 위해 노력하는 방법과 수단도 완전히 달라졌다.

전공과 직업의 선택

사람들은 누구나 나름대로 인생의 계획을 세우고, 자신에게 적합한
전공과 직업을 선택하려고 노력한다. 그런데 그 전공과 직업이 각자의
인생 계획을 실현하기에 적합한 경우에는 별 문제가 없지만, 그렇지 않
은 경우에는 여러 가지 어려움과 갈등이 발생하게 된다.

젊은 시절에는 인생의 계획을 잘 세우기도 어렵지만, 그것을 효과적
으로 실현할 수 있는 길로 매진하기는 더욱 어렵다. 왜냐하면 젊을 때

는 너무나 많은 가능성이 열려 있는 것처럼 보이는데다가 모든 것이 불확실하기 때문이다. 이러한 사정은 신앙이 있는지 여부와는 상관이 없는 것 같다. 나는 29세에 교수가 되었지만, 하나님을 인격적으로 만난 것은 그 후 10여 년이 지난 뒤였다. 따라서 내가 나의 인생을 신앙적인 관점에서 점검해 보기 시작한 것은 40세가 넘은 뒤였다. 교수로 10여 년 이상 살아온 뒤에야 비로소 교수라는 직업이 나 자신을 향한 하나님의 뜻을 실현해 가는 직업인지 깊이 고민하기 시작했다. 돌이켜 보면 그것은 거룩한 고민이었다.

그 전에 나는 법학교수는 사회정의의 실현을 목표로 법과 제도를 연구하고 가르치며, 거기서 얻은 지식과 경험으로 사회에 봉사할 수 있는, 존경받는 직업의 하나라고 생각했었다. 그러나 그 후 이 직업도 다른 직업과 마찬가지로 누가 어떤 마음과 자세로 일하느냐에 따라 세상적인 직업들 중의 하나에 불과할 수도 있지만, 하나님의 공의를 실현하고 이웃사랑을 실천함으로써 '하나님 나라'를 위해 헌신하는 성스러운 직업이 될 수 있다는 것을 믿게 되었다. 이러한 관점에서 나는 "직업에는 귀천이 없다"는 말의 의미도 새롭게 이해할 수 있었다. 세상에는 수없이 많은 직업들이 있는데, 누가 어떤 마음과 자세로 임하느냐에 따라 귀한 직업이 될 수도 있고 반대로 천한 직업이 될 수도 있는 것이다.

따라서 나는 아직 인생의 계획을 설계하는 과정에 있거나 그 계획을 실현하기 위한 전공과 직업의 선택을 앞둔 젊은이들에게 전하고 싶은 말이 있다.

우선 하나님을 믿는 크리스천이라면, 먼저 하나님께 나아가 기도하면서 자신을 향한 하나님의 뜻을 명확하게 확인하기 바란다. 그리고 하나님의 뜻을 실현하기에 적합한 인생의 계획을 세운 뒤에 그 계획을 실현하기에 가장 적절한 전공과 직업을 선택하기 위해 노력할 것을 권한다. 그러나 만약 하나님의 뜻을 확인하지 못한 상태에서 이미 인생의 계획을 세워 놓았거나 전공과 직업을 선택해서 거기에 종사하고 있는 경우라면, 지금부터라도 자신의 인생 계획과 전공, 직업을 하나님의 말씀 안에서 재음미해 볼 필요가 있다. 그런 과정으로 신앙 안에서 자신의 인생 계획을 새롭게 정립할 수 있을 뿐만 아니라, 전공과 직업의 의미와 가치도 재확인할 수 있게 될 것이다. 그리하여 이전과는 전혀 다른 새로운 차원의 인생을 살아가는 축복을 누리게 될 것이다.

소명을 받은 직업인의 자세

자신의 직업이 갖는 의미와 가치를 하나님의 말씀 안에서 점검해 볼 때 직업에 임하는 마음과 자세가 달라질 수 있을 것이다. 나 자신도 그러한 변화를 여러 번 경험했으며, 지금도 변화를 경험하고 있다. 예컨대 내가 하나님을 인격적으로 만나기 전에는, 학자로서 학문을 통해 국가와 사회의 발전에 이바지하고자 전공 분야에서 최고가 되어야 한다고 생각했다. 나는 신앙생활은 물론 가정생활까지 희생하면서 연구와 교육에만 몰두했다. 그럼에도 내가 한 분야에서 최고가 되기란 결코 쉽지 않았다. 최고가 되기 위한 경쟁에서 낙오했을 때는 두려운 생각이 들기도 했다. 한편으로는 나보다 앞선 사람을 능가하기 위해 더 열심히 노력해야겠다는 생각이 들었지만, 다른 한편으로는 그 사람만 없었으면 내가 최고가 되었을 텐데 하는 마음도 없지 않았다. 이와 같이 내가 다른 사람을 시기하고 있다는 것을 확인하고 얼마나 놀랐는지 모른다.

어느 분야에서 최고의 전문가가 되더라도 국가와 사회의 발전에 어느 정도로 기여할 수 있는지는 분명하지 않다. 어느 분야에서 최고가 되는 것과 그것을 통하여 국가와 사회의 발전에 기여하는 것은 차원이 다른 문제이기 때문이다. 그뿐만 아니라 나는 전공 분야와 직장에서 제기되는 문제들을 해결하고자 노력하는 과정에서 스스로 해결할 수 없는 문제와 난관에 부딪힌 적이 여러 번 있었다. 그때마다 불합리한 현실을 개탄하기도 하고 자신의 무능력을 한탄하며 좌절하기도 했다. 그러나 하나님을 인격적으로 만난 뒤에는 그러한 마음과 자세가 서서히 바뀌었다. 나는 내가 어떤 분야에서 1인자인지, 2인자인지에 대해 더 이상 관심을 갖지 않게 되었다. 그리고 적어도 동료들과 경쟁자들을 시기하거나 질투하는 마음 또한 갖지 않고 있다. 내가 해결할 수 없는 문제와 난관에 부딪히더라도 좌절하거나 한탄하지 않고, 조용히 하나님께 나아가 지혜와 능력을 구하는 기도를 드리고 있다.

이제 내가 바라는 것은 오직 한 가지, 하나님께서 나에게 부여하신 소질과 능력을 가지고 이웃사랑을 실천함으로써 하나님 나라를 위해 헌신하는 것뿐이다. 그동안 내가 법학 연구와 교육을 통해 얻은 지식과 경험 그리고 공직 수행과 사회봉사를 통하여 쌓은 경륜으로 하나님의 공의를 실현하고 이웃사랑을 실천하는 삶을 살기를 원한다. 우리나라 법질서와 경제질서를 하나님 보시기에 아름다운 모습으로 발전시키는

데 이바지하고, 나아가 우리보다 늦게 시장경제와 민주화를 지향하는 이웃나라의 법질서와 경제질서를 하나님 보시기에 아름다운 질서로 발전시키는 데 기여하는 것이다.

어디까지 희생할 수 있겠느냐?

나는 돈을 피해 다니는 스타일이다. 돈을 써야 할 곳은 무척 잘 본다. 사업하는 사람들은 돈이 흘러 다니는 모습이 보인다고 하지만, 나는 돈이 필요한 곳이 먼저 보이는 까닭에 돈을 모으기보다는 써야 할 곳에 더 많은 관심이 있다.

일을 하면서 나의 가장 큰 약점은 아시아법연구소, 크리스천 리더십 아카데미 등 좋은 계획을 추진하는 데 필요한 자금을 확보해야 하는데 그에 대한 대책이 없다는 점이다. 비전은 우리나라의 위상을 글로벌 스탠다드로 높이고 이웃나라를 돕는 성숙한 단계로 업그레이드시키는 것에 두고 있지만, 그에 필요한 재정 확보에는 구체적인 대안이 없다.

늘 부족한 가운데 하나님의 채우심을 기대하고 기도하라는 뜻으로 이해하며 재정 확보를 위해 간구하고 있다. 그런데 최근에 하나님께서 내게 물으시는 말씀이 있다.

"너는 어디까지 희생할 수 있겠느냐?"

내가 할 수 있는 것은 여기까지입니다, 라고 정한 지경에 이르렀을 때 하나님께서 적절한 방법으로 모든 필요를 채워 주시는 것을 여러 번 경험해 왔다.

몇 해 전, 아시아법연구소에서 베트남에 학생들을 데리고 간 적이 있다. 나는 기성 법률가들보다는 사법연수원생들과 대학원생들을 많이 데리고 가서 견학을 시키고 싶었다. 그래서 그들에게는 경비를 50퍼센트 할인해 주기로 하고 모집했다. 그런데 경제적으로 넉넉한 법률가들은 많이 오지 않고 가난한 사법연수원생과 대학원생들이 대거 지원했다. 어쩔 수 없이 지원자들의 일부를 떨어뜨릴 수밖에 없는 상황이었다. 그러나 새벽기도회에서 하나님은 내게 이렇게 말씀하셨다.

"내가 그들을 그곳에 보내는데 거기에 필요한 돈은 안 줄 것 같으냐?"

결국 경비가 부족한 대로 사법연수원생들과 대학원생들을 데리고 베트남으로 출발했다. 놀랍게도 일정을 마치고 귀국하자 경비가 모두 채워졌다. 처음부터 돈이 충분했다면 겸손하게 하나님께 기도하기 어려웠을 것이다. 부족한 가운데 기도하고 채워 주실 것을 기대할 때 하나님께서 도우시는 귀중한 진리를 깨달았다.

나를 잘 알지 못하는 사람들은 내가 공정거래위원회 위원장을 지냈으니까 돈을 잘 끌어올 거라고 생각하기도 한다. 그러나 그것은 오산이다. 돈은 결코 그냥 주어지지 않는다. 돈을 얻기 위해서는 돈의 논리에 맞추어서 기업이 원하는 일을 해주어야 한다. 좀더 높은 차원의 협조를 받기 위해서는 이러한 통념을 극복해야 하는데, 그것은 정말 어려운 일이다.

2005년 11월, 나는 베트남 하노이에서 "베트남 시장경제 발전을 위한 사법개혁"이라는 주제로 국제심포지엄을 열었다. 마침 국내 굴지의 기업이 베트남에 진출하여 좋은 성과를 내고 있을 때였다. 나는 그 기업에 경비의 일부를 지원해 달라고 요청했다. 당시 나는 3,000만 원 정도의 후원을 요청했지만, 그 기업에서 300만 원 정도 지원할 수 있다는 답변에 다소 실망하여 정중히 거절했다. 그 후 내가 공정거래위원회 위원장에 임명되고 난 뒤, 그 기업 회장님을 만나서 여러 가지 이야기를 나눌 기회가 있었다. 국제심포지엄 때의 얘기를 꺼냈더니 회장님은 그때 회사가 넉넉하게 지원했어야 하는데 담당자가 잘못 판단하여 돕지 못한 것을 크게 아쉬워하셨다. 나는 담당자의 입장에서는 그렇게 결정한 것이 합리적인 판단이었으니 아쉽게 생각하실 것 없다고 말씀 드렸다. 왜냐하면 그 기업은 당시 하노이 국영방송 장학퀴즈를 후원하고 있었는데 예산이 매월 200만 원 정도 밖에 안 되었다고 했다. 그러니 나에게 300만 원을 지원하기로 한 것도 나름대로 큰마음으로 결정한 것이었다.

우리 정부와 기업이 외국을 도울 때 미래 지향적인 안목으로 장기적인 관점에서 지원할 필요가 있다. 내가 개최한 국제심포지엄은 당장의 이득에는 별다른 도움이 되지 않지만, 새로 도입한 시장경제가 연착륙할 수 있는 시스템을 구축하는 데는 중요한 일이었다. 나는 우리 정부와 기업, 교회가 연합하여 이러한 일에 협력할 수 있어야 한다고 생각한다.

한국 교회는 해외 선교, 특히 단기 선교에 매우 열정적이다. 물론 그것도 중요하고 그 성과도 상당하다. 한편으로는 선교지의 법과 제도가 신앙생활을 자유롭게 할 수 있을 뿐만 아니라, 각 개인의 자유와 창의를 최대한 발휘할 수 있는 단계로 발전하도록 돕지 못하는 부분이 늘 아쉽다. 한국 교회가 사회로부터 존중받고 사랑받으려면 개인 영혼 구원, 천국 복음 전파, 교회 봉사로 만족하지 말고, 그 수준을 뛰어넘어 우리나라와 선교 대상 국가가 모두 하나님 보시기에 아름다운 사회로 발전하도록 돕는 단계까지 이르도록 노력해야 한다. 혹여 많은 일을 감당하고 있는 한국 교회에 부담을 주는 게 아닌지 조심스럽지만, 보다 가치 있고 의미 있는 일을 위하여 아시아인과 세계인을 가슴에 품고 그들을 진정으로 사랑함으로써 그들이 그리스도 예수 안에서 온전한 사람으로 설 수 있도록 도와주기를 간절히 기도한다.

신앙과 전공의 관계

삶의 현장에서 예수의 제자로서

사람은 누구나 소질과 능력을 가지고 태어난다. 그러한 소질과 능력을 더욱 효과적으로 개발하기 위해 기본적인 소양과 전공 분야에 대한 교육과 훈련을 받고서, 자신에게 맞는 직업을 선택하여 종사하게 된다. 그것은 크리스천들의 경우에도 마찬가지다. 그런데 크리스천들이 다른 사람들과 다른 점은, 구체적인 삶의 현장에서 예수 그리스도의 제자로서 하나님의 공의를 실현하고 이웃사랑을 실천하며, 하나님 나라를 확장하는 데 헌신한다는 점이다.

우리가 선데이 크리스천의 단계를 넘어서 진정한 크리스천, 즉 예수 그리스도의 제자로서 하나님의 뜻에 따라 살고자 노력할 때, 처음으로 부딪치는 문제가 바로 신앙과 전공 및 직업 선택에 관한 고민과 갈등이라 할 수 있다. 나는 이런 문제에 대해 구체적으로 언급하기 전에 먼저 우리의 정체성부터 확인할 필요가 있다고 생각한다.

우리는 크리스천이다

크리스천이란 도대체 어떤 사람들인가? 크리스천이란 단어는 아주 다양한 의미로 쓰이므로 그것이 어떤 사람을 가리키는지는 분명하지 않다. 가장 넓은 의미로는 이력서의 종교란에 '기독교'라고 쓰거나 주일날 교회에 출석하여 예배드리는 사람들을 가리키는 것으로 볼 수 있다. 그러나 좀더 엄격하게 말하자면, 단순히 어느 교회에 신자로 등록해 놓거나 주일날 교회에 출석하는 형식적인 교인Church Goer이 아니라, 하나님의 말씀을 진리로 믿고 그 말씀에 따라 살려고 노력하는 사람, 즉 진정으로 거듭난 사람을 가리킨다고 할 수 있다. 따라서 이런 사람들에게는 예수님이 삶의 주인이고, 하나님의 말씀에 따라 사는 것이 삶의 목표가 된다.

우리가 하나님의 말씀에 따라 살려면 무엇보다 먼저 하나님의 말씀을 정확히 알아야 한다. 하지만 성경은 내용이 방대할 뿐만 아니라 이해하기 어려운 부분도 많아서 내용을 정확히 이해하기는 매우 어렵다. 성경에서 우리에게 말씀하는 하나님의 명령을 간단히 요약하면 다음과 같다. 하나는 '하나님을 사랑하라'는 것이고, 다른 하나는 '네 이웃을 네 몸과 같이 사랑하라'는 것이다. 크리스천들은 하나님을 사랑하고 이웃을 사랑하는 것을 삶의 목표로 삼고 살아가는 사람들이다.

서기관 중 한 사람이 그들이 변론하는 것을 듣고 예수께서 잘 대답하신 줄을 알고 나아와 묻되 모든 계명 중에 첫째가 무엇이니이까? 예수께서 대답하시되 첫째는 이것이니 이스라엘아 들으라. 주 곧 우리 하나님은 유일한 주시라. 네 마음을 다하고 목숨을 다하고 뜻을 다하고 힘을 다하여 주 너의 하나님을 사랑하라 하신 것이요. 둘째는 이것이니 네 이웃을 네 자신과 같이 사랑하라 하신 것이라 이보다 더 큰 계명이 없느니라. (막 12:28-31)

신앙과 전공은 가끔 갈등을 빚는다

크리스천들의 다양한 삶의 모습을 보면, 그들의 전공과 직업이 신앙과 잘 어울리는 경우도 있지만, 그렇지 않은 경우도 있다. 그런데 우리가 세상을 살아가는 동안 어떤 전공과 직업을 선택하느냐에 따라 매우 보람 있고 풍성한 삶을 살 수도 있지만, 반대로 피곤하고 궁색한 삶을 살 수도 있다.

크리스천들이 신앙과 전공 및 직업의 관계에 대해 갈등하고 고민하는 것은 그들이 선데이 크리스천의 단계를 넘어 진정한 크리스천의 삶을 살기 시작했다는 증거다. 그것은 내 경험에 비추어 봐도 알 수 있다. 나는 어릴 때부터 교회를 다니기 시작하여 매주 교회에 나가 예배드리는 것이 습관처럼 굳어 있었다. 그뿐만 아니라, 내 나름대로 의미 있고 가치 있는 전공과 직업을 선택하여 열심히 살려고 노력해 왔으며, 양심에 따라 가난하고 불쌍한 사람들을 돕는 일에도 관심을 두고 있었다.

그런데 1991년 여름, 하나님을 인격적으로 만난 뒤 전공과 직업에 대해 깊은 회의에 빠지게 되었다. 그 전에는 하루 종일 전공서적을 읽고 있어도 지루한 줄 몰랐는데, 그때부터 한동안 전공서적은 제쳐놓고 하루 종일 성경책만 읽거나, 신앙 간증이나 경건 서적들만 읽고 있는 자신의 모습을 발견하게 되었다. 그러한 고민과 갈등은 몇 년간 지속되었다.

당시 내게 성경책은 영원히 변치 않는 진리를 가득 담고 있는 '진리의 보고'인데 반하여, 법학서적은 시간이 지나면 바뀌고 없어질 유한한 것들만 담고 있는 것으로 생각되었다. 나는 전공과 직업 및 장래의 진로에 대해 깊이 고민하지 않을 수 없었다. 법학에 대해 큰 의미와 가치를 느끼지 못한 상태에서 계속 대학에 남아 법학을 연구하고 가르치는 것은 부질없는 것으로 생각되었다. 나는 장차 법학교수로 계속 대학에 남아 있을 것인지, 아니면 아예 법학교수를 그만 두고 신학 대학원에 입학하여 신학공부를 시작해야 할지를 놓고 깊이 고민하게 되었다. 나는 이러한 고민을 해결하기 위하여 주위 분들과 상담도 하고 자문도 구해 보았다. 그러나 어느 누구로부터도 만족할 만한 답을 얻지 못하였다.

나는 어쩔 수 없이 이 문제를 가지고 하나님께 간절히 기도하면서 해답을 구해 보기로 했다. 그러던 어느 날 로마서 말씀에서 큰 은혜를 받았다.

우리가 아직 연약할 때에 기약대로 그리스도께서 경건하지 않은 자를 위하여 죽으셨도다. 의인을 위하여 죽는 자가 쉽지 않고 선인을 위하여 용감히 죽는 자가 혹 있거니와 우리가 아직 죄인 되었을 때에 그리스도께서 우리를 위하여 죽으심으로 하나님께서 우리에 대한 자기의 사랑을 확증하셨느니라. (롬 5:6-8)

이 말씀을 내 삶에 적용해 봄으로써 오랫동안 고민해 오던 문제를 해결할 수 있는 실마리를 찾게 되었다. 하나님께서 내가 '아직 연약할 때에' 나를 사랑하셨다면, 그것은 내가 아직 하나님을 인격적으로 만나기 전부터 나를 사랑해 오셨음을 의미한다. 그리고 성경에서는 하나님께서 내가 이 세상에 태어나기 훨씬 전부터 나를 당신의 자녀로 선택하시고 또 나를 사랑하셨다고 기록하고 있다. 그렇다면 내 삶의 여정에는 하나님께서 직·간접적으로 개입하시지 않은 부분이 전혀 없다는 것을 의미한다. 그것은 내 인생 전체가 하나님의 은혜이자 축복의 결과라는 뜻이다. 나는 결국 하나님의 사랑으로 빚어진 작품이라는 의미이다.

경북 안동에서 태어난 내가 그곳에서 중학교를 마친 뒤 고등학교를 서울로 진학하게 된 것은 물론, 서울에서 가정교사를 하며 고등학교를 졸업하고, 서울대학교 법과대학에 입학하여 법학을 전공하게 된 것과 그 후 대학원에서 법학을 연구하여 법학교수가 된 것 그리고 독일에 유학 가서 리트너 교수를 만나 법학교수의 비전과 사명을 새롭게 정립하게 된 것, 10년 이상 사립대학에서 민법과 경제법을 가르치다가 뒤늦게 서울대 법대에 부임하여 경제법을 담당하게 된 것 등이 모두 한 치의 오차도 없이 인도해 주신 하나님의 은혜이자 축복의 결과라는 의미가 된다.

이것은 실로 놀라운 깨달음이었다. 마치 장님이 눈을 뜬 것과 같은 사건이었다. 그 전에는 미처 몰랐기 때문에 하나님으로부터 엄청난 은혜를 받고서도 감사하기는커녕 은혜 받은 것이 전혀 없다고 주장하면서, 아직 다 채워지지 않은 부분만 보고 불만을 토로하거나 불평을 일삼아 왔다. 지난 40여 년 삶의 여정을 돌이켜볼 때, 내가 자랑스럽게 여기는 것은 물론, 부끄럽게 생각하여 숨기고 싶거나 기억조차 하고 싶지 않은 것들도 모두 하나님의 은혜이자 사랑의 결과라는 것을 알게 되었다. 나는 이러한 사실을 깨닫고 나서, 하나님께 얼마나 깊이 감사했는지, 또 과거의 삶을 회개하면서 많은 눈물을 흘렸는지 모른다.

그때부터 나는 "항상 기뻐하라. 쉬지 말고 기도하라. 범사에 감사하라"(살전 5:16-18)는 말씀에 순종하는 삶을 살기 위해 노력하고 있다. 그 중에서 특히 '범사에 감사하라'는 말씀에 의지하여, 내가 독특한 이력과 경력을 가지고 모교에서 경제법을 연구하고 교육하는 것을 매우 감사하게 생각한다. 나는 그 속에 하나님의 깊은 뜻이 숨어 있다는 믿음을 가지고 그 뜻에 순종하기 위해 노력하고 있다.

신앙 안에서 전공과 직업의 의미 재정립

전공을 선택하는 동기와 과정은 매우 다양하다. 간혹 오랫동안 기도하면서 전공에 대한 충분한 사전지식이나 정보를 가지고 신중하게 선택하는 사람들도 있지만, 그렇지 못한 경우가 훨씬 더 많다. 나 또한 그

범주에서 벗어나지 못했다. 오직 세상적인 관점에서 내 가치관이나 인생관에 따라 모든 것을 결정해 왔다. 그 결과, 잘된 것은 모두 내가 열심히 노력한 결과라고 생각했다. 반면, 잘못된 것은 모두 이 사회의 구조적인 모순이나 부조리에 기인한 것이라고 생각하였다. 나는 그런 것들이 하나님과는 무관한 것으로 여겼기 때문에, 내가 하나님으로부터 은혜 받은 것이 전혀 없다고 생각하고 있었던 것도 무리는 아니었다. 그러다가 하나님을 인격적으로 만나고서야 내가 이 세상에 태어나기 훨씬 전부터 하나님께서는 나를 선택하시고 나의 삶에 깊숙이 개입하셔서 나의 발걸음을 인도해 오셨다는 것을 알게 되었다. 내가 이러한 사실을 깨닫고 나서 느낀 기쁨과 감격은 이루 말로 다 표현할 수 없다.

나는 나의 인생 전체, 즉 과거와 현재 그리고 미래의 삶을 모두 하나님의 관점에서 재조명해 보기 시작했다. 하나님께서 나에게 법학을 전공으로 선택하게 하신 이유가 무엇인지, 법학에는 여러 분야가 있는데 그 중에서 특히 경제법을 전공하게 하신 이유가 무엇인지, 그리고 법학을 공부한 사람들이 선택할 수 있는 여러 직업 가운데 굳이 법학교수가 되게 하신 이유는 무엇이며, 또 10여 년간 사립대학에서 일하다가 40세가 넘은 나이에 서울대학교 법과대학으로 옮기게 하신 이유가 무엇인지 등에 대해 깊이 음미해 보았다.

교수는 통상 연구, 교육 및 사회봉사 등의 활동을 한다. 따라서 내가 경제법 교수로서 하는 활동도 세 가지로 나누어 볼 수 있다. 나는 이런 활동들을 하나님의 관점에서 다시 점검해 보았다.

우선, 경제법을 연구하는 목적과 방법부터 재검토해 보았다. 경제법은 일반적으로 바람직한 경제질서의 형성을 위하여 국가가 경제활동을 규제하는 법과 제도를 총칭하는 것이라고 정의한다. 따라서 경제법을 연구하는 목적은 바람직한 경제질서의 형성에 기여하기 위한 것이다. 그런데 여기서 중요한 화두는 '바람직한 경제질서'이다. 바람직한 경제질서란 과연 어떤 질서를 가리키는 것일까? 그리고 바람직한지 아닌지를 판단하는 기준은 무엇일까? 나는 하나님을 인격적으로 만나기 전에는 그것을 내 가치관을 기준으로 판단하였다. 내가 보기에 바람직한 경제질서의 모습을 찾기 위하여 다른 나라, 특히 선진국의 법과 제도를 우리 것과 비교 연구하는 비교법적인 연구 방법을 주로 사용해 왔다. 우선 미국과 EU, 독일 및 일본 등을 중심으로 선진국의 경제질서를 비교 연구하고, 그것을 우리 여건과 환경에 비추어 수정 보완함으로써 우리 실정에 맞는 바람직한 경제질서의 모습을 찾아내기 위해 노력했다. 그리고 우리 경제질서를 선진국 수준으로 발전시키기 위해 무엇을 어떻게 고쳐야 할 것인지, 그 구체적인 방안을 제시하기 위해 노력했다. 그러나 내가 하나님을 인격적으로 만난 뒤에는 기준이 완전히 바뀌었다. 불완전한 나 자신의 가치관이 아니라 하나님의 말씀을 기준으로 판단해야 한다는 것을 알게 된 것이다. 그때부터 내 학문의 지향점은 '내가 보기에 바람직한 경제질서의 추구'가 아니라 '하나님이 보시기에 아름다운 경제질서의 형성에 기여하는 것'으로 전면 수정되었다.

학생들을 가르치는 목적과 방법에 대해서도 다시 생각해 보았다. 그전에는 학생들을 세상적인 차원에서 전문적인 지식과 정의감을 갖춘 유능한 인재로 키워서 그들이 국가와 사회에 이바지할 수 있도록 노력했다. 그러나 그 후에는 거기에 만족하지 않고 하나님 보시기에 아름다운 나라, 즉 하나님 나라를 위해 헌신할 수 있는 사역자를 양성하려고 노력하고 있다.

학생들을 가르치고 지도하는 방법에 대해서도 재고해 보았다. 그 전에는 내가 보기에 가장 적합한 수단과 방법을 동원하여 학생들을 가르쳐 왔다. 그러나 그 후에는 매순간 하나님께 지혜와 능력을 간구하면서, 각자의 소질과 능력을 최대한으로 개발하는 데 도움을 주고자 노력하고 있다. 이와 같은 방법으로 학생들이 전문적인 지식과 정의감을 갖춘 훌륭한 인재로 성장하여 국가와 사회의 발전에 이바지하는 동시에, 구체적인 삶의 현장에서 하나님의 공의를 실현하고 이웃사랑을 실천함으로써 하나님 나라를 위해 헌신하는 사역자로 살아가도록 세워 주고자 노력하고 있다.

한편, 사회봉사에 참여하는 자세와 태도에 대하여도 다시 생각해 보았다. 젊었을 때는 연구와 교육에 전념하느라, 사회봉사에 기여할 만한 시간과 여유가 없었다. 그러나 점차 나이가 들고 경력이 쌓이면서 전문적인 지식과 경험을 가지고 사회에 봉사할 수 있는 기회도 늘어났다. 그리고 그 대상과 방법도 바뀌었다. 하나님을 인격적으로 만나기 전에는 주로 소비자나 농민 또는 노동자와 같은 사회적 약자를 돕는 일에 더 많은 힘을 쏟았다. 그러나 하나님을 인격적으로 만난 뒤에는 하나님의 공의를 실현하고 이웃사랑을 실천하는 데 이바지할 수 있는 일이라면, 도움을 청하는 자의 지위 고하를 가리지 않고 어디든지 찾아가서 그들의 필요를 충족해 주고자 노력하고 있다. 그리고 그들을 돕는 방법도 달라졌다. 예전에는 주로 나의 전문적인 지식과 경험이 필요한 곳에 가서 봉사하는 경우가 많았지만, 그 후에는 나의 도움이 필요한 사람들이라면 어디든지 찾아가서 그들의 필요를 채워 주려고 노력하고 있다. 전문적인 지식과 경험을 기초로 한 강연과 상담이 필요한 경우에는 그렇게 도와주고, 물질적인 지원이 필요한 경우에는 물질적인 지원을 해주며, 따뜻한 위로와 격려가 필요한 경우에는 그렇게 해주고, 조용히 옆에 앉아 있어 주기를 원하는 경우에는 그들과 함께하면서 그들의 이야기를 들어주고자 한다.

내가 경제법 교수로서 경제법을 연구하고 교육하며 사회봉사에도 참여하는 목적은 우리 경제질서를 하나님 보시기에 아름다운 모습으로 발전시키고, 나아가 하나님의 공의와 이웃 사랑을 실천하기 위한 것으로 바뀌었다. 그러나 그것을 실제 연구와 교육 및 사회봉사에 반영하기는 결코 쉽지 않다. 우리 경제질서를 하나님 보시기에 아름다운 모습으로 발전시키기 위해서는, 무엇보다 산업의 각 분야에서 실제로 기능하고 있는 경제질서의 실상을 정확히 파악하여 그 속에 숨은 문제점들을 찾아낸 뒤 해결 방안을 모색해야 한다. 이것은 결코 단기간에 이루어질 수 있는 일이 아니며, 더욱이 한두 사람의 힘으로 실현할 수 있는 일도 아니다. 그리고 어렵사리 해결 방안을 찾아냈다 하더라도 실제 사회에서 구체화시키려면 매우 난해한 장벽을 극복해야 한다.

그럼에도 나는 '하나님 보시기에 아름다운 경제질서의 형성'을 하나님께서 내게 주신 소명으로 알고, 그 실현에 이바지하기 위해 매순간 지혜와 능력을 간구하고 있다. 아울러 각 산업 분야에서 경제활동을 규제하는 법률과 제도 및 관행을 연구하여, 문제점을 찾아내고 개선할 수 있는 방안을 제시하기 위해 노력하고 있다. 동시에 그 성과를 학생들에게 가르치고, 나아가 거기서 얻은 지식과 경험으로 경제규제에 관한 온갖 법률과 정책의 집행에 직·간접적으로 참여했다. 그 결과, 경제법 연구에 상당한 성과를 거두었으며, 제자들도 동일한 비전을 가지고 활동하는 이들이 배출되고 있다.

2006년 3월에 나는 '시장경제의 파수꾼'이라고 불리는 공정거래위원회에 위원장으로 부임하여 우리나라 경제질서의 기본법인 독점규제법의 집행과 경쟁정책을 총괄할 수 있는 기회를 가졌다. 그것은 내가 평생 연구해 온 경제법의 이론을 실무에 적용해 볼 수 있는 절호의 기회였다. 나는 공정거래위원회 위원장으로서 우리나라 경제질서의 기본인 시장경제 시스템을 글로벌 스탠더드에 부합하는 수준으로 업그레이드하기 위해 열심히 노력했다. 우선, 독점규제법을 비롯한 공정거래관련법들이 지닌 문제점들을 찾아내어 이를 개선하기 위한 법률의 개정을 추진하고, 그 집행 절차와 방법을 합리화하기 위해 노력하는 동시에 경쟁문화 창달을 위해 심혈을 기울였다. 그리고 경쟁 정책과 소비자 정책을 연계하여 소비자 복지의 수준을 제고하기 위한 노력도 병행했다.

2008년 2월 말 '비즈니스 프렌들리Business Friendly'라는 슬로건으로 대기업을 비롯한 재계의 지지를 받은 새 정부가 출범했다. 공정거래관련법의 집행과 경쟁 정책의 방향도 친기업적인 방향으로 전환되었다. 이에 나는 새 정부에 부담을 주지 않기 위해 임기를 1년여 남겨둔 채, 위원장 직을 사임하고 대학으로 돌아왔다.

2008년 3월부터는 대학에서 다시 교수의 본업에 충실하고자 노력하고 있다. 그리고 같은 해 11월에는 경쟁법에 대한 연구를 본격적으로 추진하기 위하여 서울대 법학연구소에 '경쟁법센터Center for Competition Law'를 설립하여 운영하고 있다. 이 센터는 경쟁법의 연구와 경쟁문화의 창달을 통하여 시장경제의 선진화에 기여하는 것이 목적이다. 국내에서는 우리나라 경제질서의 기본인 시장경제가 정상적으로 작동할 수 있도록 공정거래관련법을 연구하고 이를 교육함으로써, 공정하고 자유로운 경쟁의 촉진과 경쟁문화 창달을 유도하고, 이를 통해 시장경제의 선진화를 촉진하는 데 이바지하고자 한다. 그리고 국제적으로는 우리나라보다 먼저 경쟁법과 정책을 시행하고 있는 나라와 학술적인 교류와 협력을 강화하는 동시에, 우리보다 늦게 시장경제를 도입한 이웃나라들의 경쟁법과 정책의 수립 및 집행에 필요한 지원과 협력을 제공하고 있다. 아울러 아시아 여러 나라 경쟁법 학자들과 학문적인 교류와 협력을 강화함으로써 아시아 경제공동체의 설립에 필요한 법적 토대를 마련하고 있다.

더 넓은 세상을 향하여

자신의 전공과 직업이라는 울타리에 갇혀 주어진 일에만 열중하고 있을 때는 이른바 '우물 안 개구리' 신세를 면하기 어렵다. 그러나 우리가 자신의 전공과 직업의 의미를 하나님의 말씀 안에서 재정립하면, 하나님은 우리의 시야를 넓혀 주셔서 새로운 꿈과 비전을 가질 수 있게 해주신다. 나는 개인적으로 하나님을 인격적으로 만난 뒤 그러한 경험이 시작되었고, 지금도 새로운 경험을 계속하고 있다.

나는 법학교수로서, 그동안 쌓은 지식과 경험으로 '네 이웃을 네 몸과 같이 사랑하라'고 하신 하나님의 명령에 어떻게 순종해가야 할지 묵상해 왔다. 전공 분야인 경제법의 연구와 교육을 통해 얻은 지식과 경험 및 경륜으로 하나님 보시기에 아름다운 경제질서를 이루는 데 기여하는 동시에, 이웃사랑을 실천하기 위해 노력하는 과정에서 내가 사랑해야 할 이웃이 국내에만 있는 것이 아니라 북한에도 있고 멀리 해외에도 있다는 것을 알게 되었다.

그리고 이웃을 사랑하는 방법으로는 굶주리고 헐벗은 사람들에게 먹을 것과 입을 것을 주는 것도 중요하지만, 그들이 잘살 수 있는 시스템을 만들어 주고 그 시스템을 운영할 능력을 갖춘 인재를 키워주는 것이 더 중요하다는 것을 알게 되었다. 이런 관점에서 보면, 이웃나라들 중에서 특히 개발도상국이나 체제전환국들이 우리나라가 짧은 기간에 경제성장과 민주화를 동시에 이룩하였다는 점에 깊은 관심을 보일 뿐만 아니라 그러한 경험과 노하우를 배우기 위해 노력하고 있다는 것은 매우 고무적인 현상이다. 그들은 경제성장이나 민주화에 필요한 기술과 경험뿐만 아니라 법과 제도의 정비 및 그것을 효율적으로 운영할 수 있는 전문가의 양성에 노하우를 전수받기 위해 애쓰고 있다. 따라서 우리는 이러한 나라에 대해 경제성장과 민주화에 필요한 기술과 경험을 전할 뿐만 아니라 법과 제도의 정비에 필요한 지원과 협력도 적극적으로 전개해 나가야 한다.

중국 상하이에서 열린 《한국경제법》 출판기념회, 역자 최길자 교수와 함께

그리고 우리 아시아가 장차 북미 대륙이나 유럽연합과 어깨를 나란히 할 수 있을 정도로 발전하여, 그들과 공존 공영할 수 있는 기틀을 마련하기 위해서는, 아시아에서도 유럽경제공동체와 같은 이른바 '아시아경제공동체Asian Economic Community'를 설립할 필요가 있다. 이러한 조직은 아시아 여러 나라들이 국경을 넘는 교류와 협력을 촉진하기 위해 반드시 필요한 것이다. 우리는 경제공동체의 설립에 필요한 제도적인 틀을 마련하기 위해 노력해야 한다. 나는 이러한 일을 보다 체계적으로 추진하려고 2004년 6월에 뜻을 같이하는 여러 법률가들과 사단법인 '아시아법연구소Center for Asian Law'를 설립하여 운영하고 있다. 이 연구소는 중국, 베트남, 캄보디아, 몽골, 키르기스스탄 등과 같은 아시아 여러 나라의 법과 제도를 연구하고, 그들의 법제 정비와 법률가 양성에 필요한 지원과 협력을 하는 동시에 법률가 상호간의 교류와 협력을 촉진시키는 데 집중하고 있다.

한국 기독인의 비전과 소명

동북아시아의 발전과 기독 청년의 역할

한국, 세계의 주목을 받고 있지만

오늘날 세계 경제의 흐름은 글로벌화와 더불어 지역별 블록화 경향이 뚜렷해지고 있다. 그리고 세계 역사의 중심은 유럽에서 아메리카로, 아메리카에서 아시아로 넘어가고 있다. 한편 아시아의 발전을 주도하고 있는 지역은 바로 동북아시아이다. 그러나 동북아시아에는 아직 이 지역의 항구적인 평화와 지속적인 발전을 담보할 수 있는 정치 환경과 경제 여건이 제대로 마련되어 있지 않다.

우리나라는 1960년대 이래 단기간에 경제발전과 민주화를 동시에 이룩하였다는 점에서 세계의 주목을 받고 있다. 나는 이것을 하나님의 은혜이자 축복의 결과라고 믿는다. 그런데 하나님께서 우리나라를 이렇게 축복하신 이유가 무엇인가? 그리고 우리나라가 그러한 축복을 받았음에도 아직 선진국의 문턱을 넘지 못하는 이유는 무엇인가? 나는 이런 의문에 대한 해답을 찾아보고자 한다. 그리고 우리나라가 하나님으로부터 받은 축복을 이웃나라와 나눔으로써 하나님의 사랑과 축복을 전하고 하나님 나라를 확장하는 데 크게 쓰임 받을 수 있는 계기를 마련할 수 있기를 바란다.

하나님께서 한국을 축복하신 이유

아시아에서 우리나라보다 하나님의 축복을 더 많이 받은 나라는 없다. 경제적으로는 일본이 우리보다 더 잘살고 있으며, 정치적으로는 중국이 우리보다 훨씬 큰 영향력이 있다. 허나 한국은 단기간에 경제성장과 민주화를 동시에 이룩한 나라로서 수많은 개발도상국이나 체제전환국의 선망의 대상이 되고 있다. 그 결과, 우리 드라마와 음악을 비롯하여 김치와 음식 및 막걸리까지 세계적인 관심을 끌고 있다. 그리고 영적으로는 세계 125개국에 2만여 명의 선교사를 파송하고 있다. 이는 미국 다음으로 많은 수다.

일본은 일찍이 G7에 들어갈 정도로 경제적인 발전을 이룩했만, 국제정치적으로는 거기에 걸맞은 리더십을 발휘하지 못하고 있다. 그리고 영적으로는 기독교인이 국민의 1퍼센트에도 미치지 못할 정도로 복음이 전파되지 못한 열악한 상태이다. 한편 중국은 1987년부터 시작된 개혁·개방정책에 힘입어 고도의 경제성장을 거듭하고 있지만, 아직 시장경제가 제대로 정착하지 못하고 있을 뿐 아니라, 정치적인 민주화도 제대로 이루어지지 않고 있다. 이런 관점에서 보면, 개별국가로서는 장차 아시아를 리드해 갈 수 있는 나라가 없으며, 한국과 일본, 중국이 서로의 장점을 살리면서 긴밀히 협조해 가는 것이 바람직하다고 본다.

그런데 하나님께서 우리 한국을 이처럼 축복하신 이유는 무엇인가? 나는 그 속에 반드시 하나님의 깊은 뜻이 숨어 있을 것이라고 믿는다. 한경직 목사님은 일찍이 "하나님께서 우리나라를 제사장의 나라로 세우셨다"고 말씀하신 적이 있다. 나는 이 말씀에 전적으로 동의한다. 하나님께서는 우리나라를 지렛대로 삼아 아시아와 아프리카를 변화시키려는 원대한 계획을 가지고 계시며, 이를 위해 우리나라를 먼저 축복하신 것으로 보고 있다. 그러나 우리나라에서는 아직 여기에 동의하는 사람들이 그다지 많지 않다. 그것은 일반 국민들은 말할 것도 없고, 기독교인들도 마찬가지다.

우리 모두 가슴에 손을 얹고 하나님의 뜻을 찾아보자. 지금 내가 누리고 있는 자유와 평화 그리고 물질적 풍요가 하나님의 도움 없이 저절로 이루어졌다고 생각하는가? 우리가 하나님으로부터 엄청난 은혜와 축복을 받았음에도 진심으로 감사하는 사람들은 별로 많지 않다. 또 그것을 가까운 이웃이나 이웃나라와 나누려고 노력하는 사람들도 그리 많지 않은 것 같다. 하나님께서 우리 개인과 나라를 축복하신 이유와 뜻을 아직 제대로 깨닫지 못하고 있기 때문이다.

한국이 당면한 고난과 시련

우리나라는 1960년대부터 정부 주도형 경제성장정책에 힘입어 고도 성장을 거듭해온 결과, 1980년대에는 신흥공업국 대열에 편입될 수 있을 정도로 빠르게 성장했다. 그런데 1980년대에 들어와서는 경제적으로는 정부 주도로 경제성장정책을 추진하는 과정에서 나타난 산업간 불균형의 심화, 인플레이션의 만연, 시장기능의 왜곡과 경제력 집중의 심화 등과 같은 폐해나 부작용이 드러나기 시작했으며, 정치적으로는 군사독재와 권위주의 정부 아래서 오랫동안 억눌려 왔던 지역 간, 노사 간, 계층 간의 갈등과 불만이 한꺼번에 터져 나오게 되었다. 그로 인해 국가와 사회가 전반적으로 심각한 혼란과 갈등을 경험했다. 더욱이 1997년 말에는 급변하는 국제정세와 물밀듯이 밀려오는 국제화, 개방화의 요구에 적절히 대처하지 못한 나머지 외환 부족으로 인한 금융위기를 맞아 IMF 관리체제에 편입되는 고통과 희생을 경험하기도 했다.

2000년대에 들어와서는 IMF 위기를 어렵게 극복하고 선진화의 길로 나아가기 위해 열심히 노력하고 있다. 그러나 경제적인 측면에서는 아직 소수 재벌에 의한 경제력 집중의 억제와 독과점적 시장구조의 개선을 통한 시장경제 시스템의 선진화를 이룩하지 못하고 있다. 그리고 정치적인 측면에서는 산업 간, 지역 간, 경제주체 간의 갈등과 다양한 이해관계를 원만하게 해결하고, 나아가 사회조화를 통한 국민통합을 이룩할 수 있는 새로운 리더십을 형성하지 못하고 있다. 그 결과, 우리나라는 정치, 경제, 사회, 문화 등 모든 방면에서 선진국에 진입하는 데 필요한 조건을 제대로 갖추지 못한 상태이다.

게다가 최근 실업 문제가 매우 심각한 사회 문제로 등장하고 있다. 20대 청년들은 태반이 직장을 구하지 못한 실업자들이고, 50~60대의 장년들은 IMF 이후 갑자기 들이닥친 구조조정으로 직장을 잃은 사람들이 많다. 항간에서는 이런 현상을 가리켜 '이태백'이다, '사오정'이다, '오륙도'다 하는 식으로 냉소적인 표현을 하고 있다. 또한 2008년 이후에는 미국발 서브 프라임 모기지에 의해 촉발된 금융위기로 우리 경제는 또 다시 심각한 위기를 맞고 있다.

그런데 우리나라가 신흥공업국의 대열에 편입된 지 20여 년이 지났음에도 아직 선진국의 문턱을 넘어서지 못하고 고난과 시련을 거듭하는 이유는 무엇인가? 이를 세상적인 관점에서 살펴보면, 우리나라의 정치, 경제, 사회 제반 시스템을 선진화하지 못하였을 뿐 아니라 사회 지도층의 리더십과 국민들의 의식수준이 낮은 단계에 머물러 있기 때문이라고 할 수 있다. 그러나 이를 신앙의 관점에서 묵상해 보면, 아직 일반 국민들은 물론 기독교인들조차 하나님께서 우리나라를 특별히 축복하신 이유를 제대로 깨닫지 못하고, 하나님의 뜻에 부합하는 삶을 살지 못하고 있기 때문이라고 생각한다.

한국을 지렛대 삼아

나는 하나님께서 우리나라를 특별히 축복하신 이유는 우리가 잘나서가 아니라, 우리나라를 지렛대 삼아 아시아를 변화시키기 위한 원대한 계획을 갖고 계시기 때문이라고 생각한다. 그것은 최근 북한을 비롯한 아시아 여러 나라에서 일어나고 있는 제반 사정의 변화를 살펴보면 더욱 분명하게 느낄 수 있다. 빈곤과 기아에 허덕이는 북한의 딱한 실정과 소련의 붕괴 이후 기존 사회 시스템이 붕괴된 상태에서 경제성장과 민주화를 위해 노력하고 있는 체제전환국들의 몸부림, 국내에서 점차 늘어나고 있는 외국인 노동자와 다문화 가정 그리고 아시아 여러 나라를 휩쓸고 있는 한류 등과 같은 현상을 살펴보면, 그러한 변화가 인간의 힘만으로는 불가능한 것이며, 그 배후에 하나님의 섭리가 작용하고 있다는 것을 알 수 있다.

하나님께서는 이미 오래전부터 북한을 비롯한 아시아의 여러 나라에서 빈곤과 기아 그리고 정치·사회적인 압제 속에서 고통 받고 있는 사람들의 모습을 지켜보면서 그들을 도울 수 있는 사람을 찾고 계셨다. 그런데 그러한 고통은 이를 먼저 경험한 사람들이 더 정확히 느낄 수 있다. 따라서 동일한 고통을 극복해 온 한국인들, 특히 기독교인들에게 하루 빨리 그들을 찾아가서 적극적으로 도와주기를 간절히 바라고 계셨음은 두말할 나위가 없다.

북한을 도와야 할 주역인 우리

빈곤과 기아 그리고 각종 압제 속에서 신음하고 있는 북한 주민들의 실상은 우리의 가슴을 너무나 아프게 한다. 그런데 다시 생각해 보면 그 속에도 하나님의 섭리가 작용하고 있는 것 같다. 1970년대까지만 하더라도 북한의 경제 사정이 남한보다 나쁘지 않았던 것으로 알려져 있다. 따라서 북한의 사정이 악화되기 전에는 남한에서 누구도 북한을 돕자는 말을 공공연하게 할 수 없었다. 만약 20년 전에 남한에서 어떤 사람이 북한을 도와야 한다고 공개적으로 주장했다면 그는 국가보안법과 같은 법률 위반으로 공안당국에 잡혀 가서 처벌을 받았을 것이 분명하다. 그러나 지금은 그러한 염려가 전혀 없다. 오늘날 북한 주민을 돕자고 제안하더라도, 문제 삼는 사람은 아무도 없다. 이것은 실로 엄청난 변화가 아닐 수 없다. 불과 20년이라는 짧은 기간에 이렇게 큰 변화가 일어난 것을 보면, 여기에도 분명 하나님의 섭리가 작용하고 있다고 할 수 있다. 이러한 변화 또한 인간의 힘만으로는 도저히 일어날 수 없기 때문이다.

점차 늘어나는 외국인 거주자

현재 우리나라에서 살고 있는 외국인은 무려 100만 명이 넘는다고 한다. 그 중에서 대략 절반은 외국인 노동자들이고, 나머지는 다문화 가정의 구성원과 유학생 등 그 구성이 매우 다양하다.

우리나라는 국토가 좁고 인구가 많다. 역사적으로는 단일민족이라는 의식이 매우 강하다. 이런 나라에서 외국인이 단기간에 급증하고 있는 것은 실로 놀라운 일이 아닐 수 없다. 어느 사이에 그렇게 많은 외국인들이, 어떠한 경로를 통하여 우리나라에 들어와서 살고 있는지 참으로 신기한 생각이 들 정도이다. 그들 중에는 한국에 오면 잘살 수 있다는 꿈과 희망, 이른바 코리안 드림Korean Dream을 가지고 온 사람들이 많다. 그들은 한국을 꿈의 나라라고 생각한다. 실제로 몽골에서는 한국을 '솔롱고스'라고 부르는데, 이는 '꿈의 나라'라는 뜻이다. 나는 이런 현상이 하나님의 개입 없이는 도저히 일어날 수 없는 일이라고 생각하며, 하나님의 섭리가 깊숙이 작용하고 있다고 믿고 있다.

체제전환국들의 몸부림

아시아에는 오랫동안 유지해 오던 사회주의 계획경제 체제에서 벗어나 시장경제 체제를 도입한 체제전환국들이 많다. 중국, 몽골, 베트남, 캄보디아, 라오스 등과 같은 나라가 대표적인 예다. 이런 나라들은 1980년대 후반부터 이른바 개혁과 개방을 적극적으로 추진하고 시장경제를 도입하여 시행하고 있다.

체제 전환이란 한 나라의 경제 시스템을 근본적으로 바꾸는 것이기 때문에, 이를 지탱하고 있던 제반 법과 제도도 바꾸어야 한다. 따라서 그것은 엄청난 자본과 인력 및 경험과 기술이 필요한 매우 벅찬 과제이다. 그런데 이들 나라에서는 체제 전환에 필요한 법과 제도를 정비하고, 그것을 원활하게 운용할 수 있는 인재를 확보하지 못하고 있으며, 이를 양성하는 데 필요한 인적, 물적 자원도 제대로 갖추지 못하고 있다.

이런 나라들은 국내적으로는 옛 체제가 붕괴되어 제대로 기능하지 않는 반면, 새로운 체제는 아직 제대로 정비되지 않은 상태다. 그리고 국제적으로는 구 사회주의권 나라들과 맺고 있던 기존 협력 및 외교 관계는 단절되고 있는 반면, 자본주의권 나라들과는 원만한 거래와 협력 관계를 형성하지 못한 과도기적 상태다. 그 결과, 이들은 정치적, 경제적, 사회적 측면에서 많은 혼란과 갈등을 겪고 있다.

따라서 이런 나라들은 체제 전환에 필요한 법과 제도를 정비하기 위해 여러 선진국에 필요한 자본과 인력 및 기술적 지원을 요청하고 있으며, 우리나라도 그러한 요청을 받고 있다. 이것은 우리나라가 그동안 경제개발과 민주화를 추진하는 과정에서 이를 뒷받침해 준 법률과 제도 및 그것을 운영해 온 인력과 경험이 상당히 축적되어 있으며, 이제는 이웃 나라에 전수할 수 있는 단계까지 이르렀음을 의미한다. 나는 여기에도 하나님의 놀라운 섭리와 손길이 작용하고 있다고 믿는다.

아시아를 휩쓸고 있는 한류

일본이나 중국, 몽골, 베트남, 캄보디아 등 아시아 여러 나라에 가보면, 한국의 대중가요와 드라마 그리고 거기에 출연한 가수와 배우들의 인기가 대단히 높다는 것을 알 수 있다. 그뿐만 아니라 한국의 상품이나 기업은 물론 한국 음식에 대한 인기와 관심도 매우 높다는 것을 실감할 수 있다. 이런 현상을 우리는 이른바 한류Korean Wave라고 한다.

한국의 위상과 한국인의 이미지도 매우 좋아졌음을 확인할 수 있다. 러시아에서는 삼성과 LG가 국민적 브랜드로 인정받고 있으며, 베트남 하노이 대학에서는 한국어과의 합격선이 영어과를 능가하고 있다고 한다. 그리고 2009년 인도네시아 부론 섬의 소수민족인 찌아찌아족은 한글을 그들의 토착어를 표기할 공식문자로 채택했다. 이는 우리 민족사에 길이 빛날 쾌거라고 생각한다. 그런데 이러한 현상이 발생하는 이유는 무엇인가? 중국의 어느 학자는 한류 발생의 원인을 한국이 서구문화의 변전소 역할을 하고 있기 때문이라고 설명한다. 그런 주장이 상당히 설득력이 있는 것은 사실이다. 그러나 나는 그 주장에 전적으로 동의하지 않는다. 왜냐하면 그 속에도 하나님의 섭리가 작용하고 있다고 믿기 때문이다.

아시아를 섬기라는 하나님의 메시지

이와 같이 각 방면에서 '아시아를 섬기라'고 재촉하시는 하나님의 메시지에 귀를 기울이면, 우리의 사명과 역할이 더욱 분명해진다. 이제 남은 일은 우리가 그러한 하나님의 뜻에 순종하는 삶을 사는 것이다. 먼저 북한을 비롯한 중국, 러시아, 몽골, 베트남, 캄보디아, 라오스, 태국 등과 같은 이웃나라들을 돕고, 그곳의 영혼을 구원하기 위해 노력하는 동시에, 그들의 삶의 질을 높이기 위한 지원과 협력 사업에도 적극 참여해야 한다. 이러한 사업은 가까운 곳에서 먼 곳으로 그리고 작은 일에서 큰 일로 범위를 확대해 가는 것이 바람직할 것이다. 구체적인 방법으로는 우리가 각자 처지에서 자신의 소질과 능력 및 경험을 살려 이웃나라 사람들을 돕는 일에 참여할 수 있는 방안을 강구하는 동시에, 장기적으로는 여러 국가와 연합하여 공동으로 추진해 가는 종합적인 계획을 세워 지속적으로 실행해 나가야 한다.

우리가 먼저 도와야 할 북한 주민들

우리의 도움이 가장 절실한 나라는 북한이다. 북한은 지금도 많은 주민들이 식량 부족으로 고통받고 있다. 그 사정과 형편을 들여다보면 지구상에서 가장 딱하고 어려운 나라라 해도 과언이 아니다. 그들은 우리 동포들이다. 그런데 우리가 막상 북한을 도우려고 하면, 그것이 결코 쉽지 않은 일이기에 매우 지혜롭게 대처해 나가야 한다. 북한은 지구상에서 가장 폐쇄적인 나라로서 접근하기가 어렵고, 또 그 사정이 매우 복잡하다. 실제로 무엇을 어떻게 도와야 할지 판단하기가 매우 곤란하다. 그뿐만 아니라 북한은 국제정치적으로 '핵문제'라는 난제를 안고 있기 때문에 국제적인 호응을 얻기도 어렵다.

따라서 우선, 빈곤과 기아 및 질병 등으로 신음하고 있는 북한 동포들의 절박한 사정을 이해하고, 그들의 기본적인 수요를 충족시키기 위한 식량과 약품의 지원부터 시작하여 점차 그 범위를 확대해 가는 것이 바람직하다. 그리고 장기적으로는 북한이 중국이나 베트남 또는 몽골과 같이 개혁과 개방을 통해 시장경제 체제로 전환해 갈 수 있도록 유도하는 계기를 마련할 필요가 있다.

외국인 노동자와 다문화 가정을 따뜻하게

현재 우리나라는 외국인이 아주 많다. 그들 중에는 일자리를 얻기 위해 들어와 있는 노동자들도 있고, 유학 와서 공부하고 있는 학생들도 있으며, 우리나라 사람과 결혼해서 살고 있는 다문화 가정의 가족들도 있다. 따라서 우리는 그들을 따뜻하게 대하면서 그들과 어울려 사는 방법을 배워야 한다.

우선, 외국인 노동자들은 대체로 전문 지식과 기술이 없기 때문에 상당수가 3D업종에 종사하고 있다. 그들은 돈을 많이 벌 수 있다는 부푼 꿈을 안고 한국에 들어왔지만, 언어 소통이 제대로 되지 않을 뿐 아니라 문화나 생활방식도 많이 달라 여러 가지 고통을 겪고 있다. 그리고 이런 사정은 외국인 유학생들과 다문화 가정의 가족들도 마찬가지다. 그런데 우리 국민들은 아직 이들의 고충을 제대로 이해하지 못하고 있다. 그들을 따뜻하게 대해 주지 않고 무시하거나 함부로 대하는 경우가 많다. 심지어 매우 가혹하게 대하는 사례마저 있다. 그런 태도는 대단히 잘못된 것이다. 결국 그들은 우리나라에 제대로 적응할 수 없을 뿐 아니라 우리도 그들과 어울려 살 수 없다. 그리고 그들이 적응하지 못한 채 모국으로 돌아가면 우리나라에 대하여 나쁜 이미지를 갖게 될 것이며, 장차 우리나라가 그들과 좋은 외교 관계를 유지하기도 어려울 수밖에 없다.

한편, 우리 신앙인의 관점에서 보면, 우리나라에 들어와 있는 외국인이 급격히 늘고 있는 것은 그들을 전도할 수 있는 기회가 점차 확대되고 있다는 뜻이다. 이것은 절호의 찬스라고 할 수 있다. 왜냐하면 선교는 예수님이 우리에게 주신 지상명령이기 때문이다.

그러므로 너희는 가서 모든 민족을 제자로 삼아 아버지와 아들과 성령의 이름으로 내가 너희에게 분부한 모든 것을 가르쳐 지키게 하라. 볼지어다. 내가 세상 끝날까지 너희와 항상 함께 있으리라 하시니라. (마 28:19-20)

우리가 멀리 해외에 나가서 외국인을 선교하는 것에 비하면, 우리나라에 들어와 살고 있는 외국인들에게 예수님의 사랑과 복음을 전하는 것은 그리 어려운 일이 아니다. 최근에는 우리가 삶의 현장에서 외국인들을 자주 접할 수 있기 때문에, 누구나 마음만 먹으면 그들을 따뜻하게 보살펴 주고, 또 그들에게 복음을 전할 수 있다. 여기서 우리는 다음과 같은 예수님의 말씀을 분명히 기억할 필요가 있다.

너희가 여기 내 형제 중에 지극히 작은 자 하나에게 한 것이 곧 내게 한 것이니라 하시고. (마 25:40)

선교전략적 관점에서 볼 때, 우리나라에 들어와 있는 외국인 노동자들이나 유학생들 또는 다문화 가정의 가족들에게 복음을 전파하는 것이 멀리 외국에 나가서 선교활동을 전개하는 것보다 훨씬 효과적일 수도 있다. 앞으로 이들을 선교하는 일에 더 큰 관심을 기울여야 한다.

우리의 도움을 원하는 체제전환국들

우리는 체제전환국들을 돕는 사업을 적극적으로 전개해야 한다. 이 사업은 여러 가지 차원에서 다양한 방법으로 추진할 수 있다. 도로나

철도, 항만 등과 같은 인프라를 건설하는 데 투자하거나 지원할 수도 있고, 학교를 세워서 후진을 양성하거나 병원을 지어서 환자를 치료하는 일을 도울 수도 있으며, 식수를 제공하기 위한 수도를 만드는 일을 도울 수도 있다. 이런 일들 중에서 각자의 지식과 경험을 살려서 동참할 수 있는 일을 찾아 나가는 것이 바람직하다.

그런데 나는 법학교수이기 때문에 교수로서 이웃나라를 도울 수 있는 일을 찾아보았다. 그동안 내가 쌓은 지식과 경험을 가지고 체제전환국이나 개발도상국의 법과 제도를 정비하고 법률 전문가를 양성하는 일을 지원하고 법률가 상호간의 교류를 활성화하는 데 기여할 수 있는 방안을 모색해 보기로 했다. 무릇 체제 전환에는 법과 제도의 전환이 반드시 따른다. 그런데 그러한 법제 정비가 성공하려면 다음과 같은 것들을 갖추어야 한다. 우선, 기존 법과 제도를 시장경제체제에 맞도록 정비해야 하고, 그 법과 제도를 효율적으로 운용할 수 있는 법률 전문가를 양성해야 하며, 나아가 국민들이 그러한 법과 제도를 제대로 준수할 수 있도록 법의식과 법문화의 수준을 높여야 한다. 그리고 이러한 작업에는 상당한 시간과 노력 및 막대한 비용이 들 뿐만 아니라 전문적인 지식과 경험을 갖춘 법률가의 참여와 지원이 필요하다. 체제전환국들은 그러한 자원과 준비가 절대적으로 부족하기 때문에, 능력과 경험을 갖춘 선진국의 지원이 절실히 필요하다. 여러 선진국과 국제기구에서는 체제전환국의 법제 정비를 지원하기 위해 다방면으로 노력하고 있다. 그러나 우리나라에서는 아직 그러한 지원에 큰 관심을 기울이지 않고 있으며, 법률 전문가들도 사업의 중요성을 제대로 인식하지 못하고 있다. 그 결과, 우리나라는 체제전환국의 법제 정비와 법률가 양성을 지원하는 사업에 적극적으로 참여하지 못하고 있는 실정이다.

그런데 매우 다행스러운 일은 최근 이러한 사업에 관심이 있는 법률전문가들이 조금씩 늘고 있다는 점이다. 일부 대형 로펌Law Firm에서 아시아개발은행(ADB, Asian Development Bank)과 같은 국제적인 기구나 조직과 협력하여 특정 국가의 법과 제도의 정비를 지원한 예가 있다. 그리고 헌신적인 기독 법률가들이 이러한 사업에 적극적인 관심을 가지고 참여하고 있다. 예컨대 한국 기독법률가들의 모임인 AK(Advocates Korea)는 2001년 10월 서울에서 제1회 아시아기독법률가대회를 개최하여 아시아 기독법률가들의 상호 협력과 교류를 강화할 필요가 있다는 점을 확인한 바 있으며, 2002년 7월에는 중앙아시아 키르기스스탄에서 제1회 한국·키르기스스탄 법률가대회를 개최함으로써 키르기스스탄의 사법 개혁을 지원한 바 있다. 이 대회에는 우리나라의 판사와 검사, 변호사들은 물론 법학교수와 경제학 교수들이 함께 참가하여 우리나라 경제성장정책의 추진 과정을 설명하고, 그 과정에서 법과 제도 및 법률가들이 담당했던 역할에 대해 설명하고 토론하는 기회가 있었다. 그리고 그것이 계기가 되어 2006년에는 우리나라 대법원이 키르기스스탄의 대법관들을 초청하여 우리 법원과 국회를 비롯한 관계기관을 방문하여 연수를 받게 한 사례도 있다. 그리고 제2회 아시아법률가대회는 2002년 가을에 인도네시아에서, 제3회 대회는 2003년 9월 몽골에서, 제4회 대회는 2004년 9월 서울에서, 제5회 대회는 2005년 11월 싱가포르에서 각각 개최되었다.

나는 기회가 있을 때마다 이러한 활동에 적극적으로 참여하면서 체제전환국의 법과 제도의 정비와 법률가 양성을 효과적으로 지원할 수 있는 방안을 강구하기 위해 노력하였다. 2003년부터 체제전환국을 위한 법제 정비와 법률가 양성에 필요한 지원과 협력을 적극적으로 추진하는 것이 하나님께서 나에게 부여하신 소명이라 생각하고, 이를 효과적으로 추진하기 위해 2004년 6월에 '사단법인 아시아법연구소'를 설립했다. 우리 연구소는 이용훈 변호사님을 초대 이사장으로 모시고, 내가 초대 소장으로 취임하여 힘차게 출범했다. 그리고 연구소에는 현직 판사, 검사, 변호사를 중심으로 한 법조 실무가들과 다양한 분야의 법학교수들 그리고 사법연수원생들과 대학원생들이 적극적 참여하고 있다. 그런데 2005년 9월에는 초대 이사장 이용훈 변호사님이 제 14대 대법원장으로 영전하시고, 2006년 3월에는 내가 공정거래위원회 위원장으로 부임하게 되었다. 이에 우창록 변호사가 제 2대 이사장으로 취임하고, 서헌제 교수가 제 2대 소장으로 취임하여 활동을 계속 추진하였으며, 2008년 8월에는 내가 제 3대 소장으로 다시 취임하여 오늘에 이르고 있다.

아시아법연구소는 중국, 베트남, 캄보디아 등 아시아 여러 나라의 법과 제도를 비교 연구하고, 법률가 양성에 필요한 지원과 협력을 하는 동시에 법률가들의 상호 교류를 촉진하는 사업을 전개해 오고 있다. 이러한 활동을 통하여 체제전환국이나 개발도상국의 법제 정비와 법률가 양성 및 법률 문화의 발전에 필요한 지원을 하는 동시에, 아시아 여러 나라에 진출해서 활동하고 있는 우리나라 기업들에게는 각국의 법과 제도에 대한 정보 제공 등의 서비스도 하고 있다.

아시아법연구소는 2005년 2월에 AK와 공동으로 싱가포르, 캄보디아 및 베트남 등 동남아 3개국의 법률 관련 기관을 방문하는 비전 트립을 실시한 바 있다. 당시 우리는 싱가포르에서 아시아 여러 나라의 법률가들과 국제회의를 연 뒤 캄보디아로 가서 캄보디아 헌법재판소와 법원 및 왕립대학 등과 같은 관련기관을 방문하고, 현지 법률가들과 함께 "경제발전을 위한 법제 정비 방안"에 관한 국제심포지엄을 개최하였다. 그리고 베트남에서는 국가법연구소와 관계기관 및 법과대학을 방문하여 법률가들의 상호 협력 방안을 모색하였다.

그 비전 트립을 준비하면서, 나는 당시 우리 연구소 이사장으로 계시던 이용훈 변호사님을 모시고 가고 싶었다. 내가 이사장님께 같이 가셨으면 좋겠다고 제안했지만 이사장님은 나의 제안을 정중히 거절하셨다. 이유를 여쭈어 보았더니 "나는 영어도 잘 못하고, 아는 것이 없어서……"라고 하셨다. 나는 "영어는 잘하는 사람이 많으니까 그들에게 통역을 시키면 되고, 또 이사장님은 한국 사법의 산 역사나 다름이 없는 분이신데, 아는 것이 없다고 하시면 어떻게 합니까?"라고 반문하면서 강력하게 권유했다. 그리하여 이사장님이 우리 비전 트립에 동참하시게 되었다.

우리는 캄보디아와 베트남에서 그들의 법제와 법문화 및 법학 교육의 현실이 얼마나 열악하며, 또 그들이 우리나라의 법과 제도 및 법학 교육 등에 대해 얼마나 큰 관심을 가지고 있는지 생생하게 체험할 수 있었다.

그 후 6개월이 지나, 이사장님은 대법원장에 지명되어 국회의 동의를 위한 인사청문회 절차를 거치게 되었다. 그 자리에서 장차 대법원장으로서 어떤 비전과 포부를 갖고 일하실 것인지를 묻는 국회의원의 질문에 다음과 같이 대답하셨다. "우리나라도 이제는 법 문화가 상당한 수준으로 발전했기 때문에, 그러한 경험을 토대로 우리보다 늦게 법치주의의 실현과 법 문화의 발전을 위해 노력하고 있는 개발도상국이나 체제전환국을 지원할 필요가 있습니다. 대법원이 그러한 일에 앞장서겠습니다." 나는 이 말씀을 듣는 순간, 감격에 겨워 눈물을 흘리며 하나님께 감사와 찬송을 드렸다.

우리는 2005년 11월에는 베트남 하노이에서 국가법연구소와 공동으로 "베트남 시장경제의 발전을 위한 사법의 개혁—한국의 경험과 베트남의 구상을 중심으로"라는 주제로 한·베간 국제법률심포지엄을 개최하였다. 이 심포지엄은 베트남의 사법개혁과 법제 정비의 방향을 제시하고 이를 지원하기 위한 것이었다. 그리고 2007년 10월에는 〈베트남 토지법제에 관한 연구—외국인 투자를 중심으로〉를 발간하여 현지에 진출하여 활동하고 있는 기업들에게 제공한 바 있다. 또 2009년 7월에는 캄보디아 법과 제도의 발전을 지원하기 위한 국제학술심포지엄을 두 차례 개최하였다. 7월 10일에는 프놈펜에서 캄보디아 왕립 법과 경제대학과 공동으로 "캄보디아 경제발전을 위한 법적 환경"이라는 주제로, 외국인 투자법, 회사법, 토지법 및 지적재산권법에 관한 국제심포지엄을 개최했다. 이튿날인 11일에는 남쪽 해안도시 시아누크빌에 있는 라이프 대학교Life University에 가서, "경제발전에 있어서 법과 법률가의 역할"이라는 주제로 국제심포지엄을 개최했다. 그 심포지엄은 라이프 대학교가 정부로부터 법과대학의 인가를 받아 2009년 10월부터 법학 교육을 실시하게 된 것을 기념하기 위한 것이었다.

한국, 세계에 쓰임받기를

나는 아시아에서 우리나라처럼 하나님의 축복을 많이 받은 나라가 없다고 생각한다. 하나님께서 우리나라를 특별히 축복하신 이유는 앞에서 밝힌 바대로 우리나라를 지렛대로 삼아 북한을 비롯한 아시아 여러 나라를 변화시키기 위한 것이라고 믿고 있다. 그런데 우리나라 사람들은 이러한 하나님의 뜻을 제대로 깨닫지 못하고 있었거나 스스로 자만하고 있었기 때문에, 1980년대 초에 이미 신흥공업국의 대열에 편입되었음에도 아직 선진국의 문턱을 넘어서지 못하고 있는 것이 아닌가 생각한다. 그뿐만 아니라 우리나라는 지금도 여러 위기와 시련을 겪고 있는 것이 사실이다. 그럼에도 하나님께서는 우리 국민들에게 이러한 뜻을 깨우쳐 주시기 위해 여러 가지 차원에서 다양한 방법으로 우리의 시야를 열어 주시고, 이웃나라를 돕는 일에 관심을 가지고 적극적으로 참여할 수 있도록 독려하고 계신 것으로 본다.

우리는 지금부터라도 하나님의 뜻을 정확히 깨달아, 과거의 잘못을 철저히 회개하고 이웃나라의 발전을 위해 필요한 지원과 협력에 적극 동참할 필요가 있다. 하나님께서는 우리의 섬김을 보시고 멀지 않은 장래에 선진국의 문턱을 거뜬히 넘어설 수 있도록 이끌어 주실 뿐 아니라 아시아의 중심 국가로 우뚝 설 수 있도록 인도해 주실 것이라고 믿는다.

우리가 이웃나라를 지원하거나 외국인을 돕는다고 할 때, 그것은 자칫 거창하고도 어렵게 느껴질 수 있다. 그러나 주위를 둘러보면 꼭 그렇지만은 않다는 것을 쉽게 알 수 있다. 우리가 멀리 외국에까지 나가지 않아도 우리의 도움이 필요한 외국인들을 쉽게 만날 수 있다. 그 도움도 아주 손쉬운 것에서부터 어려운 일에 이르기까지 매우 다양하다. 특별한 지식이나 경험 없이도 그들에게 필요한 도움을 줄 수 있는 것도 많다. 따라서 우리는 저마다 구체적인 삶의 현장에서 자신의 지식과 경험을 가지고 도움이 필요한 외국인들에게 다가가서 그들이 필요로 하는 것을 채워 주면서, 기회가 닿는 대로 외국에 나가 우리보다 늦게 경제개발과 민주화의 과정에 있는 이웃나라들을 지원하는 일에 참여해 나가도록 노력할 필요가 있다. 우리 모두가 이러한 방법으로 이웃나라와 이웃을 사랑하는 것을 몸소 실천함으로써 하나님 나라를 확장하는 데 크게 쓰임 받을 수 있게 되기를 간절히 기원한다.

아시아공동체의 형성

세계 경제의 흐름

최근에는 과학기술의 발달과 경제 여건의 변화로 유럽이나 북미 대륙 등 세계 각 지역에서 국경을 넘는 교류와 협력이 활발하게 이루어지고 있다. 그리고 세계 경제는 점차 글로벌Global화와 지역별 블록Block화 경향이 두드러지고 있다.

우리나라가 미국이나 EU(European Union) 및 중국이나 인도 등과 같은 나라와 FTA를 체결하기 위해 노력하고 있는 것은 이러한 글로벌화의 경향에 부응하기 위한 것이라 할 수 있다. 한편 지역별 블록화에 성공한 대표적인 예가 EU이다. EU에서는 상품과 서비스의 거래는 물론, 자본과 사람의 이동이 국경을 넘어서 자유롭게 이루어지고 있으며, 통화까지 통합하여 경제적 측면에서는 개별 국가의 국경이 더 이상 의미가 없는 정도에 이르고 있다.

아시아에서도 1990년대 이래 역내 교역 규모가 급격히 늘고 있다. 그러나 이 지역에서는 아직 블록화의 조짐은 보이지 않고 있다. 비록 동남아시아 국가연합(ASEAN, Association of South East Asian Nations)이라는 느슨한 형태의 국가연합이 있기는 하지만 그것은 동남아시아에 국한된 현상이고, 동북아시아와 중앙아시아를 포함하는 아시아 전체를 대상으로 하는 블록화 현상은 나타나지 않고 있다.

그런데 세계 경제의 흐름이 점차 지역별 연합을 강화하는 방향으로 나아가는 추세에 비추어 볼 때, 아시아에서도 멀지 않은 장래에 블록화 현상이 나타날 가능성이 있다고 생각된다. 따라서 우리는 지금부터 이를 위한 준비를 서둘러야 한다.

아시아의 연합을 주도할 수 있는 나라

아시아에서는 아직 개별 국가의 입장에서 독자적으로 연합을 추진할 수 있는 나라가 없는 실정이다. 그러나 아시아 여러 나라의 지속적인 성장과 발전을 위해서는 역내 국가들 간에 긴밀한 협력이 필요하다. 따라서 한국과 일본 및 중국이 서로 협력하여 장기적인 관점에서 이를 추진해 가면서, ASEAN과 긴밀히 협력할 수 있는 방안을 강구하는 것이 바람직하다.

이런 관점에서 보면, 2009년에 집권한 일본 하도야마 총리가 동아시아의 우의友誼를 특별히 강조하는 것은 매우 고무적인 일이다. 우리나라도 이러한 시대적인 요구를 정확히 파악하여 아시아의 연합을 준비하는 작업에 적극적으로 참여할 필요가 있다. 한국은 단기간에 경제발전과 민주화를 동시에 이룩한 나라다. 개발도상국이나 체제전환국들의 선망의 대상이 되고 있는 우리나라는 아시아의 연합을 위한 준비작업에서 리더십을 발휘할 수 있을 것으로 본다.

하나님께서 아시아에서 우리나라를 특별히 축복하신 이유에 대한 해석은 관점에 따라 다르고 일률적으로 설명하기는 어려울 것이다. 따라서 나는 그 이유를 지극히 주관적인 관점에서 설명해 보기로 한다.

우선, 역사적으로 우리나라는 고난과 수난을 많이 당한 나라이다. 한국은 20세기에 들어와서 36년간 일제강점기의 시기를 보냈을 뿐만 아니라, 피비린내 나는 동족상잔의 6·25전쟁을 겪었고, 지금도 남북으로 분단되어 서로 총부리를 겨누고 대치중이다. 이러한 고통의 역사가 하나님께서 우리나라를 긍휼히 여기시고 특별히 축복하신 이유가 아닌가 생각된다.

둘째로, 우리나라는 전쟁의 상흔을 딛고 단기간에 일어나서 경제성장과 민주화를 동시에 이룩한 세계에서 유일의 나라다. 한국은 경제적으로는 1960년대 이래 고도성장을 거듭하여 신흥공업국의 단계를 넘어서 바야흐로 선진국의 진입을 기대하고 있는 단계이며, 정치적으로는 1980년대 군사독제에서 벗어나 민주화에 성공함으로써 개발도상국과 체제전환국들의 부러움을 사고 있다.

셋째로, 한국은 유사 이래 수많은 외적의 침입을 받았음에도 단 한 번도 다른 나라를 침략한 적이 없는 평화를 사랑하는 나라로서 세계 평화와 인류 복지에 크게 기여할 수 있는 조건을 갖추고 있는 나라이다.

넷째로, 한국에서는 전 국민의 4분의 1이 기독교인이며, 가톨릭 교인까지 합하면 국민의 상당수가 하나님을 믿는 나라다. 특히 한국은 세계 열방에 25,000여 명의 선교사를 파견하고 있는데, 이는 미국 다음으로 많은 수다. 인구 규모와 해외 선교에 참여한 역사가 짧은 점에 비추어 보면, 실로 대단한 성과가 아닐 수 없다.

다섯째로, 우리나라는 원래 단일민족으로서 폐쇄적인 측면이 있지만, 최근에는 엄청난 속도로 개방되고 있다. 현재 해외에서 공부하고 있는 한국인 유학생은 중국인 다음으로 많고, 공부를 하거나 일자리를 얻기 위해서 혹은 다문화 가정을 이루어 살기 위해 국내에 들어와 있는 외국인의 수가 급격히 증가하고 있다.

이와 같이 우리 한국은 유사 이래 수난과 고난을 극복하고 짧은 기간에 경제성장과 민주화를 이룩했으며 아시아에서 기독교 신자가 가장 많을 뿐만 아니라 뜨거운 선교의 열정을 가진 개방된 나라다. 나는 이런 점들이 하나님께서 우리나라를 아시아에서 가장 크게 축복하신 이유라고 생각한다. 하나님께서는 우리나라를 도구로 삼아 아시아와 아프리카를 변화시키기 위한 원대한 계획을 가지고 이를 하나씩 실현해 나가고 계신다.

한국이 아시아에서 가지는 지위와 역할

한국은 나름대로 유구한 역사와 전통이 있지만 1970년대까지는 세계의 주목을 받지 못했다. 그러나 1988년 서울올림픽을 개최한 이후 국제적인 인식과 평가가 크게 높아졌다. 이러한 변화를 가장 잘 반영하는 것이 국제적인 거래International Trade의 급격한 증가와 이른바 한류Korean Waves의 확산이다.

우선, 국제적인 거래는 눈부실 정도로 빠르게 증가하고 있다. 1960년대까지만 해도 대다수 외국인들은 한국에 대하여 아는 바가 6·25전쟁 정도밖에 없었다. 그러나 최근에는 세계 방방곡곡에서 우리 기업이 수출한 TV나 냉장고, 핸드폰, 자동차 등을 사용하는 사람들을 쉽게 찾아볼 수 있으며, 우리나라와 무역 관계를 맺고 있지 않은 나라가 드물만큼 무역 강국에 올라와 있다.

특히 한국의 영화, 드라마, 가요, 음식, 언어 등과 같은 한국 문화에 대한 관심이 날로 높아지고 있다. 이러한 한류 열풍은 아시아 지역에서 두드러지게 나타나고 있다. 예컨대 베트남의 경우, 한국어에 대한 관심이 영어에 버금갈 정도로 높아지고 있으며 일반 노동자들은 물론 국회의원과 공무원들까지도 한국에서 연수받을 수 있는 기회를 얻기 위하여 노력하고 있다. 이런 현상은 베트남에만 국한된 현상이 아니라 몽골이나 인도네시아 또는 캄보디아에서도 공통적으로 나타나고 있다.

이와 같이 우리 한국에 대한 외국인의 평가와 기대는 지속적으로 향상되어 왔다. 외국인들은 이제 한국을 더 이상 개발도상국이 아니라 신흥공업국의 단계를 지나 선진국의 진입을 앞둔 나라로 보고 있다. 그럼에도 국내에서는 아직 이러한 변화를 실감하지 못하고 있다. 국내에서는 우리나라가 아직 선진국의 지원을 받거나 그들로부터 배워야 할 것이 많다고 생각하는 사람들이 대부분이고, 우리보다 늦게 산업화와 민주화를 위해 애쓰고 있는 이웃나라들을 지원하고 상호 협력할 필요가 있다는 것에 대해 공감하지 못하고 있다.

한국은 선진국의 진입을 위해 노력하고 있지만, 아직 완전히 진입하지는 못했다. 따라서 우리는 정치, 경제, 사회, 문화 등 많은 영역에서 선진국의 제도나 기술 및 문화를 더 열심히 배우고 익혀서 우리 제도와 관행 및 문화를 선진국 수준으로 발전시켜 나가야 한다. 그러나 문제는 그 과정과 방법이다. 우리는 그동안 선진국의 뒤를 쫓아가는 방법으로 선진화라는 꿈을 이루려고 노력해 왔다. 그러나 그러한 방법만으로는 선진국에 진입하기가 매우 어렵다. 따라서 우리나라가 하루 속히 선진국에 진입하기 위해서는 선진국으로부터 배울 것은 열심히 배워야 하지만, 거기에 머무를 것이 아니라 한걸음 더 나아가, 우리나라가 경제개발과 민주화를 실현하는 과정에서 터득한 지식, 경험, 노하우를 개발도상국과 체제전환국들에게 나누어 주어야 한다. 그리고 이러한 지원과 협력은 사회·문화의 영역은 물론, 법과 교육 등 모든 영역으로 확대해 가는 것이 바람직하다.

이런 과정을 통해 두 가지 소득을 얻을 수 있다. 우선, 우리가 얻은 경험과 지식, 노하우를 체계적으로 분석하고 정리할 필요가 있는데, 그 과정에서 우리 제도와 관행 및 문화의 단점을 명확히 파악할 수 있을 것이다. 그리고 그것을 통하여 우리의 장점은 더욱 발전시켜 나가면서 단점을 보완함으로써 우리 제도와 관행 및 문화를 선진화할 수 있는 계기를 마련할 수 있을 것이다.

그리고 우리는 이러한 과정을 통하여 아시아와 아프리카에서 리더십을 확보해 나갈 수 있을 것이다. 특히 아시아와 아프리카에 있는 개발도상국과 체제전환국들에게 경제개발과 체제전환에 필요한 지원과 협력을 적극적으로 전개해 나갈 필요가 있다. 그리고 이를 위한 법과 제도를 정비하고 또 그것을 효율적으로 운용할 수 있는 법률가의 양성에 필요한 지원과 협력을 적극 추진해감으로써 우리는 이웃나라들을 좀더 깊이 이해하고 그들과의 유대를 더욱 공고히 할 수 있다. 또 지속적인 교류와 협력을 추진할 수 있는 인적 네트워크를 형성하고 정신적, 물질적인 기초를 마련할 수 있을 것이다.

이러한 지원과 협력을 효과적으로 추진하기 위해서는 정부가 장기적인 관점에서 종합적이고 체계적인 지원 및 협력 계획을 세우고 추진해 나가야 한다. 그리고 각 나라에 진출해 있는 기업이나 그들과 거래 관계를 맺고 있는 기업들은 물론이고, 이러한 문제에 관심 있는 학계와 법조계, 문화계, 종교계의 인사들도 정부의 계획을 참고하여 각자의 입장에서 이웃나라를 지원하고 협력할 수 있는 방안을 모색해야 한다.

그러나 우리 정부는 이러한 종합적이고 체계적인 계획을 수립하여 시행하지 않고 있으며, 기업들도 큰 관심을 갖고 있지 않은 실정이다. 영리 추구를 목적으로 하는 기업이 단기적인 관점에서 이익이 나지 않는 프로젝트에 관심을 두지 않는 것은 당연한 일이라 할 수 있다. 따라서 이러한 지원과 협력은 누구든지 그 가치와 의미를 깨달은 사람이 솔선하여 추진해 가면서, 각 분야의 전문적인 지식과 경험을 가진 사람들에게 적극적으로 홍보하며 그들의 참여를 권유하는 수밖에 없다.

이러한 지원과 협력은 아시아 각국의 경제발전과 시장경제의 정착에 기여할 뿐만 아니라, 장기적으로 아시아경제공동체의 형성에 필요한 토대를 마련하는 데에도 크게 이바지할 것이다. 그리고 우리나라가 그러한 사업을 적극적으로 추진해 가면, 그 과정에서 심각한 사회 문제 중 하나인 실업 문제를 해결하는 실마리도 찾을 수 있을 것이다.

현재 우리나라에서 일자리를 얻지 못해 고민하는 실업자들은 대체로 우수한 노동력을 보유한 사람들이다. 우리나라의 실업자들은 크게 장년실업과 청년실업으로 나뉜다. 장년실업은 우리 경제가 1960년대 이래 고도성장을 거듭해 오는 과정에서 다양한 분야에 헌신적으로 참여해 온 사람들로서 상당한 지식과 경험이 있는 사람들이다. 한편 청년실업은 고등교육을 통하여 선진적인 지식과 기술을 터득한 유능한 인재들이다. 따라서 이들은 일할 수 있는 적절한 기회만 제공되면 모두 열심히 일할 능력과 준비가 되어 있는 사람들이다. 그러므로 우리나라가 경제개발을 위해 애쓰고 있는 체제전환국과 개발도상국을 지원하기 위한 종합적인 계획을 수립하여 실시하면, 그것은 대외적으로는 이웃나라를 돕는 일이 되지만, 대내적으로는 실업 문제를 해결할 수 있는 돌파구가 될 수도 있을 것이다.

삶의 현장에서 이웃을 내 몸과 같이

체제전환국과 개발도상국을 돕는 사업에서 얻을 수 있는 유익은 단기적으로 볼 때 그다지 크지 않다. 우리나라에서 정부는 물론 기업들이 아직 이러한 사업에 적극적인 관심을 기울이지 않는 이유가 바로 그 때문이다.

따라서 나는 기독교인들이 먼저 나서서 이러한 사업을 추진할 필요가 있다고 생각한다. 누군가가 반드시 해야 할 일이지만 아무도 선뜻 나서지 않는 일을 감당할 수 있는 사람은 기독교인들밖에 없다. 기독교인들은 하나님의 말씀인 성경을 진리로 믿고 거기에 따라 살려고 노력하는 사람들이기에, 아무리 힘들고 어려운 일이라도 그것이 하나님의 뜻임을 확인하면 전적으로 순종해 갈 수 있다.

문제는 그것이 하나님의 뜻에 부합하는 일인지 여부를 판단하는 것이다. 이를 위해 성경말씀을 보아야 한다. 성경에는 우리가 반드시 지켜야 할 열 가지 계명이 있다. 그 중에 가장 크고 첫째 되는 계명은 "네 마음을 다하고 목숨을 다하고 뜻을 다하여 주 너의 하나님을 사랑하라"(마 22:37; 막 12:30)는 것이고, 둘째는 "네 이웃을 네 몸과 같이 사랑하라"(마 22:39; 막 12:31)는 것이다. 그리고 이 모든 계명은 "네 이웃을 네 자신과 같이 사랑하라"(롬 13:9; 갈 5:14)는 말씀 가운데 들어 있다. 따라서 기독교인의 삶의 목표는 구체적인 삶의 현장에서 우리의 이웃을 우리 자신과 같이 사랑하는 것이다.

우리가 사랑해야 할 이웃은 가까운 곳에도 있고 먼 곳에도 있다. 국내에도 있고 멀리 해외에도 있다. 우리는 국내에 있는 이웃도 사랑해야 하지만, 멀리 해외에 있는 이웃도 사랑해야 한다. 여기서 특별히 강조하고 싶은 바는 현재 한국에서 살고 있는 기독교인들이 사랑해야 할 이웃은 국내에만 있는 것이 아니라 멀리 국경을 넘어 이웃나라에도 있다는 점이다. 그리고 이웃나라들 중에는 우리나라가 그동안 이룩한 경제성장과 민주화의 성과는 물론 사회, 문화, 교육 등 각 분야의 발전에 큰 관심을 가지고 있으며, 또 그러한 과정에서 얻은 지식과 경험 및 노하우를 전수받기를 기대하는 나라들이 아주 많다. 따라서 우리는 경제개발과 민주화 과정에서 배우고 익힌 지식, 경험, 기술 등으로 우리보다 늦게 경제개발과 민주화를 이루기 위해 노력하고 있는 이웃나라들에게 전수해야 한다. 나는 그것이 바로 우리 한국인, 특히 한국의 기독교인들에게 부여된 시대적 사명이자 특권이라고 생각한다.

그들을 돕는 방법은 기본적으로 우리의 지식과 경험 및 노하우를 가지고 도움을 필요로 하는 이웃나라에 찾아가서 그들의 필요를 충족해주는 지원과 협력으로 나타날 수 있다. 이러한 지원과 협력의 구체적인 방법은 매우 다양하다. 예를 들면, 학자는 학문의 연구와 교육을 통하여 얻은 지식과 경험의 전수로, 기술자는 기술의 개발과 전수를 통하여, 의사는 의학 연구와 의료 활동으로 얻은 지식과 경험으로 지원하고 협력할 수 있을 것이다. 법률가는 법률서비스를 통해 얻은 지식과 경험을 가지고 법제 정비의 지원과 법률가 양성 및 상호 교류에 기여하고, 예술가는 예술 활동으로 얻은 성과와 경험으로 예술 활동의 지원과 교류에 이바지하고 또 교육자는 교육에서 얻은 지식과 경험을 가지고 그들의 교육에 필요한 지원과 협력을 할 수 있을 것이다. 그리고 이러한 사업에 참여하는 사람들이 서로 협력하고 연대하면 시너지 효과는 크게 나타날 수 있다.

이러한 지원과 협력이 장기적으로 지속되기 위해서는 참여하는 사람들의 자발적인 헌신이 필수적이다. 따라서 그러한 사업의 의미와 가치를 먼저 깨달은 사람들이 솔선하여 추진해 가면서 다른 사람들에게 그 뜻을 알리고 동참할 수 있도록 권유하는 것이 바람직할 것이다. 이러한 사업은 기본적으로 자기가 가진 것을 이웃과 나누는 것으로서 자신의 희생이 따르는 일이지 이득이나 명예를 추구하는 일이 아니다. 이런 관점에서 볼 때, 기독교인들 중에 남몰래 이웃사랑을 실천하는 삶을 통해 하나님께서 은밀한 가운데 채워 주시는 참된 기쁨과 보람을 느껴 본 사람들, 즉 이웃사랑에 헌신해 본 경험이 있는 기독교인들이 적극 참여할 수 있는 사업이라고 생각한다. 따라서 기독교인들 중에 전문적인 지식과 경험을 갖춘 헌신된 전문가 그룹이 자원하여 이러한 사업을 추진해 가면서 뜻있는 분들의 적극적인 참여를 권유해 나가면 더 큰 효과를 거둘 수 있을 것이다.

이러한 교류와 협력을 촉진하기 위해서는, 우선 뜻을 같이 하는 사람들이 힘을 모아 교류와 협력에 관한 사업을 적극적으로 추진하는 단체를 설립하여, 그 단체가 장기적인 계획을 가지고 필요한 사업을 추진해 가는 것이 바람직하다. 교류와 협력의 방법으로는 소극적으로는 장애가 되는 제도와 요인들을 찾아내어 단계적으로 제거해 가고, 적극적으로는 아시아 여러 나라가 국경의 장벽 없이 보다 긴밀하게 교류와 협력을 확대해 갈 수 있는 여건을 마련해야 한다.

장기적으로는 지속적인 교류와 협력을 담보할 수 있는 법적, 제도적인 틀을 만들어야 한다. 이를 위하여 이른바 '아시아경제공동체Asian Economic Community' 또는 '동아시아공동체East Asian Economic Community'를 형성할 필요가 있다. 나는 이러한 관점에서 기독인, 특히 전문적인 지식과 경험을 갖춘 기독인들 중에서 이러한 장기적인 교류와 협력의 토대를 마련하는 일에 헌신할 수 있는 전문 사역자들이 많이 나오기를 간절히 소망하고 있다.

아시아와 세계로 흘려보낼 하나님의 축복

하나님의 축복은 나눌수록 커지는 것이다. 따라서 우리나라가 받은 축복을 이웃나라들과 나누기 위해 더욱 열심히 노력해야 한다. 나는 우리나라가 아시아 여러 나라의 지속적인 교류와 협력을 담보할 수 있는 토대인 아시아경제공동체나 동아시아공동체를 형성하는 데 주도적으로 기여할 수 있기를 바란다. 그것은 우리나라가 국제적으로는 아시아의 연합을 통하여 아시아의 번영과 평화에 기여하고 나아가 인류 복지와 세계 평화에 이바지하는 동시에, 국내적으로는 실업 문제를 해결하고 우리 경제의 활로를 찾는 실마리를 제공할 수 있을 것이다. 그리고 우리나라가 아시아에서 리더십을 확보함으로써 선진국으로 진입을 앞당기는 동시에, 하나님 나라의 확장에 이바지하는 일이 될 것이다. 따라서 나는 기독교인들이 각자의 지식과 경험을 활용하여 이러한 사업에 적극적으로 참여할 수 있게 되기를 바라며, 특히 전문적인 지식과 경험을 갖춘 헌신된 기독교인들이 이 사업에 참여함으로써 하나님의 나라를 확장하는 데 크게 쓰임 받을 수 있기를 간절히 기원한다.

3부 삶의 현장에서

대학 캠퍼스에서

관악산에 둥지를 틀며

나는 모교로 옮기는 과정에서 하나님을 인격적으로 만나는 체험을 했다. 그 경험을 계기로 하나님께서 내가 아주 어릴 때부터 내 인생의 여정에 깊숙이 개입하여 지금까지 인도해 오셨다는 것과 앞으로도 선하게 인도해 주실 것이라는 믿음을 갖게 되었다. 그 후에 나는 인생의 중요한 의미를 가지는 큰 문제는 물론이고, 일상생활의 작은 문제에 이르기까지 하나님의 뜻에 따라 해결하고자 노력하고 있다. 서울대학교 법대 교수에 지원하면서 나는 하나님의 뜻에 순종하고자 하는 기도를 드렸다.

"하나님 아버지, 제가 모교로 옮기는 것이 하나님 뜻에 부합하면 저를 모교로 옮겨 주시고, 그렇지 않으면 이곳에 그대로 있게 해주십시오."

기도하면서 점차 마음이 평안해지는 것을 느낄 수 있었다. 초조한 마음이 없어지니까 모든 일을 차분하게 처리할 수 있는 지혜와 여유도 갖게 되었다. 그러한 변화를 경험하는 동안, 서울대 신임 교수 채용 절차는 순조롭게 진행되었다. 결국 내가 경제법 담당 교수로 채용되는 결정이 내려졌다. 1992년 2월 23일자로 서울대 법대에 경제법 담당 교수로 부임하여 관악산 기슭에 새로운 둥지를 틀었다. 그 후 신앙 안에서 전공분야인 경제법이 갖는 의미를 재정립하기 위한 연구에 몰두했다. 그때부터 예전과는 다른 새로운 차원에서 경제법의 교육과 사회봉사에 매진하고 있다.

본격적인 경제법 연구

우선 경제법 연구를 본격적으로 진행했다. 황적인 교수님과 공저로 출간한 《경제법 교과서》를 전면 개정하여 1998년에 단독 명의로 재출간했다. 그리고 시장경제의 기본법이라는 의미에서 경제헌법이라고 불리는 독점규제법과 소비자보호법에 관한 주요 쟁점들을 하나씩 연구하여 논문을 발표했다. 경쟁법의 이론과 실무에 관하여 우리나라보다 훨씬 앞서 있는 독일과 유럽의 경쟁법을 국내에 자세히 소개하기 위해, 리트너 교수의 《경쟁법 교과서》를 한국어로 번역하여 출간하기도 했다.

나는 경제법 연구를 보다 효과적으로 추진하기 위해 매년 여름 방학을 독일에서 보냈다. 유럽과 독일의 경제법을 연구하여 이를 국내에 소개하는 동시에 우리 실정에 맞는 경제법의 이론을 개발하고자 최선을 다하였다. 1998년에는 안식년을 맞이하여 하버드대학교 로스쿨에 방문교수로 가서 미국 독점금지법Antitrust Law을 연구했다.

1990년대 후반에 들어오면서 관심의 초점이 서서히 유럽과 미국을 비롯한 선진국의 경제법에서 아시아의 경제법으로 옮겨졌다. 종래에 나는 선진국의 경제법을 연구하여 이를 국내에 소개함으로써 우리나라 경제법을 선진국 수준으로 발전시켜 나가기 위해 노력했다. 그러나 최근에는 거기에 그치지 않고 일본과 중국을 비롯한 아시아 여러 나라의 경제법을 비교 연구하여 공통점은 계속 발전시키면서 차이점을 줄이기 위해 노력하고 있다. 이를 통해 장차 아시아경제공동체의 설립을 위한 법적 토대를 마련하고자 한다.

중국 방문은 1990년대 초부터였다. 1991년에 중국 연길대학을 방문한 것을 비롯하여 1995년에는 중국 베이징에 있는 사회과학원 법학연구소와 인민대학, 정법대학 등을 방문하여 우리나라의 독점규제법과 약관규제법에 대해 발표하고 토론할 수 있는 기회를 가졌다. 그 후에도 베이징과 상하이에 있는 여러 대학들을 방문하여 시장경제와 관련된 제반 법률 문제에 관해 발표하고 토론할 수 있는 기회가 있었다. 그리고 2002년에는 중국 사회과학원이 개최한 국제학술대회에 참가하여, 중국이 WTO의 권고에 따라 도입하기로 한 반독점법[反壟斷法]의 초안을 마련하는 과정에서 한국의 경험을 참고할 것을 권유하기도 했다. 2007년에는 중국 전국인민대표회의가 반독점법의 초안에 대한 외국전문가의 의견을 청취하기 위해 마련한 회의에 참석하여 여러 가지 조언도 전했다.

1999년부터는 일본과 학술 교류를 활발하게 전개하고 있다. 1999년에는 일본 내각성에서 주최하는 국제학술회의에 참가하여 우리나라 약관규제법에 대한 발표를 했으며, 2000년 여름에는 와세다早稻田 대학에 방문교수로 가서, 일본 재벌의 해체 과정을 집중적으로 연구하여 발표하였다. 그 후에는 나고야名古屋와 고베神戸 등에서 개최된 일본 경제법학회와 국제경제법학회의 국제학술대회에 참가하여 우리나라 독점규제법과 소비자보호법 등에 대한 발표와 토론을 통해 양국 간 학술 교류 증진에 노력해 왔다.

한편, 2004년 겨울에는 홋카이도北海道 대학에서 개최된 국제학술대회에서 지역별 블록화 경향에 대처하기 위해 우리 아시아에서도 장차 경제공동체를 설립할 필요가 있다는 점을 역설한 뒤, 법학 특히 경제법이 담당해야 할 과제가 무엇인지에 대해 발표했다.

2005년 고베대학에서 개최된 일본 국제경제법학회의 학술대회에서 대회장인 네기시根岸哲 교수가 개회사에서 경제법 연구에는 국내적인 기준Domestic Standard과 국제적인 기준Global Standard이 있다고 전제하고, 우리는 양자를 동시에 연구하여 국내적인 기준을 국제적인 기준에 부합시키도록 노력할 필요가 있다고 주장했다. 나는 이와 관련하여, 경제법 연구에는 국내적 기준과 국제적 기준만 있는 것이 아니라, 그 밖에 지역적인 기준Regional Standard이라는 제 3의 기준이 있을 수 있다고 주장했다. 그리고 우리 아시아의 경제법학자들은 아시아 여러 나라에 공통적으로 적용될 수 있는 아시아적 기준Asian Standard을 개발하기 위해 애쓸 필요가 있으며, 이를 통해 단계적으로 아시아경제공동체를 설립하기 위한 법적 기초를 마련하도록 노력해야 한다고 주장했다. 이러한 주장은 많은 학자들로부터 지지를 받았다.

이와 같이 경제법의 연구를 통해 우리나라의 경제법을 선진국 수준으로 발전시키려고 노력하는 동시에, 아시아 여러 나라의 경제법을 비교 연구하여 아시아에 공통적으로 적용될 수 있는 아시아적 기준을 개발하고자 열심히 노력해 왔다. 그러나 나의 연구 성과는 목표에 비추어 미약한 수준을 벗어나지 못하고 있다. 그리고 연구 분야도 주로 독점규제법과 소비자보호법에 집중되어 있으며, 개별 산업규제법에 대한 연구는 통신산업과 전력산업 정도에 머물러 있다. 그 밖의 산업에 대한 규제법이나 중소기업법 등과 같은 분야에 대하여는 아직 본격적인 연구를 진행하지 못하고 있다.

선생님, 우리가 서로 경쟁하며 살아야 합니까?

1992년에 서울대로 옮겨 오기 전에는 주로 민법을 연구하고 가르쳤으나 서울대에 와서는 오직 경제법에 집중했다. 1986년 7월에 독일 유학에서 돌아와, 1987년 2월 서울대 대학원에서 경제법 전공으로 법학박사 학위를 취득하였다. 그리고 그해 3월부터 서울대 대학원에서 경제법 강의를 시작하였다. 그때까지 서울대의 경제법 강의는 황적인 교수님이 담당해 오셨으며, 한동안 법경제학을 담당하고 있던 박세일 교수가 맡은 적도 있다.

내가 서울대에서 처음 강의를 시작했을 당시에는 경제법에 관심 있는 학생들이 많지 않았으며, 경제법 강의를 수강하는 학생들의 태도도 그다지 진지하지 않았다. 우선 경제법은 사법시험의 선택과목이 아닌 데다가 학부의 필수과목이 아니어서 수강하는 학생이 그리 많지 않았다. 그뿐만 아니라 강의를 담당하는 교수가 전임교수가 아닌 시간강사였기 때문에 학생들의 자세도 그다지 진지하지 않았다. 내가 첫 시간에 학생들로부터 받은 느낌은 마치 "우리가 당신의 강의를 들어 줄 터이니 어디 한번 가르쳐 보시오"라고 하는 것 같았다. 나는 그러한 반응에 개의치 않고 학생들에게 경제법을 열정적으로 가르쳤다. 그 결과 학생들이 점차 경제법에 관심을 보이기 시작했고, 학기말에 실시한 강의 평가에서는 아주 좋은 점수가 나왔다. 그리고 그 다음해부터는 수강 학생의 수도 많아지고 태도도 진지해졌다.

서울대에서 경제법에 대한 체계적인 교육이 시작된 것은 1992년 이후이다. 나는 커리큘럼을 개정하여 학부 3학년에 개설되어 있는 경제법 이외에 4학년 전공 선택과목으로 '경제법 연습'을 개설하고, 경제법에 관심 있는 학생들에게 구체적인 사례들을 가지고 경제법을 좀더 깊이 가르치기 시작했다. 그런데 경제법이 전국적으로 학생들의 적극적인 관심을 끌기 시작한 것은 1996년 이후의 일이다. 1996년부터 사법시험의 1차 선택과목에 포함되었기 때문이다. 그리고 2000년대에 와서는 핵심 교양과목으로 '시장경제와 법'을 개설하여 1학년 학생들에게 시장경제가 무엇이며, 그것이 정상적으로 작동하기 위해서는 어떤 조건이 갖추어져야 하는지 그리고 이를 위한 법률과 그 내용은 어떤 것인지 등을 가르쳐 줌으로써, 시장경제에 대한 학생들의 이해를 높이는 동시에 경제법의 저변을 넓혀 나갔다.

대학원에서는 매 학기 경제법 강좌를 개설하여 경제법의 기본 이론과 독점규제법, 경제규제법 및 소비자보호법 등에 관한 세미나식 강의를 실시했다. 경제법의 기본 문제들 가운데 우리가 가장 많이 다룬 주제는 경제체제와 경제질서, 시장과 정부의 관계, 시장의 기능과 경쟁질서, 경쟁과 협력 등이었다. 그리고 독점규제법에 관해서는 시장지배적 지위의 남용, 기업결합, 부당한 공동행위 등과 같은 실체법적인 문제는 물론, 공적 집행과 사적 집행에 관한 절차법적 문제에 이르기까지 구체적인 쟁점들을 깊이 있게 다루었으며, 경제규제법에 대하여는 금융이나 통신 및 에너지 분야와 같이 정부가 경제활동을 규제하는 규제산업 분야에서 제기되는 법적 쟁점들을 다루었다. 한편 소비자보호법에 대해서는 소비자기본법에서 출발하여 약관규제법, 할부거래법, 제조물 책임법 및 전자상거래소비자보호법 등을 폭넓게 연구 검토하였다.

이러한 강의를 통해 나는 학생들을 장차 경제법에 관한 전문적인 지식을 갖춘 법률가로서 그들의 삶의 현장에서 경제법의 이론과 실무의 발전에 기여하고, 바람직한 경제질서의 형성에 이바지할 수 있는 인재로 양성하려고 노력하고 있다. 그런데 이러한 노력이 소기의 성과를 거두기 위해서는 학생들을 개별적으로 배려할 필요가 있었다. 나는 대학원생들에게 좀더 가까이 다가가기 위해 매 학기 학생들과 함께 조용한 곳에 가서 1박 2일간 블록세미나를 하는 기회를 만들고, 점심이나 저녁식사를 함께하는 자리도 자주 만들었다.

하루는 세미나에서 대학원생들과 독점규제법에 관한 주요 쟁점들,

예컨대 자유롭고 공정한 경쟁을 촉진하기 위해 경쟁을 제한하는 제반 요인들을 효과적으로 규제할 수 있는 방안에 관해 열띤 토론을 마친 뒤, 학생들과 화기애애한 분위기에서 저녁식사를 함께했다. 여러 가지 주제로 다양한 대화를 나누던 중에 평소 아주 과묵한 편이던 박사과정 학생이 나에게 다음과 같은 질문을 했다.

"선생님, 우리가 반드시 서로 경쟁하며 살아야 합니까?"

나는 무슨 영문인지를 몰라서 어리둥절해 하며 그 학생에게 물었다.

"그럼, 자네는 어떻게 살았으면 좋겠나?"

그 학생의 대답은 아주 목가적이었다.

"오순도순 서로 협력하면서 사는 것이 좋지 않겠습니까?

나는 그 학생의 말을 듣고서, 경제법의 기본적인 문제에 대해 다시 한 번 생각해 보게 되었다. 우선, 시장경제를 경제질서의 기본으로 하는 나라에서는 개인이나 기업이 경제활동에 참여하는 과정에서 서로 가격과 품질을 중심으로 경쟁하지만, 때로는 서로 협력하는 경우도 있다. 그런데 구체적인 경우에 있어서 서로 경쟁하는 것이 옳은지, 아니면 서로 협력하는 것이 옳은지 판단하기 어려운 경우가 있다는 것을 알게 되었다. 그리고 우리나라에서는 오랫동안 농경사회에 살면서 경쟁보다는 협력을 중시하는 경향이 국민들의 의식 속에 깊이 자리 잡게 되었다. 그런데 산업화를 추진하는 과정에서 제도적으로 시장경제를 경제질서의 기본으로 받아들이긴 했지만, 실제로는 시장경제가 아직 경제질서의 기본으로 자리잡지 못하고 있기 때문에 일반 시민들은 경쟁의 의미와 가치를 정확히 파악하지 못하고 있는 것이 사실이다.

더욱이, 시장경제가 정상적으로 작동하기 위해서는 공정하고 자유로운 경쟁질서가 확립되어야 하는데, 실제의 시장에는 경쟁을 제한하는 요소들이 많기 때문에 이를 철저히 규제할 필요가 있다. 그러나 그러한 경쟁제한적 요소들 중에는 사실적 요인들도 있지만 법적, 제도적 요인들도 있다. 그런데 후자는 법과 제도의 정비 없이는 배제할 수 없는 것들이 대부분이며, 이를 정비하기가 쉽지 않은 경우가 많다. 그리고 경쟁은 개인이나 기업의 상대방에게는 유익한 제도이지만, 경제주체들에게는 매우 피곤하고 힘든 제도이다. 예컨대 기업들이 값싸고 품질 좋은 상품이나 서비스를 제공하기 위한 경쟁을 하게 되면 소비자들이 질좋은 상품이나 서비스를 값싸게 구입할 수 있지만, 경쟁을 하는 기업들은 매우 피곤하고 힘들기 때문에 경쟁을 회피하기 위해 독과점적 지위를 취득하려고 하거나 카르텔을 결성하려는 유혹을 느끼게 된다. 따라서 우리가 공정하고 자유로운 경쟁질서를 확립하기 위해서는 이러한 사항들을 종합적으로 고려하여, 실제의 시장에서 경제활동에 참여하는 기업이나 소비자가 납득할 수 있는 합리적이고도 실현 가능한 대안을 마련해야 한다는 점을 유념해야 한다.

훌륭한 인재 양성

대학교수라는 직업은 다양한 장점을 갖고 있다. 특히 서울대 교수는 많은 특권을 누리고 있는데 가장 중요한 특권은 국내 최고의 영재들을 가르칠 수 있다는 점이다. 나는 이러한 특권을 만끽하고 있다. 매 학기

학부와 대학원에서 강의하고 있으며, 2009년부터는 이른바 로스쿨이라고 부르는 법학전문대학원에서도 강의하고 있다. 내가 가르치는 학생의 수는 매 학기 학부에서 100여 명, 대학원에서 10여 명, 법학전문대학원에서 50여 명이 된다.

경제법은 학부보다는 대학원이나 법학전문대학원에서 더 인기가 있다. 그 이유는 경제법은 특별법에 해당하기 때문에 학부에서는 학생들이 주로 기본법에 치중하느라 경제법에 많은 시간을 할애할 여유가 없지만, 대학원에서는 경제법에 관심 있는 학생들을 대상으로 경제법에 관한 보다 심층적인 연구를 할 수 있기 때문이다. 따라서 대학원에서는 우리나라 경제법의 기본 이론과 구체적인 쟁점들은 물론 미국과 유럽 및 중국과 같은 외국의 경제법에 대해서도 함께 연구하고 있다. 그리고 대학원에서 경제법을 수강하는 학생들 중에는 평생 경제법을 전공으로 연구와 교육을 하게 될 교수 지망생도 있고, 판사나 검사, 변호사와 같은 실무가들 중에 경제법에 특별한 관심이 있는 이들도 있다. 그동안 대학원에서 나와 함께 경제법을 연구한 학생들 중에는 각 대학에서 경제법을 담당하는 교수로 성장한 이들이 많이 있고, 또 판사, 검사, 변호사로서 공정거래법을 비롯한 경제법 분야의 전문가로 활동하고 있는 실무가들도 많이 나오고 있다.

공정거래법 연구 과정

나는 1995년 김영삼 정부가 추진한 사법개혁의 실무 작업을 맡아서

도운 적이 있다. 그 과정에서 나는 우리 법조인들이 높은 진입 제한으로 기득권에 안주하면서 치열한 경쟁을 두려워하고 있을 뿐만 아니라, 장차 다가올 법률시장의 개방에 적절히 대처하지 못하고 있다는 것을 알게 되었다. 이런 상황에서 나는 우리 법조인들이 시장개방이라는 변화된 환경에 적극적으로 대처하기 위해서는 법률서비스의 전문화를 통해 그들의 경쟁력을 향상시킬 필요가 있다고 보았다. 그리고 이러한 시대적 요구를 충족시키기 위하여 법과대학은 법률가의 재교육을 통한 법률서비스의 전문화에 기여해야 한다고 보고, 전문분야 법학 연구과정이라는 프로그램을 개발하여 법률가의 재교육을 실시하였다.

그런데 법과대학에서는 이러한 과정을 처음으로 시도하는 것이어서 이를 운영해 보겠다고 나서는 교수가 없을 뿐만 아니라 여러 가지 차원에서 문제를 제기하는 교수들이 많았다. 그러한 상황에서 나는 선배와 동료 교수들을 설득하여 1996년 1학기에 전문 분야 법학연구과정 제1기로 공정거래법 연구과정을 개설하기로 하고, 공정거래위원회와 법원, 변호사협회 등 관계기관과 기업들의 협조를 얻어 법률가 재교육 프로그램을 시작하였다.

이 연구과정의 프로그램은 한 학기 동안 정규 강의와 블록세미나, 조별 발표 및 해외 연수 등으로 구성되었다. 정규 강의는 매주 월요일 저녁 6시 반부터 10시까지 학교 강의실에서 각 분야의 전문가를 초빙하여 강의를 듣고 질의와 토론하는 방식으로 진행했고, 블록세미나는 참가자 전원이 제주도나 설악산 등 조용한 곳에 가서 1박 2일간 세미나를 하고 특강을 들은 뒤, 친교나 등산 등을 통해 자유로운 분위기에서 친목을 도모하는 방식으로 진행했다. 한편, 조별 발표는 과정이 거의 끝나갈 무렵 참가자들이 조별로 나뉘어 한 학기 동안 배운 내용을 중심으로 관심 있는 주제를 선정하여 발표하고 토론하는 방식으로 진행했다. 그리고 해외 연수는 미국이나 유럽 등과 같이 우리보다 먼저 경쟁법을 도입하여 시행하고 있는 선진국에 가서 경쟁 당국을 방문하여 법 집행 과정을 살펴보고 세계적인 전문가들의 특강도 듣고, 로펌이나 기업의 경쟁법 전문가들을 만나서 실무상 제기되는 제반 문제점에 대하여 의견을 나눔으로써 선진적인 법률 서비스의 모습과 법률 문화를 경험하게 했다.

나는 이러한 과정이 법률 서비스의 전문화와 경쟁문화의 창달을 통한 경쟁질서의 확립에 많은 기여를 했다고 생각한다.

1996년 3월 제 1기 입학식 날에 있었던 에피소드이다. 입학식의 공식적인 행사가 끝나고 수강생들을 위한 오리엔테이션이 시작되었다. 내가 주임교수로서 진행에 필요한 세부사항들을 간단히 설명한 뒤, 수강생들이 자기소개를 하는 순서가 되었다. 그런데 공정거래 관련 업무를 담당하고 있는 어느 대기업 임원이 이 과정에 등록한 이유를 다음과 같이 설명하였다.

"공정거래법은 내용이 워낙 애매하고 절차가 복잡하여 법의 적용을 받는 회사의 입장에서는 마치 지뢰밭을 밟는 것과 같습니다. 어디를 밟으면 터지는지 알지 못하여 전전긍긍하고 있었는데, 이 과정에서 전문가들의 강의를 듣고 다른 사람들의 경험을 들어보면, 어디를 밟으면 안

전하고 어디를 밟으면 위험한지 알 수 있을 것 같아서 그것을 기대하고 왔습니다."

그러자 바로 옆자리에 앉아 있던 공정위의 과장이 조용히 일어나서 간단히 자기소개를 하고는 앞사람의 말을 다음과 같이 반박하는 것이었다. "공정거래법은 마치 도로의 중앙선과 같은 것인데, 기업인들이 그것도 모르고서 중앙선을 넘어갔다가 다친 뒤에, 이를 마치 지뢰밭과 같다고 비난하고 있는데, 그것은 잘못입니다."

이것은 시장경제의 기본법인 공정거래법에 대한 인식이 법을 집행하는 공정거래위원회와 그 법을 지켜야 할 기업들 사이에 얼마나 다른지 단적으로 보여주는 좋은 예라고 할 수 있다. 그런데 매우 안타깝게도 우리나라에서는 그동안 이러한 인식의 차이를 줄이기 위해, 서로 입장을 달리하는 사람들이 만나서 머리를 맞대고 허심탄회하게 토론하는 장이나 기회가 거의 없었다. 따라서 구체적인 사안에 대하여 규제기관과 그 규제를 받는 사업자들 간에 대립이 있을 경우 이를 허심탄회하게 토론함으로써 상대방의 입장을 이해하고 설득하여 합리적인 결론을 도출하려는 노력을 하지 못했다. 그 결과 그러한 인식의 차이나 견해의 대립이 노출되면 이를 원만하게 해소하지 못하고 감정의 대립으로 치달아 인간관계를 해치는 경우도 종종 발생해 왔다.

나는 공정거래법 연구 과정을 시작한 첫날 저녁에 상견례를 하는 화기애애한 분위기가 날선 견해 차이로 썰렁해지거나 서먹해지지 않도록 하기 위해 마이크를 잡고서 이렇게 설명했다. "시장경제를 경제질서의 기본으로 삼는 나라에서는 공정거래법이 도로의 중앙선과 같은 의미를 갖는 것이 사실입니다. 그러나 그 중앙선이 똑바로 그어져 있지 않고 구부러져 있거나 잘 보이지 않게 희미한 선으로 그어져 있다면, 기업인들이 중앙선이 어디인지 알기가 어렵기 때문에 그것을 지뢰밭처럼 느끼는 것도 무리가 아닐 것입니다".

공정거래법 연구 과정에는 공정거래위원회의 고위 간부들을 비롯하여, 공정거래법에 관심이 있는 판사와 검사, 변호사 그리고 대기업 고위 간부들이 다수 참가하여 대성황을 이루었다. 이 과정은 공정거래법과 제도의 구체적인 내용과 문제점에 대하여 학계, 관계 및 법조계의 전문가를 초빙하여 강의를 듣고 나서 질의와 토론을 전개하는 방식으로 진행되었다. 수강생들은 공정거래법에 대한 인식을 제고하는 동시에 구체적인 쟁점에 대한 열띤 토론을 전개함으로써 경쟁질서와 공정한 거래질서의 확립이 절실하다는 점과 이를 위한 효과적인 방안이 무엇인지에 대해 폭넓은 공감대를 형성할 수 있었다. 이 과정은 학내외에서 매우 긍정적인 평가를 받았고, 다음 학기부터 지적재산권, 금융법, 조세법, 행정법 등 여러 분야로 주제를 확대해 나갔을 뿐만 아니라 다른 대학에도 영향을 미쳐 현재 여러 법과대학에서 유사한 과정을 개설하여 운영하고 있다.

공정거래법 연구 과정은 전문분야 법학 연구 과정의 개척자로서의 역할을 충실히 했다고 할 수 있다. 이 과정은 그 후에도 2년에 한 번씩 정기적으로 개설되었으며, 2008년부터는 매년 1회씩 1학기에 개설하여 운영해 왔다. 2009년 1학기에는 제 8기가 개설되어 총 46명이 참가했다. 그동안 공정거래법 연구 과정을 수료한 사람은 무려 400명에 이른다. 이 과정은 공정거래위원회를 비롯한 경쟁법 관련기관에서 근무하는 공무원들과 판사와 변호사를 중심으로 한 법률가 및 관련 기업의 실무 책임자들에게 공정거래법의 이론과 실무에 대한 재교육을 실시함으로써 우리나라 공정거래제도의 발전과 경쟁문화 창달에 크게 이바지했다는 평가를 받았다.

법기독학생회 지도교수로 시작한 캠퍼스 선교

1992년 3월, 1학기 수업을 시작한 지 얼마 안 됐을 무렵이다. 아침 일찍 출근하여 연구실에서 책을 보고 있었는데 8시 반쯤부터 어디선가 반가운 찬양소리가 들려왔다. 나는 그 찬양소리를 통해 우리 법대에도 기독학생들의 모임이 있다는 것을 알게 되었다. 며칠 지나자 법기독학생회를 대표하는 학생들이 연구실로 찾아왔다. 용건인즉 자신들 모임의 지도교수를 맡아 달라는 것이었다. 나는 지체 없이 승낙하고는 모임에 참석했다. 학생들은 나를 반갑게 맞이했다. 서로 간단한 인사를 나누면서 환담을 한 뒤 예배가 시작되었다. 그런데 기도시간에 학생들이 큰소리로 "하나님 아버지, 지도교수님을 보내 주셔서 대단히 감사합니다"라고 기도하는 것을 듣고 의아하게 생각되어 그 이유를 물어보았다. 학생들의 대답은 의외였다. 법기독학생회는 학생들의 자치적인 모임이기 때문에 학교의 인정을 받는 공식적인 동아리로 등록하기 위해서는 지도교수가 있어야 하는데, 지난 몇 년간 모임을 지도해 줄 교수가 없어서 등록을 하지 못했고, 그로 인해 활동에 어려움이 많았다는 것이다. 그런데 이제 드디어 지도교수가 오셨으니 학교에 등록하여 공식적인 동아리로 인정받고 적극적으로 활동할 수 있게 되었으니, 학생들로서는 진심으로 감사한 일이 아닐 수 없다는 것이다.

나는 법기독학생회 지도교수로서 매주 모임에 참석하여, 학생들과 예배드리고 찬양과 기도도 하면서 활발한 교제를 나누었다. 학생들과 함께하는 시간은 매우 은혜롭고 즐거웠다. 이 모임에는 많은 학생들이 참여하고 있었다. 나는 그들에게 학업과 진로 및 신앙생활 등 다양한 상담을 해주었다.

하루는 매주 모임에 빠지지 않고 참석할 뿐만 아니라 공부도 아주 열심히 하는 여학생이 연구실로 찾아왔다. 그 학생은 순천여고를 수석으로 졸업하고 법대에 입학한 재원인데 대학 4학년 때와 그 다음해에 연거푸 사법시험 2차에서 낙방했다. 나는 그 학생을 따뜻하게 위로해 주고 하나님께 기도하면서 1년만 더 해보자고 격려해 주었다. 그녀는 1년 동안 열심히 공부해서 다시 사법시험을 치르고, 연구실에 찾아와서 그간의 사정을 털어놓았다. 자신은 고교 시절 법학에는 관심이 없고 문학을 좋아한 문학소녀였다고 한다. 영문과를 지원하여 영문학을 공부하고 싶었으나 부모님은 물론 담임선생님과 교장선생님까지 "너는 학교의 명예를 위해 반드시 서울대 법학과에 가야 한다"고 말씀하시고, 주위 사람들도 "네가 서울 법대에 가지 않으면 누가 가겠느냐?"고 하여, 그들의 강요에 못 이겨 할 수 없이 서울 법대에 지원했다고 한다. 법대에 입학한 뒤에는 일단 법학과에 왔으니까 열심히 공부해서 졸업과 동시에 사법시험에 합격하고 그 다음에는 자신이 정말로 하고 싶었던 영문학을 공부할 계획으로 고시공부에만 몰두해 왔다는 것이다. 그런데 사법시험에 두 번 낙방하고 나서 왜 법학을 공부해야 하며 또 사법시험에 합격해야 하는지 그 이유를 발견할 수 없었다. 그 결과, 그 동안 시험 준비에 전념하지 못하고 1년 동안 매일 새벽에 교회에 나가 하나님께 사법시험에 합격하여 법률가가 되어야 할 이유가 무엇인지를 깨닫게 해달라고 간절히 기도했다. 그런데 이제 왜 법학을 공부해야 하는지 그리고 법률가가 되어야 할 이유가 무엇인지 명확히 알 수 있게 되었다고 한다. 그뿐만 아니라 드디어 법학을 사랑할 수 있게 되었다고 고백했다.

나는 그 학생의 이야기를 들으면서, 이번에는 사법시험에 합격하겠구나 하는 믿음이 생겼다. 그 학생은 실제로 그해 사법시험에 합격했으며, 사법연수원을 수료한 뒤 굴지의 로펌에서 수년간 세무 전문 변호사로 활약하다가 지금은 대학으로 자리를 옮겨 로스쿨의 법학교수로 후진을 양성하고 있다.

독일어 및 영어 성경공부

내가 법기독학생회의 지도교수로 있었지만, 그 모임에는 그들을 영적으로 지도하는 목사님이 따로 계셨기 때문에 지도교수가 하는 역할은 주로 행정적인 지원이나 일상적인 것들이었다. 나는 대학에서 학생들과 보다 긴밀한 영적인 교제를 나누고 싶었다. 이를 위하여 1993년 3월부터 '독일어 성경공부'를 시작하기로 했다. 매주 수요일 아침 8시에 세미나실에서 모였다. 우리는 매주 독일어 성경을 한 장씩 읽고 묵상한 뒤에 돌아가면서 말씀을 통해 받은 은혜와 지난 한 주간의 삶을 나누었다. 이 모임에는 매학기 10명 내외의 학생들이 참여하였다. 나는 학생들과 독일어 성경을 읽고 삶을 나누면서 그들과 깊은 영적인 교제를 나누는 기쁨을 맛보았다. 그런데 해가 지나면서 독일어 성경을 읽을 수 있는 학생들이 급격히 줄어 1997년부터는 영어 성경으로 바꾸어서 모임을 지속하였다. 이 모임은 내가 1998년 7월부터 1년 동안 안식년을 맞이하여 미국 하버드대학에 나가 있던 기간을 제외하고는 지금까지 계속 유지되고 있다. 2006년 3월에 내가 공정거래위원회의 위원장으로 임명되어 2년간 대학을 떠나 있었던 기간에는 다른 교수가 이 모임을 인도해 주었고, 내가 대학으로 돌아온 뒤에는 2008년 9월부터 매주 목요일 8시에 모임을 계속해 오고 있다.

나는 학생들과 함께 성경말씀을 읽고 그 말씀 중에서 해석이 필요한 부분은 설명해 주고, 은혜 받은 말씀이 있으면 그것을 나누는 시간을 갖는다. 그 시간에 학생들은 자신의 고민을 털어놓기도 하고, 성경구절 중에서 잘 이해되지 않는 부분에 대하여 질문도 하고, 신앙적인 문제를 비롯하여 다양한 문제를 함께 나눈다. 학생들 중에는 조용히 연구실로 찾아와서 개인적인 문제를 털어놓고 상담을 요청하는 경우도 있다. 나는 학생들의 고민이나 고충을 진지하게 들어주면서 때로는 따뜻한 충고나 조언을 해주기도 하고, 때로는 그들의 손을 잡고 하나님께 간절히 기도하면서 위로하거나 격려해 주기도 했다. 연구실에 찾아와서 상담을 하던 학생들 중에는 나와 함께 기도하면서 자기도 모르게 흐르는 눈물을 닦으면서 새로운 용기를 얻게 되었다고 고백하는 경우가 많았다.

나는 이 모임을 아주 소중하게 생각한다. 이 모임을 통해 많은 학생들과 깊은 영적인 교제를 나눌 수 있었을 뿐만 아니라, 대학 캠퍼스에서 내가 감당해야 할 영적인 소명과 역할이 무엇인지 끊임없이 확인할 수 있었기 때문이다. 서울대 법대와 법학전문대학원에 다니는 학생들은 우리나라에서 가장 우수한 그룹의 학생들이라고 할 수 있다. 그럼에도 그들 중에는 열등감 때문에 고민하는 학생들도 있고, 가정 문제나 진로 문제 또는 이성교제 등과 같은 문제로 고민하는 학생들이 적지 않다. 그리고 최근에는 외국에서 유학 온 학생들이 점차 늘고 있는데 낯설고 물선 이국 땅에서 공부하며 겪는 그들의 고충은 이루 말할 수 없을 정도로 크다. 그럼에도 우리 대학에는 그러한 학생들이 자신의 어려움을 허심탄회하게 털어놓고 상담할 수 있는 곳이 제대로 갖추어져 있지 않다. 나는 이 모임에서 만난 학생들에게 개인적인 신상 문제와 인생의 목표, 비전, 진로에 대한 상담도 해주고, 그들이 하나님 안에서 새로운 비전과 미션을 발견할 수 있도록 도와주려고 노력하고 있다.

이 성경공부를 인도하면서 겪은 재미있는 경험 중에 한 가지를 소개한다. 하루는 성경공부에 참여하고 있던 여학생이 연구실로 찾아와서, 아버지가 너무 미워서 도저히 살 수 없다면서 죽고 싶다고 하소연을 했다. 나는 그 학생을 진정시킨 뒤 까닭을 물어보았다. 그 학생은 10여 년 전에 부모님이 이혼해서 어머니와 서울에서 살고 있고, 아버지는 부산에서 따로 사셨다. 그런데 방학만 되면 어머니가 자기에게 부산에 내려가서 아버지와 1주일 가량 있다가 올라오라고 해서, 지난 방학에도 그렇게 했다고 한다. 문제는 여기서 벌어졌다. 부산에서 1주일 동안 잘 지내다가 돌아오기 전날 아버지가 우체국에 가서 소포를 부치라는 심부름을 시키셔서 심부름을 하고 돌아왔더니, 괜한 트집을 잡아 호되게 야단을 치셨다고 한다. 그래서 너무나 억울하고 분해서 아버지와 한바탕 싸우고 서울로 올라와 버렸다는 것이다. 나는 전후 사정을 다 듣지 않아도 왜 그런 충돌이 일어났는지 대충 짐작할 수 있을 것 같았다. 그 학생은 아버지를 사랑하지 않았기 때문에 아무런 표정도 없이 그 일을 사무적으로 처리했을 것이고, 아버지는 딸의 그런 태도가 마음에 들지 않았을 것이다. 나는 그 학생을 따뜻하게 위로해 주고, 집에 돌아가서 여태까지 살면서 경험한 아버지에 대한 기억을 더듬어 보고 그 중에 좋았던 것들만 되새겨 보라고 했다. 그리고 그것을 토대로 아버지께 사과의 편지를 한번 써보라고 권유해서 돌려보냈다.

　며칠 후 그 학생이 다시 연구실에 찾아와서는 매우 상기된 표정으로 나에게 중간보고를 하겠다고 했다. 그녀는 처음에는 아버지께 도저히 편지를 쓸 수 없을 것 같았다고 한다. 그러나 며칠 동안 어린 날의 기억을 돌아보니 아버지와 나누었던 좋은 추억들이 많이 떠올랐고, 그 추억을 되새기며 아버지께 장문의 사과 편지를 써서 보냈다. 아버지는 딸의 편지를 받아 보자마자 전화로 서울에 올라가도 되겠느냐고 하셔서 그렇게 하시라고 했더니, 이튿날 바로 올라오셔서 온가족이 둘러앉아 밤새워 지난날의 이야기를 하게 되었다는 것이다. 그런데 아버지가 얼마나 말씀을 잘 하시는지 그리고 자기가 아버지를 얼마나 많이 닮았는지 새롭게 알게 되었다면서 매우 즐거워했다. 이렇게 시작된 가족 간의 재회는 그 후 여러 가지 우여곡절을 거쳐 부모님이 재결합까지 하는 놀라운 결과로 이어졌다.

외국인 유학생에게 복음을

최근에는 성경공부에 외국인 유학생들도 참석하고 있다. 그들은 대체로 중국에서 유학 온 우리 동포들로, 성경을 생전 처음 접해보거나 기도를 처음 해보는 학생들이다. 그런데 놀랍고 감사하게도 그들 중에 성경공부 모임을 통해 예수님을 믿게 된 학생들이 많다. 그들은 이 모임에 참석하면서 인생의 비전과 미션이 완전히 바뀌었다고 한다. 장차 법률 전문가가 되더라도 개인적인 이익만을 추구하는 이기적인 법률가가 아니라, 구체적인 삶의 현장에서 하나님 사랑과 이웃 사랑을 실천하는 삶을 살아감으로써 하나님 나라의 확장을 위해 헌신하겠다고 다짐하고 있다.

그러한 변화가 일어난 대표적인 예를 한 가지 소개한다. 몇 년 전 중국에서 나의 추천으로 경제법을 공부하기 위해 우리 대학원 법학과로 유학 온 여학생이 있었다. 그런데 그 학생이 막상 서울대에 와서 보니, 경제법은 외국인이 공부하기에 매우 어려운 분야일 뿐 아니라, 권오승 교수는 아주 엄한 분이라는 소문도 있었다. 그리하여 한 학기 동안 대학원에서 경제법 수업은 듣지 않고 다른 수업을 들으면서 늘 나에게 죄송한 마음이 있었다고 한다. 어느 날 그 학생이 우연히 내 제자를 만나서 이런저런 이야기를 나누다가 평소 나에게 가지고 있던 죄송한 마음을 솔직히 털어 놓았다. 그 얘기를 들은 제자는 전혀 걱정할 필요가 없다고 하면서, 교수님이 매주 수요일 아침에 성경공부를 인도하시는데, '누구든지 거기만 나가면 만사가 오케이'라고 했다. 그 중국 유학생은 이 말을 믿고서 생전 처음 성경공부에 참석한 것이다.

그 학생이 막상 성경공부에 참석해 보니, 성경공부를 시작하기 전에 모두들 두 손 모아 하나님께 기도드리고, 한 사람이 성경을 읽고 해석한 뒤 돌아가면서 말씀을 통해 받은 은혜를 나누는데, 생전 처음 이런 모임을 경험해 보니 낯설고 어색할 뿐만 아니라 새로운 고민까지 생기게 되었다. 왜냐하면 그 학생은 중국에서 공산당에 가입하여 활동하고 있는 당원인데, 공산당원 신분으로 성경공부에 참석해서 하나님께 기도드리고 성경을 읽고 은혜를 나누는 일을 계속해도 되는지 의문이 제기되었다. 그런 상태에서 성경공부에 계속 참석하자니 당을 배신하는 것 같고, 성경공부를 그만두자니 교수님 뵐 면목이 없어서 한 주일 내내 잠도 못 자고 고민하다가 큰 용기를 내어 연구실에 찾아와서 전후사정을 솔직하게 털어놓게 되었다고 했다.

나는 그 학생에게 그러한 사정을 솔직하게 이야기해 줘서 고맙다고 하면서 아무 걱정하지 말고 편안하게 생각하라고 격려해 주었다. 그리고 몇 년 전 중국 공산당 간부도 이 성경공부에 참석하여 많은 은혜를 받고 돌아간 사실이 있다는 점을 언급하며 위로해 주었다. 신앙은 사람의 힘으로 되는 것이 아니라 하나님의 터치를 받아야 하는 것이니까, 편안한 마음으로 성경공부에 계속 나오라고 권면했다. 그 학생은 그 후 성경공부에 계속 참석했을 뿐 아니라, 내가 섬기는 주님의교회 청년부에 나와 은혜받고 세례를 받았다. 그리고 서울대 대학원에서 법학석사 학위를 취득한 후 중국에 돌아가 사법시험에 합격하여 국내 유수 기업의 사내 변호사로 일하다가 지금은 중국 로펌에서 일하고 있다. 그녀는 한국 법과 중국 법에 정통한 젊은 법률가로서 한국과 중국 양국 간 교류에서 제기되는 제반 법률 문제 해결에 큰 기여를 하고 있다. 그뿐만 아니라 양국 간의 교류와 협력을 증진하는 가교 역할을 하는 한편, 중국에서 예수 그리스도의 증인으로 신실하게 살고 있다.

사법개혁의 장에서

사법개혁의 추진경과

김영삼 정부는 집권 초부터 사정과 더불어 개혁을 추진함으로써, '개혁'이 마치 문민정부의 트레이드마크처럼 되었다. 1995년 1월 21일에는 이러한 개혁을 더욱 효과적으로 추진하기 위해 세계화추진위원회(이하 '세추위'라 칭함)를 발족했다. 같은 달 25일에는 대통령이 직접 '세계화구상'을 발표했고, 세추위는 2월 21일 '사법개혁'을 세계화 추진 중점과제의 하나로 채택한 뒤 이를 위한 '소위원회'를 구성했다. 나는 우리 대학에서 근무하다가 청와대 비서실에 정책수석으로 들어가서 정부의 개혁 과제를 총괄하고 있던 박세일 수석의 권유로 이 소위원회 연구간사를 맡아 사법개혁에 참여했다.

세추위는 2월 24일 '법률서비스 및 법학교육의 세계화'를 위한 계획을 세워 대통령에게 보고함으로써, 사법개혁을 본격적으로 추진했다. 사법개혁은 당초 세추위가 단독으로 추진해 왔으나, 그 과정에서 법조계의 의견을 적극적으로 반영할 필요가 있다고 판단하여 3월 18일부터는 대법원과 공동 추진하기로 했다.

세추위와 대법원은 공동발표문에서 '법조인 양성과 그 역할에 관한 현행 제도와 관행이 다양하고 급속한 사회발전에 발맞추어 국민들에게 만족스러운 법률 서비스를 제공하지 못하고 있다'는 공통의 문제의식을 가지고, 이러한 문제를 근원적으로 해결하기 위해 법학교육에서부터 법조인력의 선발과 운용, 법조직역에 관한 제도와 운영 및 관행에 이르기까지 상호 연결고리를 맺고 있는 법조 구도 전반에 걸친 광범위한 검토와 개선이 함께 이루어져야 하고, 그 과정에서 각 영역의 전문적인 의견을 충분히 수렴하여 문제점들을 정확히 파악한 후 국민적 공감대를 형성해야 한다는 데 인식을 같이한다고 발표했다. 이에 세추위와 대법원은 유관기관으로서 각자의 역할과 입장을 충분히 인식하고 존중하는 바탕 위에 중요한 국가정책을 상호 협조하여 공동의 노력으로 해결 방안을 제시하는 것이 바람직하다고 보았다. 양 기관은 각자 내부적인 연구 검토에 병행하여 적절한 공조 체제를 구성하고 상호 긴밀한 협의 아래 가장 바람직한 해결책을 모색하기로 했다.

사법개혁의 성과

세추위와 대법원의 논의는 주로 법조인의 수를 늘리는 것과 법조인 양성제도를 개편하는 데 집중되었다. 여러 차례 회의를 거친 끝에 4월 25일에 양자는 법조인 수의 증대에 대하여는 완전한 합의를 이루었다. 즉 1996년부터 1999년까지는 현행 사법시험제도의 골격을 유지하면서 선발 인원을 1996년에는 500명으로 하고, 1999년까지는 해마다 100명씩 늘려가기로 했다. 2000년 이후에는 새로운 제도에 따라 1,000~2,000명의 범위에서 늘리기로 하되, 구체적인 수는 민간합동으로 설치될 '법조인 양성위원회'(가칭)에서 결정하기로 했다.

법조인 양성제도에 관하여 양자는 현행 제도가 세계화 시대에 부응하는 법률가를 양성하기에 적합하지 않다는 점에 대해서는 공감대가 형성되어 있었다. 때문에 법학교육 제도를 포함한 법조인 양성제도를 획기적으로 개편해야 한다는 점과 그 기본 방향에 대해서는 쉽게 합의를 했지만, 구체적인 내용에 대해서는 합의를 보지 못했다. 그리하여 양자는 남은 과제를 계속 논의하기 위해 각각 3인의 전문가를 추천하여 6인으로 구성한 법조학제위원회를 구성하기로 했다.

법조인 양성제도의 개편

세추위와 대법원은 법조학제위원회를 본격적으로 가동하기에 앞서, 향후 논의의 기본 방향에 대해 다음과 같이 합의했다.

우선, 법학교육을 위한 학제 개편에 대하여는 시험보다는 교육의 비중을 높이면서, 법학교육의 정상화, 충실화를 도모하기 위해 기초 소양 교육과 전문영역 교육을 강화해 가도록 하는 동시에, 다양한 학문적 배경을 가진 사람들이 법조인이 될 수 있는 기회를 충분히 제공하도록 한다. 그리고 시험 및 연수 제도에 관해서는 법학 교육이 충실히 이루어질 수 있도록 새 학제에 의한 교육을 이수한 자에게만 응시 자격을 부여하고, 시험 준비의 장기화로 인한 인력 낭비를 예방할 수 있도록 응시횟수를 제한하기로 한다. 이와 함께 다양한 전문 분야의 법조인을 배출할 수 있도록 시험 내용을 대폭 개편하고, 법조인 자격을 처음 취득하는 자에 대하여는 각 법조직역의 특성에 맞는 연수와 실무수습을 통해 전문 법조인으로 양성하도록 한다.

법조학제위원회는 이러한 기본원칙 아래 우리 실정에 맞는 법학교육제도의 개편과 이에 따른 법조연수제도를 마련하기 위해 노력했다. 그러나 7차례에 걸친 회의를 통해서도 바람직한 법조인 양성제도에 관한 합의를 보지 못하였다. 그 결과, 제 7차 회의에서는 법조인 양성제도를 법학교육제도와 사법시험제도 및 사법연수제도로 나누어, 우선 사법시험제도의 개편에 대해서만 합의안을 발표하기로 하고, 나머지 문제에 대해서는 기본 방향만 합의하고 구체적인 사항에 대해서는 교육과 연수를 분리하여, 법학교육제도의 개편은 교육개혁위원회에서, 사법연수제도의 개편은 대법원에서 각각 논의하여 결정하기로 했다.

법조오적

나는 사법개혁을 추진하는 과정에서 다양한 일들을 경험했다. 그 중에 특히 기억에 남는 것은 법조계로부터 엄청난 저항과 비난을 받은 점이다. 법조계를 대표해서 나온 인사들 중에 우리가 추진하고 있는 법률가 양성제도의 개혁, 즉 법률가를 시험을 통하여 선발하는 것이 아니라 교육을 통하여 양성하려는 구상에 반대하면서 자기들은 대학에서 배운 것이 전혀 없다고 강변하는 이들도 있었다. 이들에게 나는 법의 기본 개념도 모르던 사람들을 가르쳐서 세상에 내보냈더니, 개구리가 올챙이 시절을 모르는 것처럼 그 공을 전혀 모르고 행동하고 있다는 것을 알려 주고자, "나는 초등학교 6년 동안 무엇을 배웠는지 전혀 기억이 나지 않는다"고 이야기한 적도 있다.

하루는 모 일간신문에서 법조계가 사법개혁을 추진하는 인사들을 '법조오적法曹五賊'이라고 비난한 기사를 접하게 되었다. 나는 그 기사를 보면서 법조계가 너무 거칠게 나온다는 느낌이 들어서 '오적'이라는 단어를 그렇게 함부로 써도 되는가 하는 의아스러움과 함께 '설마 나를 거기 포함시키지는 않았겠지' 하는 안이한 생각으로 지나쳐 버렸다. 왜냐하면 그 기사는 법조오적으로 P씨, C씨, K교수 등을 지목했는데, 내가 그 작업에 참여할 때 이름을 대외적으로 공개하지 않을 것을 조건으로 했기 때문에, 그 기사를 읽으면서 'P씨와 C씨는 누군지 알겠는데, K교수는 누구지?'라며 궁금하게 여겼다. 나중에 안 사실이지만, 사법개혁에 관심 있는 사람들 중에서 그 기사에 나온 K교수가 권오승 교수라는 것을 모르는 사람은 나밖에 없었다고 한다. 당시 사법개혁에 대한 법조계의 저항이 얼마나 컸는지 말로 다 표현할 수 없다. 개인적으로 내가 평생 받을 수 있는 모든 비난 중에 가장 큰 비난이 아닐까 하는 생각이 들었다. 나는 그러한 비난을 받으면서 조금도 부끄럽지 않았다. 당시 사법개혁의 추진은 우리 국민들이 대폭 개선된 양질의 법률 서비스를 값싸고 친절하게 제공받도록 하기 위한 시대적인 요구를 실현하기 위한 것이었고, 나는 그것을 추진하는 과정에서 하늘을 우러러 한 점 부끄러움이 없기를 바라며 사심 없이 일을 처리해 왔기 때문이다.

국내 최초의 로스쿨

1996년 법학부를 설립한 한동대학교는 다음해부터 신입생을 모집하였다. 김영길 총장님은 나에게 한동대 법학부에서 일할 만한 좋은 교수를 추천해 달라는 부탁을 하셨다. 나는 누구를 추천하는 것이 좋을지 주위를 살펴보았으나, 딱히 추천할 만한 '좋은 교수 후보'를 찾기가 어려웠다. 김 총장님은 한 마디로 좋은 교수라고 하셨지만, 나는 그 의미가 결코 간단하지 않다는 것을 잘 알고 있었다. 그 말에는 최소한 다음과 같은 의미가 포함된 것으로 생각되었다. 우선, 신앙적으로는 학생들을 영적으로 지도할 만한 믿음을 갖춘 신실한 크리스천이어야 하고, 둘째로 학문적으로는 법학교수에게 요구되는 전문적인 지식과 능력을 갖춘 사람이어야 하며, 셋째로 인간적으로는 성실하고 원만한 인격을 갖춘 사람이어야 한다. 그런데 그러한 요건을 갖춘 사람들 중에서 한동대에서 일할 의사가 있는 후보자를 찾기란 여간 어려운 일이 아니었다.

그해 12월에 총장님으로부터 다시 연락을 받고, 여자 교수는 어떤지 여쭈어 보았더니 총장님은 상관없다고 하셨다. 나는 경희대에서 내 지도로 법학박사 학위를 취득한 뒤 독일 함부르크대학교 막스 플랑크 연구소에서 박사후Post-doc 과정을 마치고 귀국한 신은주 박사를 추천했다. 신 박사와 함께 김 총장님을 만난 자리에서, 나는 그녀를 다음과 같이 소개했다. 신 박사는 내가 하나님을 인격적으로 만나기 전부터 내 지도로 박사과정을 밟고 있었는데, 내가 하나님을 인격적으로 만나서 거듭난 삶을 살기 시작할 때에 연구실 조교로 있으면서 내가 변화되어 가는 모습을 지켜본 사람이다. 신 박사가 보기에 당시 나는 도무지 기독교와 어울리지 않는 사람이라고 생각했었는데, 도대체 어떤 교회가 나를 변화시켰는지 궁금하여, 내가 다니던 주님의교회에 나왔다가 자신도 은혜를 받고 신앙생활을 시작하게 되었다. 그뿐만 아니라 그때부터 나와 함께 교회학교 중등부에서 교사로 섬기는, 장래가 촉망되는 젊은 법학도이다.

신 박사는 1997년 3월 한동대 법학부에 교수로 임명되었다. 당시 나는 그해 7월부터 1년간 안식년을 얻어 하버드 대학교에 방문교수로 갈 계획이었다. 그런데 IMF로 모든 공무원의 해외 출장을 규제하는 조치가 내려졌다. 나는 한동대를 방문하는 기회에 김영길 총장님께 그러한 사정을 이야기했다. 그런데 김 총장님은 반색하시며 반가워하시는 것이었다. 그것은 바로 하나님께서 내가 한동대 법학부를 도우라는 사인이라고 하시며, 한동대 법학부 강의를 맡아 달라고 부탁하셨다. 나는 신 교수가 아직 경험이 적은 젊은 교수로 신설된 법학부를 혼자 감당하기는 어려울 거라고 생각하고 매주 한 번 한동대에 가서 강의를 하게 되었다.

매주 수요일마다 한동대로 내려가면서, 서울에서 포항까지 왕복하는 길이 결코 쉽지 않았다. 김 총장님의 제안을 지혜롭게 거절하지 못한 것을 후회한 적도 있었다. 그러나 막상 강의실에 들어가서 학생들을 만나면 그런 마음은 봄바람에 눈 녹듯이 사라졌다. 나는 학생들과 따뜻하고 은혜로운 교제를 나눌 수 있었다. 첫 시간에 학생들과 함께 하나님께 기도를 드리고 강의를 시작했다. 그리고 그 다음 시간부터는 학생들에게 돌아가면서 대표기도를 하도록 했다. 그랬더니 학생들이 얼마나 뜨겁게 기도하던지, 강의를 거절했다면 크게 후회할 뻔했다는 생각이 들었다.

우리나라에서 로스쿨을 가장 먼저 시작한 학교가 바로 한동대다. 한동대에서는 2003년부터 미국식 로스쿨인 국제법률대학원을 시작하였다. 이 대학원에서는 미국인 교수들이 한국과 아시아 여러 나라에서 온 학생들에게 미국 교과서로 미국 법률을 영어로 가르치고 있다. 그리고 이 대학원은 미국 변호사 협회(ABA, American Bar Association)의 인가를 받았기 때문에, 졸업생들에게 미국 변호사 시험에 응시할 수 있는 자격이 부여되었다. 따라서 졸업생들 중에 미국 변호사 자격을 취득하여 국내외에서 활발하게 활동하고 있는 법률가들이 상당수에 이른다.

2003년 한동대가 로스쿨을 처음으로 시작할 때만 하더라도, 우리나라에서 미국식 로스쿨을 한다는 것이 쉽게 이해되지 않았다. 그 때문에 학교에서는 우수한 인재들을 신입생으로 모집하려고 서울과 지방에서 로스쿨 설명회를 몇 차례 개최했다. 나는 김영길 총장님의 부탁으로 그 자리에 참석하여, '한국에서 왜 미국식 로스쿨을 하는가?' 라는 제목으로 강연을 한 바 있다.

나는 "미국 법을 배우려면 미국에 가서 배우고, 한국에서는 한국 법을 배우는 것이 나을 텐데, 왜 한국에서 미국 법을 가르치는 미국식 로스쿨을 하려고 하는가?"라는 질문을 제기한 뒤에, 스스로 그 질문에 대한 답을 찾아보려고 했다. 선진국의 법률은 크게 영미법계와 대륙법계로 나뉘는데, 미국과 영국은 영미법계에 속하는 반면, 독일과 프랑스, 일본 및 우리나라는 대륙법계에 속한다. 그런데 최근에는 미국의 영향력이 크기 때문에 미국의 법과 제도가 글로벌 스탠더드인 것처럼 통용되는 경우가 많다. 따라서 우리가 글로벌 스탠더드를 이해하려면 미국의 법과 제도를 배우지 않을 수 없게 되었다.

그러나 미국의 법과 제도가 글로벌 스탠더드처럼 통용되는 것은 사실이지만, 그렇다고 해서 그것이 바로 글로벌 스탠더드가 되는 것은 아니다. 왜냐하면 글로벌 스탠더드는 세계에서 널리 통용되는 기준을 의미하기 때문에, 우리가 글로벌 스탠더드를 제대로 이해하려면 미국의 법뿐만 아니라 유럽의 법도 제대로 이해해야 하며, 나아가 아시아와 아프리카의 법과 제도도 이해해야 한다. 따라서 우리가 미국 법을 미국에서 배우는 것이 아니라, 한국에서 배울 경우 좀더 객관적으로 배울 수 있는 장점이 있다.

이러한 관점에서 보면, 한국에서 미국식 로스쿨을 출범한 한동대 국제법률대학원은 특별한 사명을 띠고 있다고 할 수 있다. 우선, 한국에서 미국 법을 연구하고 가르침으로써 세계적으로 널리 통용되는 글로벌 스탠더드를 개발하는 데 기여할 수 있다. 그리고 한국 법을 비롯한 아시아 여러 나라의 법을 비교 연구함으로써 아시아 각국의 교류와 협력을 촉진하는 동시에 장차 형성될 가능성이 있는 아시아공동체를 위한 법적 토대를 마련하고, 아시아적 기준Asian Standard을 개발하는 데 기여할 수 있을 것이다.

로스쿨 제도의 출범

앞에서 설명했듯이 김영삼 정부는 사법개혁의 일환으로 법조인 양성제도를 '시험을 통하여 선발'하는 방식에서 '교육을 통하여 양성'하는 방향으로 개혁하려고 노력했으나, 개혁을 추진하는 정부 측의 준비 부족과 법조계의 강력한 저항에 부딪혀 뜻을 이루지 못하였다. 이러한 개혁 작업은 김대중 정부에서도 계속 추진했으나 성과를 얻지 못하다가, 노무현 정부에 와서야 비로소 결실을 맺었다.

아시아에서 법학교육제도의 개혁을 제일 먼저 추진한 나라는 우리나라지만, 새로운 교육제도인 로스쿨 제도를 가장 먼저 도입한 나라는 일본이다. 1995년에 우리나라가 사법개혁의 일환으로 법조인 양성제도의 개혁을 추진하고 있을 때 일본 법조계와 법학계의 전문가들이 우리나라의 개혁 과정을 살펴보기 위해 여러 차례 방문한 적이 있다. 그런데 우리보다 늦게 제도 개혁을 추진하기 시작한 일본이 2004년에 먼저 로스쿨 제도를 도입하여 실시함에 따라, 그때부터는 우리나라의 여러 전문가들이 역으로 일본 로스쿨 제도의 운영 실태를 살펴보기 위해 일본으로 출장을 가고, 일본의 전문가들을 초빙하여 그들의 경험을 들어보려고 애쓰기도 했다. 나는 이런 과정을 지켜보면서 우리가 1995년에 추진한 법조인 양성제도의 개혁이 성공했더라면 이런 현상은 일어나지 않았을 텐데 하는 아쉬움을 금할 수 없었다.

결국 2007년 7월 27일에 이르러 '법학전문대학원 설치·운영에 관한 법률'이 법률 제8544호로 국회를 통과하여 그해 9월 28일부터 시행되었다. 그리고 2008년 2월 4일에는 교육부장관이 25개 대학에 법학전문대학원의 예비 인가를 해주었으며, 8월 29일에는 교육과학기술부장관이 예비 인가를 받은 모든 대학에게 법학전문대학원을 최종 인가해줌으로써 2009년 1학기부터 로스쿨이 본격적으로 출범하게 되었다.

돌아보면, 우리나라에서 법조인 양성제도를 개혁하기 위한 방안으로 로스쿨 제도의 도입을 추진하기 시작한 것은 1995년 초였는데 이 제도가 도입되어 본격적으로 출범한 것은 2009년 초이다. 따라서 이 제도를 도입하여 실시하기까지 무려 14년의 세월이 소요된 셈이다. 여기서 우리는 법조인 양성제도처럼 국가의 백년대계를 좌우할 정도로 이해관계가 복잡하게 얽혀 있는 제도를 개혁한다는 것이 얼마나 어려운지 실감하고도 남을 것이다.

공정거래위원회에서

실무에 참여하고 싶은 소망

언제부터인가 평생 대학에서 연구와 교육에만 전념할 경우, 하나님께서 나에게 부여하신 소질과 능력을 충분히 발휘할 수 없지 않을까 하는 의문이 생기기 시작했다. 나는 이러한 의문을 해소하기 위해 여러 가지 방법을 강구해 보았다. 때로는 법 개정안이나 정책적인 대안도 제시해 보고, 소비자보호를 위한 사회운동에도 적극 참여해 보았다. 그러나 어떤 방법으로도 만족할 만한 성과를 거둘 수 없었다. 그리하여 나는 법을 집행하는 기관에 직접 참여하여 그동안 내가 연구와 교육을 통해 쌓은 지식과 경험을 실제 법 집행과 정책에 적용해 보고 싶은 소망을 가지고, 그러한 기회를 달라고 하나님께 기도하기 시작했다.

그러한 가운데 2005년 9월에는 공정거래위원회(이하 '공정위'라 칭함)

경쟁정책자문위원회 위원장에 선임되었다. 그런데 그 과정이 아주 재미있게 진행되었다. 그날은 학교에서 오후 1시부터 강의가 있었기 때문에, 오전 10시부터 시작되는 자문위원회에는 참석하기 어려운 상황이었다. 그래서 자문위원회 참석 여부를 묻는 공정위 직원에게 사정을 말해 놓았다. 그런데 당일 아침에 다시 생각해 보니, 일단 회의에는 참석하고 오찬 모임에 참석하지 않고 바로 학교로 돌아오면 강의에는 지장이 없을 것 같아서 아침 일찍 회의장으로 갔다. 그렇게 참가한 경쟁정책자문위원회에서 나는 자문위원장으로 선출되었다. 사실 공정위의 유사 이래 경쟁정책자문위원회 위원장을 선거로 뽑은 것은 그때가 처음이자 마지막이었다고 한다. 그런데 그 뒤, 제 1회 자문위원회 회의를 주재하고 회의실을 걸어 나오고 있을 때 자문위원 한 분이 조용히 다가오더니 다음과 같은 제안을 했다.

"권 교수님, 교수님은 언제까지 공정위에 자문만 하고 계실 겁니까? 이제 자문은 그만하시고 자문을 받는 자리로 가셔서, 법과 정책의 집행을 직접 담당해 보시지요."

그분이 어떤 의미로 그런 말을 했는지는 모른다. 그러나 나에게는 매우 의미심장하게 들렸을 뿐만 아니라 큰 도전으로 다가왔다. 그때부터 나는 장차 시장경제의 파수꾼인 공정위를 책임지는 위원장이 되어서, 그동안 열심히 연구하고 가르쳐 온 경쟁법의 이론을 토대로 여러 전문가들로부터 다양한 정책 자문을 받으면서, 자유롭고 공정한 경쟁질서를 확립하기 위해 도전할 수 있는 기회가 왔으면 좋겠다는 소망을 가지고 이를 위한 준비를 착실히 다져갔다.

제13대 공정거래위원회 위원장

2006년에 접어들면서 언론에서는 그해 3월로 임기가 만료되는 공정거래위원회 위원장의 후임 인사에 대한 하마평이 흘러나오기 시작했다. 여러 사람의 이름이 거론되는 가운데, 내 이름도 포함되어 있었다. 그런데 재미있는 것은 보도 내용이 대체로 '갑, 을, 병과 그 밖의 전문가 권오승 교수'라는 식이었다. 그것은 내가 그 분야의 전문가이기는 하지만 유력한 후보는 아니라는 의미로 볼 수 있다. 나는 그러한 보도를 접하면서 이렇게 기도했다.

"하나님 아버지, 만약 제가 공정거래위원회의 위원장을 맡는 것이 당신의 뜻에 부합하면 저를 그곳으로 보내 주시고, 그렇지 않으면 제가 이 기간에 마음의 평정을 잃지 않고 조용히 지낼 수 있도록 도와주십시오."

그런데 언제부터인가 청와대 비서실에서 나를 유력한 후보의 한 사람으로 진지하게 검토하고 있다는 것을 알게 되었다. 그리고 3월 15일 오전에 청와대 비서실의 인사수석으로부터 노무현 대통령이 나를 제13대 공정거래위원장으로 지명했다는 통보를 받았다. 이튿날 오후 2시에 청와대에서 대통령으로부터 임명장을 받기로 되어 있었는데 그날은 화요일이어서 학교에서는 아침 9시부터 경제법 강의가 예정되어 있었다. 9시 정각에 강의실에 들어갔더니 학생들의 반응이 싸늘했다. 학생들은 내가 공정위로 가게 되면 이 강의가 폐강되지 않을까 하는 걱정을 하고 있었다. 나는 학생들에게 한 시간 동안 경제법에 대한 강의를 한 뒤, 여러분이 언론의 보도를 통해 이미 알고 있는 바와 같이 내가 공정거래위원회 위원장으로 지명되었는데, 공정위에 가게 되면 그동안 대학에서 연구하고 교육하면서 구상해 온 것을 실제의 법과 정책의 집행에 반영함으로써 자유롭고 공정한 경쟁질서를 확립하는 데 기여할 수 있을 것이고, 그 후 다시 대학으로 돌아오면 경제법 연구에 더 큰 기여를 할 수 있을 것이라고 설명했다. 그리고 덧붙여 이번 학기 강의는 유능한 교수에게 부탁해 두었으니 걱정하지 말라고 당부하였다. 그랬더니 학생들이 뜨거운 박수로 축하해 주었다.

나는 그날 오후 2시에 청와대에 가서 노무현 대통령으로부터 공정거래위원회 위원장에 임명하는 임명장을 받고 곧바로 과천에 있는 공정위 사무실로 가서 제13대 공정거래위원회 위원장에 취임하는 취임식을 했다.

임명장을 받고 나서, 대통령을 비롯한 배석자들과 차를 마시면서 대화를 나누는 시간을 가졌다. 그 자리에서 대통령께서 나에게 할 말이 있으면 하라고 하셨다. 나는 부족한 사람에게 중요한 직책을 맡겨 주셔서 대단히 감사하다고 말씀드린 뒤 정중하게 두 가지 부탁을 드렸다. 우선, 공정위는 시장에서 독과점이나 재벌을 감시해야 할 뿐만 아니라 정부 규제 중에서 불합리하거나 과도한 규제를 완화하기 위해 여러 정부 부처들과 싸워야 할 경우가 많을 텐데, 청와대가 공정위를 적극적으로 지원해 주지 않으면 일을 하기 어려울 것이니 전폭적으로 지원해 주십사 부탁을 드렸다. 대통령께서는 즉각 그렇게 하겠다고 흔쾌히 약속해 주셨다. 그리고 구체적인 사건의 처리에 대해서는 간섭하지 말아 달라고 부탁드렸다. 대통령께서는 짐짓 의외라는 듯 놀라는 표정을 지으시며 전임 위원장에게 구체적인 사건에 대해 간섭한 적이 있는지 한번 물어보라고 하시더니, 정책에 대해서는 서로 조율할 필요가 있지만 구체적인 사건에 대하여는 과거에도 간섭한 적이 없고 앞으로도 절대 간섭하지 않겠다고 단호하게 말씀하셨다. 돌이켜 보면, 대통령께서는 당신의 임기가 끝나는 날까지 이 두 가지 약속을 명확히 지켜 주셨다. 나는 이 점에 대하여 노무현 대통령께 진심으로 감사드린다.

내가 공정위의 제13대 위원장으로 임명되자, 신문과 방송을 비롯한 각종 언론에서는 일제히 나를 '경쟁법에 대한 국내 최고의 전문가'라고 소개하면서, 그러한 전문가가 공정위의 수장이 되었다는 점에 대하여 긍정적인 평가와 아울러 환영한다는 취지의 보도를 했다. 나는 공정위 위원장으로서 그동안 내가 국내외에서 연구해 온 경제법, 특히 공정거래법의 이론을 실제 사회에 적용함으로써, 우리나라 경제 질서의 기본인 시장경제가 정상적으로 기능하도록 돕는 데 기여할 수 있는 기회를 갖게 되었다. 내가 공정위 위원장으로 부임했을 당시, 정부에서 나를 그 자리에 임명한 분은 대통령이지만, 내가 그러한 중책을 맡아서 국가를 위해 일할 수 있는 전문성과 능력을 갖출 수 있도록 오래전부터 교육과 훈련을 쌓도록 인도해 오신 분은 하나님이라는 믿음을 가지고 있었다. 따라서 나는 늘 하나님께 감사한 마음으로 매순간 지혜와 능력을 간구하면서 주어진 직무에 충실하려고 노력했다.

공정위 위원장에 부임한 후 확인한 놀라운 사실은, 공정거래위원회에 근무하는 공무원들 중에 많은 분들이 이미 나와 깊은 인연을 맺고 있는 사람들이라는 점이다. 우선, 간부들 중 상당수는 내가 서울대 법대에서 개설하여 운영한 '공정거래법 연구과정'을 이수한 사람들이었다. 그뿐만 아니라 공정거래법의 적용을 받는 대기업에서 공정거래 관련 업무를 담당하고 있는 임직원들이나 대형 로펌에서 공정거래법 관련 업무를 담당하고 있는 변호사들 중에서도 이 과정을 이수한 사람들이 많았다. 그들은 결국 내 강의를 듣고 내 책으로 공부했기 때문에 경쟁법에 관한 나의 이론과 주장을 어느 정도 이해하고 있는 사람들이었다. 이러한 인적 네트워크와 인식의 토대는 내가 공정위 위원장으로 일하는 동안 업무 수행에 매우 중요한 자원이 되었다. 그야말로 '여호와 이레'(하나님의 예비하심)라고 하지 않을 수 없었다. 돌이켜 보면 하나님께서는 10여 년 전부터 내가 장차 공정위의 위원장 직을 맡게 될 것을 아시고, 이를 위해 필요한 인재들을 키우고 훈련시켜서 각 요소에 배치해 놓으신 것이다.

공정거래위원회는 경제질서의 기본법인 공정거래법뿐만 아니라 하도급법, 소비자기본법, 약관규제법, 할부거래법, 방문판매법 및 전자상거래소비자보호법 등과 같은 법률을 집행하는 중앙행정기관이다. 그런데 우리나라 공정거래법은 자유롭고 공정한 경쟁을 촉진하기 위해 이를 제한하는 독과점 사업자나 기업결합, 부당한 공동행위 및 불공정거래행위를 규제하는 동시에 이른바 재벌에 의한 경제력 집중을 억제하기 위한 제도도 있다. 따라서 공정거래위원회는 이러한 법률을 집행하는 기관이기 때문에 사람들은 이를 '경제검찰'이라고 부르기도 한다.

공정거래위원회가 공정거래법을 적극적으로 집행하면, 독과점 사업자나 재벌들은 큰 부담을 느끼는 반면 일반 소비자나 중소기업들은 기뻐하는 것이 보통일 것이다. 그러나 우리나라에서는 매우 애석하게도 공정거래위원회가 법 집행에 적극적인 자세를 취하면, 독과점 사업자나 재벌들은 잘 나가는 기업의 뒷다리를 잡는다고 온갖 불평을 늘어놓는 반면, 일반 소비자들이나 중소기업들은 이를 지지하거나 환영하는 반응을 보이지 않는 경우가 많다.

이런 현상은 근본적으로는 일반 소비자나 중소기업들이 공정거래법의 목적과 기능을 제대로 인식하지 못하고 있기 때문이라고 할 수 있다. 게다가 신문과 방송 등 언론기관이 제대로 보도해 주지 못하기도 했다. 언론기관이 시장경제에서 공정거래법이 차지하는 의미와 공정거래위원회의 역할을 일반 시민들이 쉽게 이해할 수 있도록 알려주고, 개별 사건이 일반 소비자나 중소기업들에게 미치는 효과를 정확하게 설명해 주는 것은 대단히 중요하다. 그런데 참여정부에서는 정부가 이른바 메이저 신문사들과 원만한 관계를 유지하지 못하였기 때문에 공정거래위원회도 늘 언론기관, 특히 메이저 신문사들과 긴장 관계에 놓여 있어 적극적인 협조를 얻지 못한 것이 매우 아쉽게 생각된다.

나는 공정거래위원회 위원장으로 부임한 뒤 100일 동안은 가능한 한 외부와의 접촉을 자제하고, 내부 각 부서의 간부들로부터 업무보고를 받아 현황을 파악하면서, 공정위의 비전과 미션 그리고 그것을 실현하기 위한 구체적인 정책 방안을 재정비하고자 노력했다. 우리나라가 선진국에 진입하려면 경제질서의 기본인 시장경제가 선진화되어야 한다. 이를 위해서는 자유롭고 공정한 경쟁질서를 저해하는 독과점적인 시장 구조를 개선하고 경쟁제한적인 기업결합이나 부당한 공동행위 또는 불공정거래행위를 철저히 규제할 필요가 있다. 그동안 공정위가 부당한 공동행위나 불공정거래행위와 같은 행태의 개선에는 적극적이었지만, 독과점 사업자의 시장지배적 지위 남용행위나 기업결합과 같은 구조의 개선에는 상대적으로 소극적이었다. 때문에 앞으로는 공정위의 역량을 가능한 한 독과점적인 시장 구조의 개선에 집중하는 동시에 재벌에 대한 규제도 그 내부의 지배구조 문제보다는 계열회사들이 참여하고 있는 개별 시장에서 공정하고 자유로운 경쟁을 촉진하는 방향으로 개선해 보려고 노력하였다. 나는 공정위가 이런 방향으로 꾸준히 노력하면 우리나라가 선진국으로 진입하는 것을 앞당길 수 있다는 확신을 가지고 있다.

위원장으로서 경험한 일들

2006년 3월 16일부터 2008년 3월 5일까지 2년간 공정위 위원장으로 있는 동안 국가가 공정거래위원회에 부여한 사명과 역할을 성실히 수행하기 위해 그야말로 마음과 뜻과 정성을 다하여 헌신적으로 일했다. 나는 경제질서의 기본인 시장경제가 정상적으로 작동할 수 있도록 자유로운 경쟁과 공정한 거래질서를 확립하기 위하여 다음과 같은 과제를 우선적으로 추진해 가야 한다고 판단하였다. 우선, 시장경제의 기능을 유지하기 위하여 마련된 공정거래의 법과 제도를 합리적으로 개선하기 위해 노력할 필요가 있다. 둘째로, 시장에서 자유롭고 공정한 경쟁을 제한하는 제반 요인들, 예컨대 독과점 사업자의 지위 남용행위, 경쟁제한적인 기업결합과 부당공동행위 및 불공정한 거래행위를 철저히 규제하되, 특히 독과점사업자의 지위 남용행위나 경쟁제한적인 기업결합에 대한 감시를 강화할 필요가 있다. 셋째로, 방송, 통신, 금융, 보건, 에너지 등과 같은 규제산업에 대하여는 비합리적이거나 과도한 규제를 완화하는 동시에 경쟁원리를 확산시킬 필요가 있다. 넷째로, 시장경제가 정상적으로 작동하기 위해서는 소비자가 시장에서 상품이나 서비스를 합리적으로 선택하여 주권자의 역할을 다해야 하기 때문에 소비자정책을 경쟁정책과 연계시킴으로써 소비자 주권을 실현할 수 있는 여건을 마련하기 위해 노력할 필요가 있다.

　나는 공정거래위원회가 이러한 목표를 효율적으로 달성하기 위해 다음과 같은 사항을 적극 추진했다. 안으로는 공정위 조직을 기능별 조직에서 산업별 조직으로 개편하는 동시에 공정한 인사와 보직 관리 및 직원들에 대한 지속적이고 체계적인 교육과 훈련을 통하여 직원들의 사기와 전문성을 제고하도록 노력했다. 그리고 모든 직원들이 혼연일체가 되어 시장경제의 파수꾼으로서 주어진 사명을 성실히 수행할 수 있는 능력과 자세를 갖추도록 노력했다. 한편 공정위의 조사 및 업무집행 절차를 공정하고 투명하게 개선함으로써 공정위가 국민들로부터 신뢰받는 믿음직한 조직으로 발전할 수 있도록 노력했다. 밖으로는 공정거래와 관련된 법과 제도를 합리적으로 개선하기 위해 제반 법령의 개정을 추진하는 동시에, 경쟁제한적인 시장구조와 불공정한 거래 관행을 시정하는 법의 집행을 강화했다. 또한 불합리한 정부 규제를 완화하여 경쟁원리를 확산하고, 경쟁문화 창달을 위한 경쟁주창활동을 열심히 전개했다.

한편, 대규모 기업집단에 대한 규제는 출자총액제한제도와 같은 비합리적인 제도는 폐지하되, 악성 순환출자의 고리를 끊을 수 있는 합리적인 대안을 마련하여 대규모 기업집단이 글로벌 스탠더드에 맞는 경제 주체로 발전해 갈 수 있도록 유도하였다. 또 우리 경제의 건전한 발전을 위해서는 대기업과 중소기업 간 거래질서의 공정화는 물론 이들이 상생 협력할 수 있는 여건과 분위기를 마련하는 것이 긴요하다고 보고 이를 위해 노력하였다. 그리고 시장경제가 경제질서의 기본으로 정착하기 위해서는 자유로운 경쟁과 공정한 거래질서를 확립하는 것이 매우 중요하다는 인식을 정부 각 부처와 각 기관 및 일반 국민에게 널리 확산시킬 필요가 있었다. 이러한 활동을 추진하는 동시에 기업들이 스스로 경쟁질서를 준수하는 자율 준수 프로그램을 추구해 갈 수 있도록 지원하고 독려했다.

끝으로 시장경제가 정상적으로 작동하려면, 소비자들이 시장에서 법 위반 행위를 적극적으로 감시하도록 하여, 법을 위반하여 제재를 받은 기업에 대해서는 손해배상 청구 소송을 제기하거나 불매운동 등을 통해 소비자의 의사를 전달하도록 격려하고 지원함으로써 경쟁정책과 소비자정책을 연계하기 위한 노력도 경주하였다.

나는 공정위 내부 직원들이 사명감을 가지고 주어진 일에 최선을 다할 수 있는 여건을 마련해 가는 동시에, 기회가 있을 때마다 기업들의 모임을 비롯한 사회 각계 각층의 대표들이나 정부 기관 및 전문가들의 모임을 찾아가서 공정거래법과 경쟁정책에 관해 설명하고 토론하는 특강도 자주 열었다. 내가 이러한 특강을 할 때마다 청중들의 태도와 반응은 매우 고무적이었다.

일반적으로 공정위 위원장은 기업인들이 접근하기 어렵고 또 매우 무서운 사람으로 알려져 있었다. 예컨대 내가 한국능률협회가 주최한 조찬 모임의 강연에 참석했을 때, 주최 측 사회자가 나를 '경제검찰의 수장으로서 칼자루를 들고 있는 사람'이라고 소개할 정도였다. 그러나 나는 그들에게 우리나라가 선진국에 진입하기 위해서는 경제 시스템이 선진화되어야 하며, 이를 위해서는 자유롭고 공정한 경쟁질서를 확립하지 않으면 안 된다는 것을 강조하고, 공정거래법과 경쟁정책의 주요 내용을 구체적인 예를 들어가며 알기 쉽게 설명해 주었다. 그리고 이제는 우리 기업들이 공정위의 제재가 두려워서 공정거래법을 억지로 준수하는 것이 아니라 자발적으로 자유롭고 공정한 경쟁질서를 확립하기 위해 노력할 때가 되었으며, 이를 위하여 이른바 자율 준수 프로그램을 적극적으로 도입하여 실시할 필요가 있다는 점을 역설하였다.

이러한 강연에 대한 청중들의 반응은 매우 좋은 편이었다. 공정거래법과 경쟁정책에 대한 강연은 대체로 내용이 까다롭고 복잡하기 때문에 내가 하는 강연에 대해서도 처음에는 별다른 기대를 하지 않고 듣는 사람들이 대부분이었다. 그러나 막상 강연을 듣고 나서는 어렵고 복잡한 내용을 어떻게 그렇게 쉽고 재미있게 설명해 주는지 중요한 내용을 정확하게 파악할 수 있었다며 감사의 뜻을 전해오는 사람들이 많았다.

공정거래법은 자유롭고 공정한 경쟁과 거래를 촉진하기 위하여 이를 저해하는 행위들을 규제하고 있다. 그 주요 내용은 다음과 같다. 우선, 자유로운 경쟁을 저해하는 행위로는 독과점 사업자의 지위 남용행위, 기업결합 및 부당한 공동행위가 있다. 어떤 시장을 독점 또는 과점하고 있는 사업자가 존재하는 경우에는 그 시장에 자유로운 경쟁이 이루어질 수 없기 때문에 각국에서는 자유로운 경쟁을 촉진하기 위해 이러한 사업자를 규제한다. 그런데 이러한 사업자를 규제하는 방법은 나라에 따라 차이가 있다. 미국에서는 어떤 사업자가 반경쟁적인 방법으로 독점적 지위를 얻으려 하거나 독점적 지위에 있는 사업자가 그러한 지위를 유지하기 위해 경쟁자를 배제하는 행위를 금지하는 반면, 유럽에서는 그러한 지위에 있는 사업자를 시장지배적 사업자라고 보고, 사업자가 그 지위를 남용하여 경쟁자를 배제하거나 거래 상대방을 착취하는 행위를 금지한다. 우리나라에서는 유럽의 예를 따라 시장지배적 사업자가 그 지위를 남용하는 행위를 금지하고 있다.

그런데 시장지배적 사업자의 지위 남용행위를 금지하는 제도는 우선 그 규제를 받는 수범자인 '시장지배적 사업자'라는 개념이 생소할 뿐만 아니라, 그 사업자의 행위 중에서 어떤 행위가 지위 남용행위에 해당되는지를 판단하기가 매우 어렵기 때문에 법을 집행하는 실무에서도 해결하기 어려운 문제가 많이 나타나고 있다. 나는 이 제도에 대해 설명할 필요가 있을 때 먼저 시장지배적 사업자라는 개념을 쉽게 이해시키려고 한다. 시장경제가 정상적으로 작동하면 모든 사업자가 시장의 지배를 받게 되지만, 어떤 시장이 소수의 사업자에 의해 독점 또는 과점되고 있는 경우에는 그 사업자가 시장을 지배하기 때문에, 그러한 사업자들을 가리켜 시장지배적 사업자라고 한다. 나는 이런 개념을 쉽게 이해시키기 위해 청중들이 누구냐에 따라 그들이 이해하기 쉬운 예를 들어 가며 설명하려고 노력한다. 예컨대 대학에서 학생들에게 강의할 때에는 학생들과 성적의 관계에 대비하여 설명하고, 기업인들에게 설명할 때에는 가장과 자녀들의 반응에 대비하여 설명하기도 한다. 학생들은 누구나 성적에 예민하게 반응한다. 어떤 학생이 특정한 과목의 성적을 지배할 수 있게 되면 그는 교수의 성적 평가에 신경쓰지 않게 되고, 그 결과 그 과목의 성적은 공정성을 기대하기 어렵게 될 것이다. 그리고 어떤 기업의 간부가 퇴근하고 집에 돌아왔을 때 그 자녀들의 반응을 보면 그 사람이 평소 가장의 지위를 남용하고 있는지 그렇지 않은지 쉽게 알 수 있다. 예컨대 아빠가 집에 돌아왔을 때 방에서 놀고 있던 아이들이 '아빠'라고 소리치며 거실로 뛰어 나오는 가정이 있는가 하면, 거실에서 놀고 있던 아이들이 인사만 하고 슬금슬금 자기 방으로 들어가 버리는 가정도 있다. 그 두 가정을 비교해 보면 각 가정의 가장이 평소 자신의 지위를 남용하는지 여부를 쉽게 알 수 있다.

부당한 공동행위를 금지하는 제도에 대해서도 이를 알기 쉽게 설명하기 위해 여러 가지 예를 든다. 우선, 부당한 공동행위가 성립하려면 공동행위가 있어야 하고, 또 그것이 부당한 것이어야 한다. 그런데 공동행위란 사업자들의 행위가 계약, 협정, 결의 기타의 방법에 의해 인위적으로 일치하는 것을 말하기 때문에 우연히 일치하는 것은 여기에 포함되지 않는다. 예컨대 어느 날 갑자기 소나기가 쏟아지게 되면 사람들은 비를 피하기 위해 우산을 들고 나온다. 그런데 사람들이 그런 행동을 취하는 것은 갑작스런 일기의 변화에 합리적으로 대처하기 위한 것이다. 따라서 그것이 외형상 일치한다 하더라도 우연한 것이지, 인위적으로 조정한 결과가 아니다. 그러나 만약 그들이 모두 검정 우산을 들고 나왔다거나 빨간 우산을 들고 나왔다고 한다면, 그런 행위는 우연의 일치라고 보기 어려울 것이다.

그런데 실제 거래에서 사업자들이 공동행위를 하는 경우에는 이를 은밀하게 추진하기 때문에, 그 행위의 일치가 인위적인 것인지 우연한 것인지 구별하기가 어렵다. 따라서 부당한 공동행위 금지의 실효성은 공동행위의 입증을 어떻게 하느냐에 따라 좌우된다고 할 수 있다. 따라서 각국에서는 공동행위의 입증에 따르는 곤란을 완화하기 위해 여러 제도를 활용한다. 예컨대 추정제도나 자진신고자 감면제도Leniency와 같은 것이 대표적인 예이다. 추정제도는 일정한 요건이 갖추어진 경우에는 공동행위가 성립하는 것으로 추정하는 제도이다. 우리 법에서는 행위의 일치와 일정한 '정황사실'이 있을 경우에는 합의가 추정되는 것으로 본다. 여기서 정황사실이라 함은 해당 거래 분야 또는 상품과 용역의 특성, 해당 행위의 경제적 이유 및 파급효과, 사업자 간 접촉 횟수, 양태 등 제반 사정에 비추어 그 행위를 사업자들이 공동 추진한 것이라고 인정할 수 있는 상당한 개연성이 있는 경우를 말한다.

한편, 자진신고자 감면제도는 부당한 공동행위에 가담한 사업자들 중에서 그 사실을 경쟁 당국에 자진신고하거나 증거 제공 등의 방법으로 경쟁 당국의 조사에 협조한 자에게 시정조치나 과징금 등을 감경 또

한국을 방문한 데보라 마조라스 미국 FTC 위원장과 함께

는 면제해 주는 제도이다. 우리나라에서는 1996년부터 이 제도를 도입하여 실시하고 있다. 그런데 나는 우리나라의 경우 경쟁보다는 협력을 중시하는 기업인의 문화나 정서에 비추어 볼 때, 이 제도가 실효성을 확보하기가 어려울 것으로 생각했다. 그러나 예상과 달리, 이 제도는 우리나라에서 상당히 빨리 정착되어 가고 있다. 다만, 이미 부당한 공동행위에 가담한 기업들은 이 제도가 주는 인센티브 때문에 이 제도를 활용하고 있으면서도, 그로 인해 발생하는 업계의 비난이나 저항 때문에 매우 부담스러워 하는 것 같다. 예컨대 공정위는 2007년에 7개 손해보험회사의 부당공동행위 사건을 처리하는 과정에서 한 보험회사의 자진신고가 없었으면 공동성을 인정하기 어려웠을 정도로, 자진신고자가 제시한 증거로 사건을 효과적으로 해결할 수 있었다. 그런데 이 사건에 대한 심결이 내려진 뒤 자진신고를 한 회사는 업계에서 왕따가 될 정도로 따돌림을 받은 것은 물론 감독기관에게 미운털이 박힐 만큼 한동안 부담을 느꼈다고 한다. 나는, 관행에서 벗어나 자유로운 경쟁질

서의 확립에 적극적으로 기여하겠다는 각오를 하고 자진신고를 결단한 그 회사가 겪게 된 고충을 위로하고 용기 있는 결단을 격려하기 위해 사장님과 임직원들에게 점심식사를 대접한 적이 있다. 그들은 공정위 위원장으로부터 식사 대접을 받는 것은 생전 처음이라고 하면서 매우 감사하게 생각했다.

공정거래위원회는 그동안 어려운 여건 하에서도 자유롭고 공정한 경쟁질서를 확립하기 위하여 열심히 노력해 왔다. 2007년에는 공정거래위원회가 역사상 가장 많은 사건을 처리하여 경쟁질서 확립에 획기적인 기여를 했다는 평가를 받았다. 그 결과, 우리나라 공정거래위원회는 국내외적으로 상당히 좋은 평가를 받고 있다. 실제로 공정거래위원회는 경쟁법과 정책에 관하여 세계적인 권위를 인정받고 있는 영국의 전문 잡지 《GCR(Global Competition Review)》로부터 세계의 경쟁당국 중에서 2007년에는 10위, 2008년에는 7위라는 평가를 받는 등 국제적인 위상이 크게 제고되었다.

재벌개혁·출자총액제한제도의 폐지

공정위 위원장으로 재임하는 동안, 사회적·정치적으로 크게 논란이 된 주제는 출자총액제한제도(이하 '출총제'라 칭함)이다. 이 제도는 1986년 재벌의 문어발식 계열 확장을 억제하기 위해 공정거래법에 도입된 것으로, 대규모기업집단의 계열회사가 다른 회사의 주식이나 지분을 보유함으로써 그 회사에 대한 지배력을 강화하는 것을 막기 위해 마련한 제도이다. 그런데 이 제도는 재벌의 경제력 집중을 억제시키는 데 상당한 기여를 했으나, 1998년 우리나라가 금융위기로 IMF 관리 체제에 들어간 이후 외국인에 의한 적대적 기업인수와 합병이 허용되면서 국내 기업들의 경영권을 방어하기 위한 명목으로 폐지되었다. 그 후 대규모기업집단의 계열회사 상호간에 순환출자가 크게 증가하여, 재벌 총수와 그 가족이 5퍼센트 미만의 적은 지분으로 기업집단을 총괄적으로 지배할 수 있게 되는 등 여러 가지 폐해가 나타났다. 이런 문제점을 해소하기 위해 1999년 다시 출총제가 도입되었다.

그러나 이 제도는 그동안 대규모기업집단에 소속된 계열회사의 기업 활동을 사전적으로 규제하고 있다는 점에서 기업의 투자의욕을 저하시키는 대표적인 정부 규제의 하나로 지목되어 왔을 뿐만 아니라, 이 제도가 추구하는 목적과 이를 실현하기 위한 수단 간의 정합성이 떨어지고 또 예외가 지나치게 많이 인정되고 있는 데다가 판단 기준이 매우 복잡하고 애매하다는 등 문제점이 많은 비합리적인 제도라는 비판을 받았다. 따라서 공정위는 그동안 이런 제도를 합리적으로 개정하기 위해 많은 노력을 기울여 왔으며, 나는 이 제도의 취지는 살리면서 문제점을 보완할 수 있는 대안을 마련하고자 노력했다. 다시 말하면, 대규모기업집단의 계열회사 간에 거미줄처럼 복잡하게 얽혀 있는 악성 순환출자의 고리를 끊는 대신, 계열회사 상호간의 출자를 무리하게 제한하지 않는 합리적인 대안을 마련하기 위해 노력했다.

이 제도는 이른바 재벌의 문어발식 계열 확장을 억제하기 위한 수단으로서, 자유로운 경쟁과 공정한 거래질서를 확립하기 위한 경쟁법 또는 공정거래법의 고유한 목적과는 직접적인 관련이 없는 제도다. 그리고 공정거래위원회가 관장하는 업무들 중에서 이 제도의 운영에 필요한 인력이나 예산이 차지한 비중은 그다지 크지 않았다. 그럼에도 재계를 대표하는 전국경제인연합회나 일부 보수언론에서는 이 제도를 마치 공정위가 시행하는 비합리적인 규제의 상징인 것처럼 생각하여 공정위를 비난하기도 했다.

나는 2006년 7월부터 대규모기업집단에 의한 경제력 집중과 그 폐해를 해소하기 위한 방안을 마련하기 위하여 민간합동의 태스크포스 Task Force를 구성하여, 상호출자의 금지, 출자총액의 제한, 채무보증의 금지 등과 같은 제도를 본격적으로 검토하기 시작했다. 이 과정에서 나는 출자총액제한제도를 폐지하자고 주장하는 사람들 중에서도 그 제도의 내용을 정확히 이해하지 못하고 있는 사람들이 많다는 것을 알게 되었다. 그리고 이 제도는 대규모기업집단에 소속된 계열회사는 당해 회사 순자산액의 40퍼센트를 초과하여 다른 회사의 주식을 취득 또는 소유하지 못하게 하고 있었다. 그런데 이 제도는 대규모기업집단의 무분별한 계열 확장을 막는 데에는 어느 정도 기여했으나, 출자총액을 일률적으로 제한하는 제도가 지닌 불합리성과 광범한 예외 인정 등으로 실효성에 의문이 있었을 뿐 아니라, 실제로 계열회사의 출자나 투자에 관한 활동을 필요 이상으로 위축시키는 등 여러 가지 폐해를 초래하고 있었다.

나는 이 제도가 많은 문제점을 안고 있지만 나름대로 긍정적인 기능을 해온 것도 사실이어서 이를 폐지하기 위해서는 무엇보다 먼저 거미

줄처럼 복잡하게 얽혀 있는 이른바 환상형이나 방사선형 순환출자와 같은 악성 순환출자를 해소하기 위한 방안을 마련할 필요가 있다고 보았다. 따라서 상호출자금지의 취지에 어긋나는 악성 순환출자 중에 새롭게 형성되는 순환출자를 금지하면서, 이미 이루어진 순환출자에 대하여는 장기적인 관점에서 점진적으로 해소할 수 있는 방안을 마련하여, 이를 법개정안에 반영하려고 노력했다. 그러나 이러한 개정안에 대해 일부 소수의 재벌들은 물론 재계와 보수언론까지 강력하게 반대하였고 참여정부 내에서도 재정경제부와 산업자원부가 소극적인 태도를 취하여 그 개정안은 결국 소기의 성과를 거두지 못하고 말았다. 결국 2008년 2월에 비즈니스 프렌들리라는 캐치프레이즈를 표방하고 집권한 이명박 정부에 들어와서는 '기업 활동을 제한하는 대표적인 규제'로 지목하여, 2009년 법 개정 시 이 제도를 폐지해 버렸다.

돌이켜 보면, 내가 공정거래위원장으로 재임하는 동안 가장 논란이 많았고, 나를 가장 괴롭힌 제도가 바로 출자총액제한제도라고 생각된다. 우선, 내가 2006년 3월 15일 제13대 공정거래위원장으로 내정되었다는 사실이 언론에 알려지자마자, 연구실로 찾아온 많은 기자들로부터 질문 공세를 받았다. 그때 내가 받은 최초의 질문이 바로 '출총제를 어떻게 할 생각이냐'라는 것이었다. 2006년 8월부터 공정위가 출총제의 대안을 마련하기 위해 노력하고 있을 때에도, 나는 각종 모임이나 언론으로부터 이 문제를 어떻게 처리할 것인지에 대해 상당히 많은 질문을 받았다. 그리고 출총제의 대안에 대해 본격적인 논의가 이루어지기 시작하자, 일부 보수언론에서 나를 비난하기 시작했다. 한 일간지는

"취임 초에는 '재벌 규제는 없다'고 하더니 8개월 만에 초강력 재벌규제책을 들고 나왔다"며 나를 '카멜레온'이라고 비난하기도 했다.

다른 일간지는 내가 대규모 기업집단의 공적인 성격을 강조하기 위하여 "대기업은 성공하면 총수의 것이 되지만, 실패하면 국가가 공적 자금을 대준다. 따라서 대기업집단에게는 공적 성격이 있다"고 한 말과 "삼성전자와 현대·기아자동차와 같은 대기업은 국민적 기업이다"라고 말한 것을 가지고 나를 좌파로 몰아세웠다. 그들이 나를 좌파라고 주장한 논리에는 간교한 술수가 엿보였다. 나는 어느 강연에서 삼성전자와 현대·기아자동차와 같은 대기업은 우리 경제에서 매우 중요한 의미를 갖는 '국민적 기업'이라고 말한 적이 있다. 그런데 이 일간지는 '국민적 기업'이라는 말을 문제 삼기 위해 '국민적'의 '적'자를 '의'자로 바꾸어서, 내가 마치 그러한 대기업들을 '국민의 기업'이라고 말한 것처럼 바꾸었다. 내가 삼성전자와 현대·기아자동차의 소유권이 국민에게 있다는 의미로 '국민의 기업'이란 단어를 사용했다고 전제하고 '권 위원장, 이제 사소유권마저 부인할 생각인가?'라는 제목의 사설을 통해 사유재산권의 원리가 흔들리기 시작하면 시장경제가 더 이상 유지될 수 없다고 비판했다. 나는 이러한 과정을 겪으며 우리나라에서 '재벌에 의한 경제력 집중'이라는 문제를 해결하기가 얼마나 어려운지 절실히 느끼게 되었다.

악성 순환출자 해소와 관련하여 의미 있는 뉴스가 있었다. 2008년 4월 17일 조준웅 삼성 특별검사팀의 수사결과 발표다. 4월 22일 삼성그룹 이건희 회장이 경영 일신에서 물러나며 발표한 10개 항의 '삼성 경영 쇄신안'에 따르면, 삼성그룹은 전략기획실을 해체하는 동시에 순환출자를 해소하는 등 소유 지배구조의 개선을 위해 노력하겠다고 공개적으로 선언한 바 있다.

"9항, 지주회사와 순환출자 문제에 대해 말씀드리겠습니다. 지주회사로 전환하거나 순환출자를 해소해야 한다는 조언이 많습니다만, 현재 지주회사로 전환하는 데는 약 20조 원이 필요하고, 그룹 전체의 경영권이 위협받는 문제가 있습니다. 따라서 현실적으로 지금 당장 추진하기는 어렵고 앞으로 시간을 두고 검토하겠습니다. 다만 순환출자 문제는 삼성카드가 보유한 에버랜드 주식을 4~5년 내에 매각하는 것 등을 계속 검토하겠습니다."

섬기는 리더십의 실천

공정거래위원회의 위원장으로 재직하는 동안 교수로서는 경험하기 어려운 새로운 차원의 경험을 많이 했다. 위원장으로 근무하는 동안 개인적으로 가장 많이 받은 질문은 법학교수와 위원장이 어떻게 다르냐는 것이다. 경험한 바에 따르면, 양자는 성격이 완전히 다르다고 할 수 있다. 법학교수는 전공 분야에서 연구와 교육 및 사회봉사를 스스로 행하는 전문직인 반면, 위원장은 공정거래위원회라는 국가기관을 대표하면서 그 기관의 공무원들이 주어진 임무를 성실히 수행할 수 있도록 지도하고 감독하는 기관장이다. 따라서 법학교수는 자기만 열심히 하면 되지만, 공정거래위원장은 공정위라는 조직이 주어진 임무를 성실히 수행할 수 있도록 해야 하기 때문에, 그 성패는 기관의 성과에 좌우된다.

이런 관점에서 보면, 내가 경쟁법, 즉 독점규제법과 공정거래 관련법에 관한 전문가라는 점은 위원장으로서 갖추어야 할 자질이나 능력 중에 아주 작은 부분에 불과한 것이다. 위원장에게 요구되는 더 중요한 자질과 능력은 공정위라는 국가기관이 시장경제의 파수꾼으로서 주어진 임무를 성실히 수행할 수 있도록 이끄는 탁월한 리더십이다. 그러한 직책을 맡아 본 경험이 없는 내가 그에 적절한 리더십을 갖추고 있는지는 미지수였다. 그럼에도 감히 그런 중책을 수행하겠다고 결심하게 된 데는, 하나님께서 일찍이 나에게 실무에 참여하고 싶은 소망을 주셔서 오랫동안 기도하고 있었기 때문이다. 나는 그것을 하나님께서 주신 기회로 보고 거기에 순종하는 마음으로 직책을 성실히 수행하게 되면 하나님께서는 내게 그것을 감당할 만한 지혜와 능력을 주실 거라는 믿음이 있었다.

나는 공정위의 위원장으로서 국가에 봉사할 수 있게 된 것을 매우 감사하게 생각한다. 공정위에 부여된 임무는 시대적인 요구에 부합할 뿐 아니라 나 자신의 소명과도 일치하는 것이었다. 우선, 우리나라가 하루속히 선진국에 진입하기를 바라는 것은 모든 국민의 염원이며 시대적 과제라고 할 수 있다. 공정위는 우리 경제 시스템을 선진화하는 임무를 맡은 기관이기 때문에 내가 위원장으로서 공정위를 위해 열심히 일하면, 우리나라가 선진국에 진입하는 것을 앞당기는 데 이바지 할 수 있다고 생각했다. 따라서 아무 주저함이나 유보도 없이 그동안 내가 쌓은 지식과 경험은 물론, 모든 인적 네트워크를 총동원하여 시장경제 시스템을 선진화하는 데 헌신할 각오로 공정위가 주어진 과제와 임무를 성실히 수행할 수 있도록 최선을 다하였다.

공정거래위원장으로 재임하는 동안, 공정위 직원들에게 일방적으로 명령하거나 지시하는 권위적인 리더십이 아니라, 각자가 자신의 업무를 정확히 파악하여 이를 성실히 수행할 수 있도록 독려하고 지원하는 이른바 '섬기는 리더십'을 실천하고자 했다. 우선, 간부들에게는 사명감과 전문성을 가지고 탁월한 리더십을 발휘할 수 있도록 독려했다. 공정위 간부들은 우리나라가 선진국에 진입하기 위해서는 시장경제가 선진화되어야 하며, 이를 위해 우선 각 시장에서 공정하고 자유로운 경쟁질서를 확립하고, 소비자 복지의 증진에 기여하는 것이 공정위에 부여된 시대적 요구라는 사실을 깨닫고 주어진 임무에 헌신할 수 있도록 해야 한다. 그리고 각자 자기 부서의 업무를 효율적으로 수행할 수 있는 전문성을 갖추어야 한다. 특히 공정위는 공정거래 관련법을 집행하는 준사법기관의 성격을 가지고 있기 때문에 경쟁제한성과 불공정성을 판단할 수 있는 능력이 필수적이다. 따라서 각 부서를 책임지고 있는 간부들은 산업별로 시장의 구조, 행태 및 성과를 정확히 분석하여 시장에서 허용되는 행위와 금지되는 행위를 엄격히 구별할 수 있어야 한다. 끝으로 공정위 간부들은 각 부서에 부여된 임무를 정확히 파악하고, 이를 효율적으로 수행하도록 구성원들을 리드해 가는 탁월한 리더십을 갖추어야 한다. 이를 위하여 각 부서 구성원의 장단점을 정확히 파악하여 장점은 최대한 존중하고 단점은 적절히 보완해 줌으로써, 구성원들이 서로 협력하여 주어진 임무를 성실히 수행할 수 있도록 배려해야 한다. 또한 철저한 자기관리를 통해 윤리적 측면에서도 직원들의 모범이 될 수 있도록 노력해야 한다.

한편, 일반 직원들에게는 공정위의 업무가 우리 경제질서를 선진화함으로써 우리나라가 선진국으로 진입하는 것을 앞당기는 데 기여하는 매우 중요한 업무라는 확신을 가지고, 주어진 업무를 성실히 수행할 수 있도록 독려하기 위해 열심히 노력했다. 그리고 공정위는 준사법기관이기 때문에 직원들이 실제의 시장에서 기업들이 하는 행위가 법률상 허용되는 행위인지 금지되는 행위인지를 명확히 구별할 수 있어야 한다. 따라서 나는 일반 직원들이 자신의 업무와 관련된 법령에 대해 정확한 지식과 경험을 갖춘 전문가로 성장할 수 있도록 체계적인 교육과 훈련을 강화하였다. 또한 일반 직원들이 맡은 업무에 최선을 다하도록 그들의 사기를 진작할 필요가 있다고 보고 일반 직원들의 사기를 높이고자 백방으로 노력하였다. 분기별로 전직원이 참여하는 워크숍을 개최하여 공정위의 비전과 미션을 재확인하고, 직원들의 노고를 치하하고 격려했다.

워크숍이 진행되는 동안 식사 때마다 위원장인 내가 직접 일반 직원들에게 밥을 퍼주고, 부위원장이 국을 퍼주고, 상임위원들과 국장들이 반찬을 나누어 주는 등 배식 서비스를 하기도 했다. 간부들은 직원들에게 음식을 나누어 주면서 많이 먹으라고 격려하고, 직원들은 간부들이 퍼주는 음식을 받으면서 감사하다고 인사하면서, 식당 분위기가 훨씬 밝아지는 것을 느낄 수 있었다. 식사가 끝날 때까지 직원들은 잔칫집에 온 것처럼 화기애애한 분위기에서 즐거운 식사를 했다.

주변에서는 대학교수가 위원장 직을 맡고 나서 단 6개월 만에 조직을 하나로 통합했다는 평가를 받았다. 그 이유는 내가 교회에서 봉사한 경험을 바탕으로 섬기는 자세로 공정위 위원장 직을 수행했기 때문이다. 교회에서 한 사람 한 사람의 말을 경청하고 인내를 가지고 기다리면서 받은 훈련이 공정거래위원회에서 요긴하게 쓰인 것이다. 나는 말단 직원에서 간부까지 모든 사람들의 말을 경청하고 섬기고자 했다.

주님의교회를 통해 거듭나는 체험을 한 후, 나는 가장 젊은 나이에 장로가 된 케이스이다. 장로로 임직되어 교회를 열심히 섬길 수 있다는 데서 오는 흥분과 기쁨은 두말할 나위가 없었다. 이재철 목사님은 장로로 임직한 사람에게 "수고하십시오"라고 하지, 절대로 "축하합니다"라고 하지 말라고 하셨다. 그 말씀은 충분히 이해할 수 있었지만, 나는 교회에서 일할 수 있다는 것 자체가 얼마나 기뻤는지 모른다. 그러나 당회에만 들어가면 괴롭고 답답한 상황을 견뎌야 했다. 초기에 나는 신앙적으로 충분히 성숙하지 않은 상태여서 합리적인 의견을 내놓기도 어려웠고, 다른 장로님들에 비해 은혜도 부족하다는 생각이 들어 마음이 편치 않았다. 당회에서 안건을 논의할 때 20분이면 끝나리라고 생각한 회의가 두세 시간씩이나 걸리는 것을 쉽게 수긍하기 어려웠다. 나는 옳은 얘기를 하고서도, 신임 장로가 말이 많다는 식의 질타를 받곤 했다. 그 후에는 옳은 얘기를 하고 싶어도 하지 못하고 앉아 있는 시간을 인내해야 했다. 그런데 한참 지나고 보니, 당회에서 네 시간이 흘러도 말한 마디 안 하시는 장로님들이 보였다. 처음에는 그분들은 당회에 왜

나오시는지 이해가 되지 않았다. 그런데 그분들이 눈에 잘 띄지 않는 곳에서 열심히 섬기시는 모습을 본 후로는 마음이 숙연해졌다.

하나님께서 내게는 생각하고 말하는 능력을 주셨지만, 그분들에게는 보이지 않는 곳에서 조용히 섬기는 능력을 주셨음을 깨달았다. 나와는 달란트가 다른 분들이었다. 대학 교수는 말하고 생각하고 연구하는 능력만 존중받는다. 나는 구석구석에서 손발을 움직여 섬기는 능력이 부족했다. 그 다음에는 교회에서 안건을 논의할 때, 비록 내게 좋은 생각이 있어도 그것을 말하지 않고 참고 기다리면서 다른 분들의 의견을 충분히 경청하는 습관을 갖게 되었다. 회의가 끝날 때까지 해결되지 않는 안건이 있을 때 누군가가 말 한 마디 안 하고 있는 "권 장로님 생각은 어떠한지?" 물어본다. 그때 모든 의견을 수렴하여 정리된 의견을 제시하면 그것이 곧 결론이 되곤 했다.

즉, 교회에서는 결론도 중요하지만 모두의 의견을 수렴하는 과정도 매우 중요하다. 내가 주도하여 회의의 결론을 내리지 않고 두 시간이 걸려도 다양한 의견을 수렴하여 결론에 이를 때, 비록 같은 해결책이더라도 더 나은 효과를 얻게 된다. 그런 후에는 일이 더 수월하게 진행되는 것이다. 교회에서는 이처럼 내용과 방법, 절차, 시기가 모두 옳아야 한다. 이 가운데 어느 하나라도 어긋나면 일이 틀어진다. 나는 당회에서의 경험을 토대로 어떤 모임에 가더라도 옛날처럼 성급하게 말을 꺼내지 않고 경청하는 습관을 갖게 되었다. 그러한 경험이 공정위에서 일하던 시기에 큰 도움이 되었다.

2006년에 공정위에서 전직원 워크숍을 할 때였다. 나는 개회사에서 "여러분, 사랑합니다"라고 시작하는 인사말을 전한 후 프로그램을 진행했다. 그런데 지방에서 올라온 직원 중 한명이 큰 충격을 받았다. 자신은 직장에서 그런 말을 처음 들어보았다는 것이다. 그 직원은 위원장이 정치적인 술수를 쓰는 게 아닌지 의심이 들어 내 일거수일투족을 관찰했다고 한다. 진심인 것 같기도 하고 아닌 것 같기도 하고……. 나는 워크숍 마지막 날 폐회사를 한 뒤 출입구에서 참석자 전원과 일일이 악수하면서 인사를 나눴다. 그때 그의 눈이 나와 마주쳤다. 그는 내 눈을 보고 그것이 진심이란 것을 깨달았다고 한다. 지방에 내려가면서 나에게 너무나 죄송하게 생각되어 자신의 속마음을 고백하는 편지를 보냈다.

그렇게 공정위 직원들이 내 진심을 이해해 줌에 따라 2007년부터는 전직원이 하나가 되어 얼마나 열심히 일하는지, 그 모습에 너무나 감격스러웠다. 간부와 직원들 각자가 자기 위치에서 최선을 다했다. 공정위에서 나는 단 한 끼도 혼자서 식사한 적이 없다. 시간이 날 때마다 직원들과 함께 식사도 하고 만날 때마다 격려하면서 그들과 돈독한 관계를 유지하기 위해 노력했다.

교회에서 훈련된 리더십은 세상 속에서 섬기는 리더십으로 나타날 수 있다. 어떤 조직에서도 서로 신뢰하는 분위기가 형성되지 않으면 리더십을 발휘할 수 없다. 신뢰를 형성하는 데는 시간이 걸린다. 처음에는 의심받을 수 있지만, 결국 진심은 통하기 마련이다. 교회에서 섬기는 훈련을 받은 것이 내 성품 전체를 바꾸어 놓은 계기가 되었다.

오죽하면 맏아들 혁태가 "세상의 많은 기적 중에 최고의 기적은 아빠가 변한 것"이라고 했겠는가! 완벽주의에다 학생들에게 두려운 존재였지만 하나님을 만난 후, 지금까지 살아오며 세밀하게 간섭해 주신 하나님의 은혜에 나는 늘 감사하게 생각하고 있다. 가장으로서 가장 가까운 가족에게 인정받는 것이 최고의 축복이기 때문이다. 내가 하나님을 만나고 나서 가장 덕본 사람이 바로 아내다. 이처럼 신앙을 갖게 되면 가장 가까운 사람들이 행복해진다.

'오륙도'와 관련된 돌발영상

2007년 국정감사장에서 있었던 에피소드를 하나 소개한다. 공정위에 대한 국정감사는 정무위원회가 담당하고 있으며, 통상 이틀 동안 진행되었다. 국정감사에서 여야 의원들은 저마다 공정위가 지난 1년 동안 실시한 공정거래관련법의 집행과 경쟁정책 및 소비자정책에 대하여 여러 가지 문제점을 지적하고 다양한 질문을 한다. 그런데 공정거래법의 집행과 경쟁정책의 추진에 대하여는 여당과 야당의 입장이 서로 다를 뿐 아니라 각 의원들의 견해가 다양하기 때문에, 공정위는 국정감사가 있을 때마다 의원들의 여러 지적과 질문에 효과적으로 대처하기 위해 철저하게 준비한다. 그런데 참여정부 시절에는 야당 의원들이 대규모기업집단에 대한 규제에 대해 매우 비판적인 입장을 견지하고 있었다. 때문에 공정거래위원장인 나로서는 야당 의원들의 질문과 지적에 특별히 신경을 쓰지 않을 수 없었다.

부산 출신의 야당 의원 중 한 분이 질의를 시작하면서, 우리나라 실업 문제가 얼마나 심각한지를 설명하기 위해 나에게 '이태백'이 무엇인지 아느냐고 물었다. 나는 안다고 대답했다. 그랬더니 다시 '오륙도'가 무엇인지 아느냐고 묻기에 역시 안다고 대답했다. 그런데 그는 나에게 "그것이 무엇인지 말해 보라"고 하는 것이다. 나는 '안다고 했으면 됐지, 굳이 말해 보라고 할 것은 없지 않은가'라는 생각에서 잠시 머뭇거리다가, "부산 앞바다에 있는 섬입니다"라고 대답해 버렸다. 그랬더니, 조금 전까지 엄숙하던 국정감사장에서 갑자기 폭소가 터져 나오고, 사진기자들이 그 장면을 취재하려고 이쪽저쪽으로 카메라를 돌려가며 사진을 찍느라 한바탕 소란이 일어났다. 그리고 그 장면은 다음날 아침 YTN의 '돌발영상'에 올라와서 한동안 장안의 화젯거리가 되었다.

여기서 흥미로운 것은 그 장면을 지켜보던 국민들의 반응이었다. 내가 그 의원이 묻는 '오륙도'라는 말의 의미를 잘 알고 있으면서 의도적으로 그렇게 대답했다고 생각한 사람이 있는가 하면, 내가 그 말의 의미를 제대로 알지 못하고서 그렇게 대답했다고 생각한 사람들도 있었다. 심지어 동료 교수들도 텔레비전으로 그 장면을 지켜보면서, 내가 그 말의 의미를 알고서 그렇게 대답한 것인지, 모르고 그렇게 대답한 것인지를 놓고 논란을 벌이다가 결국 의견의 일치를 보지 못했다고 한다. 더욱 흥미로운 것은 청소년들이나 20~30대의 젊은이들 중에는 오륙도가 부산 앞바다에 있는 섬이라는 사실을 모르는 사람들이 훨씬 많았다는 것이다.

국정감사장에서 그런 사태가 벌어진 배경은 다음과 같다. 우리 경제 상황이 그런 말들이 나올 정도로 어려운데도 공정위가 그러한 사정을 감안하지 않고 공정거래법의 집행과 경쟁정책을 강력하게 추진하는 것을 비판하기 위해 그 국회의원은 그런 질문을 통해 국정감사장의 주의를 환기시키고 싶었던 것으로 짐작된다. 그러나 나는 그러한 어려움이 있더라도, 아니 그러한 어려움을 근본적으로 해결하기 위해 공정거래법의 집행과 경쟁정책을 더욱 강력하게 추진해야 한다는 소신을 갖고 있었다. 그뿐만 아니라 그 국회의원이 설령 나와 견해가 다르다 하더라도 국정감사장에서 국가기관의 장에게 그렇게 질문하는 것은 적절하지 않은 태도라고 생각했다. 따라서 나는 그것을 우회적으로 꼬집어 표현하기 위해 그렇게 대응했던 것이다.

다시 대학으로

2008년 2월 25일, '기업하기 좋은 나라'를 만들겠다는 공약으로 집권한 이명박 정부가 출범하면서 공정거래위원회의 기능과 역할에 대한 정부의 태도가 바뀌기 시작했다. 국민의 절대다수가 소비자이고, 기업인들보다는 노동자와 농민의 수가 훨씬 더 많은 나라에서 기업하기 좋은 나라를 만들겠다는 공약으로 대통령에 당선된 사실도 쉽게 납득하기 어려운 일이지만, 더욱 이해하기 어려운 것은 그것을 실현하기 위한 방법이라고 할 수 있다.

우리나라는 시장경제를 경제질서의 기본으로 삼고 있기 때문에 기업하기 좋은 나라를 만들기 위해 국가가 해야 할 가장 중요한 역할은 시장 감시 기능이다. 국가는 기업 활동을 저해하는 불합리한 정부 규제를 철폐하여 시장 기능을 확대하는 동시에 각 산업 분야에서 자유로운 경쟁과 공정한 거래를 저해하는 제반 요인들을 철저히 제거해야 한다. 이를 통해 경쟁력 있는 기업과 그렇지 못한 기업을 엄격히 구별하여 경쟁력 있는 기업은 살아남고 그렇지 못한 기업은 퇴출시키도록 하는 기능을 제대로 수행할 수 있도록 철저히 감시해야 한다. 그런데 공정위는 바로 이러한 역할을 담당하는 국가기관이다. 따라서 기업하기 좋은 나라를 만들기 위해서는 공정위의 기능과 역할을 더욱 강화할 필요가 있다.

그러나 집권 여당에서는 기업하기 좋은 나라라는 의미를 '기업이 아무런 규제도 받지 않고 마음대로 활동할 수 있는 나라'라는 의미로 잘못 해석하여, 대통령직 인수위원회에서 한동안 시장에서 자유로운 경쟁과 공정한 거래를 저해하는 시장의 구조와 거래의 행태를 바로잡기 위해 노력하는 공정위의 조직과 기능을 축소하려는 분위기까지 감지되었다. 나는 위원회 간부들과 힘을 합쳐서 이러한 오해를 불식시키고

자 열심히 노력하였다. 그러한 노력이 어느 정도 성과를 거두어 공정위의 조직과 기능은 그대로 유지되었지만, 공정위의 기능과 역할에 대한 새 정부의 인식과 철학을 근본적으로 바꾸기는 어려웠다. 나는 새 정부가 출범하면서 내각이 친기업적인 인사들로 구성되는 것을 보고, 임기를 1년 이상 남겨 놓은 채 위원장 직을 사임하고, 본직인 서울대 법대의 교수로 돌아와서 다시 경제법 연구와 교육에 전념하고 있다.

돌이켜 보면, 내가 공정위 위원장으로 임명된 것은 물론, 위원장으로 재임하는 동안 그 직무를 성공적으로 수행할 수 있게 된 것은 모두 하나님의 은혜였다. 나는 지난 2년 동안 공정위 위원장으로 국가에 봉사할 수 있게 된 것과 그곳에서 우리 경제질서의 선진화를 위해 열심히 노력하여 얻은 성과에 대해 하나님께 진심으로 감사드린다. 그리고 공정위가 앞으로도 시장경제의 파수꾼으로서 우리 경제질서의 기본인 시장경제를 선진화하기 위해 흔들림 없이 본연의 업무에 충실해 줄 것을 당부하면서, 하나님의 축복이 늘 공정위와 함께하기를 간절히 기원한다.

아시아의 재발견

아시아에 대한 관심

나는 1984년 독일에 유학 가서 비로소 내가 한국인이라는 점과 아울러 아시아인이라는 사실을 명확히 깨달았다. 1980년대까지만 해도 국내에서 우리가 자주 만날 수 있었던 외국인은 미국인과 일본인 정도밖에 없었다. 그런데 우리는 역사적으로 일본의 침탈을 받은 경험이 있기 때문에 일본인에 대해서는 좋은 이미지를 가지고 있지 않다. 그러나 멀리 외국에 나가 보면 사정이 크게 달라진다. 나는 독일에서 유학하는 동안 일본사람들과 아주 친하게 지냈다. 그리고 독일 사람들에게 받는 질문 중에 가장 많이 받는 것이 어느 나라에서 왔냐는 것이었다. 바꾸어 말하면, 그것은 내가 한국인이냐 일본인이냐 하는 것이었다. 그때까지 그들이 자주 만나는 동양인은 주로 한국인과 일본인이었는데, 그들은 양자를 쉽게 구별하지 못하였다. 한국인은 국내에서는 일본사람을 미워하거나 부정적으로 평가하는 경향이 있지만, 멀리 유럽이나 미국에 가보면 일본사람이 우리와 가장 비슷하고 가깝게 지내게 된다.

나는 독일에 가서 비로소 일본이나 중국 등과 같은 이웃나라에 적극적인 관심을 갖기 시작했다. 독일에서 나는 일본 교수들을 많이 만나게 되었고, 그들 중의 몇 분과는 지금도 가까운 관계를 유지하고 있다. 그리고 몇몇 중국 친구들도 만났지만, 아쉽게도 그들과는 연락이 닿지 않고 있다.

중국인들과 적극적인 교류를 시작한 것은 1991년 이후였다. 그 해 중국을 처음 방문했는데, 그때만 해도 중국까지 직항편이 없어서 홍콩을 경유하여 텐진을 거쳐 베이징으로 들어갔다. 중국과 학문적인 차원에서 적극적인 교류를 시작한 것은 1995년 이후였다.

1995년부터는 베이징과 옌지延吉를 비롯하여 중국의 여러 도시를 방문했다. 그리고 2000년 여름에는 창춘長春과 옌지를 거쳐 베이징과 텐진天津을 방문하여 특강도 하고 간담회도 가졌다. 그 후에는 상하이와 쑤저우蘇洲, 항저우杭州 등을 방문하면서 한·중 학술 교류를 추진하기 시작했다.

2000년 여름 창춘에서 있었던 에피소드를 소개한다. 중국에서는 특강을 하고 나서 그쪽 대표들과 회식을 하는 경우가 많다. 그런데 그때마다 참석자의 절반 정도가 여성이라는 사실에 놀라곤 했다. 그것은 중국에서 여성의 사회 참여가 매우 활발하다는 것을 의미하는데, 당시 서울대 법대에는 여성 교수가 한 사람도 없었다. 나는 이러한 대비가 매우 놀라웠다. 그런데 모임이 계속되는 동안 나는 그 여성들의 표정이 그리 밝지 않다는 것을 느끼게 되었다. 저녁식사 자리에서 농담반 진담반으로, "중국에 와 보니, 여성들의 사회 참여가 활발한 것이 매우 부럽다. 그러나 그분들의 표정이 그리 행복해 보이지 않는다"고 말했다.

그런데 그 말은 중국 여성들에게는 일종의 도전이었다. 아니나 다를까. 그 자리에 앉아 있던 여성들이 일제히 나에게 "무엇을 보고 그렇게 말하느냐?"고 다짜고짜 따지고 들었다. 나는 그냥 그렇게 느껴진다고 하면서, 그 여성들에게 "하루에 남편으로부터 사랑한다는 말을 몇 번이나 듣느냐?"고 물어보았다. 그러자 갑자기 장내가 숙연해지면서, 하루는커녕 한 달에 한 번도 못 듣는다고 대답하거나 여태까지 살면서 한 번도 들어보지 못했다고 했다. 나는 그분들에게 "남편으로부터 사랑한다는 말도 듣지 못하고 살면서 어떻게 행복하다고 할 수 있겠느냐?"고 반문하였다. 그랬더니 그들은 모두 기가 죽어 버렸다. 그런데 한 사람이 용기를 내어 나에게 "그렇게 말하는 당신은 부인에게 사랑한다는 말을 하루에 몇 번씩 하느냐?"고 물었다. 나는 "하루에 최소한 세 번은 한다"고 대답했다. 그러자 그들은 내 말이 도저히 믿기지 않는다는 듯, "거짓말하지 말라"며 응수했다. 나는 마침 우리의 활동을 촬영하려고 그 자리에 함께한 남학생을 가리키며 "저기서 사진을 찍는 남학생이 내 둘째아들이니, 그에게 한번 물어보라"고 했다. 그들은 혁주에게 물어보았고, 그는 사실이라고 대답해 주었다. 그러자 그들은 갑자기 할 말을 잃어 버렸다. 그리고 나에게 "당신도 똑같은 동양사람인데, 어떻게 그렇게 할 수 있느냐?"고 물었다. 나는 "나도 예전에는 그렇지 않았으나, 하나님을 인격적으로 만난 뒤에 비로소 그렇게 할 수 있게 되었다"고 고백하면서, 하나님을 믿고 변화받은 삶의 이야기를 들려 주었다. 나는 그날 저녁에 진한 감동과 부러움에 찬 눈으로 나를 바라보던 그들의 눈빛을 지금도 잊을 수 없다.

중국에서 있었던 인상적인 에피소드가 있다. 베이징에 있는 중국사회과학원 법학연구소를 방문하여, 연구소의 교수들과 대학원생들을 대상으로 '계약의 자유와 공정', '약관규제법' 및 '시장경제와 독과점규제' 등의 주제로 강연을 하고, 그들에게 질문을 받고 토론하는 시간을 가졌다. 참가자들과 저녁식사를 한 후 교수들 중의 한 사람이 내게 이런 질문을 했다.

"우리가 당신처럼 저명한 교수를 모시려면 상당한 예우를 갖추어서 특별히 초청을 해야 하는데, 당신은 왜 그러한 초청이나 예우도 받지 않고 제 발로 걸어 왔습니까?"

나는 그분들이 그러한 의문을 갖는 것이 당연하다고 생각했다. 솔직하게 대답하는 것이 좋을 것 같다고 판단하여, 나는 먼저 내가 크리스천이라는 사실을 밝혔다. 그러자 통역을 하던 중국인 제자가 깜짝 놀라면서, 귓속말로 "여기 모인 분들은 모두 공산당 간부들인데, 그런 말씀을 하시면 어떻게 합니까?"라면서 내 주의를 환기시키려고 했다. 나는 그에게 조용히 "내가 다 알아서 할 테니, 너는 아무 걱정 말고 통역만 계속하라"고 당부한 뒤, 그분들에게 그 이유를 좀더 자세히 설명해 주었다.

"크리스천은 성경 말씀을 진리로 믿고 거기에 따라 살아가고자 노력하는 사람들입니다. 그런데 성경은 내용이 방대하지만, 다음 두 가지로 요약됩니다. 하나는 하나님을 사랑하라는 것이고, 다른 하나는 네 이웃을 네 몸과 같이 사랑하라는 것입니다. 저는 이 성경 말씀을 진리로 믿고 거기에 따라 살아가고자 애씁니다. 제가 법학교수로서 그동안 쌓은 지식과 경험을 가지고 국내에서 연구와 교육으로 이웃사랑을 실천하는 것도 중요하지만, 최근에는 우리나라보다 늦게 시장경제를 도입하여 시행하고 있는 이웃나라에서 시장경제가 연착륙할 수 있도록 돕는 것도 제가 해야 할 이웃사랑의 실천이라는 것을 알게 되었습니다. 그래서 이렇게 제 돈을 들여 스스로 찾아왔습니다."

그러자 실내 분위기가 갑자기 숙연해졌다. 그들은 "당신은 뭔가 다르다고 했더니, 그 이유가 바로 그것이었구나"라고 하면서, 저마다 고개를 끄덕이며 수긍하는 표시를 했다. 나는 한 걸음 더 나아가서 오랫동안 가슴 속에 품고 있던 속내를 드러내었다.

사실, 내가 정말로 방문하고 싶은 나라는 북한인데, 지금은 북한에 갈 수 없기 때문에 우선 방문이 가능한 중국부터 찾아왔다고 한 뒤에,

"중국이 개혁과 개방에 성공하고 시장경제가 연착륙해야 북한도 개혁과 개방을 시도하고 시장경제를 뒤따라 도입할 수 있을 것입니다. 그렇기 때문에 나는 중국을 위해서는 물론 북한을 위해서도 중국이 개혁과 개방에 성공하고, 또 중국의 시장경제가 하루속히 성공적으로 연착륙할 수 있기를 기원합니다."

그런데 매우 감사하게도 그들은 일제히 박수를 치면서 내 말에 공감

한다는 뜻을 표해 주었다. 나는 그들에게 농담반 진담반으로 다음과 같은 제안을 했다.

"만약 북한이 개혁과 개방을 시작하면서 여러분에게 도움을 청해 오거든 그들을 적극적으로 도와주기 바랍니다. 그때에는 내가 여러분을 공짜로 도와주었듯이 여러분도 그들을 공짜로 도와주었으면 좋겠습니다."

그러자 그들은 모두 박수를 치면서 기꺼이 그렇게 하겠다고 약속해 주었다.

법을 통한 선교

1998년 안식년을 맞이하여 1년 동안 미국 하버드대 로스쿨에가서 방문교수로 지냈다. 그해 11월 나는 보스턴 지역에서 개최된 코스타 KOSTA(Korean Students All Nations)의 지역 대표자들을 위한 모임에 참석하여 캠퍼스 선교에 대한 특강을 하는 기회를 가졌다. 그리고 이듬해 8월에는 시카고에서 개최된 KOSTA에 참석하여 학생들에게 '신앙과 전공'에 대한 특강을 할 기회가 있었다. 거기서 나는 내가 하나님을 인격적으로 만나기 전과 만난 후 신앙과 전공의 관계가 어떻게 달라졌는지를 간증하면서, 여러 학생들과 은혜를 나누며 신앙 안에서 전공의 의미를 재정립하고, 법학으로 선교할 수 있는 구체적인 방안을 모색하고자 노력하였다.

한편, 2002년 7월에는 애드버켓 코리아Advocate Korea 회원들과 함께 키르기스스탄의 수도 비시케크Bishkek에서 개최된 제1회 한국·키르기스스탄 법률가대회에 참가하여 '법치주의와 시장경제'라는 주제로 발표한 뒤 그 나라 법률가들과 교제할 수 있는 기회가 있었다. 귀국길에 우리는 우즈베키스탄을 경유하게 되었는데, 그곳에서 나는 고 김인수 교수님과 함께 중앙아시아 여러 나라에서 사역하고 있는 선교사들의 가족을 위한 세미나에 참가하여 부부관계와 자녀교육에 관한 간증도 나누면서 깊은 교제와 은혜의 시간을 가졌다.

2003년에는 몽골 울란바토르를 세 차례 방문했다. 5월에는 10월에 개최할 법률가대회를 준비하기 위해, 8월에는 우리 교회 단기선교단 단장으로서 문화를 통한 선교를 위해 방문했고, 10월에는 그곳에서 열린 제3회 애드버킷 아시아 연례대회에 참석하여 '법치주의와 시장경제'라는 주제로 발표를 했다.

그 밖에도 해마다 중국, 베트남, 캄보디아 등 아시아 여러 나라에서 개최되는 학술대회와 단기선교에 참여할 기회가 있었고, 일본에서 열리는 국제학술대회에도 자주 참석하여 '아시아경제공동체의 형성과 경쟁법의 과제' 또는 '한국의 독점규제법' 같은 주제로 발표하고 토론하는 시간을 가졌다.

이러한 나의 행보에 동료 교수들 중에는 "권 교수가 해외에 자주 나가는데 그가 선교를 하러 가는지, 학술 교류를 하러 가는지 모르겠다"고 말하는 사람도 있었다. 그럴 때면 "나도 잘 모르겠다"고 웃으면서 대답하곤 한다. 실제로 나는 학술대회에서 논문을 발표하기 위해 해외에 나갔을 경우에도 기회가 있을 때마다 외국인 학자들이나 학생들에게 신앙 간증이나 특강 형식으로 하나님의 사랑을 전하기 위해 노력했다. 그리고 선교활동으로 해외에 나갔을 경우에도 기회가 있을 때마다 외국인 학생들에게 '시장경제와 법'이나 '사적 자치와 법적 규제' 등과 같은 주제로 특강을 하면서, 학술 교류와 선교 활동을 병행해 왔다. 이처럼 내가 그동안 해외에 나가서 펼쳐 온 활동들 중에는 학술적 요소와 선교적 요소가 혼합되어 있는 경우가 많았다.

아시아법연구소 설립

이상과 같은 활동을 전개해 오면서, 나는 우리 이웃나라들이 우리나라의 경제 발전과 민주화는 물론 그것을 뒷받침해 온 법과 제도의 발전 및 법률가의 역할에도 깊은 관심을 가지고 있다는 것을 알게 되었다. 그리고 선진국에서는 이미 오래전부터 개발도상국이나 체제전환국의 법제 정비나 법률가 양성을 지원하는 기술 지원Technical Assistance 사업을 활발하게 전개하고 있다는 것도 알게 되었다. 그때부터 우리나라에서도 이제 개발도상국이나 체제전환국의 법제 정비나 법률가 양성을 지원하고 협력하는 사업을 시작할 때가 되었다고 보고, 이를 효과적으로 추진할 수 있는 길을 모색하였다.

나는 그동안 내가 법학 연구와 교육 및 사회봉사를 통해 얻은 지식과 경험으로 이웃나라를 지원할 수 있는 길을 찾고 있었다. 그러던 중, 2003년 겨울 방학을 이용하여 미국 세인트루이스에 있는 워싱턴 대학교에 가서 2개월간 미국의 독점금지법을 연구할 기회가 있었다. 그곳에 체재하는 동안, 반석교회라는 한인 교회를 섬겼다. 그런데 담임목사님이 내게 주일예배 때 기독청년들에게 도전이 될 수 있는 말씀을 전해 달라는 부탁을 하셨다. 나는 그 설교 말씀을 준비하기 위해 하나님께 기도하면서 이사야서를 읽다가 다음 말씀에서 가슴이 뛰는 큰 은혜를 받았다.

> 네게서 날 자들이 오래 황폐된 곳들을 다시 세울 것이며 너는 역대의 파괴된 기초를 쌓으리니 너를 일컬어 무너진 데를 보수하는 자라 할 것이며 길을 수축하여 거할 곳이 되게 하는 자라 하리라. (사 58:12)

이 말씀에서 나는 장차 하나님 나라의 확장을 위해 감당해야 할 소명이 무엇인지 확인할 수 있게 되었다. 특히 나에게 부각되었던 것은 '오래 황폐된 곳들'과 '역대의 파괴된 기초'였다. 이 부분을 읽는 순간, 전자는 체제전환국을 가리키는 것으로 후자는 법과 제도를 의미하는 것으로 다가왔다. 그때 나는 오래 황폐된 곳, 즉 체제전환국에서 역대의 파괴된 기초, 즉 법과 제도를 정비하는 일을 지원하고 법률가의 양성과 교류를 촉진하기 위해 협력하는 것이 장차 내가 감당해야 할 소명이라는 것을 발견했다. 그리고 그곳에 헌신함으로써 '무너진 데를 보수하는 자'가 되기로 결단하였다.

이러한 소명을 감당하고자 기도하던 중에, 그 일을 효과적으로 추진하기 위한 단체를 설립할 필요가 있다고 판단하여, 2004년 여름에 뜻

2004년 6월 아시아법연구소 창립식. 좌측부터 구대환 교수, 정연호 변호사, 정성진 전 법무부장관,
고 서원우 교수, 김영길 한동대 총장, 손지열 전 대법관, 이용훈 대법원장, 필자, 고 백충현 교수,
김인호 전 경제수석, 정재룡 전 KAMCO 사장, 경수근 변호사, 김유환 교수

을 같이하는 변호사, 판사, 검사 및 교수들과 함께 사단법인 **아시아법**
연구소를 설립했다. 이 연구소는 앞에서 설명한 바와 같이 이용훈 변호
사님(현 대법원장)을 초대 이사장으로 모시고, 내가 초대 소장이 되어 이
웃나라의 법과 제도를 연구하고 그들의 법과 제도의 정비와 법률가 양
성을 지원하는 활동을 전개해 오고 있다.

크리스천 리더십 아카데미

우리나라의 미래상

나는 우리나라의 미래에 큰 기대를 가지고 있다. 한편으로는 적지 않게 우려도 된다. 우리나라가 하루 속히 선진국에 진입할 수 있으면 좋겠는데, 그것이 언제쯤 가능할까? 우리 민족의 숙원인 통일은 언제나 이루어질 수 있을까? 우리나라가 아시아의 공존공영과 세계평화에 적극적으로 이바지할 수 있는 리더십을 확보할 수 있을까? 이러한 목표를 달성하기 위해 지금부터 준비해야 할 것은 무엇일까? 그리고 그러한 준비는 착실히 진행되고 있을까?

이러한 생각을 하면서 우리나라의 현실적인 상황을 살펴보면, 가슴이 답답해 오는 것을 느낀다. 정치, 경제, 사회, 문화 어느 곳을 살펴보아도 희망이 보이지 않는 것 같다. 정치권에서는 국가 발전에 관한 청

사진을 제시하고 그것을 실현하기 위해 각계각층의 지혜와 힘을 모아가야 하는데, 우리 정치인들에게는 국가 발전에 관한 장기적인 비전 제시나 대국적인 안목은 보이지 않고 당장 눈앞의 이해관계나 당리당략에 이끌려 서로 싸움만 계속하고 있다는 느낌을 지울 수 없다. 그리고 경제계에서는 세계적인 경제위기를 맞아 모든 분야에서 어려움을 호소하고 있는 와중에 일부 소수의 대기업들은 사상 유례 없는 고수익을 기록했다고 즐거워하는 반면, 대부분의 기업들은 아직도 경제 침체의 늪에서 벗어나지 못하고 있다. 특히 서민들은 끝없이 치솟는 물가상승으로 인해 생계를 유지하기도 어려운 상태이다. 사회적으로는 도시와 농촌의 불균형, 빈부격차의 심화, 세대 간의 갈등으로 국민 화합을 기대하기 어려우며, 사회적 약자나 취약계층에 대한 배려가 부족하여 사회 통합을 이루지 못하고 있다.

한편, 청소년 교육의 현실은 더욱 안타깝기만 하다. 정부 당국자들은 마치 사교육이 우리 교육의 원죄나 되는 것처럼 사교육 억제를 강력히 주장하고 있지만, 그것을 해결할 수 있는 대안을 찾지 못하고 있다. 그리고 조기유학과 그로 인한 기러기 아빠의 증가는 우리나라가 스스로 차세대를 교육할 능력조차 상실한 나라가 아닌가 하는 아쉬움을 자아내게 한다. 그뿐만 아니라 민족의 숙원인 남북통일에 대한 전망은 점점 흐려지고 있다. 아시아에서 리더십을 확보하여 아시아공동체의 형성에 필요한 기초를 다진다고 하는 것은 허황된 꿈처럼 보인다.

우리를 더욱 안타깝게 하는 것은 어디를 가보아도, 이러한 문제의 심각성을 정확히 인식하고 이를 근본적으로 해결할 수 있는 방안을 모색하기 위해 노력하는 사람들이 보이지 않는다는 점이다. 정치적인 역학관계에 따라 움직이는 정치권이나 단기적인 이해관계에 예민한 경제계에서 그것을 기대하기 어렵다면, 교육계나 언론계 또는 시민단체 등에서라도 그러한 움직임을 찾아볼 수 있어야 할 텐데, 내가 과문한 탓인지는 모르지만, 어느 곳에서도 그러한 조짐을 발견할 수 없다.

교회에 거는 기대

나는 한동안 이런 문제를 해결할 수 있는 원동력을 교회에서 찾아보려고 했다. 교회는 하나님의 말씀을 진리로 믿고 그 말씀에 따라 살려고 노력하는 사람들의 모임이기 때문에 정치적인 역학관계나 단기적인 이해관계에 따라 움직이지 않고 장기적인 관점에서 국가와 사회를 위한 종합적인 대책을 마련할 수 있는 가능성이 있을 것으로 보았다. 교회가 교인들에게 하나님의 말씀을 잘 가르쳐서 그들이 구체적인 삶의 현장에서 빛과 소금의 역할을 다할 수 있게 하면, 우리나라가 멀지 않은 장래에 하나님 보시기에 아름다운 나라로 발전할 수 있을 것으로 믿는다.

그러나 내가 교회에서 오랫동안 집사와 장로의 직분을 맡아 봉사하면서 느낀 점은 우리나라 교회에 그런 기대를 하기가 매우 어렵다는 점이다. 그 이유는 첫째로, 우리나라에는 교회가 아주 많지만 국가와 사회 문제에 깊은 관심이 있는 교회를 찾기는 어렵다. 우리나라 교회는 대체로 개인의 영혼을 구원하는 일에는 깊은 관심이 있지만, 국가와 사회를 하나님 보시기에 아름답게 발전시키려는 교회는 찾기가 어렵다. 둘째로, 우리나라 교회는 소수 대형 교회를 제외하면, 대체로 경제적인 여유가 없는 실정이다. 재정적으로 자립하고 있는 교회는 대도시의 몇몇 이름난 대형교회밖에 없고, 대부분의 교회들은 미자립 상태이다. 교회의 양극화 현상을 보고 있노라면, 그 모습이 어쩌면 우리 기업의 양극화 현상과 그렇게 닮았는지 놀라지 않을 수 없다.

그보다 중요한 문제는 우리나라 교회의 리더십이 그러한 문제에 관심을 기울이지 않고 있다는 점이다. 교회에는 목사, 장로, 권사, 집사 등과 같은 직분들이 있는데, 그 중에서 가장 중요한 역할을 담당하고 있는 직분은 목사와 장로라고 할 수 있다. 그리고 교회에 따라 그러한 직분의 역할에 어느 정도 차이가 있기는 하지만, 교회의 가장 중요한 리더십은 담임목사이다. 대부분의 교회는 담임목사가 개인의 영혼 구원과 그를 통한 교회의 외적 성장에는 큰 관심을 기울이고 있지만, 교인들이 구체적인 삶의 현장에서 그리스도 예수의 증인으로 살아갈 수 있도록 교육하고 훈련하는 일에는 별다른 관심을 기울이지 않는 것 같다. 주일날 교회에 가보면, 믿음이 좋고 은혜가 충만한 교인들이 많을 뿐만 아니라 새벽부터 저녁까지 열심히 봉사하는 사람들도 많은 것을 볼 수 있다. 그러나 구체적인 삶의 현장에서 살아가는 모습을 살펴보면, 그들이 크리스천인지 아닌지 구별하기가 어려울 만큼 세상에 동화되어 있다. 예수님은 당신을 따르는 제자들에게 "너희는 세상의 빛과 소금이라"(마 5:13-14)고 말씀하셨다. 그런데 만약 크리스천들 중에서 10퍼센트만이라도 삶의 현장에서 빛과 소금의 역할을 다한다면, 우리나라는 벌써 선진국이 되었을 것이다.

1996년 겨울에 서울대 법대 출신 기독인들의 모임에 참석한 적이 있다. 그 모임은 어느 대형교회에서 개최되었는데, 나는 법기독학생회 지도교수 자격으로 참석했다. 그날은 유력한 선배들이 특히 많이 참석했다. 당시 대법관도 있었고, 검찰총장도 있었으며, 청와대 경제수석도 있었다. 그 밖에 각 분야를 대표할 만한 분들이 아주 많이 보였다. 모임은 찬양과 예배, 기도 등의 순서로 은혜롭게 진행되었다. 중보기도 시간에는 사회자의 인도로 국가와 사회를 위한 기도를 드렸다. 그런데 나는 그 기도가 왠지 공허하게 느껴졌다. 그 자리에 있는 유력한 인사들만이라도 구체적인 삶의 현장에서 빛과 소금의 역할을 다한다면, 우리나라가 당면한 여러 문제들이 좀더 쉽게 풀릴 수 있을 것이라는 생각이 들었다.

그 후 얼마 지나지 않아 우리나라는 IMF의 관리를 받는 경제난에 빠지게 되었다. 그 자리에 참석했던 인사들 중에 적지 않은 분들이 공직 수행의 잘못에 대한 책임을 지고 교도소에 들어가거나 사회적인 비난을 받는 것을 지켜보았다. 물론 그분들 중에는 억울한 누명을 썼던 분들도 있고, 교도소에서 하나님을 인격적으로 만나서 기듭난 삶을 살고 있는 분들도 있다. 그러나 그분들이 좀더 일찍 하나님을 인격적으로 만나서 구체적인 삶의 현장에서 빛과 소금의 역할을 다하는 예수 그리스도의 증인으로 살았다면, 우리나라는 이미 선진국 대열에 들지 않았을까 하는 아쉬움이 남는 것이 사실이다.

크리스천 리더십 아카데미

한번은 고등학교에서 학생들을 위한 특강을 부탁받은 적이 있다. 나와는 꽤 세대 차이가 나는 요즘 고등학생들의 '코드'에 맞추어 특강 주제를 찾을 수나 있을지, 제대로 소통이라도 할 수 있을지 고민되었다. 나를 맞이해 주신 교장선생님은 미리 양해부터 구했다. 요즘 아이들은 인기 배우나 가수들이 와야 좋아하지, 교수님의 특강에는 큰 관심이 없을지 모르니, 혹시 아이들이 관심을 보이지 않더라도 실망하지 말라는 것이었다. 나는 걱정 반 우려 반으로 강단에 올라가 청소년들에게 무려 1시간 반 동안 우리나라의 가능성과 장기적인 비전에 대해 강의했다. 그런데 놀랍게도 학생들이 아주 열심히 들었다. 강의를 마치고 내려오자 학생들이 우르르 몰려와 사인을 받겠다고 30분 이상 줄을 서서 기다렸다.

나는 청소년들에게 가장 심각한 문제는 그들이 버릇없거나 이기주의에 빠져 있는 모습이 아니라, 제대로 된 비전을 갖지 못하는 것이라 생각한다. 올바른 비전에 대해 듣고 생각할 기회가 없기 때문이다. 그날 학생들에게 사인해 주면서, 학교가 우리 청소년들에게 그들의 눈높이에 맞는 꿈과 비전을 심어줄 수 있다면 우리나라의 미래는 충분히 밝아질 수 있다는 자신감을 얻었다. 세계 어느 나라에서도 찾아볼 수 없는 대학입시와 사교육 문제의 심각한 현실 속에서 일류대학에 입학시키는 것보다 더 중요한 가치는 다음 세대에게 꿈과 비전을 심어 주는 것이다.

나는 우리 역사, 문화, 정치, 경제를 멀리 그리고 크게 보는 지도자가

많이 나오기를 기대한다. 5년 뒤, 10년 뒤가 아닌 20년, 30년 후 국가와 사회의 로드맵을 그리고, 기독교적 대안으로 이를 실행하는, 심기는 리더가 나오길 기도한다.

세계적인 대형교회와 많은 기독교인이 있고, 세계 2위의 선교사 파송국인 한국이 하나님 보시기에 아름다운 나라로 발전하지 못하는 이유는 무엇인가? 그것은 내가 오랫동안 가슴 속에 품어온 의문이기도 하다. 이러한 의문에 대해 여러 가지 대답이 가능할 것이다. 우리나라 교회에서 이러한 문제의 답을 기대하는 것은 잘못이라고 지적하는 이들도 있을 것이다. 그분들은 교회는 각 사람의 영혼을 구원하기 위한 곳이지, 국가와 사회의 문제를 해결하기 위한 곳은 아니라고 생각하기 때문이다. 그러나 나는 그런 생각에 동의하지 않는다. 개인의 영혼을 구원하는 것과 국가와 사회의 문제를 해결하는 것을 분리할 수 없다고 생각한다. 정교분리의 원칙상 교회가 국가와 사회의 문제를 해결하기 위해 적극적으로 나서는 것은 옳지 않지만, 교회가 그 구성원인 교인들에게 그들의 삶의 현장에서 빛과 소금의 역할을 다함으로써 국가와 사회의 문제를 하나님 보시기에 아름답게 해결할 수 있도록 지원하고 격려하는 것은 매우 중요하다.

기독교인들이 그들의 구체적인 삶의 현장에서 그런 역할을 다하지 못하는 이유는 무엇일까? 나는 두 가지 중에 하나라고 생각한다. 하나는 교회가 교인들을 제대로 가르치지 않았기 때문이고, 다른 하나는 교인들의 신앙이 아직 충분히 성숙하지 않았기 때문이다.

여기서 예수님이 부활하신 뒤 제자들에게 나타나서 당부하신 말씀을 곰곰이 묵상해 보자.

> 예수께서 나아와 말씀하여 이르시되 하늘과 땅의 모든 권세를 내게 주셨으니 그러므로 너희는 가서 모든 민족을 제자로 삼아 아버지와 아들과 성령의 이름으로 세례를 베풀고 내가 너희에게 분부한 모든 것을 가르쳐 지키게 하라. 볼지어다. 내가 세상 끝날까지 너희와 항상 함께 있으리라 하시니라. (마 28:18-20)

이 말씀은 예수님의 지상명령이다. 당시의 제자들에게만 적용되는 명령이 아니라 지금 예수를 구주로 믿는 우리에게 주신 명령이다. 그런데 우리는 지금 예수님의 지상명령에 순종하고 있는가? 대부분의 교회들이 강조하는 사역의 중점을 위 말씀에 비추어 살펴보면 전반부, 즉 "너희는 가서 모든 민족을 제자로 삼아 아버지와 아들과 성령의 이름으로 세례를 베풀고"에만 집중하여 전도와 제자 훈련은 열심히 하고 있으나 후반부, 즉 "내가 너희에게 분부한 모든 것을 가르쳐 지키게 하라"에 대해서는 큰 관심을 기울이지 않고 있다. 한국 교회에서 이러한 현상이 두드러지게 나타나는 이유가 무엇인지 깊이 연구해볼 필요가 있다. 그러나 적어도 그것이 우리나라 교회의 특징 중 하나라는 점은 부인할 수 없다.

그럼에도 내가 아직 교회에 대한 기대를 버리지 않는 이유는 비록 그 수가 매우 적기는 하지만, 이러한 문제를 깊이 인식하고 그 해결책을 모색하며 깨어 있는 교회가 있다는 것을 알기 때문이다. 그리고 지금도 국가와 사회를 위해 눈물로 기도하는 하나님의 신실한 종들이 있음을 믿기 때문이다.

나는 한국 교회가 이러한 시대적 사명을 정확히 인식하고, 믿지 않는 사람들을 전도하여 그들의 영혼을 구원하는 일과 국가와 사회의 문제를 하나님 보시기에 아름답게 해결해 나가는 일을 균형 있게 추진해 간다면, 우리나라를 하나님 보시기에 아름다운 나라로 발전시킬 수 있다고 믿는다. 그뿐만 아니라 교인들이 그들의 삶의 현장에서 빛과 소금의 역할을 다함으로써 하나님의 공의를 실현하고 이웃사랑을 실천함으로써 하나님 나라를 확장하는 일에 헌신하게 되면, 기독교에 대한 일반인들의 인식과 평가도 크게 호전될 수 있을 것이며, 결과적으로 믿지 않는 사람들에 대한 전도와 교회 성장에도 큰 도움이 될 것이다.

나는 이 시대에 한국 땅에서 크리스천으로 살아가는 사람으로서, 크리스천들이 구체적인 삶의 현장에서 빛과 소금의 역할을 다하는 예수 그리스도의 제자로 살아갈 수 있도록 세워주고 도와주는 것보다 더 중요한 일은 없다고 생각한다. 따라서 이런 일을 본격적으로 추진하기 위해 뜻을 같이하는 헌신된 분들과 함께 **크리스천 리더십 아카데미**(Christian Leadership Academy, 이하 'CLA'라 칭함)를 설립하여 운영하기로 결심하고, 1년 전부터 이를 위한 준비를 꾸준히 해왔으며, 드디어 2010년 5월에 대망의 출범을 하게 되었다.

CLA는 크리스천들이 구체적인 삶의 현장에서 예수 그리스도의 제자로 살아갈 수 있도록 다음과 같은 활동을 하고자 한다.

– 구체적인 삶의 현장에서 그리스도 예수의 제자로 살아가고자 하는 헌신된 크리스천들을 찾아서, 그들의 삶에 필요한 성경적인 원리와 지침을 가르치고 이를 실천할 수 있도록 훈련한다.

– 각 분야에서 그리스도 예수의 제자으로 살아가고 있는 훌륭한 분들을 찾아내어 그들이 롤모델Role Model이 되어 후배들을 위한 멘토Mentor의 역할을 할 수 있도록 지원한다.

– 각 분야와 직장에서 그리스도 예수의 증인으로 살아가고 있는 롤모델들과 멘토들을 서로 연결하여 상호 격려하고 지원함으로써 시너지 효과를 발휘할 수 있도록 한다.

– 크리스천들이 기독교적인 세계관을 가지고 구체적인 삶의 현장에서 그리스도 예수의 제자로 살아가는 데 필요한 지식과 관련된 서적과 정보를 생산하여 제공하고, 이를 홍보하는 역할을 한다.

아내와 함께 아시아로

　우리는 이런 활동을 통해, 크리스천들이 각 분야와 직장에서 빛과 소금의 역할을 다하는 예수 그리스도의 제자로 살아갈 수 있도록 도와주고 격려하고자 한다. 또 개인적으로는 성령 안에서 의와 평강과 희락을 누리는(롬 14:17) 삶을 살 수 있도록 섬기는 일을 하고자 한다. 그리고 우리나라가 안으로는 시대적 과제인 선진국 진입과 남북통일이라는 국가적 과제를 속히 달성할 수 있도록 노력하고, 밖으로는 아시아에서 확실한 리더십을 확보함으로써 아시아의 공존공영에 이바지하는 동시에 세계 평화와 인류 복지에 크게 기여하는 나라로 발전할 수 있기를 소망한다. 이런 일을 행하는 과정에서 우리는 늘 하나님께 기도하면서, 하나님께서 주시는 지혜와 능력을 가지고 성령님의 인도하심에 따라, 작은 일에서 큰일에 이르기까지 마음과 뜻과 정성을 다하여 헌신할 것을 다짐한다. 그리고 늘 겸손한 마음과 열린 자세로 하나님께서 예비해 두신 모든 분들과 협력함으로써 하나님 나라를 위해 헌신하고 나아가 하나님께 영광을 돌릴 것을 약속한다.

에필로그

2009년 초, 환갑을 앞두고 나는 지난 60년의 삶을 정리해 보고 싶었다. 내 삶을 돌아보니, 개인적으로나 사회적으로 많은 축복을 받았음을 알게 되었다. 그동안 다양한 분들을 만나 크고 작은 도움을 받았다. 내 인생에서 가장 중요한 만남은 1991년 여름, 하나님과의 인격적인 만남이다. 그것을 계기로 내 인생은 극적인 변화를 경험해 왔다.

이 책은 내 삶에서 겪은 고난과 시련 그리고 그를 통해 받은 은혜와 축복을 독자들과 나눔으로써 하나님을 알지 못하는 사람들에게는 하나님을 소개하고, 하나님을 믿고 있는 사람들에게는 하나님과 더욱 친밀한 교제를 나눌 수 있게 하기 위한 것이다.

여섯 살 때부터 집 앞에 있는 이천교회에 나갔지만, 거듭난 삶을 살게 된 것은 1991년 여름 주님의교회 전교인 수련회에서 하나님을 인격적으로 만난 뒤였다. 그때까지 나는 하나님께 은혜 받은 것이 전혀 없다고 생각할 정도로 완악했으나, 주님과의 만남을 경험하면서 비로소 모든 것이 그분의 은혜임을 깨닫게 되었다. 하지만 오랫동안 전통적인 유교 문화와 사회적인 인습에 길들여진 몸과 마음을 기독교적 문화와 성경적 가치관으로 바꾸는 데는 상당한 시간과 고된 훈련이 필요했다. 그러한 과정에서 나는 진정한 크리스천이란 구체적인 삶의 현장에서 예수 그리스도의 제자로 살아가려고 노력하는 사람이라는 것을 깨달았고, 평생 동안 내 삶을 통해 실현해 가야 할 새로운 비전과 소명을 발견했다.

남은 생애 동안, 내가 가진 지식과 경험으로 국내에서는 우리 경제질서를 하나님 보시기에 아름다운 모습으로 발전시키는 데 이바지하고, 국제적으로는 우리 법과 제도에 관한 지식과 경험으로 이웃나라를 돕는 일에 기여하려고 한다. 특히 이웃나라들 중에는 구소련의 붕괴로 인해 사회주의 계획경제에서 벗어나 시장경제로 체제를 전환하고 있는 나라들이 많다. 그러한 나라에 법과 제도의 정비와 법률가 양성에 필요한 지원과 협력을 제공해 갈 것이다. 나는 이런 방법으로 우리나라가 받은 축복을 이웃나라와 나눌 수 있기를 기원한다. 그것은 나에게 맡겨진 시대적 사명이자 우리나라가 남북통일에 대비하면서 선진국으로 발돋움할 수 있는 지름길이기도 하다.

그리고 사회 각 분야에서 이름도 빛도 없이 예수 그리스도의 제자로 살아가고 있는 크리스천들을 만나 그들과 연합함으로써 우리나라를 하나님 보시기에 아름다운 나라로 발전시키는 데 이바지하는 동시에, 이를 이웃나라에까지 확대해 감으로써 하나님 나라를 위해 헌신하고자 한다. 나는 하나님께서 내게 주신 모든 학문적 소양과 능력을 이 땅에 다 소진하고 싶다. 빈손으로 태어나 헤아릴 수 없이 풍성한 은혜를 채워 주신 하나님께 감사드리며 그분이 부르시는 날까지 후회 없이 남은 힘을 온전히 소진하길 원한다. 이 책이 이러한 일에 다소나마 도움이 된다면 더 이상 바랄 것이 없겠다.

2010년 3월

서울대 법대 연구실에서

부록 제자들의 눈에 비친 모습

포용과 비전 그리고 열정의 선생님

김영심 _서강대학교 법학전문대학원 교수

저는 대학 2학년 때 교수님을 처음 만났습니다. 학생들 앞에서 언제나 겸손하게 기도하시던 모습을 기억합니다.

설날에 댁으로 초대하여 떡국을 대접해 주시던 모습, 갑자기 시작된 큰아드님의 방황으로 힘들어하시던 아버지의 모습, 웃는 모습이 예쁜 여자를 만나 평생 웃게 해주고 싶다던 작은 아드님 이야기를 하시며 웃으시던 모습, 큰며느리가 될 자매와 편지를 주고받는다고 하시며, 이제 당신에게도 드디어 딸이 생겼다고 기뻐하시던 모습이 생각납니다.

세월이 흘러 어느새 큰아드님은 굴지 컨설팅회사의 M&A 전문가가 되었고, 작은 아드님은 환경 관련 만화를 그리는 만화가로 굳건히 자리 매김하였고, 교수님과 편지를 주고받던 자매는 큰며느리가 된 뒤 듬직한 두 아들의 엄마가 되었고, 웃는 모습이 예쁘다던 작은며느님은 역시나 웃는 모습이 예쁜 딸아이의 엄마가 되었습니다.

늘 소녀 같으시며, 제자들에게 맛있는 떡국을 끓여 주시던 사모님께서도 이제는 어느덧 세 손자의 할머니가 되셨습니다(하지만, 사모님은 지금도 여전히 소녀 같으십니다ㅡ).

그동안 저는 변호사가 되었고, 두 아이의 엄마가 되었으며, 어느새 제가 처음 교수님을 만났던 당시의 교수님 나이가 되어 갑니다.

로스쿨 제도의 도입으로 부족한 제가 대학교에 와서 교수로 일하다 보니, 순간순간 저도 모르게 예전의 교수님 모습을 떠올리게 됩니다.

교수님께서는 갈등하며 흔들리는 저희를 꾸짖지 않으시고 언제나 따뜻하게 포용해 주셨고, 늘 눈앞의 일에 허덕이는 저희에게 저 멀리 어딘가를 가리키며 비전과 소망을 품게 해주셨습니다. 언제나 변함없는 열정을 가지고, 한결같은 마음으로 저희 곁을 지켜주셨습니다.

이 기회를 빌려 진정한 스승의 본보기가 되어 주신 교수님과 사모님께 존경과 감사의 마음을 전하며, 저 또한 포용과 비전 그리고 열정의 선생님을 닮아갈 수 있기를 간절히 기원합니다.

참으로 신실하신 선생님

신은주 _한동대학교 법학부 교수

1987년 9월초, 대학원 석사과정 3학기 채권법연구 첫 시간이었다. 우리는 외부에서 오신 새로운 선생님에 대한 호기심으로 웅성이며 강의실에서 선생님을 기다리고 있었다. 드디어 앞문이 열리고 건장한 체격의 젊은 선생님이 검은 서류가방을 들고 등장하셨다. 큰 키에 딱딱한 표정을 하신 선생님과 네모난 서류가방의 기세에 눌려 웅성이던 강의실은 이내 고요해졌다. 선생님은 짧은 침묵을 깨고 간단한 인사말과 한 학기 동안 강의할 내용에 대한 소개를 하신 뒤 본격적인 강의에 들어가셨다. 군더더기가 없고 명쾌한 강의가 이어지면서 긴장된 분위기는 점점 흥분으로 바뀌었다. 권위주의 시대를 살아가면서 민법을 공부하면서도 사익보다는 공익을 먼저 생각해야 하고 자유보다는 그 제한을 강조하는 분위기를 답답하게 생각하고 있던 당시 상황에서, 사적 거래에서 당사자들의 자치를 강조하는 사적 자치의 원리에 대한 선생님의 열강은 정치적, 사회적 자유에 대한 우리들의 갈증을 해소하기에 충분했다. 이것이 내가 선생님의 제자가 된 계기였다.

선생님이 첫 강의에서 제시해 주신 민법에 대한 새로운 관점과 해석은 신선한 충격이었다. 그래서 나는 더 진지하고 체계적인 학문적인 가르침을 받기 위해 박사과정을 선생님이 계시던 경희대학교에 진학했다. 나는 선생님 연구실에서 조교로 있으면서 학문에 대한 선생님의 치열하고 진지한 모습과 함께 인간적인 면모도 함께 경험할 수 있었다.

선생님은 무서운 호랑이 선생님으로 알려져 있었기에 학생들은 감히 가까이 하지 못했지만 나는 선생님의 세심한 배려와 함께 철저한 학문적인 지도를 받을 수 있는 행운을 누렸다. 그러면서 나는 다른 학생들이 선생님 마음속에 있는 사랑이 얼마나 크고 깊은지를 알지 못하는 것이 매우 안타까웠다.

학문에 임하여 늘 진지하고 치열한 자세, 단순 명쾌한 설명, 엄격한 평가와 예리한 지적 그리고 늘 원칙을 지키면서 매사를 공정하게 처리하는 선생님의 태도 등으로 학생들은 늘 선생님을 닮고 싶어 하면서도 쉽게 다가가지는 못하였다. 그런데 선생님의 자세와 태도에 서서히 변화가 일어나게 되었다. 선생님께 신앙적인 변화가 생기면서 비수와 같았던 비판이 완곡한 표현으로 바뀌었고, 따뜻한 마음이 학생들에게도 전달되기 시작했다. 특히 선생님이 서울대학교로 옮겨가신 후에는 많은 학생들이 선생님의 지도를 받으면서 선생님과 인격적인 만남을 통하여 그들의 삶의 목표와 학문하는 태도에 변화가 생기는 것을 볼 수 있었다.

그러한 영향은 나에게도 미쳤다. 선생님은 내가 교수로서, 신앙인으로서 어떻게 살아가야 하는지를 알려 주는 사표師表이시다. 내가 박사학위를 받은 후 독일 함부르크대학교 막스플랑크 연구소에 가서 연구하고 있을 때 선생님이 그곳을 방문하신 적이 있다. 바쁜 일정 중에도 일부러 시간을 내어, 나를 학문적으로 지도하시던 쾨츠Koetz 교수를 만나서 나의 학문적인 장단점을 자세히 설명하시고 특별히 내게 부족한 점을 보완할 수 있도록 잘 지도해 주시길 당부하셨다. 그 덕분에 나는 선생님이 다녀가신 후 그 교수님의 과분한 관심으로 한눈 팔 겨를도 없이 연구에 매진하지 않을 수 없었다. 나중에 안 일이지만, 선생님의 이와 같은 배려는 다른 제자들에게도 한결같이 베풀어졌다. 그래서 많은 제자들이 외국에서 유학하는 동안 그곳 지도교수들로부터 세심한 학문적 지도와 관심을 받을 수 있었다.

나는 선생님의 추천으로 1998년 한동대학교 교수로 부임하였다. 그것은 내 인생에서 가장 큰 모험이기도 했다. 당시 한동대학교는 개교한 지 2년밖에 안 된 신설 대학이었으며, 법학부는 그 해에 처음 시작하는 것으로 내가 첫 번째 교수였다. 나는 법학부의 학사일정과 교수 초빙 등 모든 학사행정업무를 도맡아 처리해야 했다. 그동안 잘 짜여진 제도와 안락한 환경 속에서 편안하게 지냈던 내가 갑자기 아무 연고도 없는 포항에 내려가서 새로 시작되는 학부를 맡아서 이끌어가야 하는 것은 큰 부담이 아닐 수 없었다. 그런 상황에서 망설이고 있던 내게 모험적인 삶을 시작할 수 있도록 큰 용기를 북돋아 주신 분이 바로 선생님이시다.

선생님은 그해 2학기에 안식년을 맞이하여 미국으로 떠날 계획이었지만 외환위기에 따른 정부의 방침에 따라 보류되었다. 그러자 선생님은 그 기회를 이용하여 매주 포항까지 내려오셔서 강의를 해 주셨다. 그뿐만 아니라 김철수 교수님, 김일수 교수님 등과 같은 저명한 교수님들을 소개하여 그분들이 한동대에서 강의할 수 있도록 도와주기도 하셨다. 그 후에도 선생님은 우리 학교에 여러 번 오셔서 '법을 통해서 하나님의 정의와 사랑을 실천하고 세상을 변화시키겠다'는 꿈과 비전을 가지고 있는 학생들에게 그 꿈을 실현할 수 있는 방안을 제시해 주셨다.

선생님은 우리 법학부와 국제법률대학원이 만들어지는 과정에서 다양한 방법으로 도움을 주셨다. 한동대학교에서 시작된 내 삶의 모험은 선생님의 도움으로 더 없이 안전한 항해를 할 수 있게 되었다. 선생님은 20여 년 전 나에게 모험을 시작할 수 있도록 격려해 주셨던 것처럼, 지금도 많은 제자들에게 진리를 향한 모험을 시작하도록 권면하고 또 도와주고 계신다.

내 삶에 미친 선생님의 영향은 여기에 그치지 않는다. 선생님의 삶은 내 삶의 가치와 우선순위를 정하는 데 많은 영향을 미쳤다. 박사과정에 있을 때 나는 신앙적으로 많은 갈등을 하고 있었다. 나는 오랫동안 교회에 출석하고 있었지만 하나님이 도저히 믿어지지 않았기 때문에, 기독교는 나와 상관이 없는 것이 아닌가 하는 회의에 빠져 있었다. 유교적인 가정환경과 합리적인 사고를 강조하는 법학이라는 학문이 논리에만 의존하지 않는 기독교 신앙과는 어울릴 수 없는 것이 아닌가 하는 생각을 하고 있었다. 그런데 유교적인 배경에서 성장하셨고 법학의 논리를 누구보다 깊이 이해하고 있는 분으로서, 기독교와는 전혀 어울리지 않을 것처럼 보였던 선생님께 신앙적인 변화가 나타나기 시작했다. 선생님이 하나님을 인격적으로 만난 뒤 성품에 변화가 생기는 것을 직접 경험하게 된 것이다. 아주 냉철하고 잘못에 대해 매우 엄격하시던 선생님이 학생들의 실수를 용납하시고 이해해 주시며 그들을 포용하시는 것을 보면서, 나는 그러한 변화의 원천이 무엇인지 궁금했다.

그리하여 나는 다시 진지하게 성경을 묵상하기 시작하면서 차츰 진리가 무엇인지 깨닫게 되었다. 만약 그때 선생님 곁에서 당시의 변화를 직접 경험하지 않았다면 지금쯤 나는 기독교 신앙과는 아무런 상관없이 살아가고 있을지도 모른다. 기독교 신앙이 선생님의 삶을 변화시켰듯이 내 삶의 목표도 자아실현에서 이웃사랑으로 바뀌게 되었다.

또한 선생님께서 말과 행동을 통하여 끊임없이 보여 주고 계신 관용과 온유함은 내가 늘 닮고 싶은 덕목이기도 하다. 나는 그동안 많은 시간을 선생님과 함께하면서 알게 모르게 많은 실수를 해왔을 것이다. 그러나 선생님께서는 늘 작은 것이라도 내가 잘한 것을 찾아 칭찬하시고 격려해 주시면서 더 잘할 수 있도록 도와주셨다. 그래서 나도 선생님처럼 많은 사람들을 품을 수 있는 넓은 관용과 덕성을 기르기 위해 열심히 노력하고자 한다.

내가 선생님을 만나게 된 지 어언 20여 년의 세월이 흘렀다. 그동안 많은 시간이 지났음에도 선생님은 언제나 그 자리를 지키고 계신다. 나에게뿐만 아니라 다른 제자들에게도 동일하시다. 도움이 필요한 사람들에게는 도움을 주시고, 고통 받고 있는 사람들에게는 위로해 주시고, 그 고통을 극복할 수 있는 용기를 북돋아 주시기 위하여 변함없는 자세로 신실한 사랑을 보여 주신다. 그와 같은 사랑을 베풀기 위해 참으로 많은 인내를 해오셨음을 알고 있다. 오늘도 이처럼 선한 청지기의 삶을 살고 계신 선생님을 바라보면서, 나도 이웃사랑을 실천하면서 내게 주어진 사명을 잘 감당해 나가야겠다는 각오를 다진다.

사람을 키우는 일에 헌신하신 선생님

이봉의 _서울대 법학대학원 교수

나이가 들어가면서 그리고 대학에서 교수로 일하는 연차가 쌓여가면서 점점 더 어렵게 느껴지는 것이 바로 제자를 키우는 일이다. 그러면서 개인적인 경험으로 보나 세간에 알려진 바를 통해서 선생님의 '사람 키우는' 능력에 대하여 새삼 존경과 경외심이 드는 것은 나만의 생각은 아닐 것이다. 그동안 특별한 욕심 없이 살아왔다고 자부하는 나도 선생님의 사람 키우는 비상한 능력에 관한 한 시샘을 느끼지 않을 수 없다.

내가 선생님을 처음 만난 것은 1989년 2학기, 대학원 1년차 세미나에서다. 아직 전공도 정하지 않고 이 과목 저 과목을 기웃거리고 있을 때, 독점규제법 세미나를 통해 선생님과 인연을 맺었고, 이듬해 2학기에 석사논문을 준비하면서 선생님의 지도를 받았다. 경제법에 문외한이나 다름없던 내가 논리도 체계도 가치판단도 세워지지 않은 상태에서 이글 저글을 짜깁기해서 제출한, 정말 논문이라고 부르기도 어려운 초고를 선생님은 꼼꼼히 읽으시고, 문장 하나하나를 빨간 볼펜으로 정성껏 수정해 주셨다. 당시 철부지였던 나에게는 그것이 꾸지람으로만 느껴졌다.

그 후 박사과정에 진학하여 우리 대학에서도 일이 많기로 소문난 선생님 곁에서 연구를 도우면서, 나는 또다시 수도 없이 쓰고 고치는 작업을 반복하였고, 그때마다 내가 만든 초고는 새빨갛게 수정되는 경험을 했다. 오랜 기간 특별하지 않은 것처럼 여겨졌던 선생님의 이러한 지도 방식은 내가 2001년 교수가 되어 제자들의 논문을 지도하기 시작하면서, 그것이 얼마나 힘든 일인지, 아니 거의 불가능에 가까운 일이란 것을 알게 되었다. 무엇보다 학생들에 대한 깊은 사랑이 없이는 애당초 생각할 수도 없는 일이었다. 나는 이러한 과정을 거치면서 글쓰기와 아울러 학자로서의 자세가 조금씩 다듬어졌다고 할 수 있다.

선생님은 똑똑하고 잘난 사람보다는 진지하고 성실하며 겸손한 사람을 더 좋아하시는 것 같다. 그래서인지 경제법을 공부하기 위해 선생님을 찾아오는 학생들 중에는 똑똑한 인재들도 많지만, 나처럼 특별한 재능도 없고 성적도 탁월하지 않으며, 집안 형편도 넉넉하지 않은 사람들이 더 많다. 선생님이 주관하시는 여러 세미나에 참여하면서, 아무런 문제의식 없이 주제를 선정하여 학문적인 허세를 부리거나 글쓰기에 요령을 피우는 학생들이 많은 비판을 받는 것을 보았다. 나도 나름 자신이 있다고 생각했던 주제에 대해서는 혹평을 받기도 했고, 어려운 문제에 진지한 자세로 조심스럽게 접근한 발표에 대해서는 칭찬을 받기도 했다. 그 후 10여 년의 세월이 지나고 나서야 비로소 나는 그 이유를 조금씩 깨달아 가고 있다. 선생님은 그러한 방법으로 제자들에게 투철한 문제의식과 학문적인 성실성을 가지고 겸손하게 접근하는 자세를 가르쳐 오셨던 것이 아닌가 생각된다.

박사과정을 수료한 후 나는 독일로 유학을 떠나, 한동안 선생님의 따가운 감시를 벗어나서 비교적 자유롭게 공부할 수 있었다. 3년 반의 유학 기간에 선생님은 내가 공부하고 있던 대학을 세 차례나 방문하셨고,

그 중에 한번은 6개월여를 함께 지내신 적도 있었다. 당시 나는 독일의 방대한 자료와 치밀한 법리로 자신을 무장시켜 가면서, 학문적으로 자신감 정도가 아니라 오만에 가까운 상태에 빠져 있었다. 그런 나의 모습이 신생님의 눈에는 매우 거슬렸을 터인데도 선생님은 아무 말씀을 하지 않으셨고, 나는 귀국 후 몇 년이 지나서야 비로소 그것을 감지하게 되었다.

제자들과 이웃에 대한 선생님의 사랑은 어쩌면 내가 가장 부러워하면서도 지금까지 체득하지 못하고 있는 부분이기도 하다. 선생님은 늘 이웃에 대한 사랑과 봉사를 강조하신다. 그 밑바탕에는 독실한 기독교 신앙이 자리잡고 있음을 잘 알고 있다. 그러나 이 점은 내가 아직 넘지 못하고 있는 벽이기도 하다. 그동안 선생님께서 몇 차례 권유하신 적도 있고, 또 늘 제자들을 위하여 기도하고 계신다는 말씀도 들었지만, 나는 아직 송구스럽게도 그럴 만한 마음의 여유가 없는 것 같다. 오늘날 교수가 점차 전문 분야의 기술자로 바뀌어 가고 있는 대학에서 교수라는 호칭보다 선생님이라는 호칭이 더 잘 어울리는 교수가 그리 많지 않다. 그리고 어떤 교수가 스스로 선생님이라고 불리기를 선호한다면, 전문적인 지식과 냉철한 합리성을 갖추는 것만으로는 부족하고, 제자들을 사랑하고 사회에 봉사하는 삶을 살아가야 할 것이다. 이 점은 종교적 성향의 차이에도 불구하고 내가 선생님과 공유하는 가치라고 생각한다.

제자들에 대한 선생님의 따뜻한 사랑은 오늘도 계속된다. 선생님의 기대수준이 높아서, 거기에 미치지 못하는 제자들 중에는 때로 이를 부담스럽게 생각하기도 하고, 심지어 오해하는 경우도 있다. 그러나 세월이 지나면 그들도 나처럼 그 모든 것이 선생님의 사랑과 봉사정신에서 비롯된 것임을 알게 될 것이다. 지금 우리나라에는 선생님의 제자들이 없는 곳이 거의 없을 정도이다. 그들은 각 분야에서 열심히 활동하고 있다. 10년 전이나 20년 전에 전혀 다듬어지지 않았던 그들이 선생님의 가르침과 사랑에 힘입어 오늘날 올바른 학자나 따뜻한 법조인 또는 유능한 직업인으로 성장하여 국가와 사회의 발전에 크게 이바지하고 있다. 나는 오늘도 선생님을 부러워하면서 그 뒤를 따르기 위하여 노력하고 있다.

아름드리나무와 같은 교수님

이민호 _법무법인 세종, 변호사

선생님은 저희 제자들에게 아름드리나무와 같은 모습으로 언제나 그 자리에 서 계신 분입니다. 멀리서 바라만 보아도 마음에 위안을 얻게 되는 큰 나무처럼, 가을에는 맛있는 열매를 맺어 아낌없이 나누어 주는 나무처럼, 더운 여름날 그 넓은 그늘에서 잠시 쉬어 갈 수 있는 나무처럼, 삶에 지치고 힘이 들 때는 그 뒤에 숨어서 몰래 울 수 있는 그런 나무처럼 항상 그 자리에 서서 저희들을 지켜보고 계십니다.

선생님께 배운 많은 제자들은 각자의 자리에서 열심히 자신의 삶을 살아가면서 자주 찾아뵙지는 못하여도 선생님께서 하시는 일에 늘 성원을 보내고 있습니다. 연세가 드시면서도 끊임없이 이 세상에 도움이 되는 새로운 일들을 계획하고 추진해 가시는 모습은 제자들에게 언제나 자신을 돌아보게 합니다. 그리고 저희들도 각자 서 있는 자리에서 최선을 다해 쓰임이 많은 사람이 되어야겠다고 다짐하게 됩니다.

선생님이 맺은 튼실한 열매는 저희들이 성장할 수 있는 자양분이 되었습니다. 우리나라 경쟁법의 역사에 드리운 선생님의 그늘은 아무도 부정할 수 없을 것입니다. 선생님이 그동안 쌓아 오신 연구 성과의 탄탄한 토대 위에서 저희는 새로이 나타나는 현상들을 설명하고 극복하기 위해 크고 작은 건축물을 세우고 있습니다. 선생님이 앞장서서 열어 주신 여러 새로운 영역에서 연구가 진척되어 학문적인 성과들이 축적되고 있습니다. 선생님이 저희에게 던져 주신 다양한 화두들은 하나 둘 성과를 거두고 있고, 저희는 거기서 시작해서 화려한 꽃을 피우기 위해 최선을 다하고 있습니다.

선생님은 세상에 지치고 힘들어하는 제자들에게 늘 좋은 상담자가 되어 주셨습니다. 각자 제 자리에서 열심히 앞을 향해 나아가지만 때로는 세상 일이 마음먹은 대로 되지 않을 때가 숱하게 있습니다. 그럴 때마다 선생님께 조언을 구하고 선생님의 충고를 들으면서 다시 한 번 자신을 가다듬고 앞으로 나아갈 수 있는 새로운 희망과 용기를 얻곤 합니다. 직접 그런 일을 겪지 않은 제자들에게도 힘든 일이 생기면 언제나 우리 편에 서서 바른 길을 인도해 주실 분이 계시다는 것만으로도 큰 힘이 됩니다.

어느덧 시간이 흘러 벌써 제 나이가 선생님을 처음 뵈었을 때의 그

나이가 되어 가고 있습니다. 제가 선생님을 처음 뵈었을 그때 이미 선생님은 아름드리나무의 모습을 하고 계셨습니다. 그런데 지금 저 자신을 돌아보면, 아직 여러 가지 면에서 부족하고 미흡한 점이 많습니다. 하지만 언젠가는 저도 누군가에게 아름드리나무가 될 수 있도록 저 자신을 꾸준히 갈고 닦으며 나아가고 싶습니다.

아버지와 같은 분
김윤정 _서울대 대학원 박사과정

선생님을 처음 뵌 것은 제가 20대 초반 한참 패기가 넘치던 시절이었습니다. 키와 체격이 크시고 피부 빛도 검으신 선생님의 첫인상은 그야말로 그 존재감만으로 저를 압도하는 느낌이었습니다. 당시 저는 법대에 편입할 준비를 하면서 법학과 학생들 틈에 끼어서 조용히 선생님 수업을 청강하고 있었습니다. 독일어 원서를 강독하는 수업인데, 저는 고등학교 시절에 독일어를 전혀 배운 적이 없었기 때문에 선생님께서 행여나 저를 지적하여 발표를 하라고 하실까봐 항상 구석 자리에 앉아서 마음을 졸이고 있었습니다. 저의 마음을 선생님께서 아셨는지 다행히도 무사히 한 학기를 마쳤지만, 마지막 종강하는 날 선생님께서 "내 수업을 들으면서 아직까지 자신의 신분을 밝히지 않은 학생이 있다. 그 학생은 수업이 끝나는 대로 연구실로 찾아오기 바란다"고 하셨습니다. 그때 저는 무척이나 긴장한 상태로 선생님 연구실로 찾아 갔는데, 그것이 선생님과 첫 인연이 되었습니다.

당시 저는 서울대학교 인문대학 종교학과 졸업반이었기 때문에, 독실한 기독교 신자이신 선생님께서 저에게 특별한 관심을 가지고 종교가 무엇이냐고 물으셨습니다. 선생님께서 교회에 다니시는 줄 몰랐던 저는, 제 종교는 아직 정한 바가 없으며 앞으로 유불선儒佛仙 삼교를 통합해서 새로운 종교를 창시한 후 그 교주가 되어볼 생각이라고 큰소리를 쳤습니다. 당시 종교학과 동기생들 사이에 그런 농담을 자주 했기 때문에 저는 별다른 생각 없이 그런 허풍을 떨었는데, 선생님께서는 저의 당돌한 모습이 인상적이셨던 모양입니다. 그 후에도 저는 줄곧 하늘 높은 줄 모르고 기고만장했는데, 선생님께서는 그러한 제게 관심을 가지고 격려해 주셨습니다. 그 덕분에 저는 나중에 법대에 편입한 후에도 선생님의 사랑을 받으며 힘겨운 서울법대의 학창생활을 이겨나갈 수 있었습니다.

그러나 지난 17년간 경험한 여러 가지 실패와 좌절로 저는 많이 무더지고 또 초라해지기도 하였습니다. 유불선 삼교를 통합해서 새로운 종교를 창시하기는커녕, 제 인생의 설계도 제대로 못한 채 길을 헤매는 신세가 되었습니다. 그러면서 제 꿈은 한없이 작아져만 갔습니다. 그냥 하루하루의 삶을 영위할 궁리를 하는 것 외엔 아무런 희망도 품지 못하게 된 것 같았습니다. 선생님께서는 이렇게 풀이 죽어 있는 저를 바라보시면서, 매우 안타까워하시기도 하고 때로는 큰 소리로 야단도 치셨습니다. 그럴 때면 저는 선생님께 걱정을 끼치는 제 모습이 너무나 싫어서 불끈 다시 힘을 내곤 하였습니다.

한동안 저는 선생님께 연락도 하지 않은 채 멀리 떨어져서 고시공부에 전념하였습니다. 그러다가 고시에 실패하고 더 이상 앞길이 보이지 않게 되자, 다시 선생님께 찾아가서 박사과정에 입학하고 싶다고 말씀드렸습니다. 저는 수년 동안 선생님께 인사 한번 드리지 않고 있다가 급한 상황에 처해서 비로소 도움을 부탁드리기 위해 찾아가는 것이 매우 부끄럽고 또 죄송스러웠습니다. 그래서 저는 "선생님, 제가 정말 염치가 없지요?"라며 고개를 숙였습니다. 그때 선생님께서는 누구나 어려운 상황에 처하면 그럴 수 있다고 하시면서, 저를 위로해 주시고 기도해 주셨습니다. 그 순간 제 눈에서 주르륵 눈물이 흘러 내렸습니다.

　저는 어느덧 선생님을 처음 만났던 때 선생님과 같은 나이가 되었습니다. 저도 이제는 학생들로부터 선생님이라고 불리기도 하고요. 세월이 흐르는 동안 삶이 만만치 않다는 것을 깨달으면서 저에게 예전과 같은 패기는 사라졌을지 모르지만, 차츰 학생들에 대한 사랑과 공감이 조금씩 싹터서 그 빈자리를 메워가고 있는 것을 느낍니다.

　제가 오랜 세월 선생님 곁에 있으면서 저도 모르는 사이에 선생님의 모습을 닮아가고 있는 것 같습니다. 선생님께서 제게 끊임없이 말씀하셨던 것처럼, 저도 지금 제가 가르치는 학생들에게 큰 꿈과 패기를 가지라고 말하고 있습니다. 기죽어서 어깨를 움츠리지 말고 가슴을 당당히 펴고 원대한 이상을 품으라고 말합니다. 이제 저는 제 자신의 야심을 이루기보다는 학생들에게 용기를 북돋아 주고 그들을 훌륭한 사람으로 키우기 위해 노력하고 있습니다.

　저는 선생님께 사람을 살리는 비결을 배웠습니다. 선생님께 받은 크나큰 사랑 덕분에 저도 학생들에게 사랑을 베풀 수 있는 넉넉한 사람이 되려고 노력하고 있습니다. 그리고 선생님께서 바라시는 아름다운 세상의 주춧돌이 되기 위해 저도 하나의 돌멩이로 남고자 하는 원대한 꿈을 가지게 되었습니다.

사랑하고 존경하는 선생님

황태희 _성신여대 법대 조교수

교수님으로부터 여러 가르침을 받아온 내가 교수님에 대해 글을 써보려고 하니, 어디서부터 어떻게 풀어가야 할지 막막하다. 내가 교수님과 인연을 맺은 지 어언 20년이 되어가는 동안 교수님으로부터 받은 사랑과 가르침을 짧은 글로 담아내는 것은 거의 불가능하고, 또 부족한 글이 교수님께 누가 되지나 않을까 하는 두려움이 앞섰기 때문이다.

교수님의 제자들 중에는 소위 '방돌이(방순이)' 라인이란 것이 있다. 교수님 연구실에서 조교 겸 비서 생활을 한 선택받은(?) 대학원생 제자들의 모임이다. 그런데 교수님에 대해 서로 잘 안다고 자부하는 방돌이 라인 소속 선후배들의 공통된 특징은 매우 부지런하고, 또 분위기 파악을 잘한다는 것이다. 교수님께서는 야근도 많이 하시지만 아침 일찍 출근하셔서 방돌이와 녹차를 한잔 드시는 것을 즐기셨기 때문에 그 준비를 위하여 교수님보다 더 일찍 나와야 한다. 또한 하루 종일 교수님 일을 도와 드리는데 하시는 일이 워낙 많을 뿐만 아니라 모든 일을 완벽하게 처리해야 하기 때문에, 어지간해서는 견뎌낼 수 없었다. 그리고 교수님이 연구에 집중하고 계시거나 기분이 좋지 않으실 때는 방문자나 전화를 적절히 블로킹하거나 쥐 죽은 듯이 몇 시간을 조용히 있어야 하기 때문에, 한동안 그러한 생활을 하다 보면 자연스럽게 그 분위기에 익숙해진다. 특히 교수님이 1993년부터 꾸준히 해 오신 독일어·영어 성경공부에 참여하여 성경을 읽고 삶을 나누는 교제를 하면서, 학생들이 없거나 준비가 부실한 경우에는 방돌이가 그 빈자리를 대신해야 했기 때문에, 없었던 신앙도 갖게 되고 독일어와 영어 실력도 늘게 된다.

나는 스물여덟 살에 군대에 갔다. 한겨울에 걸레를 빨고 설거지를 하느라 생전 처음 주부습진에 걸릴 정도로 몸이 힘든 것은 차치하고, 몇 살이나 어린 고참병들에게 욕도 많이 먹었고, 불안한 미래 때문에 마음고생이 이만저만이 아니었다. 교수님은 그런 나에게 "군대에서 고생이 많겠지만 사병으로 복무하면서 먹물들이 가진 자만심을 버리고, 너보다 덜 배우고 못난 사람들을 섬기는 방법을 배우고, 건강히 돌아오기 바란다"는 편지를 보내 주셨다. 당시 세상에서 가장 불행하고 외로운 인생의 나락에 빠졌다고 좌절하고 있던 나는 교수님의 편지를 받고 새로운 힘과 용기를 얻었다. 그를 계기로 남은 인생을 교육자로서 다른 사람을 위해 봉사하는 삶을 살겠다는 각오와 아울러 군 복무 기간을 섬기는 훈련의 기간으로 삼았다. 그리고 제대한 뒤에는 서울대 법대의 조교생활을 하면서 교수님을 모시고 매우 바쁘게 지냈다. 때로는 "교수님, 제발 일 좀 그만하세요"라고 말씀드리고 싶은 때도 있었지만, 돌이켜 보면 그 기간이 학문의 길에 입문한 나에게 더없이 소중한 훈련 기간이자, 즐거운 추억이 많았던 시기였다고 생각된다.

독일에서 유학하던 시절이었다. 나는 독일 마인츠Mainz대학에서 교수님의 친구이자 독일 및 유럽 경제법의 대가인 드레어Meinrad Dreher 교수님을 지도교수로 모시고, 박사학위 논문을 준비하고 있었다. 드레어 교수님 밑에서 같이 공부하던 독일 친구들이 어느 날 "태희, 한국 사람들의 이름에는 한 글자 한 글자에 뜻이 있다고 하던데, 네 이름은 무슨 뜻이냐?"고 물었다. 내 이름의 의미에 대하여 자세히 설명해 주었더니, 그들은 또 "그럼, 권 교수님의 이름은?"하고 물었다. 내가 "권 교수님의 성은 '힘Macht'을 의미하고, 함자는 '다섯 제곱'이라는 의미이다"라고 대답하자, 그들은 무릎을 치면서 역시 권 교수님은 성함처럼 에너지가 넘치며 언제나 배울 점이 참 많으신 분이라고 하면서 찬사를 아끼지 않았다.

교수님으로부터 늘 많은 배려와 따뜻한 사랑을 받기만 하고 있는 것을 죄송스럽게 생각하고 있던 나는, 교수님께서 공무로 독일을 방문하셨을 때 작지만 의미 있는 깜짝 선물을 드리고 싶었다. 하나는 그동안 연마해 온 음식 솜씨로 교수님과 사모님을 초대해서 푹 고은 독일제 닭백숙을 대접하는 것이었고, 다른 하나는 독일 친구들에게 한국말을 가르쳐서 그들이 교수님께 한국말로 인사를 하도록 하는 것이었다. "안녕하세요? 권 교수님, 저는 괴르너입니다. 만나서 반갑습니다"라는 인사말을 2주간 매일 연습시켰다. 그리고 교수님께서 연구실에 도착하시기 5분 전에는 예행연습도 했다. 그 결과는 아주 놀라웠다. 교수님은 독일 학생들로부터 그러한 인사를 받으면서 파안대소하실 정도로 크게 기뻐하셨다. 나는 모처럼 소위 '대박'을 터뜨린 셈이었다.

교수님은 환갑을 넘기면서 제2의 인생을 꿈꾸시며 또 다른 무언가를 준비하고 계신 것 같다. 교수님께서는 지난 1월초 신년 하례식 때 앞으로 이제까지와는 달리 좀더 여유 있게 사실 작정이라고 말씀하셨다. 그러나 제자들 중에 그 말씀을 액면 그대로 믿고 교수님께서 여유롭게 쉬실 거라고 생각하는 사람은 한 사람도 없었다. 나는 교수님께서 앞으로 뭔가 다른 방식으로 우리가 생각할 수 없는 더 큰일을 준비하고 계시는 것 같다는 느낌을 받았고, 귀추를 주목하고 있다.

나는 교수님께 편지를 쓰거나 이메일을 보낼 때, 항상 '사랑하고 존경하는 선생님께'로 시작한다. 제자로서 그동안 너무나 많은 사랑과 가르침을 받아서 그런 호칭이 자연스럽게 나온다. 내가 지금 이 자리에 오기까지 인생의 중요한 고비마다 교수님으로부터 얼마나 많은 사랑과 배려를 받았는지 잘 알고 있다. 또 지금도 눈물로 기도해 주고 계시는 것을 알고 있다. 나는 이러한 은혜에 어떻게 감사를 드려야 할지 모르겠다. 어차피 '내리 사랑'이라는 말이 있듯이, 내가 그러한 사랑에 보답할 수 있는 길은 그동안 받은 사랑을 다시 나의 학생들이나 도움을 필요로 하는 이웃들에게 나누어 주는 수밖에 없을 것이다. 나도 교수님처럼 늘 낮은 자세로 사랑을 나눔으로써, 교수님께서 자랑스럽게 생각하는 제자가 되기 위해 열심히 노력하고자 한다. 그렇게 살아가노라면, 나도 20년 후에는 교수님처럼 제자들의 존경과 사랑을 한몸에 받는 훌륭한 교수가 될 수 있지 않을까 하는 기대를 가져 본다. 끝으로 교수님께서 늘 건강한 모습으로 제자들의 길잡이가 되어 주시고, 우리나라의 선진화와 아시아의 발전에 크게 기여하시면서, 사모님과 여유롭고 즐거운 삶을 누리시기를 간절히 기원한다.

언제나 열정적이신 분
조혜수 _헌법재판소 재판연구관, 2010년 현재 중국 북경대학 대학원 유학중

저의 은사님인 권 교수님은 학부 시절 학생들 사이에서 학문적으로나 인격적으로나 매우 엄격하고 까다로운 분으로 알려져 있습니다. 하지만 석사, 박사과정을 거치면서 오랜 기간 교수님께 가르침을 받으면서 느낀 바는 교수님은 엄격한 원칙주의자이면서도 누구보다 사랑이 많으신 분이었습니다. 교수님은 저를 포함해서 많은 제자들에게 사랑을 나누어 주셨는데, 그 사랑과 섬김의 대상인 제자들의 능력과 자질, 나이, 직업, 사회적 지위 고하, 국적 등에는 전혀 개의치 않으셨습니다. 교수님은 인생의 목표를 설정하지 못하고 방황하는 학생들과 타지에서 고생하는 가난하고 소외된 유학생들에게 눈높이를 맞추시고 진심 어린 위로와 격려의 말씀을 해주셨습니다. 개인적으로 인생의 중요한 결정을 앞두고 찾아뵙고 조언을 구하면 항상 애정이 담긴 조언과 기도를 해주시는 멘토의 역할로 보듬어 주십니다.

저는 교수님의 이러한 측면이 교수님께서 천성적으로 정이 많고 따뜻한 성품이기 때문이라고 생각했습니다. 하지만 예수님의 사랑을 실

천하는 것을 최고의 가치라고 생각하신다는 말씀을 들은 후, 끊임없는 인내와 의지로 제자들을 섬기시는 분임을 깨닫게 되었습니다.

교수님은 또한 사회정의를 향한 강한 의지를 가지고 계시며 그러한 선한 뜻을 학문을 통하여 구현하고 사회참여로 실천하고자 하시는, 지행합일知行合—의 참여지향적인 삶을 추구하시는 것 같습니다. 학문적인 측면에서 교수님께서는 법학의 실천성을 중시하시며, 법률가들이 법의 근본적인 가치나 정신을 몰각한 채 지나치게 기술적인 측면에만 매몰되는 것을 경계하셨습니다. 또한 단순한 직업인으로서가 아니라 소명을 가진 법률가의 자세를 강조하시는 교수님의 가르침에 저는 물론 많은 젊은 법조인들이 큰 영향을 받았습니다.

그리고 교수님은 항상 신앙 안에서 꿈을 품으시고, 하나님과 동행하면서 비전을 성취해가는 분이라고 할 수 있습니다. 때때로 교수님께서 하시는 말씀을 들어보면 젊은이들보다 더욱 창의적인 발상과 꿈을 품으시는 것 같다는 생각도 하게 됩니다. 이러한 꿈은 자신의 부와 명예를 구하는 것이 아니라 이웃사랑과 사회정의와 같은 대의大義를 위한 것이며, 교수님은 이러한 꿈을 실현하기 위하여 늘 깨어 기도하는 구도자의 자세로 임하고 계신 분입니다.

제자인 제가 감히 교수님에 대해 언급하고 보니, '믿음, 소망, 사랑'의 세 단어가 떠오릅니다. 인생과 학문, 신앙, 모든 면에서 교수님은 이미 많은 것을 이루셨고, 많은 것을 나누어 주시는 큰 스승이십니다. 저는 교수님의 제자가 된 것을 축복이자 은혜라고 생각하고, 교수님께서 점점 연세가 드시는 것이 마치 친아버지가 나이를 드시는 것처럼 마음이 아픕니다. 항상 지금과 같이 열정적인 모습으로 제자들에게 많은 소망과 사랑을 나누어 주시기를 간절히 기도드립니다.

어린아이처럼 순수하고 소년처럼 낭만적인 분

조혜신 _캄보디아 라이프대학 교수

저는 지금 캄보디아 시아누크빌 라이프대학에서 법학교수로 일하고 있습니다. 5개월 전에 선생님이 소장으로 계신 아시아법연구소의 파견으로 이곳에 와서 법학 강의를 시작하였고, 이제 첫 학기를 마무리한 뒤 귀국할 준비를 하고 있습니다. 제 삶에서 선생님이 어떤 분이신가를 가장 잘 보여 주는 것은 바로 지금 제가 이곳에 있다는 사실입니다.

제가 6년 전 선생님을 처음 뵈었을 때 선생님께서는 제게 '아시아를 향한 하나님의 마음'을 나눠 주셨고, 지난 6년은 그 비전에 이끌린 삶이었던 것 같습니다. 사실 제가 처음으로 선생님을 뵌 것은 그보다 더 오래 전인 지금부터 8년 전이었습니다. 저는 학부 졸업을 잠시 미루고 사법고시를 준비하기 위해 신림동에서 공부하고 있었는데, 그때 '고시촌 예수축제'에 간증을 하러 오신 선생님을 처음 뵈었습니다. 선생님의 간증을 들은 후 '하나님 나라의 경제질서'라는 말이 제 안에 또렷이 새겨졌고, 제가 도달해야 할 분명한 목표로 자리 잡게 되었습니다. 이것은 제가 대학원 진학을 결심하게 된 중요한 계기가 되었고, 2년 후 대학원에서 선생님을 다시 뵐 수 있었습니다. 선생님과 가까운 자리에서 첫 만남이 될 바이블 스터디를 앞둔 하루 전날, 저는 하나님께 지도 교수님과의 만남과 전공 선택을 위해 기도드렸습니다. 다음 날 저는 연구실 조교가 되어 선생님을 스승으로 모시게 된 동시에 '아시아를 섬기는 자'의 비전이라는 일생일대의 중대한 선물을 받게 되었습니다.

대학원에서 보낸 지난 6년은 부족하고 모난 제 모습을 끊임없이 혹독하게 확인하는 시간이었습니다. 물론 그 과정의 중심에는 하나님과 저의 관계 그리고 선생님과 저의 관계가 있었습니다. 특히 선생님은 제게 거울과도 같은 분이셨습니다. 처음 한두 해 동안은 그때까지 드러난 적이 없었던 저의 깊은 약점과 결함들이 선생님 앞에서 얼마나 선명하게 드러났는지 모릅니다. 처음에는 그러한 제 모습을 인정하고 싶지 않았고, 또 그렇게 저를 훤히 들여다보시는 선생님이 너무 두려워서 피하고 싶은 마음도 있었습니다. 하지만 그런 상황에서 선생님께서는 조용히 제 손을 잡고 기도해 주심으로써 저에게 크고 지혜로운 사랑과 가르침을 보여 주셨습니다. 낮게 속삭이는 선생님의 기도 속에서 저는 한없이 귀하고 사랑 받는 존재가 되었습니다. 잘못과 실수를 넉넉히 덮고도 남는 큰 사랑과 용납을 경험한 그 순간을 평생 잊을 수 없을 것입니다. 그 후로도 지금까지 선생님은 한결같은 분이십니다. 물론 시간이 흐를수록 선생님 앞에서 더욱 조심스러워지고 어려워지는 것도 사실입니다. 더 이상 어린아이가 아니어야 하기 때문입니다. 하지만 선생님과의 관계를 경험하는 시간이 이어질수록 선생님의 마음을 헤아리고 이해하는 수준이 조금씩이나마 나아지는 것을 느낍니다. 그런 만큼 그 동안 선생님께서 저를 얼마나 많이 참아 주셨는지를 지금도 새삼스럽게 깨닮습니다.

어느 날 선생님께서는 박사논문 예비 심사를 준비하고 있던 제게 캄보디아에서 법을 가르쳐보지 않겠느냐는 말씀을 건네셨습니다. 제 계획과는 너무나 멀었던 뜻밖의 제안에 무척 당황스럽기도 했지만, 한편으로는 '아, 이렇게 시작되는구나' 라는 감격이 차올랐습니다. 5년 반 전에 선생님을 통해 제게 심겨진 꿈이 꾸준히 자라고 있었기 때문입니다. 물론 그 꿈은 오랫동안 잊혀 진 상태로 있기도 했고, 의심을 받기도 했으며, 때로는 부정되기도 했습니다. 그 꿈을 감당할 만큼 충분히 준비되지도 성숙하지도 못한 제 작은 그릇 탓입니다. 하지만 그러는 동안에도 거룩한 비전을 향한 선생님의 걸음은 흔들림이 없었고 또 묵직했습니다. 그래서 저 또한 그 걸음을 따라 이 아름다운 땅에서 선생님과 같은 꿈을 꾸게 된 것 같습니다. 이곳 캄보디아 라이프대학에서 보낸 지난 다섯 달 동안 저는 제 나름의 역량과 방법으로 법을 통해 아시아를 섬기는 일을 시도해볼 수 있었습니다. 이 일은 선생님께서 아시아를 이야기하실 때마다 그저 제 마음 속에 흐뭇하게 그려지던 한 폭의 상상이었지만, 감사하게도 드디어 이렇게 현장에 설 수 있도록 부름 받은 것입니다. 법을 가르치기 위해 캄보디아 학생들 앞에 선 저는 제가 너무나 작고 초라하지만, 당당한 모습으로 강단에 서서 세상을 꿰뚫는 커다란 그림을 펼치셨던 선생님의 모습을 떠올리며 제가 큰 산에 기대어 있음을 느낍니다. 그래서 저도 제가 가르치는 학생들에게 오늘보다 내일은 더 나은 선생이 될 수 있기를 소망해 봅니다.

저는 선생님께서 공직에 계시던 2년을 제외한 4년 동안 선생님의 조교로서 선생님의 거의 모든 강의를 빠짐없이 들었습니다. 그래서 이 책에 담긴 선생님의 삶의 여정을 강의시간과 성경공부시간 혹은 한담을 나누실 때 직접 듣는 특권을 누렸습니다. 들을 때마다 새롭고 매번 깨달음이 달랐던 선생님의 삶을 이렇게 책으로 접하게 되어 참으로 기쁩니다. 이제 아이처럼 순수하고 소년처럼 낭만적인 선생님의 모습을 혼자 간직해온 특권을 내려놓고, 많은 사람들과 공유하게 된 것이 감사하고 설렙니다.

어제보다 내일이 더 궁금한 교수님

박종명 _변호사

내가 처음 교수님을 만난 것은 1995년 2월 새내기 새로배움터(새터, 대학을 입학하기 전에 며칠간 숙박하면서 신입생에게 대학 생활을 안내하는 행사)에서였다. 그해의 새터 프로그램은 선후배들 간의 친목과 유대를 위한 공연, 게임 등 '노는 것'이 주였지만, 교수님의 강연도 포함되어 있었다. 돌이켜 보면 그때가 법대교수님의 첫 번째 강의를 들은 역사적인 순간이었다. 그러나 이제 막 입시에서 해방되고, 대학 생활의 시작을 마음껏 놀고 보자는 생각으로 새터에 온 신입생이었던 나는 강의에 집중하지 않았다. 다만, 그 철없던 신입생의 귀에도 기억에 남는 교수님의 한 마디가 있었으니, 그것은 '시험을 통한 선발이 아닌, 교육을 통한 양성'이라는 말이었다. 교수님의 그 말에는 '사랑', '열정' 등이 느꺼졌다.

한편, 나는 새터를 마치고 대학에 입학해서 4학년이 될 때까지 '법학', '시험' 등과는 무관하게 살았고, 수업은 전혀 듣지 않고 기말시험만 보는 정도로 다녔다. 그러다가 정상적으로 학교를 다닌 친구들이 졸업을 준비할 무렵 법학공부를 시작하게 되었고 학교 강의도 듣게 되었다.

'수업이 쉽고 재미있다'는 친구의 말을 듣고 수강하게 된 경제법 강의시간에 교수님을 다시 만나게 되었다. 거기서 권 교수님이 내가 새터에서 처음이자 마지막으로 들은 법대 강의의 주인공이라는 사실을 알게 되었다. 나는 교수님의 경제법 강의를 들으면서 비로소 법학에 흥미를 느끼게 되었다. 교수님의 수업을 모두 수강하여 더 이상 수강할 과목이 없게 되자 이미 들었던 과목을 다시 청강하기도 했다. 그리고 교수님이 주관하시는 '독일어 성경 읽기 모임'에 나가면서 독일어와 성경공부에도 흥미를 갖게 되었다. 그 후 대학원에 진학하여 경제법을 전공하고, 교수님의 제자이자 변호사로서 공정거래와 소비자, 몽골과 캄보디아를 비롯한 이웃나라를 생각하며 일하게 된 것은 자연스러운 과정이었다.

나는 입학 당시부터 '법학이란 과거에 묶여 있는 죽은 것'이고, '법학교수란 그저 옳고 그름만 따지는 구한말 선비' 같을 거라는 막연한 선입견에 빠져서 법학을 멀리했다. 그런데 교수님을 만나고 법학을 공부하면서 법을 다시 보게 되었다. 교수님께 배운 법학은 바람직한 질서를 만들기 위한 설계도이고, 멀게만 느껴지던 몽골의 어린이와 나를 연결시켜 주는 끈이며, 가난한 자에게 전해 줄 수 있는 아름다운 소식이었다. 권 교수님의 도움으로 선입견에서 벗어나 법질서 안으로 들어오게 된 뒤에는 다른 교수님들의 강의가 새롭게 들렸을 뿐만 아니라 법에 대한 관념도 바뀌었다.

교수님은 보이는 것보다 보이지 않는 것에 관심을 두시고, 새로운 것을 추구하는 모험을 즐기면서도 이웃에 대한 애정이 많으신 분이다. 공부를 잘하는 학생보다는 못하는 학생, 강자보다는 약자, 잘사는 나라보다는 가난한 나라를 편애(?)하시는 교수님의 성향은, 사람들을 대할 때 지금 그들이 어떠한지를 넘어 그들을 어떻게 도울 수 있을지를 주로 생각하신다.

재미있는 에피소드 하나를 소개하자면, 내가 대학원을 다니며 사법시험 준비를 하고 있을 때 교수님이 지금의 아내를 나에게 소개해 주셨다. 교수님은 친한 후배(지금의 장인어른)로부터 외동딸의 소개팅 주선을 부탁 받으시고는 나에게 의향을 물으셨다. 당시 나의 짧은 생각으로 어른들이 주선하는 소개는 '소개팅'이 아니라 '선'인데, 군대도 안 다녀왔고 취직도 하기 전이라 아무 것도 이룬 것이 없는 나를 소개해 주시려는 것이 의아했다. 교수님은 단지 '신앙이 좋으면서 건강한 제자'를 추천해 달라고 했을 뿐, 고시 합격, 군필, 결혼 준비 여부 등을 묻지는 않았다며 그저 편하게 한번 만나 보라고 하셨다. 나는 교수님 말씀만 믿고 그저 편하게 그녀를 만났고, 그것이 인연이 되어 결혼하기에 이르렀다. 교수님은 우리 결혼예배에 오셔서 축복기도를 해주셨다. 현재 눈에 보이는 것이 아니라, 앞으로 나타날 모습을 보시는 교수님의 시선은 정말 놀랍기만 하다.

교수님과 대화할 때마다 느끼는 특징이 있다면, 지난 이야기보다 앞으로의 비전을 더 많이 말씀하신다는 것이다. 교수님을 처음 만났을 무렵부터 '지금 존재하지 않는 것'에 대한 말씀을 들으면서 '뭐 저렇게 희한한 말씀을 하시나'라는 생각도 들었지만, 그러한 비전이 구체적인 계획으로 이어져 아시아법연구소의 설립과 같은 현실로 드러나는 것을 지켜보면서 벅찬 감동을 느끼지 않을 수 없었다. 교수님과 함께 지내다 보면 호기심과 기대가 많아진다. 교수님의 지난 세월도 재미있는 역사이지만, 하루하루 다가올 미래는 더욱 기대된다. 특히, 교수님이 만나게 될 사람들과 교수님이 밟는 땅의 내일은 나에게는 늘 흥미진진한 관찰 대상이다.

이웃사랑을 몸소 실천하는 분
최미자 _중국 변호사

처음 선생님을 만나게 된 것은 2004년 가을이었습니다. 떨리는 마음으로 선생님 연구실에 찾아가 장학금 신청을 위한 추천을 부탁드렸습니다. 선생님은 따뜻한 눈빛으로 횡설수설하는 제 말을 끝까지 들어주신 후, "그걸로 되겠느냐? 잠깐 기다려 봐라"고 하셨습니다. 바로 어디론가 전화를 하시더니, 어느 분을 찾아가서 장학금 신청서를 가져오라고 하셨습니다. 선생님은 제가 애초에 지원하고자 했던 장학금보다 훨씬 더 좋은 조건의 장학금을 받을 기회를 마련해 주셨을 뿐만 아니라, 제가 선생님 연구실에서 조교로 일할 수 있는 기회도 주셨습니다.

저는 지금도 그때를 생각하면 떨리기도 하고, 설레기도 하며, 또 아찔한 느낌도 듭니다. 떨리는 것은 제가 처음으로 선생님을 만나는 순간부터 선생님의 강렬한 눈빛이 마치 제 마음 속을 훤히 들여다보시는 것 같아서였고, 설레는 것은 제가 분명히 선생님께 무어라 형용할 수 없는 강력한 파워를 느꼈기 때문이고, 아찔하다는 것은 만약 그날 선생님을 만나지 못했다면 저는 제 인생에서 가장 소중한 분을 알지 못하고 지냈을 것이라는 두려움 때문입니다.

저는 당시에는 잘 몰랐지만, 돌이켜 보면 하나님께서는 선생님과의 만남을 미리 예비해두셨던 것 같습니다. 이러한 사실에 이루 말로 표현할 수 없는 은혜와 감동을 느낍니다.

저는 선생님의 말씀 중에서 특히 다음 부분에서 큰 감동을 받았습니다.

"인생의 성패를 결정하는 궁극적인 기준은 사랑이라고 생각한다. 좀 더 자세히 이야기하자면, 어떤 사람이 평생 동안 얼마나 많은 사람들을 얼마나 깊이 사랑했는지 그리고 얼마나 많은 사람들로부터 얼마나 깊은 사랑을 받았는지에 따라 그 인생의 성공과 실패가 결정된다고 생각한다."

저는 '깊이' 라는 단어에서 마음이 설레기 시작했고 큰 감동을 받았습니다. 누구를 '깊이' 사랑하려면, 순수한 마음과 넓은 아량으로 책임감을 가지고 오래 참으면서 사랑해야 합니다. 우리가 인생을 살아가면서 한 사람 또는 몇 사람을 사랑하거나 많은 사람들에게 건성으로 사랑한다고 말하는 것은 어렵지 않습니다. 그러나 각 사람을 정말 특별히 소중하게 생각하여 따뜻하게 배려해 주고 품에 안아 주고 어떠한 상황에서도 변함없이 '깊이' 사랑한다는 것은 결코 쉬운 일이 아닙니다. 그리고 각 사람을 마음속 '깊이' 사랑해야 비로소 그러한 사랑으로부터 흘러나오는 사랑의 힘을 '깊이' 느낄 수 있다고 생각합니다.

선생님은 많은 사람들에게 진정한 사랑이 무엇인지 가르쳐 주시고자 노력하셨고, 또 그러한 사랑을 몸소 실천해 오셨으며, 제자들에게도 이웃에게 그러한 사랑을 베풀도록 가르쳐 주셨습니다. 가까운 이웃은 물론 이웃나라인 아시아 여러 나라를 가슴에 품고서, 그들을 돕기 위하여 몸과 마음을 아끼지 않고 동분서주하시는 선생님을 바라볼 때마다, 한편으로는 건강을 해치지나 않으실까 걱정도 하면서, 다른 한편으로는 가슴 속 깊은 곳에서 우러나오는 한없는 존경과 사랑을 느끼곤 했습니다.

선생님은 이웃을 사랑할 때, 결코 말로만 사랑한다고 하지 않으셨고, 하나님께서 선생님에게 베풀어 주신 가장 뛰어난 재능을 모두 발휘하여 그 사랑을 더욱 견고하게 만들고 또 꾸준히 키워 오셨습니다. 저는 법학을 전공으로 선택함으로써 선생님을 만날 수 있게 된 것을 늘 감사하고 있습니다. 선생님은 학부 수업이나 대학원 강의에서 복잡한 이론을 알기 쉽게 설명해 주시고 또 제자들의 질문에 친절히 대답해 주셨으며, 전공 분야 세미나나 심포지엄에서는 날카로운 지적과 명쾌한 논리로 합리적인 결론을 이끌어 내는 탁월한 능력이 있는 분입니다. 저는 그러한 선생님을 바라보면서 눈빛이나 몸짓 하나하나에서 흘러나오는 매력에 푹 빠진 적이 한두 번이 아니었습니다. 이러한 느낌은 저를 비롯한 유학생들뿐만 아니라 모든 제자들이 하나같이 느끼는 것이라고 생각합니다.

제가 젊었을 때 선생님과 같은 분을 스승으로 만나게 된 점과 법학을 통해 그렇게 열정적이고 능력 있는 사랑을 실천하고 널리 전파할 수 있다는 것을 깨닫게 된 점을 얼마나 감사하게 생각하는지 선생님은 잘 모르실 것입니다. 저는 한국에 있던 3년 반 동안의 유학 생활 중에서 선생님 연구실에서 '방순이'의 역할을 하던 시절을 가장 잊지 못할 소중한 추억으로 간직하고 있습니다. 선생님은 저에게 아버지와 같고 영적인 멘토와 같은 분이십니다. 선생님께서 저에게 따뜻한 눈길을 보내주실 때마다 그리고 항상 아버지처럼 따뜻하게 다독거려 주실 때마다, 저는 모든 고민을 떨쳐버리고 다시 용기를 얻을 수 있었습니다. 저는 선생님과 함께한 추억을 오늘까지 가슴 속 깊이 간직하고 있으며, 앞으로도 영원히 간직할 것입니다.

선생님께서는 이 책을 통하여 오랫동안 마음속에 간직해 오신 감정이나 느낌을 솔직하게 표현하신 것 같습니다. 선생님은 그동안 수없이 많은 사람들의 고민과 고충을 들어주셨는데, 이번에는 저희들이 선생님의 솔직한 간증을 들을 수 있는 기회가 된 것 같습니다. 이 책을 통하여 선생님의 메시지가 보다 많은 사람들에게 전해질 수 있으면 좋겠습니다.

내 영혼의 스승
김옥주 _중국 변호사

제가 교수님을 처음 만난 것은 한국에 도착한 첫 날이었습니다. 가족과의 이별로 인한 슬픔 그리고 경제적 어려움과 언어로 인한 두려움은 인천공항에 도착한 순간부터 더욱 실감이 났습니다. 마침 그날 서울에는 비가 많이 내렸습니다. 짐을 끌고 두근거리는 마음으로 교수님 연구실로 찾아갔습니다. 컴퓨터 앞에 앉아 계시던 키 크신 분이 원탁 옆으로 나오셔서 저를 맞이해 주셨습니다. 어떤 얘기를 나눴는지 생각나지 않지만 저의 서툰 한국어가 저를 힘들고 부끄럽게 했으며, 교수님은 무서운 분이시라는 편견으로 거리를 두었습니다. 그러나 그 후부터 그 원탁이 제 인생의 중요한 순간순간마다 함께할 줄은 정말 몰랐습니다.

그 후 교수님 조교의 소개로 신림동에 있는 고시원에 정착했습니다. 그곳에서 라면과 즉석카레 그리고 무료로 제공되는 공기밥으로 버티면서 낯선 서울대와 고시원 사이를 오가며 유학 생활을 시작했습니다. 중국인 선배의 조언을 받아 대충 수강신청을 하고 전혀 이해되지 않는 한국어로 진행하는 법대 수업과 씨름하기 시작했습니다. 어떤 수업에 들어가든 저한테는 별 차이가 없었습니다. 어차피 못 알아들었기 때문이죠. 그리고 교수님을 다시는 찾아가지 않았고 수업에도 들어가지 않았습니다. 이러한 결정이 나중에 교수님께서 공정위로 가신 후 저를 얼마나 후회하게 했는지 그때는 미처 몰랐습니다.

교수님과의 대화 회복은 교수님께서 인도하시는 수요일 성경공부에서 시작되었습니다. 영어와 한국어로 동시에 진행하는 것이라고 들어서 언어 공부도 할 겸 친구도 사귀고 싶은 마음에서 선배의 소개로 찾아갔습니다. 잠언의 말씀을 나누던 2005년 늦가을이었습니다. 소박한 세미나실에서 저는 교수님의 눈길과 다시 마주할 기회를 가졌습니다. 날카로운 눈빛 속에 파워가 넘치셨고, 그것도 보통 파워가 아니라 저를 부끄럽게 만드는 강력한 파워였습니다. 두려움과 걱정으로 가득한 저의 마음을 읽고 계시는 것 같았습니다. 성경 원문을 읽는 과정에서 'God'의 발음을 잘못하여 다른 선배의 지적을 받았는데, 교수님은 독일에서 유학하시던 시절에 힘들었던 추억을 떠올리면서 괜찮다고 하시며 격려해 주셨습니다. 처음으로 이국땅에서 누군가의 보호를 받고 있다는 느낌이 들었습니다. 교수님께서는 인간은 평등하다고 하셨습니다. 그리고 서로 도와줘야 한다고 말씀하셨습니다. 그 날카로운 눈빛 속에 사랑이 숨어 있다는 것을 나중에 알게 되었습니다.

그 후 저는 수요일 성경공부에 꼬박꼬박 나갔습니다. 그 시간은 저를 항상 즐겁게 하고 저의 마음을 후련하게 해주었습니다. 교수님은 언제나 주변 사람들의 생각을 경청해 주셨습니다. 서툰 한국어로 존칭도 제대로 쓰지 못하는 저의 생각도 진지하게 들어주시고 고개를 끄덕여 주셨습니다. 가끔 귀엽다며 쓰다듬어 주시고 즐겁게 웃어 주기도 하셨습니다. 성경공부를 통해 교수님께서 아시아법연구소를 이끌어 나가시고 베트남에서 심포지엄을 개최할 계획이며 경제적 후원이 부족한 상황에서도 많은 학생들과 학자들을 베트남으로 데리고 가기 위해 노력하고 계신다는 것을 알게 되었습니다. 교수님은 어떠한 어려움이 있어도 두려워하지 않고 기도하셨습니다. 그때까지만 해도 저는 TV에서 두 손을 모으고 기도하는 사람의 모습을 본 것 외에, 기도가 무엇인지 몰랐습니다. 그러나 교수님은 기도를 통해 많은 힘을 얻으시고 사랑을 베풀 수 있는 신기한 능력을 가지신 듯 보였습니다. 수요일마다 교수님과 성경공부 가족들과의 나눔은 저를 편안하고 즐겁게 했습니다. 그러나 그 후에도 등록금, 생활비 그리고 한국어, 전공 수업 등의 고민들이 내내 저를 둘러싸고 괴롭혔습니다.

겨울방학이 가까워 오자 저는 나름대로 아는 사람들의 소개로 아침부터 저녁까지 파트타임으로 일할 수 있는 아르바이트를 찾았습니다. 돈이라도 먼저 벌어서 살아남은 후 다른 생각을 하자고 마음먹었습니다. 어느 날 교수님께서는 그렇게 알바를 찾고 있던 저를 연구실로 부르셨습니다. 저보고 한국어와 전공 수업 때문에 많이 고민하고 있는 것 같은데, 방학 시간을 활용해서 도서관에서 전공 서적도 많이 읽고 한국어 공부도 열심히 하라고 말씀하셨습니다. 그러나 저는 알바를 해야 한다고 말씀드렸습니다. 교수님은 원탁 위에 놓여 있던 성경책을 펼쳐서 한 단락을 지적하면서 저에게 읽어 보라고 하셨습니다. 저는 아주 천천히 이해해 가면서 읽었습니다.

아무 것도 염려하지 말고 다만 모든 일에 기도와 간구로, 너희 구할 것을 감사함으로 하나님께 아뢰라. 그리하면 모든 지각에 뛰어난 하나님의 평강이 그리스도 예수 안에서 너희 마음과 생각을 지키시리라. (빌 4:6-7)

그 구절을 읽은 후 저의 눈에는 하염없이 눈물이 흘러내렸습니다. 제가 왜 우는지 스스로도 이해가 안 되었지만 저는 그동안 참아 왔던 설움을 한꺼번에 쏟아 낼 듯이 많이 울었습니다. 교수님께서 "네 고민을 말해 보라"고 말씀하셨습니다. 저는 울먹이면서 동생들이 많아서 부모님께 부담을 드리고 싶지 않고, 혼자 힘으로 등록금과 생활비 문제를 해결하고 싶은데 힘이 부족하고, 한국에서 생활하면서 많이 힘들고 외로웠다는 속내를 털어놓았습니다. 교수님께서는 저한테 일자리를 추천해 줄 테니 상대방이 신뢰할 수 있게 한번 잘 해보라고 하시면서, 이제부터는 돈 걱정하지 말고 공부에만 집중하라고 하셨습니다. 그리고 저의 손을 꼭 잡고 그 원탁에서 처음으로 기도를 해주셨습니다. 기도하는 동안 저는 또 눈물을 흘리게 되었고 마음속으로 깊은 감동을 받았습니다. 그 순간, 그 말씀과 기도가 저의 인생을 이렇게 바꾸게 될 줄은 몰랐습니다. 제 영혼이 위로를 받았고, 그 위로는 어떠한 물질적인 도움보다 큰 힘이 되었습니다.

겨울방학 내내 저는 지하철을 타고 가면서, 버스를 기다리면서, 잠자기 전에 틈나는 대로 성경을 읽었습니다. 저를 오래전부터 사랑하고 있는 분이 저한테 쓰신 편지를 읽는 것과 같은 느낌을 맛본 그 순간부터 저는 그러한 느낌에서 빠져나오지 못했습니다. 성경을 통해 힘을 얻었고, 교수님과의 대화를 통해 저의 인생에서 가장 특별한 즐거움을 느끼게 되었으며, 제 삶이 하루하루 엄청나게 달라지는 것을 보고 스스로도 많이 놀랐습니다. 서울대 캠퍼스에 있는 나무들 그리고 겨울의 관악산, 이 모든 것들이 그렇게 사랑스럽게 보일 줄 몰랐습니다. 교수님의 마음

속에 살아계신 사랑의 원천을 발견한 뒤 교수님과의 거리감이 사라졌습니다.

새 학기가 시작하기 전에 교수님께서 저에게 장학금 신청서를 작성하라고 하시면서 편안한 마음으로 기다리라고 일러두셨습니다. 그 후 저는 교수님의 추천으로 장학금을 받았습니다. 그러나 장학금보다 더 소중한 것은 장학금을 기다리는 과정에서 느끼던 평안함이었고, 장학금을 받은 후 저는 그 어느 때보다도 더욱 감사한 마음을 갖게 되었습니다.

새 학기가 시작되면서 교수님의 경제법 수업을 수강했습니다. 선배 언니가 교수님의 수업을 들으면 머리에서 사상思想의 불꽃이 피어나게 된다고 했기에 기대하며 강의실에 들어갔습니다. 저는 강의가 그렇게 인상적일 줄은 몰랐습니다. 경제법이 중국과 같은 사회주의 시장경제에 중요한 의미를 가지는 법임을 그 수업을 통해 비로소 알게 되었습니다. 그러나 교수님은 수업을 마치자마자 공정위로 부임해 가셨습니다. 교수님의 수업을 처음부터 끝까지 들은 것은 그날이 처음이자 마지막이었습니다. 사실 교수님께서 공정거래위원회 위원장으로 지명되셨다는 발표가 난 2006년 3월 15일 오후, 공정거래위원회 간부들과 기자들이 연구실로 몰려와서 교수님을 모셔간 후 저는 교수님의 빈자리와 연구실을 가득 채운 축하의 난초들을 바라보면서 마음의 중심을 잃어버렸습니다. 그날 저는 외부에 나갔다가 학교로 돌아오는 버스를 타고서 그 안에서 많이 울었습니다. 저는 제가 왜 우는지 몰랐고 왜 마음이 아픈지도 몰랐습니다. 교수님께서 언제부터 저한테 그렇게 중요한 존재가 되셨는지 몰랐습니다. 이제부터는 교수님이 항상 제 옆에서 저를 지켜봐 주시고 저를 가르쳐 주실 수 없다는 것이 명확해졌습니다. 물론 그 후 저는 교수님의 지도를 받고 석사논문까지 썼지만 그날부터는 이별인 것 같았습니다.

교수님은 큰 꿈을 가지신 분입니다. 항상 아시아를 가슴에 품고 도움이 필요한 이웃들을 가슴에 품고 사십니다. 또 그러한 꿈을 널리 전파하려고 노력하십니다. 교수님은 큰 사랑을 가지신 분이십니다. 그러한 사랑은 사람들로 하여금 인생의 참다운 의미를 깨닫게 하고 진리를 추구하게 하고 더욱 많은 사람들에게 사랑을 베푸는 삶을 살게 합니다. 교수님은 제 영혼에 사랑과 용기의 씨앗을 심어 주셨습니다. 저는 그 씨앗을 키워서 큰 나무가 되고 세상을 살아가는 과정에서 두려움을 이겨낼 수 있는 힘을 얻고, 주변 사람들에게도 힘을 주려고 노력하고 있습니다. 교수님은 제 영혼의 스승이십니다. 더 많은 세월이 흐른 뒤에도, 제가 교수님을 다시 만나면 예전처럼 마음이 떨리고 설레는 것처럼, 교수님께서 주신 사랑의 씨앗으로 피어난 사랑의 나무는 항상 생생하고 때 묻지 않고 깨끗하게 성장할 거라고 믿습니다.

사랑밖에 모르시는 분
전영현 _중국인 유학생, 서울대 대학원 석사과정

2007년 9월, 중국에서 학부를 마치고 한국 유학길에 올랐다. 서울대학교에 입학한 나는 좋아하는 법을 계속 공부할 수 있어서 기쁘기만 했다. 상법을 전공하고픈 생각에 공부를 시작했지만, 외국인으로서 외롭고 힘든 생활이 일상처럼 되어 버렸다. 그러던 중에 2008년 10월, 아시아법을 연구하는 세미나에 우연히 참석하여 권 교수님 제자인 조혜신 선배를 알게 되었고, 그의 권유로 권 교수님이 인도하시는 바이블 스터디에 참석하게 되었다. 처음에 나는 '바이블'이라는 단어가 무엇을 의미하는지도 몰랐다. 기독교라는 말은 들어봤지만, 성경이 무엇인지 성경을 어떻게 배우는지 성경말씀이란 도대체 무엇인지 전혀 몰랐다. 더욱이 권 교수님을 학교에서 한 번도 뵌 적이 없었다. 당시 교수님은 공정거래위원회 위원장으로 근무하시느라 학교에 안 계셨다.

10월 어느 목요일 아침 8시, 생전 처음으로 바이블 스터디에 참석했다. 큰 키, 웅장한 체구와 검은 피부, 한 손에는 성경책! "와, 이분이 바로 권 교수님이시구나!" 그날 교수님께서 나에게 하신 말씀을 잊을 수 없다. "참 잘 왔어. 오기가 쉽지 않았을 텐데, 고맙구나." 그리고 환하게 웃는 얼굴로 내 손을 잡아 주셨다. 나는 긴장하면서도 어딘지 모르게 포근한 느낌을 받았다. 중국에서 온 선배들이 말한 것처럼, 교수님은 겉모습은 위압감을 주시지만 마음은 따뜻한 분임을 느낄 수 있었다. 나는 일주일에 한 번씩 하는 성경공부를 통해 성경에 대해 조금씩 알아가기 시작하였다. 성경공부에 참석한 학생들은 누구에게도 말하기 어려운 속마음을 교수님께 솔직하게 털어놓곤 했다. 자신의 개인적인 고민까지 모두 상담하는 학생들을 지켜보면서, 나는 종교를 떠나 교수님께 차츰 마음을 의지하게 되었다. 교수님도 당신의 삶의 역정과 힘들고 어려웠던 일, 기뻤던 일들을 우리에게 솔직하게 이야기해 주셨다. 학창시절 힘들게 공부하면서도 목표를 잃지 않았던 교수님이 더욱 가깝게 느껴졌다. 그리고 학생들을 친자식처럼 대하면서 그들의 고민과 억눌린 마음을 풀어 주고 용기를 북돋아 주시는 교수님 때문에 바이블 스터디에 매력을 느끼게 되었다. 유학생활을 하고 있는 나로서는 하나님을 믿고 안 믿고를 떠나서, 성경공부 모임에 참여하여 따뜻하고 편안한 분위기에서 삶을 나누고 기도하는 것 자체로 얼마나 유익했는지 모른다.

지난 1년 동안 바이블 스터디에 참여하여 연구실에서 두 손 잡고 따뜻하게 기도해 주시는 교수님의 사랑을 받으면서, 나도 어느덧 하나님의 존재를 믿기 시작하였다. 평생 종교 없이도 살 수 있다고 생각하던 내가 주일마다 교회에 나가고 있다. 교회에서는 방송실에서 방송 일을 돕고 있다. 나는 지금도 길을 걷다가 우연히 십자가를 보게 되면 예수님 생각보다는 교수님 생각을 먼저 한다.

나는 바이블 스터디를 통하여 교수님을 먼저 알고 나서 경제법 수업을 듣기 시작하였다. 어렵고 복잡한 경제법의 원리와 내용을 체계적으로, 이해하기 쉽고 명확하게 설명해 주시는 교수님의 강의를 들으면서 법학에 대한 매력을 다시 느끼게 되었다. 법학자로서 또 기독교인으로서 한국의 법질서와 경제질서를 하나님 보시기에 아름다운 모습으로 발전시키기 위하여 열심히 노력하시는 교수님의 삶의 목표와, 대한민국뿐만 아니라 이웃나라를 돕기 위해 애쓰시는 교수님이 매우 존경스러웠다. 교수님은 늘 학생들에게 '이웃을 사랑해야 한다'고 강조하신다. 그리고 1년에도 몇 번씩 이웃나라를 돕기 위하여 여러 나라를 찾아가신다. 중국에도 자주 가신다. 아무런 보수도 받지 않을 뿐만 아니라 여행 경비도 스스로 부담하는 경우가 많다. 중국에서는 2008년 8월부터 반독점법을 시행하고 있는데, 그 법의 집행을 돕기 위해 중국 관료들과 학자들에게 자문도 하시고 경험도 나누어 주시며, 가끔씩 그들을 서울로 초청해서 세미나를 열기도 하신다.

나는 수업시간에 교수님께서 하신 말씀을 똑똑히 기억한다.

"우리 한국 사람은 북한을 직접 돕기가 어렵다. 도와주고 싶어도 많은 장애물이 놓여 있어서 그렇다. 때문에 우리는 중국, 베트남, 캄보디아 등과 같은 이웃나라들을 먼저 도와서 그들이 체제전환에 성공하도록 해야 한다. 중국과 베트남 같은 나라가 개혁과 개방에 성공해야 북한이 그들을 본받아서 조금이라도 발전할 수 있지 않겠는가? 북한의 개혁과 개방을 직접 돕지 못하고 간접적으로 도울 수밖에 없는 우리의 처지가 안타깝기는 하지만, 어떻게 하든지 우리 민족인 북한 동포들이 하루 속히 어려운 상태에서 벗어날 수 있도록 도울 필요가 있다."

나는 조선족으로서 같은 민족인 북한이 잘되기를 간절히 바란다. 그러나 그들이 잘되도록 하려면 어떻게 해야 하는지에 대하여는 한 번도 깊이 생각해보지 않았다. 나는 지금도 교수님의 말씀을 생각하면 가슴이 뛰는 것을 느낀다. 교수님의 강의를 들으면서 경제법에 흥미를 느끼게 되었고, 법을 공부하는 목적에 대해서도 깊이 생각해 보았다. "발끝만 보지 말고 먼 곳을 바라보며 걸으라"고 하신 권 교수님의 말씀대로, 나는 중국 경제법의 발전에 기여하기 위해 경제법을 좀더 열심히 공부해야겠다는 생각이 들었다. 하지만 내가 과연 국가의 발전에 기여할 수 있는지, 그것은 이루어질 수 없는 허황된 꿈만 같아서 교수님께 속마음을 털어놓은 적이 있다. 그런데 교수님께서는 관악산을 가리키면서, 저 멀리 있는 높은 산도 한 걸음씩 꾸준히 올라가다 보면 어느 사이에 높은 곳에 올라와 있는 자신을 발견할 수 있을 테니, 아무 걱정하지 말고 꾸준히 노력하라고 말씀하셨다. 나는 외국인 유학생으로서 가끔씩 교수님께 찾아가서 용기를 북돋아주는 말씀을 듣고 위로와 격려를 받는 것이 얼마나 유익하고 큰 힘이 되는지 모른다. 나는 석사과정에서는 상법을 전공했지만, 박사과정에서는 경제법을 전공하고자 한다. 이제부터는 권 교수님의 바이블 스터디의 제자에 이어서 경제법 제자로서 경제법을 연구할 계획이다.

2009년 4월말에 교수님이 '중국 반독점법 시행상의 쟁점들'이라는 주제로 서울에서 국제학술대회를 개최하셨다. 이 세미나에는 중국 경제법 교수들도 여럿 참석했는데, 그들은 내가 인터넷이나 책에서 이름만 들었던 유명한 분들이다. 교수님께서는 그분들을 영접하고 안내하는 일을 내게 맡기셨다. 나는 학생회의 간단한 업무만 맡아봤지 그렇게 중요한 업무를 맡기는 처음이었다. 기라성 같은 교수님들을 영접하고 안내하는 것이 나에게는 큰 영광이자 좋은 기회였다. 나는 중국인으로서 한국 교수님께서 처음으로 맡겨 주신 임무를 잘 수행하고 싶었고, 조선족으로서 중국 교수님들께 한국의 좋은 모습을 보여 드리고 싶었다. 그래서 나도 교수님께서 늘 하시던 기도를 해보았다. 기도하면서 그 기도를 들어주시는 하나님께도 감사했지만 나에게 이런 믿음을 갖게 해주신 교수님께 더욱 감사드렸다.

교수님은 학술대회에 참석했던 중국 경제법 교수님 한 분을 학부 강의에 초청하여 특강을 하셨는데, 그 통역을 내가 맡았다. 그때 통역은 내가 생전 처음 해보는 것이었다. 나는 무척 긴장할 수밖에 없었다. 교수님은 무엇이든지 처음에는 긴장하기 마련이라며 격려해 주셨다. 통역을 마치고 내려오면서 교수님의 얼굴을 보았다. 교수님께서는 빙긋이 웃으시면서 엄지손가락을 들어 주셨다. 부족한 점이 많았고 실수도 많이 했지만, 교수님은 탓하지 않으시고 칭찬과 격려를 해주셨다. 교수님 덕분에 나는 통역에 큰 용기와 자신을 얻게 되었다.

나는 웃는 모습이나 표정이 교수님과 똑같은 사모님께도 늘 감사한다. 처음에는 존경하는 교수님의 사모님이라 무척 어려워지만, 시간이 지나면서 서로 진심이 통하고 사랑도 통해서 이제는 사모님을 많이 좋아한다. 사모님은 내가 외국인 유학생으로서 한국에서 공부하기가 얼마나 어려운지 잘 안다고 하시면서 만날 때마다 안아 주시고 손을 꼭 잡아 주신다. 공부하다가 배고플 때 먹으라고 여러 가지 음식을 싸주기도 하셨다. 겨울철에는 손이 시릴까봐 장갑도 사주시고, 교회에서는 내가 방송실 일을 돕고 드럼을 친다고 내 손을 잡고서 여러 사람들에게 자랑도 하신다. 나는 그러한 사모님이 너무 좋다. 마치 친어머니 같은 느낌이 든다.

내가 본 교수님은 겉모습과 달리 속마음은 매우 여린 것 같다. 제자들이 찾아오면 기쁘게 맞아 주시고, 제자들의 고민이나 고충을 진지하게 듣고 어려움을 해결해 주시며, 기쁨과 슬픔을 함께 나누신다. 그리고 교수님은 한국의 법을 발전시키기 위해 노력하시고 또 한국을 자랑스럽게 생각하시는 분이면서, 한편으로는 드라마를 보고 눈물을 흘리시고 〈선덕여왕〉의 덕만이 캐릭터를 좋아하신다. 학교에서는 학생들이 존경하는 훌륭한 선생님이시지만, 가정에서는 남편으로서, 아버지로서 그리고 할아버지로서 아주 평범하신 분이다. 나는 아직 교수님에 대해 아는 것이 그다지 많지 않다. 그러나 내가 확실히 아는것은 교수님은 사랑만 아시는 분, 아니 사랑밖에 모르시는 분이라는 점이다.